完全版

十字路が見える

Ⅰ

東風に誘われ

完全版

十字路が見える

北方謙三

東風に誘われ

I

岩波書店

目次

第一部　ふたりだけの空……1

第二部　いまそこにいる君は …… 155

装丁　水戸部 功

第一部　ふたりだけの空

さあ歩こうか

夕焼けが、きれいだな。

そう呟《つぶや》いた。相手は、犬である。自宅にいる時、私は夕方、一時間ほど歩く。つまり散歩だが、私を歩かせるために出てきているのだ、と犬は思っているだろう。活発なやつで、二時間、三時間は、平気で駈け回る。

コースは決まっていて、途中で長い直線がある。西にむかって歩くかたちで、前方の視界が遮られないから、夕焼けが見えるのだ。そんな日は数えるほどだが、夕焼けがあっても見えていない日も、多分あるに違いない。

のんびりと歩いてはいないのである。いまだかつて、私は歩行者に追い越されたことはない。私を追い越すのは、自転車と、いかにもトレーニングという感じで走っている若者だけである。

闘争的な気分で歩いていることが多いから、擦《す》れ違う人を、投げ飛ばせるかなどと、測るような時もある。これを読んでいる君よ、私と擦れ違う時は、気をつけろよ。

遠方の一点に視線を据え、遮二無二歩いていると、小説のことなど頭から飛んでしまう。

昔、柔道の試合で、私を投げ飛ばした男のことなどが、不意に思い浮かんだりするのだ。

踏みこみが、すごかった。はっとした時は、私の重心の真下に踏みこまれていて、まずいと思った時は、躰が浮いていた。

ほとんど忘れていることだが、記憶とはやや違う、トラウマという脳の部位に収納されていて、何度も何度も思い出すことで、やがて正常な記憶の方に移るのだ、という話を聞いたことがある。

確かに、私は毎日それを思い浮かべ、最初は自分が投げ飛ばされる姿だけが浮かんでいたのに、やがて組み手を思い出し、そこでやられていたなと思い、最後には相手の名前も、どういう技で投げられたかも、試合場の畳の色まで、思い出したのである。

そこまでいくと、完全に記憶の方に収納場所が移り、思い出そうとしても、もう記憶にあるからいいやという気分になり、別の方向へ思念は行ってしまうようだ。

それにしても、五十年前の出来事である。なぜ、いまこだわったりするのか。なぜだ、と思わず犬に問いかけたりしてしまう。

爺になったからよ、と犬は私の方をふり返って人間の言葉で言ったりするのだ。

そうだ、老いたからだ。四捨五入をすると七十歳に達してしまうという誕生日を迎えた時、俺は早晩いなくなるのだな、という思いに襲われた。

私の小説では、死は扱うべき大きなもののひとつなのだが、見えそうだと思った時の感慨は、そんなものだった。

抗《あらが》おうという気持があり、私は散歩の距離をのばした。

速さは、ずっと変らない。

旅へ出た時は、一日中歩き回る。熱帯の酷暑の中でも、頭に被《かぶ》ったタオルに水をかけながら、歩き続け、二、三週間がそれで過ぎる。ただ、昔はもっと過酷な、たとえば高地などでもそれをやったが、もうできない。できるかもしれないが、高度順応に、ひどく時間がかかるようになっているのだ。

また、ホテルなどにしばらく滞在すると、歩かない日々が続く。帰宅したらすぐに歩きはじめるのだが、最初の十分ぐらいが苦しくなる。

息が苦しいのか、胸が押し潰されているのか、全身の筋肉が強張《こわば》っているのかわかりはしないが、座りこみたい気分なのである。

そうなると、一歩一歩が根性と言わざるを得ない。くそっ、とか、たまるかよなどと犬に声をかけ、ひたすら足を前に出す。

すると、抜けるのである。まさにスコーンと音をたてたように、抜ける。そして、以前の自分に戻って歩いているのだ。

何十年も、小説を書き続けてきた。高が歩く程度で弱音を吐くな。そう呟くのは、まともに歩けるようになってからである。

　昔は、走っていた。その後、筋トレもやった。

昔は昔だ、と思うしかないのだろう。いまでも、木刀の素振りや、真剣の居合抜きなどをやっているが、昔だったら筋トレの後にやったはずだ。

　できないことが、確実に増えている。つまりは、肉体と折り合いをつけながら、やるしかないのだ。折り合いというのがわかるのも、やはり年齢ということになるのだろうか。失神すれすれのトレーニングなど、いまは考えることもできない。

　それでも、トラウマをただの記憶に変換するような、難度の高い技はできるようになっているのである。

　小説も、きっとそうなのだ。昔の作品を読み返すと、なんという瑞々《みずみず》しさを持っていたのだろう、と溜め息をついたりする。

　いま書いているものには、決定的にその瑞々しさが失われている。感性も、鋭いのではなくぶっとくなっている。しかし、昔はなかった成熟というものがある、という気もしている。

　成熟が小説でなにを作るか。それは書き続けていかなければわかるまい。

　毎日、決まった道を、一時間歩く。雨が降ろうと、帽子を被るだけで、歩き続ける。レインコートのようなものをまとっているのは、犬の方である。雨中の散歩の終りにさしかかると、自分の躰から湯気が出ているような気さえしてくる。

　右、左とか、停まれとか、犬にかける号令は低く抑えてやり、リードを遣って意思を伝えることはやらない。よその犬に吠えつかれても、腰のあたりを軽く叩くだけで、ぴたりとついてくる。時々、あまりうるさい犬がいると、喧嘩をさせたくなる。

　私はこれから先、長尺物をあと二本書こうと思っている。それなりに、体力は必要としているのだ。

　さて、この本でも、私は散歩をはじめた。散歩という名の、旅になるかもしれない。

　君とは、どこかで会うだろう。その時、黙って擦れ違うか。それとも、立ち止まり、言葉を交わしてみるかな。

昔からロックンロールだろう

しばしば、ロックンロールを聴く。時には、小規模なライブにも出かける。

時代の底にある力は、若者の表現だと思っている私は、かなり熱心である。

会場の大音響には、すっかり馴れている。

トリニダード・トバゴのカーニバルで体験した、ビルのように積みあげられたスピーカーの大音響にも、かつてはガードレールのそばで観ることもできた、F1のモナコグランプリの壮絶な爆音にも、私は耐えてきた。

しかし、音響は大きい。馴れている人間なら快感と感じるかもしれないが、はじめての人間は耳を聾《ろう》すると思うだろう。

大音響でなければ、高揚できないのか、させられないのか。アンプを一度、捨ててみろ。エレキなど、ここ五十年だろう。アコースティックで、会場の隅々まで、音を響かせてみろ。

頼るものが、多すぎるのだな。聴衆は跳ねるな。せいぜい躰でリズムを取るぐらいにしろ。ライブ会場とディスコを一緒にしてはならず、じっと聴いている人間がいることも忘れてはならん。

バンドの連中やロック好きの若者にそういうことを言うと、もうとんちんかんなオヤジとしか扱われない。

しかし、私は言い続ける。音楽だからだ。人間が、原始から持っている、まことに平和な表現の手段だからだ。聴く時は、耳を二倍にしろ。そうすれば、大音響には耐えられまい。踊る時、跳ねる時。それは情況が作ってくれるさ。

しかし、乗れなくてなにか意味があるんですか？乗れるだけが、音楽なのか。ロックなのか。私は、反論する。

表現の多様性について語り、歌詞の意味の感性を愉《たの》しめと言う。それで今度は、うるさいオヤジである。

大体、ロックンロールなんて、いまは言わないっすよ。

ただロックです。

なんだと。私もロックと言うが、それはロックンロールを縮めて言っているだけだ。音楽をジャンル分けするのに、私はそれほど大きな意味を見出さないが、それでもロックンロールとロックは、ジャンルが違うとでも若者は言っているように聞える。ならば、紛わしくロックという言葉を遣うな。

ライブに行く前に、私はそこで演奏される曲のＣＤを、歌詞カードを見ながら一度聴いてみる。

会場の大音響の中でうまく拾えない歌詞も、そうすることで聴えてくる場合があるからだ。しかしそれで、むむっと怒ったことも一再ではない。

君と二人で、一生夕陽を見続けていられたら、ぼくは幸せでもうなにもいらない、とか、君の瞳にぼくが映っていたら、それだけで泣きそうになってしまう、とか、そんなのが多すぎるのだ。

これは実際にあるわけではないのだが、要するにそんな歌詞が横行しているのである。ロックの魂はどこへ行った。破壊力の先にある、あの孤独と澄んだ悲しみはもうなくなったのか。

俺たち、セツナロックと言われてんです。私の罵詈《ばり》に反応して、あるバンドのメンバーがそう言った。

私は、一瞬、考えこんだ。そうか、刹那ロックか。夕映えの中で、束の間よぎる光線のひらめきを、なんとか伝えようとしているのか。そのひらめきにこそ、なにかほんとうのものがあると感じて、懸命に普遍性を持たせようとあがいているのか。悪くないではないか、青年よ。

ところが、セツナは刹那ではなく、切ない、なのであった。

切ないことを、歌にしてだと。ふざけるなよ。おまえらの青臭い切なさを、わずかだが金まで取って人に聴かせようというのか。

切なさを切ないと言うのは、ロックではないのは勿論、歌でさえない。表現とはなにかを、もっとつきつめて考えろ。これじゃおまえら、刹那バンドだ。そう説教をこいた時から、私はオヤジではなくジジイになってしまったようだ。くそっ。

ライブ会場に行くと、面白いものも見ることができたりする。ある時、ダイブ、ダイブと一斉コールが起きた。

はじめライブと聞え、ライブ会場で重複するようなことを言ってなにが面白いと、例によって憮然としていたのだが、そのうち聴衆の頭の上に、人の躰がにょきにょきと出てきた。つまり、頭の上に持ちあげられた人間が、聴衆の手によって運ばれ、ステージに到るというパフォーマンスである。

私は途中から面白くなって、そら行けとか、落ちやがったなとか、そんな声を出しながら、演奏そっちのけで見物していたのである。

ここまで馬鹿をやると、認めてもいい。

私も若いころはずいぶんと馬鹿なことをやったのだが、大抵は国家権力が相手であった。つまり目的があったし、それに伴う思想も持っているのだと、思いこんでいた。だから、どんな馬鹿さ加減でも、悲壮になる。

悲壮なる馬鹿なんて、いまでは思い返して、赤面するしかない。それに較べて、ライブ会場の小僧や小娘は、陽気な馬鹿であった。祭りのような高揚が、見物しているだけでも快感に繫がるのである。

ライブ会場のダイブは、まあいい。しかし、人生のダイブも、やれとは言わないが、時には考えてみろ。

落ちると、打身ぐらいじゃ済まないぞ。しかし、着地できれば、別の新鮮な世界が拡がっている、のではないかという気がする。ライブ会場でもそうだが、私はもう、ダイブする歳ではなくなっているのだ。

この文章は、音楽の散歩の第一歩なので、私の現在の音楽情況の、ホットな部分を書いてみた。私の音楽の趣味には定見がなく、どんなものでも聴くし、心に響けばいいと思ってしまう。そして、なにひとつ自分ではできない。カラオケでも、音痴である。それでも、いろんなところに行ってみようと思う。

君と、どこか小さなライブハウスで会いたい。私？　一見じゃわからんよ。ニット帽を被り、埃よけのマスクをしている。どこか、挙措に上品さを失っていない。よく見ればわかる。それが、私だよ。

声だけのデヴィッド・ボウイがいた

ライブと言えば、思い出がひとつある。かなり昔の話である。

私は、旅行者として東ベルリンにいた。

かつてドイツは東西に分断されていて、ベルリンもまた、ベルリンの壁と呼ばれるもので、東西に隔てられていた。私は車を転がし、気に入った名前だった、チェックポイント・チャーリーという検問所を通り、東ベルリンに入ったのだ。

その瞬間、家並みや街が、無彩色になったような気がした。五人以上の集会が禁止されていて、人の姿が少なかったし、建物もくすんでいた。統合前の東側は、そんなふうにさびれていたものだった。

街を歩いても、若者に活気がない。集会が禁じられていれば、当たり前かもしれない。カメラを持って歩く私は、たえず当局の眼に晒されているようであり、金髪の青年に話しかけると、逃げられてしまう始末だった。

いくらか目立つ若者も、落ちこぼれ感を漂わせすぎなのだ。私は、旅程に東ベルリン滞在を四日も組みこんだことを後悔し、闇ドル買いの小悪党と、レートの交渉をして暇を潰したりしていた。

三日目、ホテルの窓から人が歩いているのが見えた。窓の下は舗道なので、人が歩いているのは当たり前だが、いつもよりいくらか多い人の姿に、常ならぬ雰囲気を感じたのだ。

私は舗道に出て、二人連れの青年の後ろを歩いた。

ブランデンブルク門に繋がる道である。門は緩衝地帯の真中にあり、無論下へは行けない。壁に突き当たると、道は右にねじ曲がっていて、壁のそばではないが、それに沿っているという恰好だった。

普段は、ほとんど人がいない道に、いくつもの背中がある。やがて、使われていない鉄道の駅があり、そこに数百人の青年が集まっていたのだ。

周囲の建物の窓や屋上に、監視のカメラと警官らしい人影がある。そして壁を背にするかたちで、数百人の警官が並んでいるではないか。

とっさに私が思い浮かべたのは、日本の機動隊である。違うのは、楯を持っていないことと、二十頭ほどのシェパードを連れていることだった。

めずらしい光景に出会った興奮で、私は前に出て、警官隊にレンズをむけ、シャッターを切った。

その瞬間、シェパードが放され、警官隊は規制に入った。口輪を付けているとはいえ、二十頭もの大型犬がいきなり走ってくると、かなりこわいものがある。

ドイツの青年たちと較べて、私は逃げることに習熟していた。人波に紛れながら走り、それでも集団は避け、ひとりをひっつかまえて細い道に入った。

かなり走り、爺さんがひとりでやっている、ビールと煮こんだ肉のようなものを出す店に飛びこみ、とりあえずビールを二つ頼んだ。

二日、ひたすら歩き回った街で、その通りに関しては、東ベルリンの人間より、私の方が詳しくなっていたかもしれない。緊張している青年にビールを勧め、集会が禁止されているのに、なぜあんなに集まっていたのかと、問いかけた。

喧噪からはすっかり離れていたので、青年は落ち着き、語りはじめた。しかし英語が下手で、そして私はドイツ語が喋れない。なんと、店の爺さんがすべて英語に訳してくれた。老人は、英語の教育も受けていたのである。

西ベルリンの屋外で、デヴィッド・ボウイがコンサートをやっていたのだった。

その音が、風に乗って、途切れ途切れだが、かすかに流れてくる。それを聴きたかっただけだ、と青年は言った。当然、電波には乗っているだろうから、それをキャッチして聴いた方が明瞭だろう、と私は言った。

ライブだよ、どうしてもライブを聴きたかった。青年は、そう言った。

ライブへの渇望。馬鹿だなあ。しかし、純粋で一途な馬鹿である。

紛れもなく、あれは東ベルリンの青春だった。いろいろなものが足りない分、青春の渇望は、いっそ純粋で鮮烈に感じられた。

ベルリンの壁が崩壊したのは、それから二年後くらいのことだ。

それにしても、ずいぶんとロックを聴いてきたものだ。時間で考えれば、ジャズの次ぐらいに聴いたかもしれない。ビートルズ、ローリング・ストーンズ、クイーン。つまりなんでも聴き、ひとつのバンドに没入することはなかった。

ただ、クイーンのフレディ・マーキュリーの美声に行き着いた時は、しばらく没入したような気がする。フレディがエイズで死んだ報道が流れた時は、その記事を読みながら、ひと晩、じっと聴き入っていた。

それも、遠い昔のことだが、あのころはなにを聴いても、歌詞ははっきりと聞きとれたぞ。いまの化粧オヤジのマイケル・モンローだって、歌詞は聞きとれる。

日本の小僧バンドは、サウンドはそこそこなのに、歌詞が聞きとりにくい。聴衆の方も、歌詞に意味などなくていい、と言う者までいる。うるさいのだそうだ。

いいや、うざいか。


うざい、などという日本語があるのかな。古来、才能があることを有才《うざい》と言うのだが。

そして歌詞が、解析するまでもなく、悪い意味で切ないものが多いのではないだろうか。

私は、すべてを聴いているわけでなく、むしろほんの一部に耳を傾けてみているだけだろう。心に刺さってくるような鮮烈な歌詞がどこかで流れているなら、誰か教えてくれ。

それにしても、音楽など、人間が生きていく上においては、要らないものだ。生命を維持するという、ひとつの目的ならば、水と食糧があればいい。

それでも、音楽があってよかった、と思う瞬間が、何度も私の人生にはあった。音楽だけでなく、小説や映画や絵なども要らない。しかし、それに救われている。人間が、人間であるためには、必要なものなのだ。

君はいま、どんな音楽を聴いている。

演歌もいいよな。なんだって、とにかく聴いてみるものだよ。ぼんやりしているより、ずっといい。ほら、そこにＣＤが一枚あるぞ。

レシピなんか蹴っ飛ばせ

ものを食う。ごくあたり前のこととしてそれをやり、感じるのは、ある充足感と、旨かったかまずかったかということぐらいだろう。

私などは、最近はもうひとつあって、躰によかったか悪かったか、というのが入る。

要するに風潮に左右されているだけだ、と思いこもうとするが、思わず頭に浮かべてしまう自分に、忸怩《じくじ》たるものがあったりもする。

昔は、ステーキを五百グラム食い、力がついたなあなどと、他愛もないことを考えたものだった。

それでも潜在的には、ここ二十数年、健康の意識はたえずつきまとっていたという気がする。

境界型糖尿病と診断されたのが、四十歳のころだった。旨いものを諦めてたまるか、とまず思った。躰の不調に悩まされるのは、憂鬱だとも思った。あと二、三年、この食生活を続けていけば、間違いなく正式な糖尿病になると医師に宣告されたが、私は食い続けた。生来、意地穢《きたな》いのである。

それから十年経っても、血糖値は変らず、近代医学もあてにならんと、医師にむかって嘯《うそぶ》いたこともある。ちなみに尿酸値や肝機能の数値は、きわめて正常である。だから食うだけではなく、大酒も飲む。

ただ、五十歳を迎えるころ、私は体重が九十キロをオーバーしそうになり、同時に血圧が上昇してきた。

医師は、鬼の首でも奪《と》ったように、降圧剤を処方した。それを服用すると血圧は下がり、やめると上がるので、私は服用を続けることにした。意地穢いが、率直な臆病者でもあるのだ。

血圧は下がったが、体重は下がらず、下げる薬もどうやらなさそうだった。ある日、決意し、二年かけて私は体重を十キロほど落とした。どういう方法で落としたかはそのうち書くが、いまもその体重を維持し、そして血糖値も四十歳の時と変らない。

ヘモグロビンＡ１ｃというのが、昔あったのかどうか知らないが、十年前ぐらいから、域値を出たり入ったりである。ふん、体温を越えなければいいのだよ。

君の血糖値がいくつか知らないが、数値にふり回されて、小さくかたまるなよ。病気は、気だ。気力でやっつけようじゃないか。

これを読むと、俺の主治医、怒るだろうなあ。まあ、医師は怒ってなんぼさ。

なんの話だ。ものを食う、という話だったのではないのか。病気のことなど、他人のものを中心に、いくらでも書いてやるよ。いまは、食う話をしたい。

いや、食らうだな。男は時々、ものを食らうのだよ。私の中では、食うと食らうは、ほとんど別の行為のように、峻別されているのだ。日々の食生活が食うなら、食らうは自分で料理をするのだ。いや、料理と言えるのだろうか。

たとえば、一キロの牛肉があったとする。私はそれを食らうと決めたら、しばらくじっと見ている。それから調理用の吸湿性の強いペーパーで巻き、外からの水分が入らないようにラップし、冷蔵庫で寝かせる。

翌日、紙は血で赤く染まっていて、ペーパーを取り替え、また寝かせる。それを四、五日くり返すと、血は出なくなる。

さらにそれから四、五日、ラッピングを厳重にして、寝かせる。明らかに、やりすぎだろうと思うが、やりすぎるところから、男の創るという行為ははじまる。

ラップを解くのは、十日以上経ってからで、扱い方を間違えると腐敗するのだ。

色の変った肉を見つめ、食らい方を考える。どんなにまずく、食うに耐えなくても、腐敗していないかぎり、食らえるのだ。

三回に分けて、食らうと決める。肉切りの庖丁で三つに切り分けると、蜂蜜と白ワイン、赤ワイン、日本酒に、それぞれ二日から四日漬けこむ。

焼くのはレアだが、焼きあがったものを、しばらくアルミホイルに包んでおく。塩、胡椒と言うが、私は塩だけして焼き、胡椒は上がったところで振る。胡椒は焦げて、味が変ると私は信じているのだ。

食らって、あまりのまずさに打ち倒されることもあれば、まあまあではないかと感じることもある。

料理にはレシピというものがあり、それに従えば標準的な味のものはできるのだろう。しかしそれは、私にとっては食うためのもので、決して食らうためのものではない。

食らうために、私はその場その場のひらめきを大事にする。つまりはやりたいようにやる、ということだが、どこかで正統な料理に捉われているところもあるだろう。肉を焼くという、根本的な行為からは逃れられないのだ。焼くということを、大前提に、さまざまなことを思いつくのである。

食材に失礼だろう、と思うことはない。どんなにまずくても、私は創ったもののすべてを、泣きながら食らうのである。

私の内部で、見事なほど完結しているではないか。

それにしても、私はなぜ、こんなことをしてしまうのだろうか。いつか、異次元の、陶然とする味を創り出せるという、根拠のない確信はある。しかし、それだけでは説明のできない、熱の入れようである。


実は、還暦のころまでは、まともな料理を作っていた。

つまり、レシピから逃れられなかった。それどころか、自分のレシピをいくつか完成させていた。

レシピ通りか。

人生では、それはいやだと思った。仕事では、拒絶する。しかし、いつの間にかそうなっていないか。人生は、なかなか変えられない。仕事はなおさらである。

それで私は、料理を変えた。

思いつきと言っても、それは発想である。発想の趣《おもむ》くまま、料理をする。

人生でも仕事でも、発想がなかなか行為に繋がらない。長年培《つちか》ってきたセンサーが、作動してしまうのである。

料理でなら、自分が食らう覚悟さえすれば、なんでもできるのではないか。それがやがて、仕事と重なり、破天荒な小説を、私に書かせるのではないか。

まあいい。君も一度、私が泣きながら食らっている料理を、覚悟を決めて食らってみるかね。

これが男の夜なのかな

はじめは、壺を紐で縛って沈めた。

餌も必要だろうと思い、小さな蟹などを捕まえ、ちょっと潰して入れた。

私が海の基地にしている小さな家で、そこには桟橋があり、船を着けることができる。桟橋の先端から沈めている壺は、蛸《たこ》を獲るためであった。蛸壺というぐらいだから、壺だろうと安直に考えたのである。

その家にいる時は必ず沈めて、毎朝、引き揚げ中を覗いた。しかし、そんなものに入りはしなかった。

これを遣ってみな、とどこかで私を観察していたらしい漁師が、本格的なものをひとつくれた。それは巨大な蒲鉾のかたちをしていて、片方の蓋を持ちあげておき、蛸が入ると閉るという仕組になっていた。

漁をする時は、それを百個以上は連ねて海に沈めるのだそうだ。しかし、それを毎朝見ても、蓋はあがったままであった。私の家の前の海には、蛸はいないのだ、と思わざるを得なかった。

蛸を諦め、私は渡り蟹を獲る籠を漁具屋で買ってきて、沈めた。時々だが、渡り蟹は入っていて、味噌汁の具になった。

ある朝、籠を引き揚げると、濃い色の大きなかたまりが入っていた。蠢《うごめ》いていて、多少、気味が悪い。海面に出てもなんだかわからず、蛸だと気づいたのは、桟橋にあげてからであった。

八本の足がそれぞれ別な生物のように動き、真中には両手を合わせて握ったよりも大きな頭がある。

蛸を獲ろうと決めた時から、殺《し》め方は頭に入れていた。私は、籠の中の蛸と正対した。眼が合う。凶暴な感じの眼である。俺の籠に入ったのだから、不運なやつだよな。呟き、それから決意し、籠を開けた。

素速く、蛸は出てきた。私は左手で頭を摑み、右手を眼の裏側の頭の中に突っこんだ。四本の指が、根もとまで入る。くるりと頭を裏返そうとしたが、その前に締めつけられ動かせなくなった。相当の力である。

おまけに八本の足が絡みついてくる。吸盤で吸いつかれ、私は唸り声をあげた。そして、私の手から最も遠い位置にある口が近づいてきて、咬《か》んだのである。

私は頭から手を抜き、気息を整えた。手早くやることだ。左手で押さえるのと右手で突っこむのを、同時にやった。口が近づいてくる前に、強引に頭をひっくり返した。それで、蛸は大人しくなる。頭と呼ぶが、実は胴体で、内臓がある。それを手早く取ると、さらに大人しくなった。蛸用に買ってあった一キロの食塩の袋から、塩を大摑みにし、蛸になすりつけた。塩を遣った時に、完全に殺めたという感じが伝わってきた。

私の、最初の蛸との決闘である。

時々、蛸は籠に入り、いまでは吸盤に吸いつかれ、腕に赤い斑点がいくつもできるということはなくなった。咬まれて、血を流すこともなくなった。蛸の、あの異常なやわらかさを、克服したという恰好である。

籠に入る間抜けさはあるが、蛸はきっと頭がいい。

それは、蛸が岩についた鮑《あわび》をどうやってはがすか、という話を漁師に聞いた時に思ったことだ。私は知らなかったが、君も知らないだろうな。

蛸はやわらかい躰で、鮑を覆ってしまうのだよ。貝殻の方に穴があり、そこの水の出入りで、鮑は呼吸している。それを止めてしまうわけさ。

人間の手の力だけではとてもはがれない鮑が、ぽろりと落ちる。そして、無防備の鮑を、ゆっくり食う。

蛸の茹で方は、さまざまである。プロの料理人に訊いても、それぞれ流儀があった。私は最初は茹ですぎて、表皮をところどころ剝がしてしまうという状態で、三回目ぐらいから、やり方が決まってきただろうか。

紅茶のティーバッグを入れた鍋をぐらぐらと煮立たせ、蛸の頭を摑み、足の部分だけ十秒茹でる。そこで一旦出して足を二本切り落とし、それからもう一度頭まで入れて落とし蓋をし、火を落とす。

それで十分間である。茹であがって笊《ざる》に置いた蛸は、普通にイメージする通りの姿をしている。

十秒で切り落としていた二本の足は、吸盤の脇に庖丁を入れ、俎板の上で転がして皮を剝く。白く生っぽい身を適当に削ぎ切りにして、塩、胡椒、そして二滴ずつオリーブオイルを垂らす。単純なカルパッチョであるが、これがうまい。

頭は、山葵《わさび》醬油で食らう。蛸の中で一番うまいのは頭だと思う。足も同じようにして食らう場合もあるが、いくらか時間がある時は、スモークにする。ヒッコリーのチップである。煙というのは、実に不思議だ。香りがつくだけでなく、味が異次元の深さになる。

自作の、小型ドラム缶のスモーカーである。ソミュール液なども自分流のものだが、スモークの詳細については、別に書きたい。簡単と言っても、一時間ぐらいは、スモーカー内の温度七十度で燻煙するので、私はそばに腰を降ろし、ビールを飲みながらやる。

つまみは、カルパッチョ用に落としてしまった吸盤を、ひとつひとつ切り離したやつだ。歯触りがあり、こいつがいけるのだ。ピーナッツでも齧るような感じで、吸盤を齧る。ビールを飲む。

いいぞ、生きていると呟きたくなるほどだ。風が巻いたりすると、私も一時間のうちの十五分は煙に当たり、それこそ人間燻製のようになっている。


スモークを終えると、風に当てて余熱をとり、紙に包んでラップする。一週間は保つと思う。

深夜、足を一本切り離し、研ぎあげたナイフでスパッとやり、ナイフの腹に載せたまま口に運ぶ。口に入ってきたものを、嚙みしめる。なにかが満ちていて、なにかが足りない。

これが、男の夜ってもんだ。誰も聞いている人間がいないので、私は声に出して呟く。どんな気障《きざ》な科白を呟いても、恥じる必要はない。呟くというより、私は語りはじめる。

人生ってやつはな、ただの煙さ。うまいものを食らっても、やはりそれは幻だ。

そんな落書きを、あるレストランでしたことを思い出す。酒は、たとえスモークをしたとしても、常温の日本酒が合う。

またな、おまえ。いや、君。レストランで、決してうまいと言わない私には、うまいと叫べる、わずかな時間が、これなのだ。

おい、君には、蛸は十年早いぞ。

負け惜しみの味だった

畠を荒らしに来る猪の駆除を依頼されて、私の友人は、ひと晩、ライフルを抱えて畠のそばに潜んでいるという。赤外線スコープが装着してあるのかどうか知らないが、弾の数だけの猪を倒すのは俺だけだと、友人は自慢している。

脱骨した肉は相当な量にのぼるらしく、市場に出るものもあるようだが、私のところにも大量に送りつけてくる。自分で撃ったのではないのが玉に瑕《きず》だが、私はそれを調理する。

牡丹鍋やすき焼にもするが、大部分はスモークである。肉のスモークは結構手間がかかり、まず下処理に入る。無駄なところはなく、毛などが付いているので、取り除くぐらいだ。

それから、生け花の剣山のようなもので、多数の穴をあけ、無駄な水分を抜くために、塩と砂糖をまぶす。砂糖の方が、吸水力はあるようだ。それを丸一日やり、塩、砂糖を抜くために、流水に四時間晒す。

出して水分を拭きとる。表面が乾いたぐらいで、二十分間、摂氏七十度でボイルする。私はそこで、いつも問題を抱える。肉のブロックは、五百グラムぐらいのやつが四つで、半分以上は脂身である。ボイルしても脂身の方はあまり変化はないが、肉の方からは濁りのない透明な汁が滲み出してしまう。試行錯誤をくり返し、いまは真空パックをして加熱しているが、それでも汁は出ている。肉の旨味が閉じこめきれず、ぱさつくのだ。

猪は脂を食らうものと割り切ればいいが、いかにも惜しい。誰か、いい方法を教えてくれないものだろうか。

そこまで手を加えた肉に、香料をまぶし、香草やニンニクのスライスなどと一緒にビニール袋に入れ、赤ワインを注ぎ、口をきつく縛る。その状態で、冷蔵庫に一週間放りこんでおくのだ。その間、四つのビニール袋はしばしばひっくり返し、女性の躰でも揉むように、ゆっくり揉みしだいておく。

一週間経てば、肉を出して流水に晒す。水気をとってひと晩、笊《ざる》にでも載せておく。

そしてスモークである。スモーカーの中の温度を六十度ぐらいにあげ、チップを投入する。ブナ、ヒッコリー、桜の順である。

海の基地の庭で、車で行くことはできない。しかも行き止まりの道である。八時間、スモークをかけるが、その間、前の小径を人が通ったことはない。熱は一時的には八十度まであげるが、大抵は七十度より下である。

チップの中に、グラニュー糖を少し混ぜる。糖が焼けて、猪肉は飴色になる。キャラメルコーティング。レストランなどで、私が燻製をやっていると知ると、シェフがほんのわずかな粉末をくれる。発色剤で、いい色に仕あがるが、私は遣わない。なにしろ、せいぜい耳掻き一杯ぐらいを遣う劇薬なのである。キャラメルコーティングで充分なのだ。

八時間、スモーカーの前で私は本を読んでいる。暗くなれば、懐中電灯のついた帽子を被る。読むのは、大抵は歴史の資料本である。時々、興味ある記述を見つけると、炭化したチップを挟んで、黒い色をつけておく。完成すると、余熱を取るためにまた笊に載せる。翌日から、食らいはじめるのだ。

魚介の一時間スモークと違って、猪肉はずいぶんと手間暇がかかるが、友人たちの間ではきわめて好評である。脂身が、しっかりしている。豚や牛にこれほどの熱を加えると、半分は溶け、残った部分は崩れてしまい、歯触りがなくなる。

マール、グラッパ、カルバドスという酒を合わせてきた。テキーラでもラムでもいいかもしれない。

添えるのはマスタードでもいいが、胡椒の実を粒のままピクルスにしたものがあり、それを載せれば、味が際立つ。

深夜、例によって人生についてなにか呟きながら、肉を食らう。飲む。食らう。飲む。

ナイフは必需品で、私はフォールディングも含めて、十本ほどカスタムナイフを所持している。刃物なら、ほかにもあるぞ。十本ほどの庖丁、五振りの居合用の日本刀。当然ながら、日本刀は一振りずつについて登録証は持っている。君は私に、あまり近づくなよ。いまは、抜き撃ちにはまっている。つまり、刀を抜いた時は斬っているのだよ。

ある時、肉を食らっていると、口が痺れた。翌日も痺れた。それ以上の肉体的変化は、なにもない。だから試しに友人に食わせてみたが、二、三枚のスライスでは、うまいと言うだけである。

意地穢い男がひとりいるので、そいつにブロックの半分をやった。口が痺れているんですが、と翌日そいつは言った。原因を究明したが、香料過剰だろうという結論に達した。七種の香料、オールスパイス、玉葱のスライス、ニンニクのスライス。それらを大量に遣い、一緒にワインに漬けこんだのだ。しかも、事情があり、二週間以上寝かせることになった。

原因がわかると、それでいいのだが、まだブロックで二つは残っていた。誰も食ってくれないので、自分で食らうほかはなかった。

一キロちょっとである。ほかに遣いようはない。厚切りのベーコン代りに猪肉を遣ったカルボナーラを食って、口を痺れさせたくもない。夜、スライスで十数枚、私は食らい続けた。

うまいなと思ったら、痺れる。まるで人生みたいじゃないか。呟きである。痺れる方が多かった人生だとふり返ると、痺れもいっそいとおしい。

結局、全部食らい尽すのに、一週間以上かかった。

手間暇かけて、痺れる燻製肉を創り、泣きながら食らっていると、人は嗤《わら》うだろう。食うことさえ拒んだ友人たちは、早晩、猪に食われるはずだ。創るとは、こういうことでもあるのだ。

あの痺れは、いまも時々思い出す。

あの時は、味の濃い肉を創りたいと思っていた。味の濃さは、要するにアクセントの濃さのようなものだからな。そう思っていた。しかし、途中から口が痺れて味がわからなくなるものを創ってしまった。

これをして、君は無駄と言うか。無駄のない人生のつまらなさを、考えたことがあるかね。

カレーライスを見つけたら

私が最初にやった料理は、煮込みであった。

そのころ蓼科《たてしな》に山小屋があり、まさしく山中だったので、食料は街まで車で買い出しに降りていた。四、五十分かかるので、面倒になってくる。作り置きできる料理があれば、数日に一度の買い出しで済む。

私は、シチューの作り方を、本を読んで頭に入れた。インターネットなど、あったかもしれないが、私には無縁だった。先進的な同業者が、ワープロなどを遣いはじめたころではなかったか。身近なことでも、本で情報を入れるしかなかった。

ある時、私は駅の近所の肉屋に註文していた馬刺を取りに行き、親父が長く太い棒を鋸《のこぎり》で切っているのを見かけた。

訊くと、それは一頭分のオックステイルであった。ひらめくものがあり、私も一頭分買った。そこの冷凍庫には、十本余のテイルが置いてあったのである。

持ち帰ると、それを晒しで包み、ビニール袋に入れ冷蔵庫に収めた。赤い汁がしみた晒しを、毎日取り替える。私なりの、エイジングであり、基本的にはいまもそのやり方を変えていない。

エイジングが仕あがると、分厚いアルミの寸胴の鍋に入れた。そういう鍋が備えてあったのは不思議だが、土鍋なども山小屋にはあった。

テイル一本分で、鍋は七分ほどになり、それをことことと煮こんだ。およそ八時間で、途中で凧糸で縛った香味野菜をひと束入れ、三十分ほど煮て上げる。八時間経つと、オックステイルも上げる。

さまざまなソースを作り、私はそれをチビチビ食らうつもりであった。

鍋の中には、濃厚なスープが残っている。裏漉しすると、褐色の澄んだスープができあがった。脂をどうやって除去するか、それが手間だろうと考えていたが、方法がひとつ思い浮かんだ。

大きな容器ごと、冷やしたのである。分離した脂は、さながら蓋のごとく、白くかたまってスープを覆っている。それをはずすのはたやすいことで、牛脂であるから、チャーハンなどを作る時に遣うことにした。

私が作ったスープは、期せずしてフォンドボーになっていたのだと思う。遣う分だけ冷蔵庫にとり分け、あとは冷凍した。

かくして私のソースのもとはできあがり、玉葱、ニンニク、トマトなどを、水分を飛ばして適宜加え、赤ワイン、香料も忘れない。一週間かけて、私は牛一頭分のテイルを食らった。食らっている過程で、私はまたひとつのことを思いついた。フォンドボーで、カレーのルーを作ればどうだろう、とひらめいたのである。買い出しの途中で、馬カレーとベニア板に書いて出している店があり、試しに食ってみたが、感心しなかった。ウマくない。駄洒落を食っているのかどうか、わからなくなるようなカレーだった。

生来の気質があり、私はカレー粉を作ることからはじめた。香料を十五種類ぐらい集めたのだが、いまひとつだった。

結局、私は試行錯誤の果てに、市販のルーを何種類か組み合わせる方法に行き着いた。個人で作るには量に限界があり、微量の香料を遣えない。あれには勝てないと、十回以上作って私は白旗をあげたのである。

フォンドボーをもとにしたカレールーは、うまくできあがった。

時に応じて、野菜を煮つめ、ジュースにし、水分を飛ばしたものを加える。煮汁も、煮つめて加える。異次元の味である。

牛ロースをレアで焼き、スライスして御飯の上に載せたりする。魚介は、フライパンで炒めて遣う。どうだ、みんなうまいと言うぞ。白飯だけでなく、ソテーライスも様々に試した。私のカレーである。

君はいま、食いたいと思っているな。しかし私は、ある時から人に食わせてやらなくなった。

自分で食らうだけである。みんな、これはうまい、と声をあげるよ。じかしそれだけなのだ。

陶然とさせたいのに、そういう表情をしているやつはいない。うまいカレーを食っているだけなのだ。五分でかきこむやつもいる。

手間に見合った表情と讃辞を求めるのは、無理なことなのだろうか。私は、自らの徒労に唇を噛みしめる。しかし、それでやめてたまるか、とも思う。

私は、眼につくかぎり、ありとあらゆるカレーを食い歩くようになったのだ。カレー専門店はもとより、オープンキッチンのカウンターレストランで、カレーなどをちょこっと出したりする店でも、必ず食う。どうだ、うまいだろうと、したり顔をするシェフがいないわけではない。

カレー如きで威張りくさるな、と私はたわ言を吐く。うまくて当たり前で、俺を陶然とさせてみろ。そしたら、絶讃してやるぜ。

どれほどのカレーを、食い歩いただろうか。一万円カレーなるものも、食った。鮑の肝を溶かしこんであるルーです、などと言われたが、素材の勝利にすぎない。

私は、石垣島の友人が送ってくれる、生のウコンを擦《す》り下し、水で割って加え、苦い苦いルーを作ったこともあるのだぞ。その時は、泣きながら食らった。カレーの有力な成分に、ターメリックというのがある。それはウコンのことで、乾燥させ、パウダー状にした物を遣う。生のウコンなんて、手に入れられるやつは少ないからな、などと嘯きながら、入れたのである。

あの苦さは、まさしく人生の苦さであった。

二十数年も前の話で、私のカレー作りはいまも続いている。赤ワインを三分の一に煮つめて入れたり、とにかく試すことは数限りなくあるのだ。

そして、時々思う。カレー作りは、まるで小説を書くことと同じではないか。

うまく書けても、誰も陶然とはしない。全身全霊で書いても、ひと晩で読まれ、面白かったとひと言で終ってしまう。

そんなものなんだよ。割り切ればいいのさ。

呟きながら、私はそれでもむきになっている。カレー作りも小説もだ。まだ当分は、君に食ってみろとは言えないかもしれないが、めげるという言葉は私の辞書にはないのだ。

薬丸自顕流の門は遠い

剣を、構える。

真剣である。巻藁《まきわら》とむかい合っているが、私が見ようとしているのは、別のものだ。それが、見えてくる。はっきり見えたと感じた瞬間に、私は踏みこみ、抜き撃ちを放つ。

巻藁は両断されるが、私が見ているものは、消えている。

私は、巻藁が自分に見えた瞬間に、斬るのである。つまり、自分を斬ろうとしているのだ。

生きていない、と思う時がある。自分が考える半分も、生きていない。そういう自分を、斬ろうとする。しかし斬れず、中途半端にしか生きていない自分が、そのままいるのだ。

こんなことを書くと、剣客みたいだなあ。勿論、私は剣客ではなく、武士ですらなく、ひとりで剣を構え振っている、酔狂な男にすぎない。

自分を斬るのも、巻藁でなく原稿用紙の上でやればよろしい、という声も実はしばしば聞えているのだ。それでも続けているのは、ただ好きなのであろう。

私が居合の稽古をやるのは、海の基地の庭で、時には釣ってきた大型の魚をぶら下げ、切り身にしたりもする。

刀身に脂が巻くとはこういう感じなのだろう、とわかったような気分になっているところは、いくらか物好きの域を越えていると言われるかもしれない。

ずいぶん前から、私は木刀を振ったりしていたが、もっと気合を入れてやろうと考えたのは、鹿児島の、薬丸自顕流《やくまるじげんりゅう》の宗家の道場に案内されてからであった。

道場は砂地の露天で、すさまじい横木打ちに、私は圧倒された。猿叫《えんきょう》と呼ばれる叫びとともに、柞《ゆす》の木の太い棒を撃ち降ろす。大地を断ち割るがごときであった。

それから私は、素振り用の太い木刀を遣ったりするようになったが、ある時に、薬丸自顕流御宗家の方が自宅にお見えになったらしい。私は留守をしていたが、稽古用の棒と木剣と教本を残していかれた。

実際に振ってみる柞の棒は、想像以上の重さで、私は振り回されそうだった。これで三十回の横木打ちができれば、鹿児島へ行って入門を請おうと思った。なにかで、中村半次郎が三千回と読んだような気がしたので、その百分の一は振れるだろう、と思ったのだ。

しかし、振れない。十回も振れない。自顕流は渾身だから、ただ振れればいいというものでもないはずだ。

躰の勢いをつけるために、私は走りはじめた。『蜻蛉《とんぼ》』から、爪先で蹴って躰を押し出し、走る。

それだと十回ほど振れるが、横木の前で止まらないので、跳躍する。教本で見る『蜻蛉』は、爪先立ちのずいぶん低い姿勢で、やってみるとスタートダッシュに最適なのであった。跳躍して撃ち降ろすのは私の勝手な考案だが、すごい力が乗せられるような気がした。

ある時、私はいつもより高く跳躍し、全身の力で撃ち降ろした。

大地を断ち割るがごとく、というわけにはいかず、右膝に衝撃を感じると、私は倒れこんだ。捻る力が、少し働いたのかもしれない。

立ちはしたが、柞の棒が杖代りである。冷や汗が出てきた。膝の半月板を損傷したかもしれない、と思った。厄介な怪我である。教本にもないことをやってしまったことを、私は後悔した。

それに鹿児島の道場は砂の上だったのに、海の基地の庭は、満潮で潮が打ちこんでくることがあるので、コンクリート敷きである。およそ跳躍には適さないのだと、膝を冷やしながらはじめて考えた。

結局、半月板の損傷はなく、周囲の靱帯などを傷めただけであった。

それでも二週間は片脚を引き摺っていた。無謀なやつだと、医師の友人は笑った。私も、自分を嗤った。治癒してからは、『蜻蛉』からそのまま撃ち降ろすようになった。十回も振れない。

薬丸自顕流の門は、遠くなるばかりである。それに自分で勝手に跳躍などしてしまう私は、三十回振れても、入門は許されない気がする。

いまは、一撃を磨こうとしている。二撃、三撃と続けるのは、一撃を見事撃ち降ろせてからではないか。

すべてを、遠回りする。遠回りして、なにかが見えたというわけではない。無駄なことを、やっているだけだろう。しかし、小説ではその無駄なところも生きる、と思おう。膝の怪我など、描写すれば絶対にリアリティがある。そう思わなければ、前へ進めない。

君は、嗤っているか。私は、そんなところだらけなのだ。強く自覚しても、直すことはできない。つまり、学習ということができない。学習して、失敗がない人生に、憧れるよ。もう無理かなあ。

友人の女流作家に、心はいつも半ズボンですね、と言われたことがあり、それは褒められたと理解しているのだが、こんな時には揶揄にも感じる。ほんとうに、ガキのままだ。

深夜、真剣を抜いて見ている。その光景自体、気味の悪いものだろうが、私はほんとうに自分を斬りたいのだ。

抜き撃ちは、自顕流の教本にもあったが、実技としては、無外流六段の青年に習った。

その中には型や相手のいる組稽古などもあったが、私はひたすら真剣による抜刀の技だけに打ちこんだ。円運動をする刀身の、最も速度が上がっているところは、どこなのか。そこに巻藁を置き、斬り手という手首のかたちを崩さない。斬ることだけに特化した私の抜刀術は、結局、どの流派も汲まず、自己流に終始している。

私にとっては、それでいいのだ、という思いがある。試合をやるわけでもなく、演武は見たこともない。

ただ巻藁を見つめ、それが自分に見えた時に斬る。どこか、文章から余計な言葉を削り落とし、文体に昇華させていく行為に似ているのだ。

柞の棒を振るのは、打ちこみの力を増すためだ、と思いこもうとしている。しかし、一度毀《こわ》れてしまった膝と、鹿児島の道場で中学生が見事な打ちこみをしていた姿を思い出すと、劣等感がふつふつとこみあげる。

そういう自分も、私は斬るべきだろう。君は、斬りたいと思う自分を持っているかな。

腕に野球のボールを付けた

眺めていて、美しいと思えるものがある。

船を沖に出した時に、時々、護衛艦とすれ違うことがある。美しいフォルムの船だと思う。すべての船が、用途に応じた型を持っている。コンテナ船は、コンテナをより多く積むために、船尾に平べったいビルのような船橋が立っている。タンカーは、タンクである船体がでかく、ほとんど船体だけが動いているように見えてしまう。

護衛艦などの軍艦の類いは、闘うために造られた船なので、無駄のない、鋭いとも思えるような姿を見せる。闘うための情念が凝集された姿だ、と私には思えるのだ。飛行機なら、やはり戦闘機が美しい。そして刃物なら、日本刀である。

こんなの、男の子の美意識であって、女の子にはわからないのだろうな。どう考えてもトップヘビーの船型の豪華客船などを、女の子たちは美しいと言う。

日本刀だが、私は何振りか持っている。勿論、登録証付きである。普段から油を引いているので、抜けば刀身が汗をかいているように見える。

深夜、その油を拭って刀身を見つめ、また油を引いて鞘に納めるということを、私はしばしばやる。それはある意味、鑑賞に近く、刀身に自分を映しこんでいるなどというのは、私のたわ言である。

日本刀の切れ方は、すさまじい。庖丁などとはまるで違う。

これは人を斬って言っているのでは当然なく、釣ってきてぶらさげた魚を斬った時の感想である。

はまぐりを縦にして見たようなふくらみが、刀身の左右にはあるのだ。平面的なものが肉に入るのとは、まるで違う破壊力があると思える。それもまた、いいなと思う。

読者の女性たちは、またこんなことをと、眉を顰めているだろうな。しかしな、少しは男をわかろうとしなさい。男で苦労ばかりしている人も、少なくないはずだ。

男は、馬鹿なのだぞ。純粋な馬鹿で、その馬鹿さ加減を守るために、嘘をついたり、女を捨てたりもする。

馬鹿さ加減をわかってくれる女性は、男にとってのいい女の、大きな条件をひとつ満たしたことになる。

自分だけ主張し、価値観を押しつけようとする女性に、私は洟《はな》もひっかけない。

男と女の話は、またできる。

日本刀だ。物によって異るが、刀身に樋《ひ》と呼ばれる溝が入っているものがあり、それを振ると、不思議なほどの音がする。笛の音に聴えることもあれば、振っている私の心の声とも思える。くやしい時は呻き、怒っている時は叫ぶ。嬉しい声を知らないのは、そういう時は刀を振ったりしないからである。

深夜、私は原稿用紙にむかっていた。

自宅の書斎である。十数枚書いた時、ぴたりと筆が止まった。この言葉、と思えるものがどうしても出てこない。別の言葉でも意味は通じるが、感覚的なものがどこか違うと思ってしまう。


そういう時の私は、じっと白い原稿用紙にむかっている。身動きさえしていないだろう。それが、二時間も三時間も続くことがある。一度寝てしまおうなどと普段は考えるが、その時は違った。言葉に行き着けない自分が、許せないような気分になった。

そんな自分は斬ってしまおう、と私は思った。

斬り捨てて、違う自分になろう。それで違う自分になれるのなら苦労はないが、その時は、もう斬るしかないと思った。

立ちあがった。壁の刀架の刀に手をのばし、鯉口を切った。自分が見えるまで、待つ必要はなかった。言葉を出せない、書けない自分がそこにいるのだ。

鞘を払い、刀身を見つめて振った。樋のある刀なので、いい音がする、などと考える暇はなかった。肩のあたりで、びしりと、刀ではない音が聞えたのである。肩の肉体になにか異変が起きたのだとは、すぐにわかった。同時に、強い痛みが左肩に発生した。

むむっと声を出し、刀を床に放り出して肩を押さえ、私はうずくまった。冷や汗が出てくる。しばらくそこをさすっていたが、私は気を取り直し、階下に降りて保冷剤をいくつか冷蔵庫から持ってきて、ガムテープで肩に貼りつけた。

冷やすと、いくらか楽になった。ようやく、刀を鞘に納めた。抜き身のまま、放り出していたのだ。

原稿は書かねばならず、あっさり言葉は出てきて、残りの七、八枚を一気に書きあげた。

それから、肩を点検する。腫れはないという気がした。ただ、上腕二頭筋が、つまり力瘤の出るところだが、そこが異常に膨れあがっていた。俺の力瘤はこんなだっただろうかと思うほど、野球のボールでも入っているような膨れあがり方であった。

そして、こむら返りに似た感覚がある。しかしその瘤自体に、痛みがあるわけではなかった。やはり、痛いのは肩だ。

私はガーゼを当て、その上に保冷剤を載せると、ガムテープで留め直し、ベッドに入った。しんしんと来る痛みの中で、それでも私は眠りに落ちた。

翌朝、起きてみても、左の上腕二頭筋は、明らかに異常である。膨れは力瘤などではないと確信できた。

中学、高校時代の同級生がいる病院に駈けこみ、上腕二頭筋、腱断裂と診断された。膨らみは、腱が切れて筋肉が落ちてきていたのだ。

治せない、と言う。切れた腱が、箒の先のようになって、縫えないらしいのだ。かたちを整える手術はできるが、筋力が戻ることはない。

このまま保たせろ。友人は言った。二つある腱の一本が切れたので、残ったもので六十から七十パーセントの筋力を保持せよ。

中学のころから馬鹿だと思ってたが、やっぱり死ななきゃ治らないのだ、と友人は呆れ顔だった。

膨れが消えることもない。腕の瘤は、銀座のクラブ活動のいい材料になっている。君にも、触らせてやろうか。

それにしても、こういう怪我は、勲章と呼ぶしかない、と嘯く私がまだいた。

君よ、いきなり激しい運動はするな。必ず、ストレッチからはじめるのだぞ。

季節を独り占めしてやろう

春になったのかな。

なんだか、鼻がムズムズして、時々くしゃみが出る。君の鼻、大丈夫か。私は花粉症にひと度襲われれば、桜が散るころまで、鼻水で顔を濡らして過ごす。もっとも、いたたまれなくなって、途中で熱帯に逃げたりもするが。

空気は春かもしれないが、海水温はまだ冬だ。そして冷たい海中で、ワカメが育ちはじめている。

冷たいと、微生物の発生が抑えられ、水は澄んでいる。そしてこの時季のワカメは、薄く繊細で、表面も実にきれいである。

水温があがると、いろいろなものが付着する。厚くなり、アクが出るようにもなる。だから、海水が冷たい間が、私のワカメの収穫期なのである。

素潜りである。ウェットスーツにウェイトをつけ、静かに潜る。せいぜい二、三メートル。

鎌のような道具で、ワカメを根もとから切っていく。海中に漂うワカメを集め、ボートにあげる。

友人の漁師がワカメを育てている場所で、快く漁を許可してくれた。私は、漁と呼べるぐらい大量に採り、知っている料理屋に送ったりもしているのだ。

神奈川県の三浦半島西岸にある、かなり奥深い湾である。この湾は、魚種が実に豊富だ。県が保護している森が、注ぎこんでいる川の流域になっていて、養分も同時に流れこんでくるからららしい。微生物が発生し、それを食う小魚が集まり、さらにそれを食う魚がやってくる。海鳥なども多く、食物連鎖の小さな見本のようなものだ。

私の海のそばの基地は、この湾に面している。

ワカメを採ると、もうひとつやることがある。ボートで出かけ、カワハギを釣ってくるのである。なかなか難しい釣りで、昨年の暮、私は六枚釣り、同行した友人の夢枕獏が十数枚の釣果という、屈辱の記録もある。

あの時は、まだワカメが育っていなかったからな。ワカメの時季は、絶対大漁である、と信じて出かけている。そして、釣れるのだ。

カワハギは捌いてぶつ切りにし、肝は取り分けておく。それほどは大きくない鍋に湯を沸かし、採りたてのワカメを笊《ざる》に入れてそばに置く。箸で挟んだワカメを一枚、湯に通す。

暗褐色だったワカメが、瞬時に鮮やかな緑になる。それを、ポン酢をつけて口に入れる。食感がいい。季節を独り占めにしている、という気がするほどだ。

このワカメのしゃぶしゃぶは、あらかじめ量を決めておかないと、いつまでも食らい続けてしまう。私はすでに、冷やした白ワインを抜いている。毎年、最初のワカメを食らう時は、心が躍る。何度も、大きな息をつく。

湯には、ワカメの出汁が出る。少し色づいてきて、香りもいい。私はカワハギの肝を一度湯に通し、それから裏漉しして溶かしこむ。しばらくして、ぶつ切りにした身を投入する。

その段階で、私は涎を抑えきれなくなるが、ひたすら耐える。

バルセロナの海浜レストランで、アンコウの肝を溶かしこんだ鍋を食ったことがある。佐伯泰英氏が一緒だった。二人で瞬く間に鍋を平らげ、しばし無言になった。あれは三十数年も前のことだ。

煮立ってくる。切り身をひとつ取り、ポン酢で食らう。ポン酢は自分で作った方がよく、紅葉おろしなど、ほかの一切のものは遣わない。

バルセロナのアンコウ鍋には、ポン酢がなかった。ポン酢があれば最高だ、と佐伯さんと話したような気がする。箸もなかった。当然なのだが、私はあの時、箸が欲しかった。

海のそばに小屋のようなレストランが数軒並んだところだったが、私は厚く浅い鉄の鍋と、スープの色、香り、アンコウの黒い皮の色、突き出した鰭《ひれ》の骨などしか憶えていない。どんな海だったかも、頭から飛んでしまっている。

そして、帰国してから、魚屋でアンコウを買い、肝を溶かしこんで作ってみたが、どこか違った。いや、かなり違った。最近も、思い出しては作ってみるが、濃厚さが足りないような気がする。

カワハギ鍋は、あのアンコウ鍋が頭にあって、作りはじめたものである。香料もさまざまに遣ったが、結局、紅葉おろしもなしという、きわめてシンプルなものになった。方法として採用したのは、いくらか煮つめるということであろうか。

ワカメがない時、カワハギは肝あえなどにして食う。ごく一般的であり、こちらは食らうではなく、ただ食うのだ。そして肝を持っていない時季のカワハギは、単なる白身の魚でしかなく、私は真ゴチなどを寝かせて食らう方が好きだ。

口に入れる魚はほとんど、自分で釣ってくる。当たり前の調理法の時は食うで、自分で考えたのなら食らう、などと法則を立てるのも滑稽なほど、釣れる時は釣れる。

食う、食らうは、あくまで気分の問題なのだ。だから君は、ここは食らうだろうなどと、面倒なことは言ってはならない。煩わしい区分けをしているのは、私の方か。とにかく、自分以外の人間が作ったものを、食らうことはないのだ。

鍋の中が煮つまってくると、濃厚さが増すと同時に、味が変ってくるような気がする。ここは微妙だが、魚ではないものを食らっているような気がしてくるのだ。そのころ、カワハギの身はなくなる。

最後に、雑炊である。炊きたての御飯を入れるので、それほど時はかからない。あるいは生米を入れることもある。どちらも、うまい。チーズのリゾットか、パエリヤか。そんな感じの仕上がりになり、卵もその時の状態を見て、遣うか遣わないか決める。

カワハギ鍋を食った連中は、また食いたいと必ず言う。季節によって、カワハギは肝を持っていないのだよ。ワカメもない。だから、この時季だけだ。もう一度、などと言うな。うまいものに出会うのは、運だよ。

しかし、この鍋には、確かに素材の勝利というところがある。つまりな、君にも作れるということなのだよ。素材があれば、だが。

アディオスだけをぶらさげて

旅に、出たい。出よう。

しばしば、そういう気持になる。以前は、そう思ったら二カ月後には、どこかへ出かけていたが、いまはいくらか腰が重たくなった。ひと月旅行をするとして、そのひと月分の原稿は出かける前に書かなければならず、そのエネルギーがなかなか出てこないのだ。

それでも、旅に出たい。久しぶりに、スペインやポルトガルへ行くか。イタリアやギリシャも悪くない。

頭ではそう思っているが、私はいまカンボジアへ行く準備をしている。

なぜカンボジアなのか。うむ、熱帯雨林に対する関心かな。なにしろ、二十世紀の三大虐殺をなしたひとりである、ポル・ポトを生んだ場所なのだ。

しかしそれは、真中にあるものではない。私がいまも書いている長い小説で、そのあたりを舞台のひとつにしているという真中の理由があり、しばしば取材の必要に迫られるのである。

要するに、仕事が絡まないと、なかなか腰があがらなくなった。

昨年は、炎天下のミャンマーで、日干しになりそうだった。一昨年は、雨季のカンボジアで、熱帯雨林を肌身で感じた。その前はラオス、ベトナムで、これは暑かったがのどかな旅であった。

なぜ何年にもわたって旅行しているのか。私が書いているのは、全五十巻を超える小説なのだ。五十冊だぞ。そりゃ、何年も、十何年もかかるさ。そんな仕事を許されている私は、正直、幸福である。版元が寛容で、私を自由に泳がしてくれた。なにより、第一巻からの読者が、いまだかなりついてきてくれている。ほとんど伴走して貰っているという感じで、私は四十巻を書き終えた。

少々しんどくても、必要があれば取材には行かねばなるまい。

私は、カンボジアの詳しい地図を拡げ、見入る。観光地には、関心はない。熱帯雨林の中の道を見たい。古来、メコン川の通航のネックであった、滝を見てみたい。そんなことを考えながら、頭には、ポルトガルの港町、スペインの石畳、イタリアの市場の情景などが浮かんだりしていて、しばしそれに溺れてしまう。

国というより地方、地方というより街の、具体的な光景が浮かぶので、始末におえない。自分から溺れているというのも、あるかもしれない。

これって、締切直前に、いま観なくてもいい映画を観てしまったりするのと、似ていないか。

スペインにはじめて行ったのは、三十数年前になる。謙三くん、スペイン語は喋れるのか、と行くと知った逢坂剛さんに言われた。

逢坂さんは、同業というだけでなく、私の大学の先輩でもある。アディオスぐらいは、言えますぜ。それだけ喋れれば、充分だから、頼みがある。そういうやり取りのあとに、一通の手紙を託された。

セビリア在住の女性だが、手紙が届かないので、探し出して渡してくれという、探偵が受けるような依頼であった。任せてくださいなどと、私は胸を叩いた。その際、餞別代りに教えられた、君はかわいいね、というスペイン語は、いまだに遣っている。世界に、スペイン語圏は多いのだ。

アディオスだけをぶらさげてスペインに行っても、なにもできない。ホテルこそ英語が通じるが、街では身ぶり手ぶりと日本語で押し通した。

先輩の手紙など、忘れた。しかし、佐伯泰英氏に会ったのである。どういう経緯だったか記憶は曖昧だが、スペイン人のようにスペイン語が喋れる佐伯さんに、私は小判鮫さながらに張りついた。

すでに、面識はあったのだ。いまでこそ江戸時代小説の大家であるが、そのころは、スペインを舞台に小説を書かれていた。君、一冊読んでみろよ。スペインを知るには、いい作品だぞ。

そして私は、先輩の手紙を思い出した。セビリアの住所に、当然彼女はいなかった。普通だとそこで終りだが、佐伯さんのスペイン語がある。近辺を尋ね歩いて、コルドバという情報を得た。

車を飛ばした。そのころ、私はまだ免許証を持っていなくて、佐伯さんの運転だから、私は助手席で馬鹿話をしていた。

もしその女性が見つかって、悲惨な境遇にいたら、どうしよう。蓮っ葉な姐御で、煙草の煙を相手に吹きかけるようだったら、蹴飛ばそうか。ビア樽のように肥っていたら、逢坂さんに伝えるのは、やめておいた方がいいだろうか。

さまざまな想定をし、特に名を秘すが、その女性が逢坂さんとどういう関係なのか、という臆測まで、私は喋り続けた。なにしろ、留学時代かなにかで知り合った女性で、それからずいぶん時が経っているのに、アディオスしか言えない私に、手紙を託したのである。

それはただの友だちではあるまい、と私は力説した。佐伯さんはどこまでも冷静で、会ってみてからだよ、ケンちゃん、と言って私に眼もくれないのだ。運転中であるから、眼をくれられると、危険ではあったのだが。

コルドバで、その女性の居所はすぐにわかった。訪ねていった。清潔そうで、やや高級ぐらいの、日本でいうマンションで、私はいくらか意外であった。ドアを叩いた。佐伯さんとの、二、三度のやり取りで、うそっ、という女性の声がし、ドアが開いた。私も、うそっ、と叫びたい気分だった。

小柄で、キュートな若々しい美人だったのだ。背後にでっぷりした旦那がいて、友だちの友だちは友だちだと言った、らしい。部屋に請じ入れてくれた。経過説明をして手紙を渡すと、彼女はそれを音読し、旦那は何度も頷いて返事を書けと言った、らしい。

その間、腸詰めを切り、ビールを出してくれた。子供が二人いて、私は手品かなにかをしてみせて、大いに受けた。旦那も、笑っていた。なんとなく、チョリソーというより腸詰めと言った方がいいものの味を、私は覚えている。

居間にはテレビがあり、同じような闘牛の映像がずっと流れていた。ただの闘牛の映像ではないと思ったのは、ニュースふうだったからだ。

そして、食い入るように見ていた佐伯さんの眼から、涙が流れ落ちていた。

　闘牛は、牛と人間の闘いではない。闘牛などと日本語訳されているので、闘いと思いがちだが、あれは牛を殺す儀式なのである。殺した牛はなにか。神への供物となるのだ。だから闘牛士は、神と人間の間にいて、その儀式を司る祭司の役割を持っている。

　そういうこと、ふらりと闘牛場へ行ってもわからんよな。殺した牛の耳を切りとって、観客に翳《かざ》して見せている。これなど残酷だと思うが、実は勇敢に闘った牛に対する敬意の表現であり、いつもやるわけではない。

　そんなことは、全部佐伯泰英さんに教えられたことだが、歳月が経つうちに、私の解釈なるものが入っているかもしれん。

　逢坂剛さんの手紙を届けた彼女が返事を書いている間、テレビを観て涙を流しはじめた佐伯さんと、それにびっくりした彼女の旦那が、早口で喋りはじめた。

　私は、まだ流れ続けている映像に、ぼんやり眼をやっていた。

　闘牛士が、牛とむかい合っている。闘牛士が、突っこんできた牛をかわす。二度目。闘牛士の躰が、持ちあがった。確かに、闘牛士の足が砂から離れているように見えた。しかし、跳ねあがったという感じではない。持ちあがったとしか言いようがなかった。

　それから、闘牛士らしい男が病院にいるシーンになり、また闘牛場の映像になる。キャスターの男が、喚くように喋っている映像になり、そしてまた闘牛場。

　その間も、佐伯さんと旦那は、早口で喋り続けていた。佐伯さんは、時々、掌で眼を擦っている。眼鏡をかけた子供が、私のそばにきて笑いながらなにかを言った。その瞬間に、映像の中にある不穏なもの、禍々しいもの、衝撃的なものを、私ははっきりと感じた。なにかが、起きたのだ。

　あとで、佐伯さんが私に説明してくれた。フランシスコ・リベラ・パキリという、当代一の闘牛士が、シーズンの最後の闘牛をポソブランコとかいう田舎の闘牛場でやり、マドリッドやバルセロナの大舞台でもあまりやらない危険な技を披露し、牛の角で突きあげられて死んだ。

そういうことだった。闘牛士のフルネームを憶えているところは、私の記憶としては上出来である。しかし、記憶違いはあるかもしれない。

ぼくは、とても親しかった、とても。悲劇なのかと訊いた私に、佐伯さんはそれだけを言った。

佐伯さんは、当時まだ写真家でもあり、闘牛の写真集を私は見たことがあった。若いころから、パキリに密着して写真を撮っていたという。いまうまく表現できないが、被写体と写真家の関係以上のものを、私に感じさせる口調だった。

逢坂先輩への返書を、彼女が差し出し、私が預かった。

それから、パキリの話がまた続いた。セビリアで、明日葬式をやるらしい、と佐伯さんが言う。行こうよ、と私が返す。旅のコースとして戻ることになるが、そんなことより葬式に出たかった。佐伯さんは、なおさらだろう。

コルドバから、再びセビリアにむかった。その時、私はさまざまな闘牛についての解説を受けたのだろう。帰国すると、一端《いっぱし》に闘牛のことを語るようになっていた。

晴れた日だった。セビリアの葬儀に集まったのは、何十万ともいう話だった。とにかく、セビリアという街が人で埋まっていた、という印象がいまも残っている。

佐伯さんは、どこかで買ったネクタイを締めていた。首からは、確かニコンFという、往年の名機をぶらさげていた。

これも固有名詞を憶えていて上出来なのだが、奥さんがイザベル・パントゥーハという国民的な歌手であり、英雄とのカップルだったのだ。

柩が、若い闘牛士たちに担がれて、パキリの自宅を出てきた。私たちは、前へ行こう前へ行こうとしたが、ほとんど熱狂したような人に阻まれ、ようやく柩が見える高い場所に登れたぐらいであった。

奥さんも、柩の後ろから数十名に守られるようにして出てきた。花で飾られた霊柩車が待っていたが、群衆はそれに載せることを許さず、柩はねり歩くようにして闘牛場へむかった。

それから墓へ行って、アディオスで終りだよ、と呟《つぶや》くように佐伯さんが言った。

その埋葬の情景を目撃したような記憶があるが、あとから想像したものが記憶に入りこんだのかもしれない。

断片的な記憶は、いくらでもある。テレビの映像の中で、手術室のものがあった。闘牛士は神と人の間にいる存在だから、そういうところも映すのだという話だった。

パキリの顔が、映っていたのだろう。もう助からないと周囲が騒ぎはじめた時、みんな落ち着け、静かにしろ、と言った。それから死んだ。

六〇年代の英雄で、佐伯さんの著作にもある、エル・コルドベスという引退した闘牛士が葬儀に参列し、マスコミが作った囲みの中で、ひと言だけコメントを発した。

闘牛士は、闘牛場の砂の上で死ぬものだ。生者と死者。光と影が、鮮やかに逆転したと思った。

あの日の情景は、鮮やかなスペインとして、いまも私の中に強烈に残っている。

パコと、愛称で呼ばれていたパキリ。立ち尽す、佐伯泰英。

私のスペインの旅は、これ以上はないという、鮮烈な光景ではじまったはずだった。それから二度、私はスペインへ行ったが、思い返すと、漫然と時を過したという気しかしない。はじめが、強烈すぎたのだろうか。

佐伯さんとは気が合い、それからも各地を旅した。モロッコを海岸沿いに南下し、西サハラとの国境近くまで行った。ポリサリオ解放戦線というゲリラが、まだいたな。ドイツ、フランス、イギリスと、走破したこともある。グアテマラ、ホンジュラス、カリブ諸島、メキシコ南部。私は、まだ旅を続けたい。自分の旅を、新鮮なものにしたいと、いつも考えている。どこへ行くかではなく、どう旅するかなのだ。

君の旅は？　うむ、私にはそんなことはどうでもいいな。

またしてみたくなった旅

贅沢な旅の話をすると、顰蹙を買うのだろうか。そして私は、贅沢な旅をしたことがあるのか。

大金を遣う旅は、あまりしていない。金を遣うと、面白いところを素通りしてしまうからだ。点と点を金で繋ぎながら、という感じになる。私にとっては、時間は大事なものだから、それをふんだんに遣えば贅沢ではあるが、ふた月丸々というのは二度か三度しかない。ひと月というのはかなりあるので、贅沢はしたのかもしれん。点から点ではなく、線で移動できる。旅というのはその移動だと、私は思っている。思う通り線で移動できることは、しばしばあるわけではないのだが。

やっぱり、私の贅沢な旅を自慢してしまおう。その気になれば、これは君にもできる。

私は、パリにいた。

西アフリカから戻ったところで、まだ五日ほどの時間があった。パリを歩き回るのもいいが、南へ行ってみようと思ったのだ。レンタカーを借り出し、高速道路に乗った。早朝だった。飛ばせば、夕方か夜の早い時間には、南海岸である。古いシャンソンで『ブルージーンと皮ジャンパー』というのがあるが、それに日本語の歌詞を勝手につけて、口ずさみながら突っ走っていた。日本語表記の『皮』という字のジャケットには笑ってしまったな。

ヨーロッパのドライバーは、概して飛ばす。いまは知らないが、二百キロオーバーの車もめずらしくはなかった。私はディーゼルの車を借りたので、フルスロットルでも百六十キロというところだった。追い越されながら走り、もっと性能のいい車を借りればよかったと、反省しきりであった。

日本のどこを走っても、私は追い越されることがない、というドライバーになっていたのだ。あまり、金がなかったから、ディーゼル車にしてしまった。

やがて、リヨンという標識が見えてきた。追い越されるのにも、高速道路そのものにも飽きていた。私はリヨンで高速道路を降り、街で腹ごしらえをすると、マップを見て、一本の道に眼をつけた。

ナポレオン街道という、山間のワインディング道路である。迷いもなく、私はその道に入った。眼をつけたら、すぐにやってしまうのが旅である。治安さえよければだぞ。

面白い道だった。ナポレオンが再度本土上陸をした時、この道を通ったというのが名の由来らしいが、こんな山の中を進軍してきたのかと思った。しかし、そんな感慨はすぐに吹き飛ぶ。バトルを挑んでくる車がいるのだ。ヨーロッパ人はマニュアル・ミッションが好きで、かなりのスピードで追いかけてくると、エンジンブレーキで減速する。哮《ほ》えるような中吹かしの音が二度聞え、二段ギアを落としたのがわかる。

じっとしているとパスしていくが、私も一段飛ばし、深く中吹かしを入れ加速する。やろうじゃないか、という合図である。

左に曲がり、右に曲がり、登り、下る。その間に並んだり、抜かれて抜き返したりする。ブレーキに爪先を、スロットルに踵を載せ、目まぐるしくシフトし、たまにはドリフトし、完全に峠の走り屋のスタイルだ。

何キロか、それをやると、クラクションを一度鳴らして脇道に入っていく。それで終りなのである。

次元が違う速さのやつはおらず、ほかに車がいる時は安全にそっと抜く。しかも大人しく走っていた前の車が、いきなり走り屋になったりするのだ。

私も、脇道に入ってみたくなった。視界が開けた時に見える遠くの山々は、アルプスの西端である。道はマルセイユではなく、ニースにむかっていたが、それならそれで、私にはアイデアがあった。

入ってみたくなったら、躊躇なく脇道へ入り、五キロほどで小さな村に行き着いた。最悪の場合、どこか個人の家に泊めて貰おうと思っていたが、ペンションのような小さなホテルがあり、マダムがにこやかに迎え入れてくれた。

羊の煮こみと野菜のスープの食事をとり、さらに村で作ったというチーズを赤ワインに合わせ、私は充ち足りて葉巻に火をつけた。翌朝は、カフェ・オレとクロワッサンである。

そんな宿泊を、ナポレオン街道で二泊。道は崖の上に出て、眼下にニースの街が拡がっている。ここでたっぷりと魚介を食って、パリへ戻るのである。

翌日、レストランの外の席で昼食をとっていたら、派手すぎるほどのレース用のヘルメットを被《かぶ》った、ゼロ半が寄ってきた。

ヘルメットと乗りもののバランスが、極端である。そのゼロ半は、私のそばに停ると、ヘルメットをすぽっととった。日本初のバイクのグランドチャンプ、片山敬済であった。なにしてるの。めし食ってる。からはじまり、同じ席でエスプレッソを飲むと、またヘルメットを被って去っていった。そんな出会いもある。

ニースから足をのばしてモナコへ行き、カジノでちょっとスッたのはまあ笑い話で、私はニースへ戻り、ある準備をした。駅の窓口でパリ行きの列車の手続きをしたのである。私だけではない。車も客である。つまり、後部に、二段で車を載せられる車輛を引っ張っているのだ。これがあることを知っている人は、あまりいないかもしれない。おい君、パリで買物ばかりしているんじゃないぞ。こんなの、試してみたらどうだ。

私はコンパートメントに入り、動きはじめた列車の車窓の景色を眺めた。暮れなずむ夕刻で、かなり長い時間、光はあった。食事を頼んでおいた。バゲットに薄い生ハムを挟んだだけのものである。それを齧り、ワインを飲む。外の農村の夕方の光景を眺める。

贅沢だなあ、と私は思った。時によっては、野宿のような旅を、西アフリカでしてきたばかりである。それもいいところはあるが、苦しいことも多い。ナポレオン街道のこの旅には、愉《たの》しいことしかないのだぞ。

私は、ワインを一本空け、それでは足りず、持っていたウイスキーをいくらか飲んだ。

そして、列車に揺られながら、ベッドに横たわったのである。すぐに眠り、眼醒めるとパリであった。

旅は、どこへ行くかより、やり方だ。私は滅多に人に勧めたりはしないが、この旅は君に勧めるぞ。三日で済む。行ってみろ。

旅で失った銭は取り返さない

旅先で、銭を持っていかれたということは、少なからずある。

暴力で持っていかれたことも、私の不注意だったこともある。そして、騙されたことも少なくない。

ニューヨークでは、命の代金として、いろんなポケットに二十ドル入れていた。ホールドアップと言われた時、出すのに適当な額だというのだ。百ドルだと、後で警察に行くかもしれない。二十ドルだと、ちょっと嫌な思いをするだけだから、引金を引かれない。そんなことらしいが、ニューヨークで危険な目に遭ったことはない。私にとっては面白くない街だが、ニューヨークで緊張したこともあまりないのだ。

モロッコの砂漠の方へ、レンタカーで行った。

カメラマンが街に残り、ひとりで見物に行ったのだ。砂漠といえど道はあり、轍がそれであった。かなり、大きな道路をはずれたということである。車は見かけず、どこかで引き返そうと思っている時、岩山から男が十数人出てきた。

そこで、パスポートごと、すべて奪われたのである。みんな自動小銃を持っていたが、軍ではなかった。ポリサリオ解放戦線というゲリラと停戦合意が成立し、国連の停戦監視団も入っている、という情況だった。あれは、ゲリラだったのだろうか。

とにかく私は無一文になり、仕方なく歩いて、通ってきた村へ戻った。村人の姿が見えた時、困ったなあ、という思いに襲われた。モロッコ人は、人の顔を見ると、案内してやるとか、金をくれとか言うのである。ポケットのどこを探っても、小銭すらない。

どうして金をくれなどと言うのか、と訊いたことがある。おまえの方が金持である。富める者が貧しい者にほどこしをすると、アラーの神に救われる。俺はおまえが救われればいいと思って、金をくれと言ってやっているのだ。とんでもない論理である。

私の顔を見たら、金をくれと言うのだろうな。金が無ければ、なにもしてくれないのだろうな。そう思うと、村へ入るのは憂鬱だが、入らないというわけにもいかない。

ところが、歩いて入ってきた私を見て、みんな事情を知りたがり、水を飲ませてくれて、ごくわずかだが、金をくれたのである。私はまさしく貧しい者だったのだ。とんでもないと思ったが、捨てたものでもない論理だ。

結局、私は街へ行くトラックの荷台に、野菜と一緒に乗せて貰い、事なきを得た。

当然ながら、警察署に駈けこみ、喚き立てた。しかし、誰も相手をしてくれないのである。日本語と身ぶりになり、パスポートという言葉は理解したのか、二人の制服警官が私を覗きこんできた。

英語のできるやつはいないのかと言うと、ひとりがフランス語でなにか言い、しばらくしてもうひとり連れてきた。しかし、そいつは手錠をかけられているではないか。そして、ペラペラと英語を喋った。詐欺をやったらしい。

その男の通訳で、なんとか調書を作り、一通貰った。ラバトの日本大使館へ行け、と言う。街のホテルには私の荷物があり、いくつかに分けてある財布も手にした。旅を続けるというカメラマンを残し、私は車を雇って、ラバトにむかった。一時渡航書《トラベル・ドキュメント》と呼ばれる、パスポートの代用品を出して貰える。

しかし、途中ではたと気づいた。パスポート用の写真が必要である。ラバトは店などが少なく、写真を撮ってくれるところが見つからないかもしれない。手前のカサブランカで撮ろう。そう思い、街へ入ると、シャッターを半分下ろした写真屋が、すぐに見つかった。漫画のような話は、まだ続くのだぞ。

パスポートがないことを理解してくれた写真屋は、休みなのだがその日にやってくれる、と言った。数時間後に取りに行くと、B5判ぐらいの写真があった。なにっと思って指さすと、パスポートサイズのものもあるではないか。じゃ、でかいのはなんだと訊くと、プレゼントだという。大判だけでなく、結局、その写真屋は金をとらなかった。大判の写真は二枚あり、一枚は店用らしい。ほんとにひどい目に遭ったねと、同情もしてくれた。

店用の大判の一枚は、ウインドウに飾られるそうだ。日本人がうちで写真を撮ったのははじめてだから、というような理由だった。

だからカサブランカの下町の写真屋のウインドウには、一時期、いやかなり長期にわたってかもしれない、私の写真が映画俳優などと一緒に並んでいたということなのだ。おい、君は嗤っているな。やめておけ。豚に食われるぞ。

この旅など、私の漫画のような旅の、ベストスリーぐらいに入るものである。どれぐらいの損害だったのか、帰国して検証してみた。

パスポートまで持っていくのは困りものだが、命はとられなかった。車は保険に入っていた。砂漠の道を二時間ほど歩いて、村人から金を貰った。トラックにもただで乗せて貰った。私の財布に入っていたのは、日本円にして三万円ぐらいのディルハム紙幣である。

手錠をかけられた詐欺師とか、カサブランカの写真屋とか、こうして書いていても、まるで嘘みたいな出来事である。

パスポートのコピーをとって、本体はホテルのセーフティボックスという、旅のセオリーを面倒でやらなかったことは反省したが、移動の多い旅では、結局はパスポートは身につけている。

モロッコを多少好きになり、以後、二度も出かけていったのは、三万円を相殺してもなお、充分に得をした、ということにならないか。

旅先では、ずいぶんと銭を失った。その場では、くやしいな。しかし、それでその土地を嫌いになっても、なにひとついいことはない。あれもこれもというマイナスが、積み重なってしまうこともあるが、どこかでマイナスをもうひとつ、積み重ねるのではなく掛け算にしてしまえばいいのだ。マイナス同士を掛ければ、プラスになる。しかも大きな数字だ。

この旅では、好きで会ったわけではない詐欺師と写真屋が、掛け算ができるマイナスだったのだ。君は、私の旅へのこのプラス志向が、理解できるかな。

懲りても懲りないのは不屈か

東欧圏と呼ばれる国があったのは、いつごろまでだろうか。

私は、ソ連以外の東欧圏の国々が、好きであった。露骨な、あるいは微妙な、抑圧のもとにあった。人々の眼が、一様になにかを見つめていて、その視線の先を探ると、自由という言葉が出てきてしまう。

当たり前のものが、当たり前ではない。それが東欧圏であった。ハンガリーが、好きだった。チェコスロバキアも好きだった。ユーゴスラビアは、昔はイタリアの隣国で、それだけでなんとなく好きだった。

はじめて、東欧圏を車で駆け回る旅をしたのは、いつごろだっただろうか。

私は、西ドイツから東ドイツに入り、それから前述の三国を駆け回ったのだ。

さまざまな出来事に出会ったが、やっぱり漫画的なのであった。どこにも観光的なものはなく、暮らしがむき出しであった。それでいて、個々の人生が、なぜかひっそりと覆い隠されているのだ。

東ドイツへ入ると、私はライプチヒという街にむかった。

古い街で、暖かい季節なのに雪が降っていた。雪と見えたのは、風に吹き飛ばされたタンポポの種で、その中に立っているだけで、別の世界に入った気分だった。

しかし、現実もあった。降りしきる雪の中に立っていると、遠慮がちに中年の男が近づいてきて、西欧側に旅行できることになったが、米ドルや西ドイツマルクがない、と泣きそうな顔で言うのである。

五東ドイツマルクを、一西ドイツマルクと替えて貰えないだろうか。国境では、一西マルク＝一東マルクであった。なんと、五倍の為替レートではないか。

私は欲と親切心で、かなりの西マルクを東マルクに替えてやった。

その瞬間、私の財布は、五倍になった。一対一だと思っていたレートが、一対五だったのである。

金持になった私は、ライプチヒの街でなにか買おうとしたが、リンゴぐらいしか買えるものがなかった。豪勢な食事をしようにも、レストランの食事はホテルからの予約にかぎられ、なぜかその勘定をドルでホテルに払うシステムになっていた。

頭は、使うためにある。私はドレスデンにむかったが、その途中にマイセンがあった。高価な磁器を、買い占めてしまえばいいのである。私は、鼻唄まじりで車を転がし、マイセンの街に入ると、一番高価そうな店に入った。この店の品物を全部くれ。そう言おうとして、当店はドルか西ドイツマルクでしか、販売をいたしません、という札が眼に入った。

なぬっ、ここは東ドイツだろう。しかし、どの店に入っても同じであった。腹を立てながらドレスデンに入り、金を遣えるところを探したが、当然ながら、システムはライプチヒと同じなのであった。

まあいい。国境の両替所がある。そこでなら、一対一のレートで替えられて、私は五倍の金持のままなのだ。チェコスロバキアの国境へ行った。両替所はある。しかし、閉っているではないか。いつ開くのだと喚いても、いつか開くと返ってくるだけである。

当時、ビザは滞在日限が決まっていて、私はその日に東ドイツを出なければならなかった。両替所は開かない。出るしかない。出た瞬間に、私の財布の東マルクは紙屑になった。

普通なら、それで懲りるが、プラハでまたやった。警戒心一杯で、それでも闇屋を路地に引っ張りこみ、あざといほどのレートの交渉を筆談でやり、莫大なクローネの紙幣を手にしたのである。闇屋が、そのレートなら、かなりの量を替えて貰わないと損をするばかりだと、切実な表情で言ったのだ。

私は、金持であった。しかし、金は遣えない。そのころは同じチェコスロバキアだったブラチスラバにむかう間、私はいやな予感に苛まれていた。

しかし、ブラチスラバに、古いカメラばかりを売っている、写真店があったのだ。何度も確かめたが、間違いなくクローネで値札が付いている。

私は鼻の穴をふくらませて店に飛びこみ、ウインドウの商品を全部くれと、分厚いクローネの札束を三つ、懐から出して叩きつけた。

店の主人は、複雑な表情をして、紙幣のある一点に指を押し当てた。一九四八年だかなんだか、記憶は定かではないが、臨時政府が発行した紙幣で、その政府があった一年間だけ有効だったものだと言うではないか。なんだと。おい、おまえ、いや君。嗤っているな。私は偽札を摑まされたのではない。本物だが、一年間しか通用しなかった札なのだ。オー・マイ・ゴッド。つまりは、紙屑を摑んでしまったのである。

私はプラハにとって返し、その闇屋を見つけてボコボコにしてやろうと思ったが、どこを捜してもそいつはいない。

にやにや笑いながら近づいてきた別の闇屋が、また同じ紙幣を出して、思わず飛びつきたくなるようなレートを口にするではないか。私は年号のところを指さし、それから闇屋の尻を蹴っ飛ばした。

まともな旅行者は、闇屋など相手にしない。その旅はオーストリアを経由してハンガリーに入る計画だった。ウィーンには闇屋はいなかったが、ブダペストではまた近づいてきた。

さすがに警戒して、私は少額しか替えなかった。つまらない。金持になった感がないのだ。私はホテルで用事を連発してフロントに頼み、やってきたボーイに大枚のチップを握らせ続け、どこかの国のお大尽だと思われた。それでよしとするか。

ヨーロッパでは姿を消したが、東南アジアなどには、闇屋はいるぞ。スーツ姿で、アタッシュに現地通貨を詰めこみ、電卓を遣ったりする。

空港や銀行よりやや高いレートで、ホテルで替えるよりずっといい。違法なので、私はやらない、はずはない。パスポートを出すなどという、面倒もない。

ミャンマーの闇屋の友だちは、私のことをナカムラさんと言う。三度ばかり、飯を食わせてやった。そして君、そいつはレディと言いはじめたのだ。レディの意味は考えろ。

まあ、闇屋との付き合いは、飯までだな。

若葉マークだどいてくれ

線で移動する旅のために、私は運転免許を取得した。三十六、七歳のころだったと思う。

遅れてきたオジンドライバーと揶揄された。二十代のころは、肉体労働のアルバイトでわずかな金を稼ぎ、生活の大部分の時間は、小説を書くことに充てた。持ちこみ原稿で、厖大な量になるが、活字になったものは、悲しいほど少ない。車など、夢どころか、頭に浮かんだこともなかった。

三十四歳で最初の本を出すことができて、註文も来て、気づくと、年間三冊、八冊、十冊という具合に、相当なペースで書き続けていた。最も忙しい時に、教習所通いをしたことになる。最短の期間で取った。

当然、車を買うことになる。本はそこそこに売れていて、なにしろ書く量が多いから、欲しい車を買える、という財布の状態だった。

マセラティ・ビトルボ・425という、当時日本に二台しか入っていなかった車を買った。マセラティは輸入名で、イタリア人は、マセラーティとかマゼラッティとかいう。

とにかく、とんでもない車を買ってしまったらしい。あいつはいいやつだったと言いたくない、と真顔で責められたこともある。つまり、初心者が乗ると、死んじまうような車なのだ。

私が買った動機は、ネプチューンの三つ叉の銛というエンブレムが気に入ったからだ。

そして、私は死ななかった。それはいいのだが、納車された日に乗り、故障していると思った。自慢だが、私はマニュアルを最初から選んだ。発進してセカンドに入れる。タイヤひと転がり半で、それをやれと教習所で教えられた。

何度やっても、ノッキングを起こし、場合によっては停る。ディーラーに来て貰った。私の運転を見て呆れ、ローでグンと引っ張り、セカンドではグーンと引っ張ってくださいと言われた。そうやれば、確かにすっと走る。教習所は、なにを教えたのだ。

三日目、私は高速道路に入った。グンと引っ張る。感じとしては、ギュイーンである。ブースト圧の高いツインターボで、シートに背中が押しつけられる。六速あるのに、四速でもう相当スピードが出ている、と感じた。三車線の一番右側を走っていたが、前の車が左へどく。道をあけられている快感で、私は五速に入れた。

その時、ミラーがチカチカした。赤い色だ。後ろにぴったりつけられていて、左に寄れとスピーカーで言っている。危ないやつだ。高速道路の上だぞ。それでも、私は左へ入った。その車は私の前に出て、手が出てきてもっと左へ寄れ、と言っている。私はさらに左へ寄ったが、さらに左で、路肩に停めろと合図する。

私は、首を傾げた。くるくる回る赤いランプが、刑事が乗っている車のようなのだ。ガードマンみたいな服を着た男が、降りてきた。ずいぶんと急いでおられましたね。

そうか、これが覆面パトというやつなのだ。俺が走ったのではなく、車が勝手に走ってしまった、と言うと警官は苦虫を嚙み潰したような顔で、免許証と言った。

私は、ピカピカの免許証を出した。いつ、取り消しになった。そう言うではないか。それから表情がまた変って、えっ、三日前なの、と言ったのである。ボンネットに張りつけた若葉マークを、私は指さした。大して叱られることもなく、二カ月の免停になった。

それで私は、スピードを出すことを諦めたわけではない。この車は速い、という明確な認識ができた。二カ月の免停は、二日講習を受ければいい、という救済措置があった。私はオービスという速度計測器を探知するレーダーを設え、車雑誌の編集者から、各高速道路の覆面パトの特徴を訊き出し、二日の講習を受け、満を持してまた車を出した。

飛ばす要領が、なんとなくわかった。何度も違反を取られたが、スピードではなく、一点の通行帯違反というやつだった。つまり、右車線を走り続けた、ということだ。

なあ、君。私が性格上、飛ばしていなかったと思うか。そう、飛ばしはしなかったのだ。ではなぜ、違反を取られたのか。それは、追い越し車線を走り続けたからだよ。

若葉マークで免停を食らった私を心配して、評論家やプロのレーサーが、寄ってたかって私に運転を教えはじめた。すべてが、前へ前へという教え方で、私は前へむかって走ることは相当うまくなったが、バックは下手だった。車庫入れの時に、ごつんとやってしまうのである。そのたびに修理したが、まとめて直しませんか、とディーラーに言われた。私は、毎回直した。そして車に謝った。

どうすればぶっつけないようになるか、プロに訊くことだと思い、やがて日本人初のＦ１レーサーになる、中嶋悟に質問を持ちかけた。

困っていた。しばらく考え、畳に大の字に寝ろと言った。そして、両足の先と両手の先を、車の四隅だと念じろ。ぶっつけたら痛いと思えば、ぶっつけない。

実際、そうしてみるとぶっつけなくなった。もっとも、車庫入れに慣れるころだったのかもしれないが。教えられたのは、車を肉体の感覚に近づけろ、ということだったのだろう。一芸に秀でた人間は、言うことが違う。

肉体の感覚と考えると、イタリア車は最適であった。生き物を操っているというより、自分で走っているという感覚に、やがて私はなってきた。ドイツ車や日本車では、得られない感覚だろう。

マセラーティには、三十年間で、十数台乗り続けた。並行して所有したことがあるのが、マセラーティ・スパイダー・ザガートの三台と、シトロエン・２ＣＶチャールストン三台である。私の車の履歴は、これで全部だ。

女性は、長く付き合えば、お互いに飽きてくる。車は次々に新型が出る、と嘯《うそぶ》いていたこともあるが、イタリア車の人間感覚を操り切ったと思えないから、こんなことになったのだろう。

狂うなら、女性か車か。君はどちらを選ぶ。両方選ぶのが、男というものだぞ。

ニューオリンズはまだ遠いぞ

線で移動できる旅。それは私にとっては、画期的なことであった。当然ながら、ロングドライブを企てる。最初は、果敢にやりたかった。

私は、シカゴへ行った。ニューオリンズまで走ろう、と思ったのである。

アメリカの道路地図を眺めていると、赤く描かれた道が、縦横に走っている。それはフリーウェイで、要するに高速道路である。ブルーのものがあり、ブルーハイウェイと呼ばれているが、一般道なのだ。

これが、駅馬車が走っていた道なのだよ。何番の出口で降りてということなどはなく、そのまま街のメインストリートに入り、そして街を出る。

シカゴで、車を借り出した。線の移動。鉄道などもそうなるが、あっちへ行きたいと思っても、行けない。道があるかぎり、車は思ったところへ行ける。そして道は、どこにでもあるのだ。

快適な道だった。片側一車線で、対向車を窺いながら、追い抜きなどもやる。そして道は、地形そのままだ。起伏は大地と同じで、山を迂回し、谷を縫う。したがって、フリーウェイよりずいぶん長い距離になるが、停車も寄り道も自由である。私は、十日かけてその道を走るつもりだった。

ニューオリンズは真南だが、私は途中で大きく東へそれ、チャタヌガへむかった。大した意味はない。これぞ、旅である。ケンタッキー州へ入ってすぐに、州警察らしい車に捕まった。橋の手前の何十メートルかは、追い越し禁止だ、と言われた。

パスポートと国際免許証は見られたが、それで解放であった。シカゴからニューオリンズへの、ブルーハイウェイの旅だと言うと、握手し、グッドラックと言ってくれた。アメリカというのは、そんなところがあるのだ。

もっとすごいことに、通りかかった街で、豆と肉の煮こみの昼めしを食っていたら、話しかけられた。いろいろやり取りをしたあと、なぜブルーハイウェイか、と訊かれた。

最初のロングドライブに選んだ道だと答えると、腕を摑んで引っ張って行かれた。ラジオ局のようだった。彼は、社長兼プロデューサー兼DJで、要するにひとりでやっている局らしい。

みんな昼めしは食ったか、というトークではじまり、誰々さんちのいなくなった犬は、湖のそばで見つかりました、などと言っている。

私は、自分がゲストにされていることに、その時気づいた。まあ、いいか。ライセンスを取得して、はじめてのロングドライブで、ニューオリンズにむかっている、と話した。一曲、私のリクエストをかけてくれるという。

二年前に行ったナッシュビルのライブハウスで、リクエストをしようとすると、日本人はみんな『カントリー・ロード』だから、あとで歌ってやると歌手に言われた。ふざけるな。確かにいい曲だが、私は違うものを望んでいたのだ。ただ、酔っていたこともあり、そうだと私は言い、金髪の女性歌手は大きく頷いた。

田舎のラジオ局で、私がリクエストしたのは、『ブルーハイウェイ』というカントリー・アンド・ウェスタンである。彼は、手を叩いてどこかへ行き、さらにレコードを持ってきた。プレイヤーに載せると、さらにレコードの真中に、コップを伏せて載せた。それにより、回転を安定させるのだろう、と私は思った。

その曲が流れ、さらに時間稼ぎのようにトークが続き、やっと解放されて、私は外に出た。ラジオを聴いて私のファンになったという、老々男女が五人ほどいて、握手を交わした。

私はまた、ブルーハイウェイを走りはじめた。

縁があったので、そのラジオ局の電波を捉えて大音量でかけていた。また『ブルーハイウェイ』がかかっている。創造力に問題ありか。私は、必要以上にでかい眼鏡をかけた、社長兼DJの顔を思い浮かべた。曲が終ると、いきなりそいつの声が聞えた。ケンゾウ、がんばれ、ニューオリンズはまだ遠いぞ。これも、アメリカという国なのである。

私は進路を西にとり、メンフィスにむかった。プレスリーという名が、頭に浮かんだからだ。しかし、どう間違ったのか、私はメンフィスの南、五十キロあたりに出てしまった。

メンフィスでピンクのキャデラック・コンバーチブルに面会するのも面倒になり、私はそのまま南へむかった。ディープ・サウスとか、ミシシッピ・デルタと呼ばれる地域に入ったのだ。そこは後年、時間をかけて旅行することになるが、それはいずれ書く。

メンフィスの南百キロのあたりで、私を魅了したのは、綿畠であった。その季節ではないのに、雪が降っている。つまり、綿の畠の実が、満開なのであった。私は、雪の中を走った。時々、家があり、玄関ポーチの椅子に、黒い肌の老人が腰を降ろしていたりする。

このあたりで、ブルースという音楽が生まれたことを、君は知っているか。ジャズとも微妙な違いがあり、聴いていると興味深いものだよ。発祥のこの地のものを、デルタブルースといい、周辺に拡がってカントリーブルース、シカゴやセントルイスに達して、シティブルースである。途中で白人音楽の影響なども入り、やがてロックンロールとロカビリーに分かれていくのだ。

寄り道を重ねながら、予定通り十日で、私はニューオリンズの手前まで来た。真っ直ぐに南下すると巨大な塩水湖がある。その中央に橋があり、はじめて金をとられた。前方は水平線である。鷗が飛んでいる。途中まで進むと、水から浮かびあがるように、陸地と街が見えてきた。

ニューオリンズで、私は持参した白いスーツを着、ボルサリーノと葉巻を買い、通りを歩いた。

八年寿司屋をやっている日本人が飛び出してきて、私を宍戸錠と間違ったのには笑ったが、むかったのは床屋である。シカゴから、髭を当たりに来たんだ。言うと椅子を倒され、シャッシャッと剃られた。起こされた鏡の中で、口髭だけが残っている。日本人にしちゃ似合うぜ。肌の黒い爺ちゃんが言う。

君が私の顔のパーツと思っている口髭は、その時からさ。

小説はイメージの芸術なのだ

カンボジアへ行ってきた。二度目になる。暑かったなあ。熱帯だから、あたり前か。炎天下では、視界が暗くなるような気がしたほどだ。ここ三、四年で、ラオス、ミャンマー、ベトナムなどを歩き回った。

一昨年のカンボジアだけが雨季で、あとは乾季だった。小説の舞台になっているところで、どんな場所でも、歩き回っていると、なにかひらめきのようなものが頭をよぎる。

今回は、ほとんど水の上にいたよ。

といっても、雨季には四倍に拡がり、百万人が水上で暮しているという、トンレサップという湖ではない。私がいたのは、河の上だ。まあ、観光客などはいない。

船を雇い、一日中、溯ったり下ったりしていた。流域のところどころには、町や村があり、気が向いたところで上陸して歩いていると、めずらしがられた。歩いたのは、食いものを探すためである。普通の肉と御飯のほかに、亀や姿焼きの蛇を食った。昆虫食は東南アジアではめずらしいものではなく、いろんなのを食ったよ。

腹を満たすと、また船に乗る。屋根が付いていたので、助かった。水の上で日干しになるなんて、洒落にもならないからな。小さな船だが、河の上ではあまり揺れない。ただ、海に出て波を食らえば、あっという間に転覆だろう、というような船なのだ。上陸する時は、杭を岸に打ちこんで舫《もや》いを取るのである。

私は、毎日、水だけを見ていた。なにかが、湧いてきそうなのである。プノンペンの近くに、何本かの河が合流するところがある。そこは海と思い違えるほど広く、そして小さな波もあった。二本の大きな河が合流し、また二本に分岐しているので、流れがぶつかり合うのだ。

それぞれの河を溯り、下る。それを何度もくり返した。かなり奥まで行くので、合流点に戻るころは、夕方である。

そして私の頭に、ふっとあるイメージが浮かんだ。合流点の広い水域に、何百、何千という船が、蝟集《いしゅう》している。旗が、広い水域を覆い尽している。そうだ。それが、可能なのだ。

水上の帝国。私は興奮し、翌日も別な河を溯り、下ってその水域に入ったが、同じ光景が浮かんだ。実際は、河から下って入ると、いきなり両岸がなくなり、海のように思える広い水域に出るだけで、船の数は片手で済むほどしか見えない。それでも、イメージは浮かんだのだ。

その翌日もまた、私は船に乗った。嬉しくなった。屋根によじ登り、そこで踊っていた。音楽に合わせてだぞ。私は、アイポッドとかいうやつに、何枚ものアルバムを入れていて、イヤホーンを遣うことを、自分に許したのである。

クイーンの次にマイケル・モンローが入っていて、それから日本人の若いロックバンドである。奇声であった。熱帯の太陽の下で聴くと、悪くない。しかし、こんな声で悪かったね、それしか出ないんだから、放っておいてくれ、などと唄っているではないか。

説明的だぞ、と私は大声で言った。びっくりした船頭が、下から見あげて肩を竦めた。サウンドはよかったんだがなあ。

美声は、クイーンのフレディ・マーキュリーである。悪声なら、ブルースのトム・ウェイツ。声だけで、なにかの表現になる。言葉で開き直らず、奇声そのもので開き直れや。

とまあ、これは当然ながら私だけの感想で、その歌詞がいいと言う若者も多いのだろう。サウンドには乗れたので、私は踊り続け、それからふと水面に眼をやった。

陽が傾きかけ、船の影が落ちている。その上で、なにかがうごめいている。つまり、踊っている私の影である。私は、笑った。そして踊り続けた。

君は、小説家が、これぞと思えるイメージを見つけた時の、喜びがわかるかな。つまりは、踊りたくなるような興奮なのだ。

長い旅で、休息日なども取らなかった。翌日から、私はプノンペンの街を歩き回った。学生らしい若者と、喋ったりもした。勿論、身ぶり手ぶりである。街では、USドルが普通に通用した。

この国は、インテリや技師などを、次々に殺した。文化的なものを、人の心にあるものも含めて、破壊した。貨幣さえ、なくした。遠い昔の話ではない。ベトナム戦争なども終ったあとだ。

ベトコンがいて、クメール・ルージュがいて、パテト・ラオがいて、と私などは知っている。クメール・ルージュが、やがてポル・ポト政権を表わすものになり、ポル・ポトは百万ともいわれる国民の虐殺を行ったのである。しかし、学生たちは、それを知らない。どうやらその歴史だけ、教育から排除されている気配であった。政府の中枢が、多かれ少なかれ、ポル・ポトと関係があったからだろう、と、すでに四十になった通訳が呟いた。

車で走っていると、警官に停められる。違反ではなく、たかりである。人々が、嘆息をつきながらも金を渡すのは、警官がどれだけ薄給か知っているからだ。きちんとした制服を着ているようでも、足もとはサンダルだったりする。

学校の建物は、多くある。日本をはじめとして、方々から援助があったからだ。しかし、教師が少なすぎる。教師もやはり薄給で、そしてたかりなどはできないから、やろうという人が少ないのだ。

いろいろ考えながら、明日は帰国という日の夕方、私は腹に変調をきたした。

ウイルスにやられている。搭乗直前でなくてよかったと思いながら、私は大量の水を買ってホテルに籠った。水を飲み、出す。ウイルスに対しては、それしか方法がないのだ。三時間で流れるだろうと思ったが、水を飲んでも尿しか出なくなったのは、四時間後である。

私は、部屋にあったモンキーバナナを五本食い、眠った。ウイルスを流したのは、二十五年ぶりぐらいである。前はアフリカだったな。君は、私のやり方が野蛮だと思うかい。人間の躰は、水で洗えばきれいになる。過去も流れるかと思うのは、虫が良すぎるか。

ある日鈍色の空の下

これまでに、どれほど人を殺してきただろうか。

あるウイスキーの賞を貰い、どういう時にお酒を飲みたくなるのですか、とインタビューを受けた。人を殺した時だな、と私は答えた。それがテレビの全国ネットで何度も流れ、いろいろな人を、びっくりさせてしまった。

仕方がない。インタビューを受けるのに馴れていないわけではないが、ほんとうのことをつい口に出す癖はなくならない。

何千人、いや何万人、私はこれまでに殺してきただろうか。小説の中で人が死ぬと、作者である私は、殺してしまったという思いに襲われるのである。そして、酒を飲みたくなる。

私は、長い長い小説を書いていて、二十年近い付き合いの男を、殺してしまったりすることがある。死なせたというより、殺したという意識の方が、明瞭に強いのである。

ある酒場のカウンターで、ぼんやりとウイスキーを飲んでいた。なにかあったの、とママに訊かれた。十年以上、付き合いのあったやつが、いなくなった。俺が、殺したんだよ。

ママは、しばらく黙りこんでいた。あまり自分を責めない方がいいよ。彼女がそう言う。だから、ぼんやりさせてしまうように、飲んでるんだよ。そうだね、それがいい。あたしも、一緒に飲んであげるから。

嚙み合っているようでいないようで、話そのものは成立していた。そして彼女は、ふだんの十倍はやさしかった、という気がする。もうひとりいる若い子はつけず、自分でそばに座って飲みはじめた。

陽気な話をし、飲み較べなどと言って、ウイスキーを呷り、私より先に潰れてしまった。

小説の登場人物を殺したのだ、と言うチャンスはなかった。物語の中のことだから、と私は女の子に言って帰った。

後日、その店に行くと、ママはショットグラスに一杯の酒を、私の前に置いた。いい死なせ方をしてやったじゃない。だけど、弔いは一杯だけでいいからね。うむ、あと二十歳、彼女が若かったら、好きになっていたかもしれない。

登場人物が死んで、それで作品が完結するなら、あまりあとは引かない。私がいま書いているのは五十巻を超えるもので、書いたのも、作品の中の時制でも、ずっと昔というのが少なくない。それでも、書いていると思い出す。あいつが生きていればなあ、などと登場人物に喋らせたりしているのだ。

登場人物の生殺与奪の権は作者が握っているというのは、大いなる誤解である。名前だけだった人物が立ちあがり、性格や感性を持ち、動きはじめると、もう作者の制御は利かなくなる。自分で生ききって、場合によっては死んでしまうのである。

だから自分が殺したとは言いきれないのだが、あの時の場面をあんなふうに書かなければ、あそこで死ぬような人間にはならなかった、というのはしばしばある。それを考えると、自分が殺してしまったのだと思わざるを得ない。

書店でサイン会をしていた時、ある登場人物の名を挙げ、もう死ぬことは覚悟しました、と言われたことがある。若い女性であった。死ぬのは仕方がありませんが、お願いですから、病死だけはさせないでください。戦場で死なせてやってください。

女性の眼には、水滴が溢れ、こぼれ落ちそうだった。人は死に方は選べないよ。その時は、そう言ったが、そいつは、病のまま戦場に出て死んだ。

登場人物の数が、厖大である。私自身、メモ帳を見なければ、はっきり思い出せない人物もいる。ほんのわずかな登場なのだ。

その男の過去が詳しくできあがっていて、今後どうなるのか、予測がある。読者の心の中にである。その男にだけ、なにか感応するものがあったのだろう。

訊かれた私は、名前すらうろ憶えである。それも、ひとりや二人の読者ではないのだ。先のことはわからない、と私は言うが、薄かったその男の存在感が、私の中で不意に濃いものになっていく。

そんな読者がいてくれるのは、作者冥利に尽きる。そして、とても重く感じることでもある。

自分の死についても、しばしば考える。

私の親父は、六十歳で元気なまま急逝した。私が六十に近くなった時、もうすぐ死ぬのかもしれない、と本気で思ったことが何度かある。六十という年齢に、微妙な、恐怖感に似たものがあった。それを超えたとしたら、あとは余生という気分になるのだろう、とも思っていた。しかし六十二、三歳になったら、死ぬ時は死ぬわい、それまで、好き勝手に生きてやらあ、という気分になった。いまも、まあそんなものだ。

ただ、現実の生活の中でも、しばしば死に直面するようになった。中学入学以来、五十余年付き合ってきた男が、風呂で死んだ。

都内に雪が降り積もった日の翌日の葬儀で、私は、中学時代のことを、きのうのことのように思い出した。

そしてこの原稿を書いている数日前に、長い長い連載をやらせて貰っている、『小説すばる』の現編集長が、急逝した。連載では何代目かの編集長で、前任者のことを気にしてか、あまり作品には、直接踏みこんではこなかった。ただ作品から派生した話題で、深く私に食いこみ、音楽、映画、思想書などについては、夜っぴて語り合った。間接的には、ずいぶんと作品に影響を受けたのだ。訃報が届いた夜、私は彼から貰った、阿部薫というサックス奏者のCDを、くり返し聴いた。高橋秀明という。享年四十六であった。

君は、死とはなにかを考えて、悩むことはあるか。あるよな。自分の死については、誰もが考える。

深く考えるのは、やめておけよ。私など、死とは、いなくなってしまうことだ、としか思わないようにしている。死んだことがある人間はいないので、体験を聞くこともできないしな。

地球上に人間が生まれて、どれだけの死があったのだ。無数無量の死の中で、ほんのわずかにいま生きているのが、私たちではないか。無数無量の、数えられない死に入るまで、正直に生きようぜ。

そうか、君はずっと正直だったか。

昔は違法ではなかったこと

悪声は、ブルースのトム・ウェイツと書いた。

ブルースという言葉を出した以上、私は自分の手が、原稿用紙の上を動くのが、止められなくなった。

ちなみに、私は手書きで、万年筆を遣っている。万年筆については、知り尽しているぞ。そう思い続けていたが、先日、万年筆については自分が、という人物が、キャリーバッグを引っ張って取材に来た。蒐集した万年筆がそのバッグに入っていて、私は圧倒され、うつむきながら遣っている万年筆を差し出した。

なかなかなものです。そいつは言った。いや、かなりなものかな。

ブルースの話だよな。私は、いつだか記憶は定かではないが、長濱治という写真家と、ブルースの旅をし、共著の本を出したことがある。

定かではない記憶など、調べればたやすく出てくるが、私は書く臨場感というものを大事にしたい。いまは、いつだったか定かではないのである。

ミシシッピ・デルタ、ディープ・サウス。アメリカ合衆国の、ある意味、涙でもある地域である。私にとっては、ハックルベリ・フィンが鮮やかに生きた土地である。それ以上、かたいことは訊くなよ。記憶は、執拗に掘り返してはならないのである。

とにかく、長濱治と私は、メンフィスまで飛び、レンタカーをピックアップした。綿畠の中を、南にむかって走る。はじめてのロングドライブを、私はまざまざと思い出した。クラークスデイルという街へ入り、リバーサイドホテルという木造の宿屋に泊った。トイレとシャワーは共同であった。

ゲットーへ出かけていく。カメラをぶらさげた私たちに、黒人たちの眼は厳しい。しかし、ブルースを聴きたいと言うと、おやという顔をされる。

土曜日に、床屋の裏の倉庫でやっている。教えてくれたのはGSで古タイヤを転がしていた老人だった。爪に黒い油が溜っていた。

土曜日に、床屋の裏へむかおうとすると、いつも宿屋の玄関ポーチに座っている肥った女主人が、来月、娘が帰ってくるんだ、と声をかけてきた。ティナ・ターナーという名前でね。

まさか、と顔を見合わせた。宿賃前払いで、ビッグママの機嫌はいつもいい。

ライブはほんとに倉庫でやっていたが、GSの爺さんが、ぴしっとスーツで決めて出てくるではないか。

きのうおまえは、俺をベッドに残して帰っちまった。追いかけると、あんたにはお金がないと言った。金はないさ。でもブルースがあるぜ。それだけでいいじゃないか。

唄い続ける。いいね、もう一度、と頼むと二度目はできないのだ。つまり即興で、きのうあったことを唄っている。もともと、ブルースとはそういうものだった。ブルース発祥の街である。

私は、気になっていた、ソニーボーイ・ウィリアムソンというハープ奏者の墓を捜した。資料に墓はないとあり、しかしレコード屋の女主人はあると言った。

白人で、短パンを穿いていて、腿の途中まで、陰毛の続きらしい金色の巻毛があり、四〇年代のものと思えるトラックの助手席にゴリラの縫いぐるみを載せていた。彼女の店のレコードの数は、それこそ圧倒されるほどで、値打ちものも多かった。

街からかなりはずれたところにある、朽ち果てた教会の裏で、墓を見つけた。

彼はハーモニカで人を愉しませた、と碑銘にあった。このミュージシャンの名を日本人で知っていたのは、亡くなった柳ジョージただひとりだった。ブルースマンは、野垂死にのようなことが多いのだ。墓が見つかってよかった。

ブルースとジャズは、発祥が違う。

黒人霊歌から続いたのがジャズで、ブルースは奴隷解放が生んだのである。

自由になった黒人たちが、全米各地に散っていった。しかし彼らは奴隷制より厳しい壁にぶつかった。それが、人種差別と貧困である。黒人同士で集まり、ゲットーを形成しはじめた。そこで、ブルースが唄われはじめたのだ。自由への幻滅が入り混じっているが、唄は暗くない。君も、聴いてみないか。

ベッシー・スミスという歌手がいた。ビリー・ホリデイ、カーメン・マクレエなどに、大きな影響を与えた、ブルースの女王である。テキサスで交通事故に遭い、目撃者の中に衛生兵出身者がいて、適切な応急措置をし、絶対に助かるはずだったが、死んだ。

実に六時間にわたって、病院をたらい回しにされたのだ。なぜ、そんなことになったたか。黒人だったからである。それが、違法とはならない時代だったのだ。

彼女の死が全米に知れわたった時、アメリカのブルースシーンは、いきなり反権力の様相を帯びた。それは、ロックンロールにまで受け継がれている。

彼女が運ばれたのが、ミシシッピ州のクラークスデイルの病院で、手遅れで、ひとりの黒人看護婦が看取った。その病院はやがて廃業した。建物を買い取ってホテルにしたのが、その看護婦である。

リバーサイドホテルのビッグママ。ティナ・ターナーがママと慕うのもありそうな気がするし、実際そうだったのだというのは、後年知った。

下北沢に『レディ・ジェーン』という結構名の通ったライブハウスがあり、そこの親父は大学の同期である。ジャズとブルースの発祥についての私の意見には異議があるらしく、同心円だと思う、と言ったことがあった。異議なし、などと学生運動の集会などで叫んでいた間柄だから、昔のような論争になりかかったが、お互い歳をとっていたのであった。

レコード屋で終日試聴し、ライブへ行き、ボトルネックでギターをやるというやつのところへ押しかけ、私の躰の中にブルースのリズムが棲みついた。

コードなどという言葉は遣うまいな。このリズム、このリズムと考え続けていた私に、ヒントをくれたのがビッグママであった。

そんな昔じゃなく、あたしたちは西アフリカから輸出されてきたんだよ。

そうか、源流はあちらか。アフリカの旅は、また書くことにする。君は、旅が連環だと思うことはないか。

人生も、同じだぞ。

空の上にも遭遇はある

大きな男だった。躰の大きさだけでなく、与えてくる威圧感はもっと強烈だった。世界的な有名人と、遭遇した話である。

ミシシッピではティナ・ターナーと会う機会はなかったが、その二、三年後、私はマンハッタンのセントラルパーク・サウスの通りで、マイルス・デイビスと擦《す》れ違った。あっ、とふり返っている人間は数人いたが、誰も騒ぎ立てはしなかった。

その後、来日したマイルスが、目黒の小さなホテルのライブハウスの、こけら落としに出演した。私はチケットを手に入れて、聴きに行った。歯が痛いとか言って、マイルスはあまり長時間、吹かなかった。インターミッションがあり、私は外に出てシガリロに火をつけた。すると、楽屋の方からマイルスが出てくるではないか。

火を貸してくれないか。視線が合うと、彼はそう言った。私は、ライターの火を差し出した。私に、なにか言いかけた。会話できそうだと思った時、人がどやどやと出てきて、マイルスは楽屋に入っていってしまった。いささか残念であるが、それはまあ軽い遭遇という程度だろう。

言葉を交わしたこともある。ショーン・コネリーである。『ネバーセイ・ネバーアゲイン』のプロモーションだったのか、日本に来ていた。

あるパーティの乾杯の発声を私がやることになり、シャンパングラスを持ってマイクの前に立った。するとショーン・コネリーは囲んでいた人々を押しとどめ、私のそばに立ったのである。

紳士であった。乾杯で、彼は私とグラスを触れ合わせた。そして、彼は言った。君は、どんな映画に出ているのだ。俺は小説家で。どんな小説家の映画なのだ。

そこで人が次々にやってきて、話にならなくなった。日本の俳優と間違えられたらしい、とその時、気づいた。

ほかにも会ったぞ。ジャン＝ルイ・トランティニャンに会ったし、マリア・シュナイダーとも視線を合わせて微笑みを交わした。君は羨ましがっているか。種を明かせば、私はある映画祭の顧問のようなことをしていた時期があり、特別ゲストとは、割りと自由に会えたのである。

ミレーヌ・ドモンジョとは、抱擁してキスまで交わした。『悲しみよこんにちは』のドモンジョである。

確か大藪春彦氏の小説だったが、ドモンジョのような女という形容が多く出てきて、ファンだったのだと思った記憶がある。大藪さんが御存命だったら、電話をしていたかもしれない。その時の彼女は、大藪さんのドモンジョのような女という形容からはいくらか離れていて、かなり豊満であった。映画祭へは、御夫妻での来日で、御主人はマルクという名で、ジョルジュ・シムノンの息子であった。シムノンはメグレ警視シリーズが有名だが、私は『雪は汚れていた』が好きだった。ある新宿のバーで、ボトルにはコードネームを書くことになっていて、私は『リコ兄弟』という、これも好きな作品名にしていた。

シムノンに関心があったので、必然、夫妻と話をすることになる。なにかの拍子でシチリアの話になった時、彼女が、私の腕に手を置いた。あなた、シチリアが好きなの。イタリア語であった。ダモリーレ。私もなけなしのイタリア語で返した。とてもよりもっと強い意味で、直訳すれば、死ぬほど、である。

私の冗談に近いイタリア語には反応せず、どこの街が好きか、と冷たい声で訊いてきた。チェファル。答えた瞬間に、彼女の眼が輝いた。私も。別荘がそこにあるの。そして私を抱きしめ、キスをしてくれたのである。どうだろう、この話。盛ってはいないよ。

マルクは、その映画祭の数カ月後、自宅で事故で死亡した。映画祭で、私たち三人は、食事の場面などの動画を撮っていた。マルク・シムノンという映画監督の生涯最後の映像なので、公開していいか、と彼女から問い合わせがあった。私に否やはなかった。

知っている顔を見ると、本物かな、と一瞬考える。本物ですよね、と訊かれたことが、私ごときにもかなりの数ある。

滑稽な体験を、一度した。電車に乗っていた。久しぶりの電車で、私は緊張して吊り革につかまっていた。ある駅で、どかどかと高校生が十数人乗りこんできた。私の方を見ている。私は、青年誌で人生相談のコーナーを持っていたころで、結構人気があった。わかっちまったかと思った瞬間、あのオヤジ、北方謙三の真似してるぞ、と聞えよがしに言うのである。

私はむっとして、本物だぞ、と睨みつけた。あ、真似した真似した。高校生たちには、大受けに受けた。私は、ひどく傷ついてうつむいた。苦いような、懐かしいようなことを、思い出しちまったな。

そうだ、最初の大男の話である。実は、勿体ぶっていた。ありそうもない遭遇だったからである。

ミルウォーキーからロスへむかう機内だ。私は、カートのレースを観戦して各地を回り、日本人レーサーとロスへ帰るところであった。

その大男は、ゆっくりと壁に手をついて入ってきた。黒いスーツ。白いシャツ。挙措は落ち着いていて、静かだった。私は圧倒され、口を開いていただろうと思う。その男は、私の前の列の席に腰を降ろした。斜め後ろの私の席からは、肩や横顔の一部が見えた。威風あたりを払うという感じではなく、存在感だけが静かで、しかも強烈だった。

彼は食事もパスし、両手を膝に置いて動かず、瞑想でもしているのか、と感じるほどだった。

隣のレーサーは、日本で最も高名な実業家の孫で、闊達な男だった。サインしてくれ、なんて言えないよな。囁くと、レーサーは大きく頭《かぶり》を振った。

着陸すると、乗員に声をかけられ、彼はゆっくりと立ちあがった。最初に、出て行った。次が私たちで、機外に出たところから、黄色いランプをくるくる回した、介助用のカートに彼が乗るのが見えた。

モハメッド・アリである。

不思議なことだが、私は機内でボクシングのことは一度も思い浮かべなかった。キンシャサの試合でさえも。闘いを終えた男の背中を、ただ見ていたという気がする。

パラダイス・アゲイン(i)

冒頭を、憶えていない。

細部のシーンも結末も鮮明に憶えているのにだ。ずいぶんと映画を観たが、冒頭を言ってくれと頼まれると、いまも困ってしまう。なぜだろう。スクリーンで実際に観ると、瞬間的に、どの映画だかわかるのに。

九州の田舎の小学生だったころは、公民館の映画上映会で白黒を観た。中学生になると、学校は東京にあり、さまざまな映画を観た。

日本映画が多く、眠狂四郎シリーズ、悪名シリーズ、日活映画、陸軍中野学校シリーズ。ほかにも観たなあ。高校生になってからは、洋画も加わった。それを書いていくと、本が一冊どころでは済むまい。

大学生になってからは、神田の南明座《なんめいざ》と渋谷の全線座、アートシアター新宿文化とその地下にあった蠍座という小劇場などに通った。それを書くと、本が二冊では済まない。

全線座は二本立て百円で、上映作品が変るたびに行った。南明座も、同じようなものだった。

新宿のオールナイトの映画館で、煙草を喫《す》っている客に注意する、というアルバイトがあった。わずかな賃金だったが、映画を観たくてそれをやった。

一番後方の席で観ていて、たちのぼっている煙が五つになると、注意しに行った。かかっているのは東映任俠映画が多く、客は戦闘的になっていた。野暮を承知で申しあげなきゃなりません。私が登場人物の口調で言うと、大抵は煙草を消してくれた。

そのくせ、私は後方で時々、煙草を喫うのであった。

私は、小説を読むのと同じぐらい熱心に、映画を観てきた。ロードショーにも行った。当時いくらだったか忘れたが、文庫本を三冊買えるぐらいだったと思う。

つまり観まくっていて、勉学など、特に司法試験などそっちのけだったのだ。ちなみに、私は法学部の学生で、民法の物権変動が専攻であった。こういうところで、それらしいことを書くことにしか、私の勉学は人生の役に立っていない。

それ以後、私は特化して映画を観るようになった。たとえば、監督を観る、女優を観る、という具合である。世界文学全集を片っ端から読んでいて、いい加減、読み漁ったところで、個人の全集に移行した、という感じだろうか。

シャーロット・ランプリングという英国の女優に関心を持った。私よりひとつ年長なので、ま、同世代ということだ。『愛の嵐』がきっかけだった。

彼女が出演している映画が公開されると、大抵は観た。評判のいいものもあったが、私は好きになれなかった。映画というより、そこにいる彼女が好きになれなかったのだ。

それから、もう十年以上も前になるだろうか、フランスの新鋭監督フランソワ・オゾンの撮ったものに出会った。『まぼろし』という作品の中で、彼女は妙になまめかしく、意志的であった。

いい映画だったが、大して話題にならなかったような気がする。それからさらに何年か経ち、イタリア映画で、ジャンニ・アメリオ監督の『家の鍵』に出ていた。これもまたあまり知られていないようだが、私は好きである。

彼女が出てくると、存在感が他を圧倒してしまう。やさしげな、口もとだけの微笑みが、どこか官能的なものさえ感じさせた。この女優については、私はこの三本である。

ちなみに、数年前に『パーマネント野ばら』という日本映画を観た。主人公の情念に、『まぼろし』に通じるものを感じた。

ただし、こちらの方は、まぼろしが鮮明でリアリティを持ち、その分、病的でもあった。悪くない映画だと思っている。

日本映画も、なかなかやっているではないか、というところはある。園子温《そのしおん》の『地獄でなぜ悪い』は、アナーキーな力が感じられて、それなりに愉しんだ。

リアリティのある映画として、私は『ダーティハリー』をあげ、どこがそれを感じさせるのか、人に語ったことがある。

弾の数である。銃撃戦で犯人を追いつめたハリーが、夢中でやり合っていたので、弾が何発残っているかわからない。運を試してみるか、というような意味のことを言う。

私は、数えていた。五発撃っている。つまり弾倉の中には、もう一発残っているのだ。『地獄でなぜ悪い』の方は、そんなことはお構いなしである。刀と機関銃でやり合っているような感じで、痛快でさえあった。

小説においてもそうだが、リアリティというものには、いろいろな捉え方があり、現実性がなければ駄目とは、必ずしも言えない。園子温は、映画に携る人間たちの心情だけに、リアリティを持たせようとしたのかもしれない。

君は、私が挙げた作品の中で、何本か観たか。数だけ観ている私は、観ていないことを責めようとは思わない。ただ、ぼんやりした時間は、なにも与えてくれないぞ。ゆっくりした、など嘘だと私は思っている。微放電を続けているのだよ。少々時間がきつくても、一冊でも多くの本を、一本でも多くの映画を、一曲でも多くの音楽を。これはすべて、微充電さ。

私は常時、微充電をしているので、脳の電池はあがらない。

それにしても、私は映画の話をすると、饒舌になってしまうようだ。どこをどうすればよくなったのに、などと本気で考えたりもするのだ。

小説だと、こんなふうにはいかない。駄目なものは、駄目で、言葉は出てこない。出す気もない。自分で書いているから、そんなふうになってしまうのだろう。

映画に関しては、ヤジ馬だと言える。面白そうだったら、なんでも観る。日活ロマンポルノなどはずいぶん観ていて、これはいいと思えた監督は、大抵大きくなった。

しかしこれを言い過ぎると、自慢、いや傲慢になっちまうな。みんな、自分の実力で出てくるのだからな。

それでもまだ、語り足りないなあ。君、もうしばらく、映画の話、つき合ってくれるか。そこで勧めたものが、つまらないと認定されたら、映画については口を噤もう。

パラダイス・アゲイン(ii)

二度目に、ベルリンに行った時のことだ。まだ、東西の壁はあった。私は、西側の壁際を歩いていた。むこうから、見たことのあるような人が歩いてきた。サングラスをかけていた。私もだ。近づき、ともに立ち止まった。島田荘司氏であった。

こんな偶然は滅多にないというわけでもなく、ビエンチャンのホテルで、河からあがってきてコーヒーを飲んでいると、ロビーに西木正明氏が立っているのが見えた。

作家との遭遇はそれぐらいだが、ハノイの通りで、呼び捨てで呼ばれ、オヤジがひとり近づいてきたことがある。なんだ、こいつ。当然、そう思うよな。態度もでかい。それは中学、高校時代の同級生だった。そういうことは、ほかにも何度かあった。

それにしても、ベルリンではさまざまなことが起きる。私が島田氏と遭遇した二年後ぐらいに、壁が崩壊した。この映画は、そのころの東ドイツを描いた、やや重苦しいものである。監督はフローリアンなんとかと、名もよく知らない。いまはその気になればたやすく調べられるが、私はやらない。

スクリーンで、監督の名前もしっかり見たのに、憶えていないのである。俳優も、知らない。なぜ観たかというと、匂ったのだ。それだけだが、私の鼻もまんざらではない、と自覚した一本だった。

なのに、監督の名前も知らなくていいのか。よくないよな。もう一度、観ようと思ってDVDを買ってあるのだ。『善き人のためのソナタ』という。

強圧的な体制は、それが崩れる直前が最も厳しい。そして悲劇も多い。必ずしも悲劇を描いた映画ではないが、私は人間が悲しくて泣いた。この映画は、本が主人公という面もあり、周囲の編集者に訊いてみたが、ひとりも観ていなかった。愚か者め。超大作だけが映画だとは思うなよ。

国境を、流れ歩いたことがある。

いまはスロベニアという国名になっているが、ユーゴスラビアから私はイタリアへ入ろうとした。

車である。西ドイツでその車をピックアップして、いくつ、国境を通過しただろうか。最後の国境であった。そのイタリア側で、私は一時的に拘束された。車に手をついて身体検査をされ、文句を言うと拳銃を突きつけられ、徹底的に車の内外を調べられた。

おまけに、シェパードが来やがって、私の臭いを嗅いだのだ。ここに到って、私は麻薬の運び屋だと思われていることに気づいた。そして車については、さらに執拗だった。荷物も、ポーチの中身まで調べられた。アウディ・200クアトロという、結構な高級車である。レンタカーではなく、西ドイツのディーラーから、コネを遣って無料で借り出したものだった。

その車の照会にかなり時間がかかり、解放されたのは、国境に入って五時間後であった。なにか情報があったのだろう。やつらは、私が運び屋だと、ほとんど確信していた。愚か者め。

東ドイツに、トラバントという、紙でできた車があったが、きっとそんなので運び屋は通過している。トラバントが紙だというのはほんとうらしく、圧縮して硬いものにしてあるが、ぶっつけると接着剤で補修が可能なのだった。

その軽い車は燃費もよく、トラバントを追い越すことはできなかった。アメリカに、T型フォードは追い越せない、という言葉がある。前を走っているT型フォードを追い越しても、また前にいる車はT型フォードなのだ。東ドイツでは、トラバントがT型フォード状態だったのである。

国境警備兵の愚か者め。私が運び屋だったら、トラバントかビートルを遣うぞ。目立つ車に乗っているわけはないだろう。

解放される直前に、私はパスポートを返され、職業を訊かれた。ノベリストと答えると、どんな小説を書いているのか、と続けてくる。イタリア女を、犯しまくる小説だ。いや、世界じゅうの女を、犯しまくっている。

私に、実包の入った拳銃をほんとうに突きつけた中尉《テネンテ》は、ただ肩を竦め、眼の前から早く消えてくれ、という表情をした。愚か者め。

国境を越えると、しばらく走って、トリエステという街に入る。イタリアの最東端の土地と言おうか。イタリアでありながら、どこか暗く、イタリアではない街のような気配もある。東京から予約していた、ホテルに行った。やっと躰がのばせる。そう思ったが、部屋はない、とフロントの男が言った。なんだと。

おまえは、リコンファームをしなかっただろう、と眼をそらしたまま言うではないか。

てめえっ、この野郎、なめんじゃねえぞ。日本語である。国際会議があるので、ジャーナリストに部屋を貸した。フロントは、そう続けた。私は、そのあたりのものを摑んで床に叩きつけた。

俺はな、いまユーゴスラビアから入ってきたんだ。ドンパチやってたぞ。そこから電話しろと、君は要求しているのかね。いまから、ユーゴへ行け。そして電話が通じるかどうか、試してみたまえ。東京から予約したのは、それなりの意味があるからなのだよ。

激高のあと、冷静になり、私は文法に注意しながら、静かな口調で言った。これは、国際問題だな。なにが、国際会議だ。なにがリコンファームだ。俺は、イタリア政府に抗議するぞ。

それからホテルは、かなりの騒ぎになった。次から次に、横のドアから人が出てきて、なんだかんだとイタリア語で言い交わしている。私は、床に胡座を組んで座っていた。早いとこ、躰をのばして眠りたい。

申し訳ございません。手違いでございます。

一番、偉そうなやつが、私の前にかがみこんで言った。ここから五キロほど先に、小さなホテルがございます。料金は結構です。五泊だ、五泊。私は、叫んだ。結構でございます、何泊でも。

落としどころがある。部屋を見て決める、と私は言った。

いかん、映画の話だった。しかし、まるで無縁というわけではない。いや、私がそう思っているだけか。仕方がないから、君はもう少し、つき合え。損はさせぬ。わからんが、書いちまってるのだ。

パラダイス・アゲイン(iii)

郊外の、海際の斜面にある、木造の古いホテルだった。部屋は質素であるが、不潔ではなかった。ねぐらを確保した、という気分にはなれた。

それからは、寝坊をしてシャワーを遣い、街へ行ってブランチと夕食である。一度、国境のむこう側に行ってみたが、私に拳銃をつきつけた中尉《テネンテ》はおらず、係官が目的だけ訊いた。フォー・ランチ。それで通過できたのである。

四日目、いつものように街に出かけようとすると、また外で食事ですか、と女主人に声をかけられた。うちにも、食堂があるんですよ。一階が食堂や厨房や居住区で、二階が八つの客室だった。居心地は悪くなくなっている。じゃ、今夜はここで。

七時三十分に来ていただけますか。時間を指定され、私は肩を竦めた。成行きだな、と呟《つぶや》いてみる。六時過ぎに戻ってきて、シャワーを遣い、七時半に上着を着て下へ降りた。

料理人である旦那が、コックコート姿で迎えてくれた。しかし案内されたのは、壁にむき合う席だった。客は私ひとりである。そしてメニューが説明された。選ぶ余地はなかった。私は諦めて、食前酒にドライシェリーを頼んだ。

うちの、特別の前菜をまず差しあげます。シェリーを運んできた旦那がいう。そして、壁をかたかたやりはじめた。把手が付いていたので、棚だろうと思っていた。窓であった。外の硝子窓は開けられていて、いきなり夕陽が視界に飛びこんでくる。

私は一瞬、息を呑んだ。海面まで赤い、アドリア海の夕景である。その時、私の前に最初のひと皿が置かれた。

トリエステである。『題名のない子守唄』は、ここが舞台で、ここで撮影された。監督はジュゼッペ・トルナトーレ。主演女優は、オーディションを重ね、一見美人には思えないが、よく見ると美人という女優を選んだという。

陵辱シーンは、あざとく過剰である。このあざとさは『マレーナ』などでも見られたが、監督の妄想の産物だと私は思った。

長々とトリエステのことを書いたが、つまりこの映画はそんなふうなのだ。母性の、悲しいほどの激しさに、私は打ち倒された。

チョウ・ユンファという俳優が、好きだった。過去形である。なにかに安住し、いまは肥ってしまって、オーラが消えている。それに較べて、渋さを身につけてきたのが、トニー・レオンである。二人の身長の差が、役者の性根を決した、と私は思っている。『ラスト、コーション』。トニー・レオンの抑制がいい。そして、タン・ウェイという新人女優の初々しさがいい。

セックスが、これほど切なく激しく描かれた映画を、私は知らない。愛し合っているのかいないのか、受け入れているのかいないのか。甘さが微塵もない、恋愛映画である。最後の男の哀しみが、私は好きである。

タン・ウェイは、その後の活躍をあまり耳にしないが、この作品に関しては、大変な女優であると思う。男に跨がって、絶頂を迎えながら、むせび泣く。そこから、自己崩壊がはじまるのである。受け入れているのか、いないのか。

セックスが、彼女を愛の側に踏みこませてしまう。おっと、ネタバレはやめておこうな。

ただひとつだけ。タン・ウェイの脇毛が、すごいんだよ。監督に頼まれて、生やしたらしい。『にがい米』の、十八歳のころのシルヴァーナ・マンガーノの脇毛以来の、衝撃であった。ただ、『にがい米』は、リアルタイムで観たわけではない。

いま、脇毛などを生やしている女性はいるのだろうか。多分、百パーセントの女性が、処理しているのではないのかな。

君、脇毛のある女性を知ってるか。脇毛どころか、最近はアンダーヘアさえも処理してしまう。いや、陰毛と書こうな。永久処理をして、色素沈着をした部分が、赤剝けのように見える局所が、美しいのか。

人間には、無駄な毛などないのだ、女性たちよ。少なくとも、私の肩の毛ほど無駄な毛はないだろう。無駄でも、人に誇られようとも、私は敢然と肩に毛を生やしているのである。なんのことか、わからなくなってきたぞ。

アン・リーという監督は、やはりすごいのだろうな。『ブロークバック・マウンテン』で、私はテンガロンハットの被《かぶ》り方を学んだが、映画そのものには、なにか酷薄なものを感じた。激しさなどではなく、本性の冷たさだけが伝わってきて、私は好きになれなかった。

それでも、こんなに昔の将軍のように、勲章だらけの監督がいるだろうか。書く作品、書く作品、私も賞を頂戴したいものだ。そう考えてもみるが、やはりそれは逆に苦しいことだろうな。アン・リーは、賞を貰いすぎなければ、とても好きな監督である。

この十年の間に、私は何本ぐらいの映画を観たのか、数えたことがないのでわからない。ただ、十数本は、いいなと思うのがあったような気がする。

その十数本の中から、三本を選んでみた。勧めるという気は、書いているうちになくなった。観たければ観ればいい。私の映画鑑賞は、多分、視野狭窄気味だろう。そして好みは、かなりマニアックに違いない。

いや、そんなことより、人に勧めるような玉ではないのだよ、私は。ここ十年にかぎって書いてみたが、さらに十年溯れば、三十本か四十本は、いいものがあったという気がする。私の映画の歴史をふり返れば。

いや、やめておこう。

私はただ、自分が愉《たの》しみたいのだ。興奮したり、涙を流したり、鳥肌を立てたりしながら、映画があってよかったな、と思いたいだけなのだ。

願わくは、小説もそうであって欲しい。小説があってよかったな、といろんな人が思ってくれればいいなと、これは私の切なる願望なのである。

君は、三本を観るよな。そうしたら、面白かったかどうか、耳打ちしてくれ。

つまらなかったら、映画については口を噤む、という前言は撤回する。書きたくなれば、また書くさ。

書くという行為に、私はいささかの制約もつけたくないのだ。

耳がどこかに行ってしまった

音楽再生装置が、ぶっこわれた。

私は前に、カンボジアでアイポッドのイヤホーンを耳にと書いた。それが商品名でなく、装置を総称するものだ、と思ったからだ。

しかしどうも、商品名だと言う者が多い。ならば、こわれたのはアイポッドになってしまう。動かなくなったのは、ウォークマンである。いくらボタン操作しようが、リセットしようが、うんともすんとも言わない。くそっ。

私がウォークマンを遣うのは、仕事場のホテルにいる時である。自宅や海の基地にいる時は、かなりの音響でかけられる。ホテルでは、周囲を気にせざるを得ない。

しかし、すぐにこわれるものだな。買って半年だぞ。どこかにメーカーに対する信頼感があり、保証書などは必要ないと捨ててしまう。よく思い返すと、前のは八カ月でこわれた。なんなんだ、まったく。私は音楽なしで、ホテルで十日ばかり過した。荒っぽい遣い方などしていないぞ。パソコンに百数十枚のアルバムをインポートしてあり、時々、ウォークマンを初期化して、新しいものを転送するだけである。

どんなアルバムがパソコンに入っているか知ると、君は呆れるであろう。人間には、好みや傾向というものがあるだろう、と言いたくなるに違いない。私には、それがないのである。

ウォークマンは、安価であった。音も悪くない。しかし、こわれるのは許せないので、今度買ったやつがこわれたら、私は縁を切る。実に長い付き合いで、円盤みたいなやつにCDを入れて持ち歩くものなどもあったな。

長い付き合いと言えば、携帯の番号も三十数年で、最初は自動車電話であった。いまは、スマホである。新型、新型と買い替えている間にそうなった。自分に必要な機能ぐらいは、遣いこなしている。私は、機械オンチだと言われて久しいが、それはいまだに原稿が手書きのせいかもしれない。

　私は船に乗っている時、レーダーのレンジを変更し、対象物にカーソルを合わせてさまざまな情報を得て、このまま進めば何分後にぶつかるか、を測ることまでできる。ＧＰＳも駆使できるし、無線の免許も、三級だか持っている。命に関るからな。カーナビは、遣わなかった。命と関係ないのだ。

　そして、パソコンのワードもできる。できるようになろう、と決めたからだ。練習しはじめのころ、カタカタ打っていて、かなりの分量を打ったと思って眼をあげたら、全部ローマ字だったことがある。

　それを友人の花村萬月に話したら、それはバッターボックスに立って、ボールを見ずにバットを見ているようなもんだ、と嗤《わら》われた。それから、手にタオルを被せて、ブラインドタッチを覚えた。書いたものを、メールに添付することもできる。

　なんだか、俺は機械オンチではないのだと、必死に抗弁しているような感じになってきたが、私は正直、これ以上の便利さなどいらない。いささか、楽をしすぎているなあ。

　しかしほんとうのことは、機械ではできないのだ。私はワードをブラインドで打って、なにげに速いが、小説は書けない。この稿も、万年筆である。

　理科系の大学を卒業した高校の同級生が、将来は生まれた時に腕時計のようなものを貰い、それで電話から投票まで、なんでもできるような社会になる、と言った。四十五年近く前である。私は、線が繋がっていなくて、電話ができるなんて、おまえ、頭を冷やせよと言ったが、携帯電話の社会は、それに近いものになっている。

　そういえば、そいつが就職したのは、かつての電電公社で、いまのＮＴＴであり、レーザー光線によるデータ通信の研究をする、ということになった。

　私のスマホに、頼みもしないのにドコモからハングアウトでなにか来て、しかも開けないので、どうにかしろと言った。

　退職したから、知らないよ、とそいつは言った。いまは、どこかの工科大学の学長である。ふん、知らねえのか。しかし、迷惑な話だぜ。削除しようとすると、ほかのハングアウトの履歴も消える可能性がある、という脅迫が表示される。

うるさい、と眼をつぶって削除しても、消えはしないのである。勝手に、私の携帯になにか送りつけてくるなよ、ドコモ。

ファクスで原稿を送り、ゲラが送り返されてくる。これなども昔は考えられなかったが、いまはもう古いやり方である。

しかし、新しい古いとは、なんなのだろう。文明は、それこそ発達を続けるであろう。ロボットが、なんでもやるようになるかもしれない。ロボットが作った料理など、私は食いたくはないな。

たとえば煮こみなど、私は何時間もかけるが、強力な圧力装置で、ロボットなら五分で済むかもしれない。そして、利いたふうな顔をしたやつが、成分は人間が作ったものと、寸分違わないなどと論評を加えるのだ。煮こみはな、いろんな思いを煮こむから、煮こみなのだ。煮こんで消してしまいたい思いなど、ロボットにはあるまい。

そんなことを呟きながら、私は旧式の機械に囲まれ、このボロがなどと罵っている、時代についていけなかった老人になってしまうのだろうか。もうそれでいいと、どこかで思っているところがある。

オヤジはこんなこともできるのだぞ、と若い者には決して教えてやらない。ある日、隙だらけだったら、足を掬《すく》って転がしてやるだけだ。掬い返されたら、その時こそ、オヤジの本領を発揮して、派手に転んでやる。転ぶことが多い人生を重ねているので、半端な転び方はしないぞ。そして立ちあがるのも、若い者よりずっと速い。

これぐらいにしておくか。私は、映画が観たくなった。スマホの中より、ずっと人間的なものが、そこにはある。

そう、人間なのだよ。世の中がいくら変わろうと、人間であることは変えられない。人間でありすぎるぐらいの私に、君はどうやって勝とうというのだ。

たまには口から唾を飛ばしてみよう

太陽光発電がどうのとか、ソーラパネルがどうだとかいうような、DMらしきものが、時折、届いている。もし私が、家の屋根すべてをソーラパネルにしたら、どういうことになるのか、ちょっとだけ考えた。

世の中、再生可能エネルギーとかいって、いろいろ論議が盛んだから、私もなんとなく、その雰囲気に呑まれかけているところがある。屋根にソーラパネルを並べれば、それで電気は賄えるのか。私の頭に判断の材料はないので、友人に訊いた。

おまえのボロ屋じゃ、電灯が三個つくぐらいか。そう言われた。ならばなぜ、そんな大騒ぎをするのだ。法律で屋根はソーラパネルと決めてしまえば、多少は電力をおてんと様から頂戴できると目論んでいるのかよ。

雪が積もったらどうすんだ、と私は瑣末なことを考える。そういう議論は、得意だからである。しかし、意味のある議論とは思えない。太陽光であろうが風力であろうが、すでにあるのだから、科学者や技術者がさらに効率的なものに改良し、役人が普及させればよい。

その先のことを、政治家が考えるのだ。

この前の国政選挙の運動期間中、私はある地方都市にいた。駅前で候補者が大音量のスピーカーで演説していた。いやでも、耳に入ってくる。言っているのは、すごいことだった。自分に任せてくれれば、すべての問題を速やかに解決し、この国を変えてみせる、と熱っぽく語っていた。若い候補者であった。

おまえ、ほんとうにできるのか、と問いかけたくなった。私は、聴衆の後ろの方から、手を挙げた。いろいろ、質問してみようと思ったのだ。

私の方を見た候補者は、一瞬、真剣な表情になり、それから笑って手を振るではないか。

中学生が先生に質問するように、私は真っ直ぐに手を挙げ続けたが、それからは無視であった。人前で対話ができない恐怖症か、おい。ちゃんと、私を見ろ。

　選挙というのが正しい方法かどうかは別にして、候補者はしばしば間違いを言う。選挙期間中に宣言したなにかの数字が当選後、大きすぎるのではないかと追及を受け、当時は選挙の準備でどたばたしていたから、あれは一民間人の思いつきにすぎないからと言い、みんななんとなく認めた。

　私が知っていて、うろ憶えだがこうして出てくるので、多分、それについての報道もあったのだろう。

　いいのかい、それで。選挙用の数字と言っているのか。つまり、有権者を馬鹿にしちゃいねえか。みんなが容認したというのは、馬鹿にされているという意識すら、なくなっているのではないのか。

　政治家は、いやそう言うと漠然としすぎるので、国会議員は、ということにするか。バッジを付けた瞬間から、死んでいるのである。死ぬのがいやなら、立候補するな。死んでいるから、新幹線なども無料で乗れるのだぞ。そしてバッジをはずした時に、生き返る。

　ふだんは当たり前のことをやっていても、福島で原発事故が起きた時は、最初に原子炉建屋に突入すべきであった。死んでいるから、二度は死なない。そういうやつは、ひとりもいなかったな。

　再生可能エネルギーを、ひとつ覚えでくり返すな。すでにあるものは、科学者や役人が普及させていく。バッジを付けた者の仕事ではない。目先のことなど考えず、十年先、五十年先のことを考えろ。

　たとえば、新しいエネルギーを、地球の中心から戴くなどと言う者がいるか。

　せいぜい地熱だろうが。マグマ発電などと、考えないのか。それができれば、世界のエネルギー問題は解決するぞ。地球の内部に、熱が、つまりエネルギーがあるなら、そしてそれが放射能などを出さないなら、なるべく早く、エネルギーはそちらに転換すべきだろう。

　それを、政治家の生涯の目標にする、というバッジマンの話は聞いたことがない。五十年先のことは、関係ないし、票にならないし、とすぐに頭に浮かべるのが見えるようだよ。

バッジマンが、多すぎるな。衆議院は、五十まで削減する。そうすれば、ひとりひとりがなにをやっているか、ほぼ見えてきて、投票の時に迷わないで済む。

その五十人の義務は、まあ五十年とは言わず、十年でいいから先のことを考えること。そしてバッジを付けたら、死ぬこと。

議員というのは、県にも市にも町にもいるのだろう。国会が地域の利益代表などとんでもないぞ。マグマ発電を国家プロジェクトにするために、おのが政治生命をかけよ。

とまあ、私が望んでいる議員の姿は、現実とは正反対なのだ。議員は、自分のことを一番大事にする。個人的に会うと、腰が低く、いい人ばかりである。そして、孤立を恐れている。

私の、この暴論とさえ呼べない悪態は、政治家がそうさせているのである。君は、政治の話をすることはあるか。あまりないとしたら、政治が見えにくいからだ。大抵は裏があり、表面の方で一喜一憂するのは馬鹿げている、と思っているからだ。

小説家にはレトリックというものがあり、マグマ発電は比喩ではあるが、私はかなり真剣に、そういう夢物語に全存在をかける政治家が出現することを、望んでいる。

イタリア人など、政治の話をするとすぐに熱くなり、罵りまくったりするが、日本人は概して静かである。その静かさが、政治に対する見識の成熟であるならばいいのだが、無知の場合は困ったことになる。

この国は、一億総玉砕などというスローガンが、かつてまかり通ったことがあるのだ。そのことは、忘れまい。

私が、政治の話をすることなど、稀なのだよ。いまの体制を倒せば社会が変ると、真剣に考えていた時代があり、それは微妙な人生のトラウマだからだ。そのトラウマは、私の内部で処理するしかない。

政治家がなにをなすべきか、君も一度、真剣に考えてみないか。

おっと、私の方が、真剣に考え、もっときちんとした見識を示すべきなのかな。

人生の灯台を持ってみるか

光は、遠くからやってくる。点滅するのではない。

幼いころ、灯台の明りを見て、そう思った。光の棒が、ぐるりと回ってくるのが、遠くからというふうに感じられたのだ。

灯台が、好きである。なぜだかわからないが、ずっと昔からそうである。といって、灯台を求める旅をしたわけでもない。

灯台は白い色で、てっぺんが丸いドームのようになっていて、という一般的なイメージは、日本の灯台にはほぼ当て嵌る。

しかし、色がついているのもあり、かたちもそれぞれ違うようだ。もっと違うのは光の回転速度で、海図には何秒おきに光を発するかが書かれていて、闇の中でも位置が識別できるのである。

私が幼いころ見た灯台が、どんなものだったのか、いまとなってはわからない。なにしろ、半世紀以上前だものな。

灯台について、詳しく調べたこともない。たたずまいを眺めていると、ただ郷愁のようなものがこみあげる。そういう自分が、もしかすると好きなのかもしれない。

灯台は、大抵は岬のはなにあり、通常はなになに崎と呼ばれているが、灯台の表記だけは埼という字が遣われている。崎は地域を表わし、埼は地点を表わすということらしい。

ま、私の郷愁には、あまり関係はないな。

私は、灯台に住んでみたいのである。一千冊ぐらいの本を持ちこみ、業務以外の時は、釣りをしているか、本を読んでいるか。補給船の補給を受ければ、大したた不自由もなく、一年ぐらいは暮せる。そこで、悔いの多い自分の人生をふり返るわけではない。

うむ、しかし、性欲の処理に困るであろうな。ひとりきりで一年。考えるとワクワクしてくるが、さまざまな問題も頭に浮かぶのである。やはり、写真集を眺めながら、夢想するぐらいがいいのか。

私の海の基地に、北大西洋の灯台ばかりを集めた、大判の写真集がある。

友人のパイロットが、パリで見つけて買ってきてくれた。停年になって飛行機を降りたら、思い切り海で遊ぼうぜと言っていたが、癌に斃れた。

夜、寝る前に写真集を眺めていると、不意に灯台に住んでいるような感覚に襲われる。すぐそばで、波の音が聞えるからなのか。

荒れた夜は、風の音もすごい。ひとりなのだな、と思う。寂しいけれど、いいな。しかし、人が恋しくなり、用もないのに電話などもしてしまうのだ。

寂しがり屋の、ひとり好き。厄介な性格ではある。

北大西洋の、特に北部は、海が荒れ、岩礁があり、航行の難所であるらしい。そして、こんなところにというような岩礁の上に、灯台が建てられたりしているのだ。船で近づくのだろうが、どうやって灯台に移るのかと、思わず考えてしまうほどだった。

その問題をあっさり解決してくれた、フランスの映画がある。日本にも有名な灯台の映画があるが、これは『灯台守の恋』というそのものずばりのタイトルである。監督はフィリップ・リオレ。私はタイトルに惹かれて小屋に入ったのだが、意外なほどいい映画だった。こんなふうにして、いい作品に出会うこともあるのだな。灯台も、写真集にある灯台そのものだったのである。

主人公は、手の怪我で軍隊を除隊し、灯台守として、因襲的な島に赴任してくる。祭りかなにかの時に、帰郷していた軍人から、どこの軍にいた、と質問される。第十落下傘連隊。十だったかどうか記憶は曖昧だが、その軍人はヒューッと口笛を吹くのである。この落下傘連隊は、フランス軍の最精鋭部隊で、別称かどうか、外人部隊とも呼ばれる。しかし、フランスの正規軍なのだ。

最初に、最も危険な場所に落下傘降下する部隊だから、ある種の尊敬を集めている。外人とつくが、将校は全員フランス国籍を持ち、いや生粋のフランス人で、募集で集まったさまざまな人種が兵としている。

フランスでは、国籍を持っていることと、生粋のフランス人であることとは、違うようなのだ。そして落下傘連隊はいまだにアフリカなどの紛争地で実戦をやり、兵の中には日本人もいるという。

四十年以上も前に、『名誉と栄光のためでなく』という映画があったが、これはジャン・ラルテギーという新聞記者あがりの作家が原作を書いていて、なかなかに面白かった。

心理描写は雑だが、アルジェリア独立運動のころの話で、戦地にいる落下傘連隊が、政治というものに引き裂かれて、撤退を余儀なくされていく実話のノベライズである。

恋の方は、いい映画だから、君は観てみるといいぞ。灯台の暮しもわかる。それがわかっても、仕方がないなどと言うなよ。

なんでも、頭の抽出しのどこかに、入れておけばいいのだよ。まだ余裕はあるだろう。私は、抽出しが全部一杯になると、新しいのをいくつか作るぞ。それで、財布は別として、人生の方は多少豊かになる。

私はある時、野島埼灯台を正横に見る海域で、トローリングをしていた。野島崎は、房総半島の最南端で、大物釣りのいいポイントなのだ。三浦半島にある私の海の基地から、巡航速度でも、一時間弱である。

海面が、ちょっとおかしな変化を見せた。

百メートルほどのところで、海上ではすぐそばという感覚である。私が眼を凝らした瞬間、いきなり信じられないほどのものが、海面から飛び出してきた。その影に覆われて、周囲が暗くなったような気さえした。

鯨が、ジャンプしたのである。通常、鯨はそれほど船の近くにはやってこない。イルカではないのだからな。海面に落ちた時の衝撃は、なにかが爆発したような感じだった。

鯨と衝突して漁船が沈んだというニュースが流れたのは、それからひと月後ぐらいである。

ここに鯨がいる。私は野島埼灯台からの距離を目測し、これからは近づくまいと思った。灯台は、そんな役に立つこともある。人生にも、灯台はあるのかな。

君よ、志という灯台はあるぞ。

魚ではないものが釣れるのも釣りだ

釣りは、小学生のころからやっていた。

例によって鮒《ふな》であるが、波打際の砂に埋もれているゴミを掘り返し、沙蚕《ごかい》を採ってスズメ鯛なども釣るのであった。

ここ二十年は、船の釣りである。トローリングをやることもあれば、ふかせという、餌の鰯を勝手に泳がせるものや、底にいる魚を狙うこともある。

のんびりと釣りなどと思われてしまうだろうが、これが結構忙しく、甲板を動き回っている。揺れている船の上だから、無意識に踏ん張り、全身の筋肉のどこかしらには、力が入っているのである。

トローリングやキャスティングで擬似餌《ルアー》の、半分は自作である。自分で作ったルアーに魚がかかってくれることが、やはり嬉しい。俺に騙されたんだから、仕方がないぞ、と魚に引導を渡して、血を抜くのである。

血を抜いて、氷で素早くしめた魚は、やはりうまい。

船に乗りはじめて二十数年だが、大物よりも食ってうまい魚、というふうに少しずつ釣りの傾向が変ってきた。

時に、大量に釣れる。私は慌てない。釣りあげて血を抜きながら、どういうふうにして食らうか考えている。刺身から最後はフライ。それでも余るようだと、干物にする。さらにそれより多く釣れた時は、貰ってくれる人の顔を思い浮かべ、それもなくなると、どれほど釣れていても、潔く竿を納める。

ある時、相模湾にキハダ鮪《まぐろ》の大群が入ってきた。

私は勇躍でかけて行き、すぐに十キロほどのものを一本あげた。もっと大きなやつがいるはずだ。四十キロ、五十キロがあがった、という情報は入っていた。

私は、餌として釣ってきた小鰺を鉤《はり》にかけ、大きな錘《おもり》をつけて放りこんだ。リールは八十ポンドのトローリング用で、二百キロの魚でも楽に耐えられる。

五十メートルほど、落としこんだ。途中にいる小型の群れは、やりすごしたようだ。大きな錘は、速く落ちる。

　五分も待たないうちに、衝撃があり、すごい圧力が竿にかかった。力まかせに巻きあげる。リールもラインも、大型用なのだ。五十キロはあるぞ。巻きながら、そう思った。時々、引きこむような動きもある。

　しかし、途中でふっと軽くなった。かけた魚が逃げてしまうことを、バレ、と釣りでは言うが、バレてしまったようだ。

　しかし、錘だけではない重さがある。海面にあげると、巨大な鮪の頭だけが見えたのであった。

　くそっ、鮫だ。上に引っ張られて動きがとれない鮪を、鮫の野郎が食っちまうのである。私は、次の餌を付けて、投入した。来た。六十キロはありそうだった。しかし、半分ほど巻きあげたところで、軽くなった。三投目。来たっ。七十キロ。しかし、頭から下を全部やられた。

　私は甲板を歩き回り、怒り狂った。鮫の野郎。叫び、罵る。そういえば友人に、池袋鮫、いや『新宿鮫』という人気シリーズを持っている作家がいるが、この際、そいつの顔でさえ憎らしくなってくる。

　おのれ、新宿鮫。どこまで私の獲物を横奪《よこど》りすれば気が済むのだ。許さぬ。自慢の備前長船清則で、首を落としてくれる。

　しかし、船上に刀はない。沈思黙考し、私がやったのは、超大物用のワイヤーを、無疵で釣りあげた十キロの鮪の口から、腹に通すことであった。先端に鉤を付け、それも腹に隠す。覚悟せよ、大沢鮫、あえて名を伏すが、在昌鮫。私の頭脳プレイで、年貢を納めるがいい。

　投下する。五十メートル。そして、急速に巻きあげる。水面に出てきたら、また落とす。三度くり返している時、がつんと衝撃があった。来た。ほんとうに、来た。鮫と名のつくやつは、みんな愚かなのだ。

　圧力がかかる竿を、私はしばらくじっと抱いていた。それから、少しずつ巻きあげていく。暴れると、巻く手を止め、竿を抱いてじっと耐えた。それをくり返すこと、三十分。クルーが、手袋をした手で、ワイヤーを摑んだ。私も、竿を放り出してワイヤーに飛びついた。海面ではかなり暴れたが、引き寄せ、ワイヤーをクリートに固定した。

よし、ビリークラブで大沢をしめるぞ。野球のバットをいくらか短くしたような道具である。それで眉間を打てば、カジキも一発で死ぬ。

私は、船室にビリークラブを取りに行った。戻ってくると、クルーがワイヤーを持ってぼんやりしていた。鉤のかかり場所が口の端で、先が飛び出しているのが一抹の危惧だったが、跳ねて自ら口を切り、逃げたらしい。

私は、甲板に座りこんだ。怒りは消えていた。なにかとても面白いことをやったという気分があり、声をあげて笑った。

引き寄せた鮫の姿を、思い浮かべる。三メートルほどの、背の青い色がきれいな、葦切《よしきり》という鮫であった。葦切は相模湾に何頭も入ってきていたらしく、数日後に、三メートルを優に超えるやつを漁船があげた。

勿論、人も襲う。こんな鮫が、関東の近海にもいるのである。

なけなしの一尾の鮪もなくし、私はむなしく帰港したが、愉快であった。なんとなく、私の人生に似ているような気がしたのだ。

鮪を釣りに行って鮫をひっかけ、そして逃がしてしまう。間が抜けているが、結構面白い。私は、面白いことをして生きたいのだ。なかなかそうはいかないが、面白そうなことを、できるかぎり選ぼうとしてきた。

男の人生は、十字路の連続である。

右へ行くか左をとるか、それとも真っ直ぐに進むか。君はいま、十字路に立っているかね。つらいものと楽なものが見えたら、つらい方を選べ。それが、ほんとうはつらくない。長く生きた人間からの、ちょっとした忠告さ。

それにしても、長い間に、釣りではなにが起きるかわからないというのを、何度も経験した。そこから、大した教訓は受けていないが、突拍子もないことに出会うとしても、釣りに行かなければはじまらないのだ。

君はこの文章を読んで嗤っているだろうが、立って眺めているだけだと、そのうち鮫に齧られるぜ。

砂漠に書きたい詩がある

学生のころから、アフリカが好きだった。

かぶれていた、という感じだろうか。アフリカ大陸の地図を壁に張って、眺めていたこともある。地図の上の夢想の旅は、現実の旅よりはるかに面白い、というのは仕方のないことなのだろうか。

地図の上には、耐えられないような暑さも寒さも、泥濘も、沼も、砂塵もなく、汗にまみれることもない。

それでも、行って苦しい思いをしてしまうのが、人間というやつだ。川田順造という文化人類学者がいて、私の親戚である。洋画家であった叔父が親しくつき合っていて、私の家にも著作が何冊かあった。西アフリカが専門で、ずいぶんと奥地へ行っているようだった。そのうち叔父が、サハラ砂漠を縦、横に放浪する旅をやり、私は自慢話を聞かされ、耐えるだけであった。

その旅をきっかけに、叔父は砂漠をモチーフにするようになり、それは生涯、ほとんど変らなかった。

私がはじめてアフリカの地を踏んだのは、かなり後年で、チュニス、カイロ、カサブランカ、ダカール、といずれも都会であった。都会でないところを旅行するのに、さらに数年を要した。

はじめは、北アフリカから砂漠の端に入った。川田順造の著作は頭にあったが、こちらはとにかく行きたいのである。学術的な目的もない。人種や宗教についても、深い知識はなかった。

砂漠だなあ、という光景はたっぷりあった。それは私が映画で見て知っている光景で、実際に映画のロケに遣われたりしているのだった。

もっと違うだろう。砂漠なら西アフリカだろうと考え、私はコートジボワールへ出かけた。そのころ、ブルースのルーツを探ることにも関心を持っていて、それは黒人が奴隷として輸出された、西アフリカにあるのだ。

出かけていったコートジボワールには、アビジャンという都会がある。そこから北上すると、熱帯雨林である。砂漠は、まだ遠い。ある程度まともだった道路も、やがて舗装が途切れ途切れになる。こういう道は、対向車などがなくても、危険である。道の真中は堅い土だが、少し横に寄ると、かたちを整えるために土を積みあげているだけだったりするのだ。ハンドルをとられる。そのまま、道路脇の木に激突ということになりかねない。

やがて、空気が乾いてくる。大きな木もあまり見えなくなる。サバンナで、そこをひとしきり走ると、土漠のようになり、砂漠になるのだ。オートボルタと呼ばれていた地帯が、ブルキナ・ファソという独立国になってすぐのころで、国境の通過も大変であった。日本のパスポートを見た者などいないのだ。

ブルキナ・ファソに入ると、検問で苦労した。

世界的なサックス奏者である渡辺貞夫さんと、めしを食いながら西アフリカの話になった。ナベサダさんはなぜか西アフリカがお好きで、話が合うのである。

何回もの検問で、一日数時間ロスをしたことを語ると、ぼくは三分だよ、と言われた。

楽器のケースなど、武器と間違えられるようだ。開けると、武器のような金属の筒が入っている。険しい顔の兵隊たちの前で、いきなりその楽器で、国歌を演奏してやるのだそうだ。兵隊たちは直立不動になり、それから満面の笑みで通れと合図を出すらしい。

楽器のケースは、武器のケースに似ているよな。そして、うむ、すごい技があるものだよな。私など、国旗を降ろす時間に行き合わせ、葉巻をくわえて待っていると、いきなり怒声が飛んできて、直立不動をさせられたぐらいだ。

国歌を知っていたら唄ってやってもいいが、かえって怪しまれるのが、関の山であろう。ナベサダさんの音には、国境もなにも関係なく、人間の心を揺り動かすなにかがあったのだと私は思う。

八十歳を超えられた。ぼくはもう、自分の音を磨くことしかできなくなった、と手紙を頂戴した。

それを読んだ時、手紙を持つ手がふるえた。磨くことしか、などと言われているが、いまだ磨こうとされているのである。私も、そうありたいと思った。そうあり得ることが、夢である。

砂漠が近づくと、土質がかなり変ってくる。

砂なのか土なのか、踏むと煙となってたちのぼるような粉である。サハラ砂漠の南端だった。しかし、巨大な樹がある。バオバブであった。

まるで、砂の上にうつむいて立つ巨人のように、人格を持っているがごときたたずまいであった。私の、最初のサハラの印象である。

マリ共和国にまで行くと、砂漠は単調になる。バオバブも、あまり見ない。オアシスの場所にだけ、棗椰子《なつめやし》などの高木がある。

しかし、サハラは広いな。ここを東西と南北に、横断と縦断の流浪をした私の叔父は、なにを見たのだろうか。

海の基地に、叔父の形見である、百二十号の油彩がかけてある。『オアシスの夜明け』とタイトルがつけられたその絵は、黄色を主調とするグラデーションで、一番手前に、干上がった鹹湖《かんこ》が描かれ、それは別のものにも見えるようだ。鹹湖は白、周辺の砂丘は灰色で厚く絵具が塗られている。

夜明けのほんの一瞬、砂漠がそんなふうに見えたことを、私は絵を見るたびに思い出す。砂漠に一瞬だけ訪れる、死の色だった。そこに、夜明けという再生が輝きを見せはじめる。

いや、絵を言葉で説明することなど、意味はあるまい。あらゆる表現物が、生と死に満ちているのだ。叔父が砂漠に見たものを、私も見るということは、多分、ないはずだ。それぞれの人生を重ねて、見ているに違いないからだ。

仲のいい、叔父と甥だった。叔父は、草野心平氏や山本太郎氏、つまりは『歴程』の詩人たちと親しく、学生のころ私は時々、酒席で一緒に騒いだりした。そして、現代詩を読むようになったが、それは遠い昔のことである。詩を書いたのなど、忘れるほど昔だが、草野氏や山本氏に、いいよ、と言われたことだけは憶えている。

君、私が詩を書いたことがあるなどと、信じられるかね。

遥かなるアフリカのバオバブの樹

バオバブ二本分の土地という、広さの表わし方があるのかどうか、知らない。

しかし私は、バオバブ二本がようやく生育できる土地を、サハラに持っているのかもしれない。ブルキナ・ファソの、初代大統領がくれると言った。直接聞いたわけでなく、夜、私の家を訪ねてきた外務大臣が、そういう伝言を持ってきたのだ。

私が、雑誌の取材でブルキナ・ファソ、トーゴなどに行った時、いろいろなトラブルがあり、逆に政府関係者と親しくなった。それが大統領にも聞えていたのか、国賓として訪日した時、私の名前が出たと、外務省のお役人さんから電話があった。国賓で、行動予定がすべて決まっておりますので、ということだった。

そのころ私は、政府開発援助《ODA》の悪口を言いまくり、外務官僚は馬鹿だなどと書きまくったので、外務省との関係は最悪であった。

お役人さんの口調は木で鼻を括ったようで、いろいろとアフリカについて書いていただいてありがとうございます、という皮肉のような捨て科白もついていた。いまだ言いたいことがあり、それを書くと本が一冊になりそうなので、控える。

事は電話だけで終らず、ガブリエルなる人物が現われ、流暢な日本語で大統領の使いとして外務大臣が来る、と言った。それがバオバブの話である。バオバブ一本が育つには、砂漠でそれなりの広さが必要らしいのだ。

バオバブは、樹木の中で私がもっとも好きなものである。遥か遠くから見える。幹の太さに較べて、あの枝の小ささ。一本一本に、名前をつけたくなるほどである。

外務大臣は、夜中に帰った。翌日、こちらが渡した土産への礼に、大統領夫人から電話があった。

大統領土産の土地の方は、地図に印がつけられていただけだが、ほかに、ブルキナ・ファソの歴史、モシ族の物語などを丁寧に刺繍した、テーブルクロスを貰った。それはいまも、大事にしている。

ガブリエルは、日本人の妻を持つ、ガーナ国籍の男であった。ブルキナ・ファソの大統領とは従弟かなにかで、トーゴにもコートジボワールにも、有力者の親戚が多くいた。モシ族の王族のひとりらしい。

ここがアフリカの複雑なところだが、国境線が直線的な場合が多い。部族には関係なく、植民地として統治する国が地図に線を引いたからだ、と聞いた。

部族は、国境を越えて、また別の国のようなものを作っている、ということだろう。それは、協力の基本になることもあれば、紛争の要因にもなり得るものだ。

アフリカに土地を持っていて、しかもそれがバオバブ二本分の広さというのが、私を豊かな気持にさせた。

ガブリエルは日本にいることが多かったので、ガブちゃんなどと呼んで、時々会ったりしていた。富豪とまではいかなくても、相当な金持であった。悲しいことだが、貧しい国ほど、貧富の差が大きいという現実がある。


とにかく私は、いずれブルキナ・ファソに三度目の訪問をしなければなるまい、と考えていた。地主なのだ。水がなくて人が住めないとは言われたが、バオバブ二本に名前をつけて、毎朝、挨拶に行くことなどを考えると、ワクワクしたものだった。

ところが、私に土地をくれた大統領は、側近に暗殺された。私の家に来た外務大臣も、死んだらしい。

そしてガブリエルも、パリで何者かに射殺された。

クーデターということになっているが、政権が代ったのだから外から見ると当たり前で、そう記録もされているのだろう。

ガブリエルは、自分が死ぬことがあったら、部族内部の争いによるものだろうと、一度洩らしたことがあった。真偽は私にはわかりようがない。

ガブちゃんが殺されたということだけが、事実として私の中にある。

私が、バオバブ二本分の土地を見に行くことができなかったのは、入国の時にトラブルになるだろうと思ったからだ。

いや、ビザそのものがおりないかもしれない。あのあたりは、コートジボワールに日本大使館があり、周辺数カ国も統轄していた。つまり、日本ではコートジボワールのビザしか取得できず、あとはアビジャンのブルキナ・ファソ大使館に申請するしかない。

いまでこそ日本に大使館が開設されているが、私が行こうとしていた時は、そうだったのである。

そして入国の目的は、前大統領に貰った土地を見に行く、と明記したいのである。無理だろうな。

入国できたとしても、私が行きたいのは北部の、ゴロンゴロンという町の近所なので、避難勧告地域になっている可能性もある。

ブルキナ・ファソは、もともとあたたかい人々の国というような意味である、と聞いたことがある。それでも、部族の紛争、対外紛争、宗教紛争などから逃れられないのだろう。

私が行ったころのトラブルは、写真を撮った、カメラを剝き出しで持っていた、というものが多かった。しかし、治安はさほど悪くなかったのだ。そのころはフィルムだったので、没収されないために、ずいぶんと神経を遣わなければならなかった。

拘束されると、持物検査、身体検査などが当然あり、最後は肛門の中を調べられるという。

こんな場所で、肛門の中を調べられたくはないという恐怖心を抱きながら、それでもシャッターを切ってしまったりしていたものだ。西アフリカのみならず、アフリカの情報は刻々と変る。

それでも、ゴロンゴロンから車で一時間ほど北上したところに、行きたいなあ。

君、一緒に行かないか。ひとりで行くと、私は多分、行方不明になりそうだよ。

旅の危険は、どこにでもある。そして、あえて危険なところを旅しなければならない必然性もない。いまこの瞬間のブルキナ・ファソの情勢が、安全かどうかは知らないが、危険と安定がくり返されている地域ではある。

そうだ、私より若い君が行ってこい。

私の土地を見て、私の本を一冊だけ埋めてきてくれ。

口が痺れて性格が歪んだ

健康そのものですよね、とよく言われる。

実際、定期的にやっている血液検査はほぼ正常で、レントゲン写真でも、肺はきれいなのだそうだ。肝機能の数値など理想的で、あんなに酒を飲むのにと、医師は首を傾げている。血糖値がやや高く、血圧が高い。

これをして病と言うのかどうか、私にはよくわからない。かなり突出した数字でないかぎり、医師もわからないだろう。

どこかの役所が、いままでの数値は間違いで、正しい数値はこれだ、というようなことをやった。

それは詐欺に遭ったようなもので、しかし財布から金を掠められたわけではないので、私はあまり怒らなかった。

考えてみると、ふざけた話である。大体、数値に基準などというものがあるのか。その根拠が厖大な実績に基づくと言うなら、なぜいま変った。

古い基準値で人を病人扱いした医師は、全員坊主になれ。新しい基準値で人を健康だと安心させるなら、数字ではなく、自らの医学的見識で、健康だという証明書を出せ。

まあこれは役所のやっていることで、御都合主義なのだろう。私は怒らないどころか、はなから信用していない。

病気とは、気なのだ。病気になっていると、自分でわかるのだ。

私は、放置しておけば、ほとんどの場合死んでしまう、という病気にかかったことがある。私を健康そのものだと思っている君、よく聞くのだぞ。

あれは、十八歳の時であった。

大学入試のために、私は健康診断を受けた。間接撮影とかいう、小さなレントゲン写真の添付が必要だった。いまどうなっているか知らないが、昔は国公立に提出する健康診断書には、それが必要だった。

受け取りに行くと、担当の女性が困ったような笑顔を浮かべ、赤い丸印のついたレントゲン写真をくれた。そして、秩父宮と冠名のついた、医療機関で再検査するように、と言った。

肺結核であった。右肺上葉に、直径三・五センチの、見事な空洞があったのである。かなり進んだ結核だと説明されたが、なんとなく予感しているものはあった。手術を勧められたが、それなら死ぬ、と私は言い張った。

急激に拡がった病巣だから、強力な化学療法をしてみよう、ということになった。三者療法という。ストレプトマイシンとパスとヒドラジドとかいう、三つの薬を組み合わせたものである。

特筆すべきは、最初の半年は、左右の肩の三角筋に、毎日注射したことである。ひと月ごとに、聴力検査もした。

ストレプトマイシンは、副作用として聴力障害が起きるらしい。週二回が限度とされていた。

実は深刻なはずの耳のことは、あまり気にならなかった。それより強烈に感じられる副作用があったのである。

口が、強張《こわば》ったようになり、痺れた。そしてその周辺の筋肉がひきつり、顔が歪む。意識の外に追い出すことができないほど、その感覚は強烈だった。

毎日、私は数時間持続するその副作用とつき合った。感性は痺れ、性格は歪んだと思う。大学を受験することができなかった私は、療養に専心することはなく、煙草はやめず、毎日街をほっつき歩き、映画館のハシゴをし、図書館でこむずかしい本を読み、勉強はまったくしなかった。

不思議なことだが、化学療法をはじめてからの方が、私は病人ぽくなった。軽い咳が持続し、躰がだるく、微熱があって頭がぼんやりしていた。

肺に空洞が発見される前は、私は受験勉強に集中し、疲れきっては眠り、水に入ったような寝汗で眼醒めた。精神が、きわめて緊張していた。正常な健康状態ではないと思ったが、気力で撥ね返せると信じているようなところがあった。

いまも私はそうしているが、健康の指針に親指の爪を見る、というのがある。

寝汗で濡れていたころ、私の自覚できた肉体の変化は、痩せたことと、親指の爪の変化だったのである。爪が、長くなったように見え、外側に反り返った。治療をはじめてから、それは少しずつ元に戻っていった。

治療をはじめてひと月ほど経ったころ、胸に違和感があった。中の方である。たとえて言ってみれば、肺が破れたという感じだった。

いつもと違う咳が出そうなので、私は口に手を当てた。かなり強い咳をした。

掌に出てきたものがある。血が出ていたのだ。それもきれいな丸で、掌からはみ出すほど大きくはなく、流れるというほど液状でもなく、かたまりと呼べるほどの粘りもなかった。

私はしばらく、その血を見つめていた。鮮やかな赤い色だった。あとは、血の混じった痰が少し出ただけで、それ以上大きなものは出てこなかった。

それは、医師にも話さなかった。手術をする、などと言われると面倒だと思ったのだ。


私は、自堕落な生活をしていたが、しかし注射には毎日通った。ストマイの筋肉注射は、注射の中で一番痛いと言われていて、両肩の三角筋がおかしくなりそうな気さえした。

治療をやめれば、当然、死んだだろう。真面目に療養生活を送れば、快癒に三年半も要することはなかったかもしれない。

一年経ってから、私は大学を受けた。私立大学はレントゲン写真を添付する必要はなく、就学可という印を、母校の保健室で押した。結核菌をふり撒く開放性ではなく、閉鎖性だったので、大学へ行くことを医師もしぶしぶ認めた。

私の青春の、ひとつの側面である。

薬の副作用で顔全体が歪むなど、いまは信じられないが、当時はあった。パスとヒドラジドという薬を服用すると、尿がオレンジ色がかった。顔を歪ませ、オレンジ色の尿を出している。君に、そんな青春の想像はつくかな。

なかなか、痛いものではあったぞ。

正しい文学青年だったころもある

就職活動の記事が、新聞や雑誌によく出ている。

就活と、縮めて表現するのが、私は好きではない。なんでも、縮めさえすればいいいと思っていたら、人生も縮んじまうぞ。

私は、就職活動の経験がない。いまほどではないにしても、私が学生のころも、就職は大イベントであった。

長髪の級友が、ある日、短髪になっている。私はそれを、横眼で見ているだけであった。

私の肺結核は、三年半の化学療法を経て、一年の経過観察期に入っていた。しかし、肺に影のある人間が、まともに就職できるとも思わなかった。それに疎外感を感じるには、私は歪み過ぎていたと言っていいいだろう。

小説を、書いていた。

私が入学したころから過激になってきた学生運動は、複雑な動きを見せながら、下火になってきていた。私は、活動家の学生ではなかった。どう考えても、みんなでやれば怖くない派であり、そういう自分に、さまざまな問いかけをはじめたころだった。

最初に機動隊に頭を叩き割られた時、活動家がオルグに来た。君の痛みは、理解できる。その痛みを与えたのは機動隊であり、つまりは国家権力そのものなのだ。ゆえに君は、国家権力と闘うべきである。

驚くべき短絡は、私をオルグに来た活動家の質が悪かった、というだけだろうか。

私には階級意識が欠けていて、左翼と言うには、『共産党宣言』しか読んでおらず、学生運動の先駆性理論も、とってつけたものとしか聞えなかった。

このあたりのことは、あまり書く気が起きない。みんなでやれば怖くない派の私は、ゲバルトのたびに棒を持って前線にいたが、それはほとんど破壊衝動としか言いようがないものだった。

小説を書くと、そのあたりの自己検証をくり返すことになる。しかし、自己検証と小説の表現は、なかなか重なることがなかった。

私は療養中にかなりの文学青年になってしまい、結核の作家の作品を選んで読んだりしていた。死に隣接した、緊張感のようなものが好きだったのである。

しかし、書いている間に、完治ではないものの、経過観察期に入ったというのは、文学的エリートの要素をひとつ失った、ということだった。

私の人生にとっては、治癒は結構大きな皮肉だったのである。

肺の空洞は、消えてしまったわけではなかった。硬化治癒とでも言うのか、石灰質になって固まったのであった。

いまでも人間ドックでは、陳旧性肺結核と言われる。

中途半端であった。この本のタイトルには、十字路という言葉を遣っているが、私には十字路がなかった。いや、だらだらと続く一本道しか見えなかっただけで、もう少し視点を変えれば、十字路は見えてきたのかもしれない。


私は、だらだらの一本道を歩きはじめた。そうふり返ると、病気というのは私から視界を奪っていた、とも考えられる。私が作家になれたのは、僥倖であろう。

現在は、健康体に近いのだろうか。降圧剤を服用させられているので、健康とは言い切れないが、寝こむような病気はしない。

十五年にわたって、相当長い長篇の連載をしているが、病気で落としたことは一度もない。

先日、偶然、あるバーで、中学、高校時代の先輩である篠山紀信氏と出会《でくわ》した。君は、うむ、心臓血管系だな。先輩は、私の顔を見つめてそう言った。なんで死ぬか、という話である。

自分では、呼吸器系だろう、と思っている。肺結核の既往症があるからか、気管が弱かったのである。

風邪は大抵、気管の炎症で、ほかの症状はあまり出ない。咳だけが、何カ月も続く。痰が切れにくく、時には血さえ混じる。普通だと血痰が出れば飛びあがって病院に行くだろうが、私はほとんど気にしない。ここ四十七、八年、咳がひどいと血痰が出ていて、馴れてしまっているのだ。

ただ、咳が続くと、頭が痛くなる。書こうとしていた言葉が、咳と一緒にふっ飛んでしまう。私の一番の悩みは、咳が鎮まらないことであった。

心臓血管系というのは、篠山さんだけでなく友人たちにも言われることがあり、実際、心電図が虚血傾向を示している。不整脈もひどい。二十四時間心電図をとったら、何千回かの期外収縮があり、しかしそれ以外の異常は出なかったのである。

首の動脈のプラークのエコー検査というのもやったし、きわめつきは冠状動脈造影検査で、それもまったく正常だったので、私の心臓には毛が生えていることになったのだ。

しかし、呼吸器系という確信も、ある時、あやしくなった。喘息だ、と言われたのである。

喘息は下手をすると死んでしまう病気だが、私の呼吸器系のイメージとはかなり違っていた。咳喘息であり、毎日ステロイドを吸入しろと言われた。

ほんとに効くのかと思ったが、半年ほど吸入を続けたいま、咳はあまり出なくなった。出れば、三十連発、四十連発があたり前だったのに、二、三度咳をすれば、痰が出て収まってしまう。

咳が出ない状態はきわめて快適であり、宿痾などという言葉は、私の頭から飛んだ。

私は、なにによって死ぬのだろうか。

巻藁《まきわら》一本を五つに斬るのは、無酸素運動であり、全力疾走しているようなものだが、ぶっ倒れることはない。なんで死ぬのか確信できなくなると、逆に不安になってくる。そういう不安が、実は生きている実感なのか。そう開き直るしかない、といまは思いはじめている。

君も死ぬのだぞ、いつか。

なにかの検査をすれば、何年後にどういう病気にかかるかわかると聞いたが、わかったらわかったで、つまらなくなるのだろうな。アメリカの女優が、その検査で乳房を切り落としたニュースが流れたことがあるが、その時から、彼女に魅力を感じなくなった。

生きるというのは、なにか不思議なものである。

暑さと訃報が一緒にきやがった

暑いなあ。くそ暑い。

これはミャンマー、ラオス、カンボジアの、雨季明けの暑さぐらいだ。むこうは、乾季が進むにしたがって、もっと暑くなるがな。

日本は、暑さの記録が毎年塗り変えられている、という気がする。たまらんなあ。海の上にいたいなあ。船の甲板は風が吹き抜けるので、大して暑くない。海面反射で、陽焼けはひどくなるけどな。

ちなみに、石垣島など、南の島の夏が思ったほど暑くないのも、島は風が吹き抜けるからだ。

誰か、責任を取れ。責任を取る者が誰もいない時は、国会議員が責任を取れ。責任を取る者がいない時は、政治家が責任を取る。

責任があることに責任を取るのは、誰にでもできる。責任がないことにも責任を取るのが、国会議員というものだ。だから、ふだん新幹線にただで乗れるのだ。なのに、責任があることにも責任を取らないやつが、多すぎるぞ。

暑さの責任を、国会議員はどうやって取るか。考えもしないだろうから、私が教えてやろう。まず、新幹線は自腹で乗れ。飛行機も。空港で、特別待遇を受け横道から出る、などということは禁じる。間違っても、黒塗りの車などに乗るのではないぞ。議事堂前に地下鉄の駅があるのだから、それで国会へ通え。議員宿舎だの議員会館だの、ホテル並みの施設からは即座に出て、六畳、シャワーのみ、エアコンなしの部屋に移れ。

こんなに暑い時も、外で働いている人はいるのだ。

海の基地へ行く途中に、造成地へ入るダンプの誘導をしている女性がいる。真夏も、真冬も、作業着の下を厚くしたり薄くしたりはしていても、立ちっ放し、照られっ放し、降られっ放しである。埃はひどい。その女性の爪の垢を煎じて、全員で飲め。

国会議員に、こんなことを言う国民は、あまりいないだろうから、あえて言ってやっているのだ。

あっ、私は書斎に籠って外に出ずに書いているなあ。外では、なかなか書けない。

これは自慢だが、この間、腰の椎間板が飛び出した。締切の二日ほど前である。腰を降ろすと神経に触れる。仕方なく、私はコルセットで腰を固定し、立って書いた。誰も、代りにやってくれないからである。

国会議員の代りは、いくらでもいるぞ。

外に出るのは、犬の散歩である。いや、私のウォーキングに犬がつき合わされる時間である。汗に、まみれる。Tシャツは、完全に搾れる状態になる。『女王蜂』という、ちょっと微妙なバンドの曲を聴きながら歩いていた。

孤独だと叫んでいるが、孤独かい、と問いかけてはこない。いまのところ、子供が情念を外に放ち続けているだけだから、心の深いところに声が届いてこない。まあ、いいか。若いんだ。いっぱい白紙を持っているだろう。

帰宅すると、筋トレをし、それからシャワーを遣う。そして、書斎へ。


ロビン・ウィリアムズが死んだ、ということを知らせてくれる者がいた。なんだと。あの俳優は、私より歳下ではなかったか。うむ、自殺とあった。複雑である。結構好きな俳優だった。

いろいろな秀作があるが、『ミセス・ダウト』が私にはよかった。ロビン・ウィリアムズしかできないだろう、という役である。もう二十年も前になるか。小屋で観ていたら、私と、少し離れた席にいたアメリカ人の二人だけが爆笑していて、あとはしんとしていた、ということをなんとなく思い出した。

この俳優が、こんなことをするのか、という映画は時々ある。モニカ・ベルッチが、地下道で凄惨な事件に遭う『アレックス』という作品があった。なんのために撮ったのだ、という思いだけが残った。

アンソニー・ホプキンスが、レクター博士で人肉を食うような役をやりながら、『世界最速のインディアン』という作品にも出ている。

これが、爺ちゃん、がんばれ、すごいぞ、というような作品なのだ。痛快で、カタルシスに満ちていて、人生の苦さも滲み出している。

アンソニー・ホプキンスの役作りは、脚本だけだと聞いた。ほかの情報は入れず、徹底的に百回、二百回と脚本を読み、そこからキャラクターを立ちあがらせる。

対照的なのがロバート・デ・ニーロで、集められる資料をすべて集め、眼を通すのだそうだ。

なんとなくわかる気がする。小説の、人物造形にも似ているかもしれない。ダニエル・デイ＝ルイスの、一、二年は登場人物その人になりきって私生活を送る、というのは感心するしかないのだが、俳優にもいろいろとあるものだ。

ここまで書いていて、原稿用紙の上に、汗が一滴落ちた。

そうだ、暑さについて書いていたのだったな。私が経験した一番の暑さは、コートジボワールのアビジャン郊外と、ブラジルのマナウスである。

特にマナウスはすごい。アマゾン河の上で、無蓋の小舟に乗り、陽に照らされた時は、思わず飛びこみたくなったが、鰐がいるので思い留まった。

思うに、同じ気温でも、空気が乾燥しているより、湿気が多い方が暑い。息をすると肺の中まで湿ってしまいそうで、汗は蒸発しない。サウナの中で、陽に照らされているようなものである。

それでも、東京の無機的とも思える暑さよりは、不快ではなかったのだ。

インターホンで、事務所の女の子が、ローレン・バコールが死んだと言ってきた。知ってますか。そう言う。知ってるに決まってるだろう、愚か者め。

君も、知っているよな。ハンフリー・ボガートの奥さんで、いろいろな映画に出ているが、私は『キー・ラーゴ』と『ミザリー』を思い浮かべる。後者は、小説に関係して、作家が脚を切られてしまうので、二度は観ない。『キー・ラーゴ』は、私が生まれたころと、ほぼ同時期に作られているはずだ。

それにしても、訃報というやつは続くのだな。仕方がないと思うしかないが、彼女は自殺ではなく、しかも九十歳近くのおばあちゃんであった。

ただウイスキーだと思うなよ

シングルモルトのスコッチウイスキーを、よく飲む。同じ蒸溜所に寝かせてある樽の中味をブレンドしたものが、シングルモルトと考えれば、まあ大きな間違いではないだろう。

以前、小説によくバーボンを出したので、バーボンを飲まれるのですか、としばしば訊かれる。

勿論、飲むが、普段飲みはシングルモルトである。スコッチであるから、紳士的な味を想像しがちだが、なかなか、棒っ切れのような無愛想な酒である。癖が強い、臭いという人もいるが、私は好きだ。

昔と違って、ウイスキーを揃えているバーが増えた。はじめての店で、カウンターに腰を降ろし、おしぼりで手を拭きながら、アイラモルトはなにがある、と訊いたりする。

アイラとは、スコットランドのアイラ島のシングルモルトのことで、ピート臭が強い。

大抵のものはありますよ、とバーテンダーが言ったりすると、私はにやりと笑い、多分ないだろうと思える銘柄を、次々に註文しはじめる。物によってはあって、ショットでもかなり高額なものがあるので、相手の反応を見ながら私は続ける。

酒屋にはなくても、オークションでは手に入る、というものは少なくない。そこまでやってシングルモルトの品揃えをしている店は、よほどのこだわりがあるので、私は用心する。閉鎖された蒸溜所のものなど、流通はしておらず、しかしオークションでは手に入る。

五つぐらいないものが続くと、バーテンダーの表情は強張りはじめる。

品揃えに自信があっても、大抵のものは、などと言ってはならないのである。十も続けていると、バーテンダーは苦笑するだけで、シングルモルトの店などと言うなと、私に説教される。

いやな客だよな。じゃ仕方がないという感じで、酒棚に見えている酒をソーダ割りで註文したりするのだ。

ハイボールですね、と返されても、私はソーダ割りと言い続ける。このところ、ハイボールという言葉が復活しているが、昔は、ハイボールと註文すると、ソーダ割りですね、と訊き返されたものだ。

私は、頑である。水割りの水になにを遣うかまで、つべこべ言う。やっぱり、いやな客だなあ。

いいウイスキーを見つけたら、ストレートで飲《や》ることだ。ただし、水を一滴だけ垂らす。

水とウイスキーの相性というのが、実はあまりよくないらしく、一滴の水で、ウイスキーは自分を主張しはじめる。つまり、香りが立ってくるのだ。

相性がよくないから、水割りなど、実はバーテンダーにとって難しい。私は散々嫌味を並べる客だが、ふと思いついたという感じで水割りを頼み、ちょっと口にして、いいね、などと褒める。バーテンダーは、にこりと笑う。

酒が揃っているかどうかは、実はバーテンダーにとっては、本来の仕事ではない。

彼らは、水割りを売り、カクテルを売り、つまりは技術を売っているのだ。酒は、出すものを出せば買えるが、技術は買えない。

落とすだけ落として、最後にひょいと持ちあげる。そのひょいに落差があるから、とても効果的なのだ。だから、佃煮にできるほど嫌味を並べても、実は私はバーテンダーに嫌われたことはあまりない。

君、真似をするなよ。まず落とす技がなければ、この手は遣えないので、そちらを身につけることだ。

人生も同じ。女性も同じ。落とすだけ落として、ひょい。間違えると、手ひどい目に遭うからな。

昔の話だが、ある地方都市で、小さなバーに入った。中年のママさんが、ひとりでやっている店だった。

例によって、ウイスキーはなにがある、と私は訊いた。はい、普通の、普通のですよ。返ってきた答に私は頭を下げ、普通の、をありがたく頂戴したのである。

こういう時は、別な話が、たとえば人生の話ができたりするのである。

恋だと。情事だと。そんなもの、酒に絡ましちゃいかんよ。酔ったら楽観的になり、すべてがよく見える。

醒めたらどうなるかは言うまでもないが、一生、酔い続けていられたら、これはこれで大したものである。

バーに煙はつきものだった。過去形で書くのは、ちらほらと禁煙の店が現われはじめたからである。

私にとっては歓迎できない傾向だが、まあ行かなければいいだけの話である。

腹が立つのは、紙巻煙草はいいが、葉巻は駄目、というところである。知っているだけでも、三軒ほどある。この中途半端な喫煙許可は、客よりも自分のことを考えている店主のものであろう。

紙巻は、パルプを燃やすのでタールが出る。葉巻は、タールはまったくない。喫煙の健康への害は、微々たるものだと私は勝手に考えているが、もしあるとしたらタールが原因なのだ。

実におかしな喫煙許可ではないか。文化という発想のかけらが、一片もない。

ついでに思い出したが、喫煙一般について、煙草の税金を高くすれば、買う人間が少なくなる、と発言した女性の厚労大臣がいた。

なんなのだ、これは。自分は、法律で禁止すべきだと思う、となぜ言えない。税金を上げるというのは、政治家の最も悪い発想ではないか。

税金を上げれば喫《す》う人間が少なくなるという、その考えがどこから出てくるのか、頭をひねるどころか、私は脳を煮えたぎらせたものだ。

いや、酒の話だったか。特に、ウイスキーの。

私のウイスキーの初体験は、幼いころ、親父のジョニ黒を盗み飲みしたことである。

昭和三十年代では、大変な高級品であった。親父は、外国航路の船長で、国産ウイスキーの空瓶をいくつも用意していて、免税で買ったジョニ黒を、そこに移していたのである。

ざまあ見ろ。税金を誤魔化してやったのだぞ。正直に、収入の申告をしている私としては、親父がやっていたことは思い出すと痛快で、そして親父は数十年前に亡くなっているので、とうに時効であろう。

酒の飲み方か。うむ、君に教えてやってもいいが、なんであろうと、自分で身につけるのが一番だぞ。

煙になって消えてしまうもの

はじめて葉巻を喫ったのは、四十年ほど前だろうか。『オールド・ポート』と書いてあったような気がするが、定かではない。

煙草を買うのにも不自由しがちだったが、煙草屋のウインドウに置いてあるのを見て、欲しくなってしまったのだ。

マシンメイドの雑な作りで、吸口に糖が塗ってあるらしく、甘かった。味の記憶はないが、国産だったような気もする。まさかなあ。でも、普通の煙草屋で売っていたのだ。

それからも、時々喫った。ただ、十年ぐらいは人前で喫えず、ひとりの時に喫った。葉巻の持つ独得の雰囲気のようなものがあり、それが自分のものにできていない、と思ったのだ。

十年経って、葉巻を自分の雰囲気にした、というわけではない。開き直ったというところかな。

それから、溺れている、という感じになってきた。溺れているがゆえに、投資額は気にしない。普通、一日二本。ペンを持っている時は、シガリロである。それは十数本で、ペンを持ち続けている時は、仕方なく葉巻を一本喫う。ゆったりと喫うのもいいが、原稿を書きながら、消えたものに何度もくり返し火をつけるというのも、まあ悪くはないぞ。

ある葉巻が欲しくて、キューバまで探しに行ったことがある。

ホテルに冷房はなく、旅行者には監視員がつく、という時代であった。ずいぶんと苦労して手に入れたが、いまでは日本のシガーショップで高級品の棚に並んでいる。

葉巻は、キューバ産とはあまり言わず、ハバナ産と言う。ハバナ、と表示してあることがほとんどだ。キューバ島の中でも、ハバナの西側の狭い地域だけがよいとされているからだろう。

煙草をあれだけ嫌うアメリカ人が、なぜか葉巻好きである。大きな街には大抵シガーショップがあるし、カートのレースなどを観戦中に、昔の駅弁のスタイルで女の子が回ってくるので、キャンディーでも売っているのかと思うと、シガーであった。さすがに、野球場にはいない。

息子が生まれると、シガーを友人に贈る習慣を作ったのは、アメリカ人だという説がある。ケネディがキューバを封鎖する時、自分が好きなアップマンというハバナシガーを、相当な量確保してから命令を出した、という伝説があるが、ほんとうらしい。

経済封鎖で、ハバナシガーを手に入れられなくなったアメリカ人が、キューバ難民の中から、煙草畠、工場で働いていた人間を捜し出し、種を密輸してフロリダで作ってみたが、駄目だった、という話がある。

キューバには、凶悪犯罪がないわけではないが、凶悪犯はいないという。難民に紛れこませて、凶悪犯の刑務所を空っぽにしてしまうからだというが、聞いただけの話で、余談である。

なんとかハバナシガーを作りたくて、キューバ島で作ってみたという説もある。驚くなよ。キューバ島の中に、アメリカは租借権で土地を持っていて、基地を作っているのである。

グァンタナモと言い、私は見物に行ったが、遠くから演習場らしきものが見えただけである。そのグァンタナモの中で葉巻の葉を栽培してみたが、駄目だった。グァンタナモはキューバ島の東端で、ハバナシガーは西端で作られているのだ。

クリントン大統領が、ホワイトハウスでインターン生と不適切なことをやり、大スキャンダルになった。

葉巻を入れただけだ、というようなことを、クリントンは言った。乾いた葉巻を私は舐めて湿らせることはあるが、女性のあそこに入れて湿らせたことはない。それに、ホワイトハウスに葉巻が置いてあるのかよ、ふん。大統領に、葉巻ネタが二つもある国かよ、ふん。

葉巻は保管が大切だ。湿度七十パーセント、温度十四度ぐらいが適切で、私はワインセラーを遣っている。

ほかに、ヒュミドールと呼ばれる、湿度調整ができる箱があり、つめこめば四、五十本は入る。ウォークインヒュミドールを持っているディレッタントを私は知っているが、病が篤いのだなと思う。見せられるたびに、ここまではなるまいと、僻み半分で思う。ヒュミドールを持っていくのも面倒な場所では、ラップした葉巻を、濡れたタオルで包んでおく。大事に扱わなければならないのだ。

それを見ていた女性が、あたしと葉巻とどっちが大事なの、と言った。私は即座に、葉巻だ、と答えた。葉巻はな、火をつけると煙になって消えちまうんだよ。おまえ、火をつけてやろうか。それで煙になって消えるなら、大事にしてやるぜ。

女性は唖然としていたが、それ以上、葉巻の話はせず、私は嫌われることもなかった。

よく聞けよ、君。女はな、自分が理解できない価値観については、時に、恐れて避けようとする。だから、一度か二度は、こんなふうにぶちかましてやればいい。

女は間違いなく強くなっているが、こういうぶちかましは効くぞ。そうやって、どこかで反撃しておけ。ツーアウトだが、ランナー二塁という感じで、微妙なものを作っておくのだ。

と言い聞かせたら、覚悟を決めてやってみます、と力んだ若造がいた。やめておけ。覚悟を決めるなどということについては、女の方がずっと上だ。捨身で行くんだよ。この捨身ってやつは、女には理解できない。捨身のぶちかまし。男には、この武器があるのだぞ。男の馬鹿さ加減を主張して、余りある。

ほかに、開き直りという武器もあるが、これは、よほど相手を見なければならん。女の開き直りには、理屈もくそもなく、開き直り較べでは、ふり回される恐れがある。達人の開き直りだけが、女を黙らせるのだ。

葉巻の話だったか。脱線は、私の大きな欠点だが、まだ続けるぞ。

昨夜、仕事を終えて万年筆のキャップをすると、私はパルタガス・セリエ・E2という葉巻に火をつけ、『アイリーク』という、謎のアイラモルトを常温の水でハーフ・アンド・ハーフにし、Ｓｉａという歌手の歌を聴きながら飲んだ。

君、どれか知っているか。

いつか君のバーへ行こう

ハーフ・アンド・ハーフというのは、ウイスキーのテイスティングの時の飲み方である。

相性がよくない水と混ぜ、香りも味も際立たせる。しかし、それがうまいかまずいかは、人によるのだ。私は、水を一滴垂らしたものを飲み、チェイサーを続けるというのが好きだが、『アイリーク』はハーフ・アンド・ハーフである。味を、つきつめたいのだ。

アイラモルトと表示してあるが、アイラ島にアイリークという蒸溜所は存在しない。閉鎖した蒸溜所があり、たとえば『ポートエレン』などは、三十年物は大枚をはたけば手に入るが、八年物は皆無である。自慢だが、八年物を一本、銀座のバーに私は置いている。

シングルモルトファンの垂涎の的であるが、私は勿体ぶっていた。オークションにも、多分、出てこない。ところがである。中学、高校時代の先輩である篠山紀信さんが、強制的に封を切って、一杯飲んでしまったのだ。なかなかうまいウイスキーじゃないか。篠山さんはそう言った。

うむ、味以外にいろいろ付加価値をつけて勿体ぶっていたのだが、ただ飲んでみると、それぐらいのウイスキーだ。達人の言うことは、やはり違うなあ。

『ポートエレン』の八年は、栓のところをガムテープでぐるぐる巻きにして、まだ持っている。君に飲ませてやってもいいが、やはり勿体ぶっておくか。

めずらしい酒といえば、スコッチではないが、『ジョージア・ムーン』というコーンウイスキーを持っている。

私はこれを、テキサス州のガソリンスタンドで見つけて、二本買った。GSで、ウイスキーだぞ。どうなっているのだ、アメリカという国は。

二本のうちの一本を飲んだが、強烈にまずかった。第一、グラスにうまく注げない。蜂蜜の瓶に入っているのである。こんなの売るなよなと思うが、日本では貴重品なので、残りの一本は封を切ってはいない。

さて『アイリーク』であるが、表示通りアイラモルトであることは間違いない。アイラ特有の味だが、ただいくらか若いという感じがする。すると、なんなのか。

蒸溜所には、樽を蔵で寝かせ瓶詰にするキャパシティが、小さいところがある。それで、樽で寝かせ瓶詰にする専門の業者がいるという。それではないかと私は思っているが、どこという特定ができない。調べればわかるかもしれないが、私はまず、味から特定したいのだ。

私の舌には限界があるが、やってやれないことはあるまい。きのうは『ラフロイグ』で、一昨日は『ラガブリン』、その前は『カリラ』。いずれも若いうちの瓶詰である。

アイラ島では、こんないたずらを時々やるのではないか、という気がする。『アードベグ』に、スティル・ヤングというのがあった。飲んでみると、若くはない。なぜ、まだ若いと書いてあるのか。一本を飲み切る間に、私は考えた。この酒を飲むには、君はまだ若い、とボトルが言っている。そう考えると、別の深みがあるような感じもしてくる。

アリゲータ、というのがある。これは、酒の名ではない。色が濃いのだ。ジャマイカ産のダークラムぐらいはある。

樽の内側を強火で焼くと、炭化したところに亀裂が入る。その樽でひと月寝かせ、あとはシェリー樽に入れ替える。寝かせ続けると、真っ黒になってしまうからな。

つまり、樽の内側の亀裂が、鰐の皮のように見えるところから、その呼び名は来ている。

私にとっての最初のシングルモルトは、ハイランドのノッカンドウであった。なにか、新鮮な強烈さで、心を動かされたものだ。『のかんどう』と私は最初から発音していて、ゲイル語だからそうなのだ、と言い張っているが根拠はなく、好きなだけだ。

Ｓｉａという歌手は、ほんとうはこの『のかんどう』に合うと思う。

以前は、Ｓｉａの名は日本ではほとんど知られていなかった。ニューヨークの友人に、ＣＤを送って貰ったほどである。

最近、知る人が増えてきたのは、斬新なＰＶが話題を集めているからでもありそうだ。私がそのＰＶの存在を知ったのは、ごく初期で、電波関係の人間が知っているぐらいだった。

十一、二歳のブロンドの女の子が、素っ裸で踊る。素っ裸に衝撃を受けて、はじめは踊りを見きわめられなかったが、実は肌色のレオタードを着ているのだった。

女の子は世界的に才能を認められているバレリーナで、美事な踊りである。曲は『シャンデリア』と言い、Ｓｉａの中では私は最も好きである。声に、底力がある。リズムが野性的である。明らかにジャズテイストだが、ジャンルはとうに超越してしまっている。

コンサートで、ＰＶの女の子がサプライズで登場したりすると、Ｓｉａは観客に背をむけ、壁にむかって唄ったりするらしい。

聴きながら、『のかんどう』をソーダで割って飲んだり、ハバナシガーのちょっとフレバーなやつを喫っていると、腰のあたりが自然にリズムをとってくる。快感である。

酒にはやはり、煙と音楽が必要である。一緒に飲む相手は、欲しい時とそうでない時があるが、煙と音楽があるかぎり、私はひとりの方がよいな。

いまは、きちんとしたバーへ行けば、シングルモルトの品揃えなど、実に豊富である。

自戒をこめて言うことだが、酔って、舌が荒れている時は、めずらしい酒は飲まないことだ。麻痺していて、ほんとうの味がわからず、酒に対して失礼である。今日は本物の味を、と思う時は、ソーダで口を洗ってから、しばらく見つめ、ショットをほぼ二口ぐらいで飲む。ある程度の量を口に入れないと、香りと味が散漫になる、と私は思っている。

飲み方にはそれぞれ流儀があり、自分のやり方を持っていればいいのだ。他人の流儀に、口を出すものではない。君の飲み方は、どんなふうなのだ。いつか、君の行くバーを、私に教えてくれないか。

迷惑メールとの悲しき闘い

どこかで会いませんか。

女性名でのメールである。誰なんだろうと考えているうちに、あたしの魅力、絶対にあなたを満足させます、などというものが来た。

二件来て、これが迷惑メールなのだということに、ようやく気づいた。

これまで、私のところに迷惑メールが届いたことはなく、その種のものが増えたのでメルアドを変更します、というメールを受けとって、存在を知るぐらいであった。

いや、もうひとつあるな。長く私を担当している編集者で、毎日、何十通という迷惑メールが来ていて、出社する電車の中で消すのが日課だ、と言っているやつがいた。

ついに私のところにも来たので、なんとなく嬉しい気分であった。自動車電話のころはメールなど思い及びもしなかったが、いまはスマートフォンである。

仕事のために、数時間、電源を切っていた。

そして電源を入れて、驚いた。掌の中で、機械がふるえ続けている。なんと二十数件のメールであった。

それ以後も着信のメールは増え、四十件近くになった。機械が故障したに違いないと思ったが、ぽつぽつふたつばかり、用件のメールも入っているのである。

これが続くと、どういうことになるのか。私は、理不尽な攻撃を受けているような気分になった。対処法を考えた時、最初に頭に浮かんだのは、通勤電車で迷惑メールを消すことを日課にしている男のことであった。

しかし、効率が悪すぎる。そしてそいつは、機械に関しては信用できない。数十年前、はじめてカメラを買った時、このカメラ、カラーですかね、白黒ですかね、と真顔で言った男なのである。

とりあえず私は、メールを削除することからはじめた。しかし削除したはなから、入ってくるではないか。これでは、やつと同じだ。落ち着け、冷静に、別のことでも考えて、と自分に言い聞かせた。スマホが悪いわけではないのに、かっとしてぶっ壊してしまう、というところが私にはある。

しかし、暴力である。殴られて、黙ってうつむくどころか、反対側の頬を出す、という情況ではないか。私の性格からして、それはできない。してこなかった。くそっ。しかし、スマホを壊すのは、勿体ない。取扱説明書の類いを読むのが、私は嫌いである。日本語になっていないことが、しばしばある。美しくも醜くもない。

その日は、飲みに行った。車の中ではさすがに壊さないだろうと、私は削除をはじめた。四十件ほど、削除した。すっきりした。む、しかしこれは。電池の残量が少なくなっているのである。私は、電源を切った。

食事を終え、行ったクラブで電源を入れると、また六件入っている。

罵りながら、私は削除をはじめた。席についた女の子たちは、無視である。なにをやっているのか問われ、迷惑メール削除、と叫んだ。

だったら、受信拒否にすればいいじゃない。なに、そんなことができるのか。君は、知っていたか。私は、半分知っていた。受信拒否という言葉を、知っていたのである。滅多に遣うことのないグーグルで、受信拒否という言葉を検索したのである。スマホではできない、と書いてあった。

それを言うと、女の子は私のスマホを見て、これならできるわ、と言った。二十歳そこそこの小娘である。生意気な。言っている間に、またメールが来た。そして電池。充電器と叫ぶと、黒服くんが持ってきてくれた。こんなところは、銀座のクラブは周到である。

一時間ほどで、残量がかなり高くなり、私はスマホを取り戻すと、小娘にやってみろと言った。

暗証番号がある。それは、いまは遣っていない私の密接な数字なので、憶えていた。小娘は、一から私に教えてくれた。ドメインというやつを受信拒否にする、と言う。そんなこと言ってもわかるわけねえだろう、と言いながらも、暗証番号から入ったところだという意識があり、私は一縷《いちる》の希望を持ってやりはじめた。

すでに二十数件来ている。おのれ。ふざけるなよ。思い知らせてくれる。私は二十数件のドメインを、すべて受信拒否に登録した。

メールの頻度が低くなり、来たら受信拒否登録をしていると、来なくなった。やったぜ、ベイビー、俺の天使。女の子に口づけをしようとして、断られた。しかし、愉快であった。

後日譚がある。

友人に、頼みごとをしていて、メールで送って貰うことになっていた。しかし、来ない。友だち甲斐のないやつだ、と私はメールを送った。

しばらくして、ショートメールのところに、バカヤローと入っていた。なんだと。私は電話をし、馬鹿野郎と言ったな、馬鹿野郎とやった。

友人は、メールを送った。しかし、全部受信拒否されるのだという。私のメールは、届いているのである。ちょっと衝撃だった。迷惑メールの受信拒否をしたら、友だちのメールも入らなくなったのだ。

どうしよう。しかし、入ってくるメールもある。どうなっているのだ。

どうも、PCから来るメールだけを、拒否しているらしいとわかったのは、詳しいやつに窮状を訴えた数日後だ。

やり方を教えて貰って、友だちからのメールは拒否しないようにしたが、しかしなんなのだ。事務所のパソコンからのメールも届いていなくて、私は仕事をすっぽかして逃げた、と思われたのだぞ。根本的に、事務所の女の子たちは、私を信用していない。

世の中、便利で不便になったものだ。このままでいいのか、と自問してみるが、お手上げである。スマホに頼りすぎる生活をしていた私に、天が鉄槌を下したのであろう。しかしどれだけ鉄槌を下されようと、メールは電話と同じようなものになっている。

ちくしょう、せめて原稿だけは、万年筆で書いてやるぞ。それから、ラブ・レターも。いま嗤《わら》っている君は、そのうちもっと高度なところでだろうが、私と同じ目に遭うぞ。

その時、私は嗤わないよ。

落とし穴には気をつけろ

かなりの、損失をした。

ずっと以前の話である。パソコンがまだ電話線に繋がっていて、インターネットなども電話線でやるのだった。ピッポッパとダイヤルする音が聞えたものだ。

ほんとうに真面目な、中国史に関することを調べていたら、おかしなものが出てきた。

私が入れた言葉の中に、十八というのがあり、十八の春などと出てきたのを、クリックしてしまった気がする。出てきたのは、女の子のきわどい画像であった。十八歳以上かどうかという問いかけ画面があったので、正直に以上であるとクリックした。

すると音楽が鳴り響き、思わず音量を落としてしまうような喘ぎ声がし、そのものずばりの動画が出てきたのである。

ほほう、と思って、私は見入った。便利とは聞いていたが、こんなものまで簡単に観れてしまうのか。

うんうん、かわいい女の子ではないか。私が観たことのあるこの種の動画は、モノクロのエロビデオであった。それには、ちょっともう悲しげなおばさんなどが映っていて、また別の風情というか趣《おもむ》きがあったものである。

パソコンの画面は、鮮明であった。女の子も若くてきれいだ。おまけに、どこまでやれば気が済むのだと思うほど、あらゆる露骨な体位を取っていて、恥ずかしさに思わずクリックすると、また別の女の子が出てくるのであった。つまり、いろいろな女の子を観られるということではないか。

すぐには無理だが、心の準備を整えて、ひと晩ぐらいじっくりと観てやろう、などと考えた。それにしても、これはAVとかいうやつなのか。

それから、ふと思った。無料で、こんなものが観られるのか。それはいささか、おかしくはないか。いくらなんでも、無料のはずはあるまい。

私は、それを消そうとした。しかし、いくらクリックしても消えない。なにをやっても止まらず、画面では男女が動き回っている。待て、なんだこれは。焦ったが、どうにもならないのであった。

私は思い切り、電源も電話線もコードを引き抜いてやった。消えた。また繋ぎ直すと、パソコンは正常に戻っていた。

なんということだ。私は嘆息をつき、それから出演している女の子たちに思いを馳せた。いいのか、おい。そんな青春でいいのか。

それにしても、罠に落ちたようなものだ。まったく、どこに落とし穴があるかわからん。気をつけよう。私は自戒した。

翌日、事務所の女の子が、書斎へやってきた。きのう、パソコンで変なもの観ましたか。

私は、かっとした。観る観ないは別として、なぜ君がそれを知っているのだ。電話会社から連絡があり、セイシェル諸島に長い電話をしたかどうか確認してきたのであった。

電話代、数万円。そういえば、画像が現われる前に、ピッポッパとダイヤルの音がしていた。くそっ、二重の罠ではないか。財布は軽くなり、残ったのは事務所の女どもの嘲笑だけであった。

これは、金で済んだからいいのだ。

私がインターネットを仕事に関連してはやらなくなったのは、もっと大きな損失をしたからである。三千院梶井門跡というのを、調べさせ、プリントアウトして持ってこさせた。門跡とは、皇族が門主となった寺である。南北朝時代を舞台に、書いていた。

事務所から届いたのは、三千院の場所が、京都大原になっていた。そうだよな、三千院は大原だ。護良《もりよし》親王の薙刀などが展示されている写真もある。

しかし、私がデスクで開いている資料と、ある部分でどうしても齟齬が出てくる。もう一度場所を調べろと言ったが、三千院はやはり大原である。

微妙な矛盾を抱えたまま、私は十枚ほど書き、それから我慢できなくなり、書庫に飛びこんで資料を調べた。

二時間も調べると、真実が判明した。琵琶湖のそばに、梶井の里というのがあり、私が書いている時期は、三千院はそこにあった。戦火で焼かれ、大原に移ったのである。

そんなところまで、ネットには書いていないのだな。よく考えれば、三千院梶井門跡の、梶井とはなにかと思うはずだが、どこかに大原という固定観念があったのだろう。

私が書いた十枚は、大原の地形があって、はじめて迫力の出るものであった。梶井の里という琵琶湖の畔では、著しく迫力を欠く。破棄しなければならなかった原稿は、釣り落とした魚と同じなのかもしれない。

私は、数えきれないほどの魚を釣り落としたが、一匹として雑魚はいない。みんな、立派な、見事な魚なのである。そして、いつまでも未練たらしく、釣り仲間に語ったりするのだ。

破棄した十枚については、いまでも時々思い出し、唇を嚙んだりするのである。ネットの情報が確かであれば、と思う。決して、ネットの情報だけで仕事はするまい、とずっと思い続けている。

インターネットというのは、百科事典より多くのものがつまっている。情報の氾濫である。

ネット上に私がいて、若いやつらの悩み相談を受けている、と耳に入れてくれた編集者がいた。昔、青年誌で悩み相談をやっていたことがあり、どうやらその乗りらしい。フェイスブックというやつに何人も北方謙三がいるので、どれがほんとのあなたなの、と古い女友達から電話を貰ったこともある。

私の人生は、そういうものには無縁だったし、これからも無縁である。

君は、インターネットに、どれぐらい頼っているのだろうか。全面依存だったら、やめておけよ。便利なものには、落とし穴がある。セイシェルに電話が繋がるのは笑い話だが、知識が脳ミソに残らないのではないか、と私は思うぞ。ほんとうに関心のあることなら、きちんと文献を調べるのだ。

嗤ったな、君。なにが起きるか、わからない時代なのだ。その危機感は、私の方が強いだろう。

油断していると、火星に電話が繋がっちまうからな。

車と映画は恋人同士だ

街を歩いていたら、ジャギュア・Eタイプが走り抜けていった。

古い車はいいなあ。音がいい。しかし音など作れるので、もしかするとあれはレプリカか。いや、本物だったな。

私が車に乗っていれば、追いかけていって確かめたところだが。モーガンなどではないところが、渋い。Eタイプというのは、ジャガーの初期のスポーツカーで、エピソードも多い車である。

たとえば、ジョン・ウェインが乗っていた。ハリウッドに乗っていったのを、たまたまいたアメリカン・ハードボイルドの作家、ミッキー・スピレーンが見ていて、やあジョン、いい車じゃないか、と声をかけた。ジョン・ウェインはぽおんとキーを抛り、やるよと言った。サンキュー。ミッキー・スピレーンは片手で受け取ったという。

以来、サンキューカーとして、アメリカで大ヒットしたのである。六〇年代当時、スポーツカーの大市場はアメリカだけで、できすぎた話だという気もするが、まあいいか。

受け取ったのが、スピレーンではなく、ダシール・ハメットだった、という説を述べた車好きがいた。同じハードボイルド作家でも、大沢在昌と北方謙三ぐらいの違いはある。ハメットじゃ、年代が合わないぞ。それにEタイプは似合わない。

ハメットといえば、リリアン・ヘルマンという女流作家と暮していた。彼女に『ジュリア』という自伝的な作品があり、映画にもなった。ナチスとユダヤ人の話である。そんなのは観てくれればいいのだが、ジュリアという女性といろいろありアメリカに帰ってきたリリアン役のジェーン・フォンダが、波止場で迎えているハメットにむかって、ダッシュ、と大声で呼び、手を振る場面がある。そうか、ハメットはリリアンに、ダッシュと呼ばれていたのだ、と思っただけで私はちょっと感動した。

ナチス物の映画で、『暗い日曜日』というのがあるが、日本人で観たという人間に、まだ会っていない。なかなかの映画である。

これは曲名でもあり、それが作られる映画と言ってもよかろう。ダミアというシャンソン歌手が唄い、聴いてはならないとされている。聴けば自殺するという、都市伝説があるのだ。実際に、イギリスかどこかで放送禁止になった、という話もあるようだ。日本人の有名な歌手が、何人もカバーしているし、世界では数十人になるだろう。私など、五十回ぐらいは聴き、鼻唄でやれるほどだが、自殺してはいない。

よく行くバーのマスターが、ダミアの原盤を持っているのに、頑にかけようとしない。曲と関係あるタイミングで、お客さんの自殺に遭遇したらしい。無理矢理かけさせたが、それが流れている間、やつはふるえていた。しかし、誰も自殺はしなかった。

偶然の生む恐怖というのは、しかし、ほんとうはこわいのだろうな。偶然には、理由もくそもないからだ。

ナチス物の映画は、『シンドラーのリスト』や、『戦場のピアニスト』だけではない。いい映画なのに、あまり知られていない、という恰好の例なのである。

私は、ことあるたびに、知られていない映画を、ここで書いていこう。まあ、ツタヤで借りられるぐらいのものだが。

『チャオ・パンタン』を私はビデオで持っていて、DVDのレンタルはされていないと思う。ツタヤの社長サン、もっと映画観てくださいよ。

前にも書いたが、『灯台守の恋』はいい映画なのに、誰も観ていない。しかし、DVDになっているはずだ。ん、なんの話だ。サンキューカーか。また脱線しているな。まあいい。ジョン・ウェインが出てきたのに、映画の話をしていないではないか。

待てよ、ジョン・ウェインと言って、小僧や小娘にわかるのだろうか。西部劇なんて、話題にもならなくなって、ずいぶん経つからなあ。

ジョン・ウェインなら、『リバティ・バランスを射った男』さ。モノクロで、ジョン・ウェインにしては、翳りがある。ヒーロー伝説のかげには、密かなる存在がある、という話だよ。リー・マービンという役者がいいなあ。

君は、西部劇は観るか。一世を風靡した時代が、間違いなくあるのだ。

具体的な作品については、逢坂剛先輩が本を出している。タイトルは忘れたが、それを読めばよい。

私としては、『大砂塵』のことを語りたいな。ジョーン・クロフォード主演というのは、まあいい。見所は、スターリング・ヘイドンのガン・アクションである。私は高校生のころ、モデルガンで、抜き撃ちの真似をしたが、ついに達成することはなかった。モデルガンを床に落とすと毀《こわ》れちまうので、蒲団を敷いてやったものさ。やつの科白もいいぞ。俺は、左利きの男とは、握手をしない。そりゃそうだよな。

それから、主題歌がいいのだ。『ジャニー・ギター』という。ペギー・リーが唄っているのだ。私は高校生のころにそれを聴き、大人の色気にやられたものさ。色気というより、ほとんど性的な感じがしたくらいだった。

いま聴いても、決して古くないと思う。音楽通は、俗っぽいと言うだろうが、そんなものは蹴っ飛ばそう。私は、いまからでもギターの稽古をしたいほどである。

車の話をするつもりだったのが、また映画のことをやっちまった。すまん。

しかし、車と映画は、切っても切れない縁がある。『黄色いロールス・ロイス』、シャーリー・マクレインがいいよな。

しかし私は、なんといっても『ブリット』である。あのカーチェイス、尾行《つ》けている側が、気づかれた時に、おい、シートベルト、と言ってチェイスに入る。スティーブ・マックイーンより、マスタングが主役だね。いまの映画のように、すごいことはやらない。だから、運転にリアリティがあり、それが迫力となっている。

映画は車の中で。日本にはないが、アメリカでは、方々にある。そして、それもよく映画の場面になっている。またな。

実話だから君は嗤ってはならない

エレベーターが、七階で止まった。

降りる方向で、しかも私ひとりが乗っている時である。私は、オープンのボタンを押しながら、七階のエレベーターホールを見る。

私が、仕事で遣っているホテルである。実は私は七階の部屋に数十年いて、禁煙フロアが下から七階に達したために、上に移ったのだった。

移って、数カ月になるだろうか。これまで気づかなかった。だから常時止まっていたかどうかは、わからない。七階で止まったな、しかも誰も乗ってこないな、と気づいてからは、毎回止まった。三日か四日、そうであった。

戻っておいでよ、と七階が言っているような気がする。

ちょっとおっかないので、フロントで雑談をした時、それを言った。言いつけ口をしてから止まらなくなったので、偶然だったのかな。それとも、機械的なものだったのか。降りていって、七階を素通りすると、なんとなくほっとする。

そういう方面のことについて、私は鈍い方である。超常現象など、見たことも経験したこともない。

いや、あるか。超常現象ではないが、自分になにかが憑いているに違いない、とほぼ確信したことがある。

場所は、ブラジルであった。私は、サルバドールという街にいた。雑誌の編集者と一緒であった。サルバドールまでは何事もなかったので、省く。

サルバドールの海岸で食事をしていたら、海から女性が三人あがってきた。強烈な存在感であった。ぷりぷりの躰というわけではない。要するに、視界の中で幅をとっているのだ。

もしかすると、三人で三百キロ以上あったかもしれない。近づいてくるので、私の視界はますます脂肪の塊に塞がれ、ついになくなってしまったのである。つまり、三人の女性が、私に抱きついていた。

豊満な女性は、どちらかと言えば私のタイプである。しかし、豊満すぎる。豊満などという言葉も遣えない。肉に鼻と口を塞がれ、窒息しかかって、私は暴れた。なにをするんだ、とも叫んだ。押し返そうとしても、手が肉にめりこんでいる。足まで遣って、ようやく女性たちを押し返した。

立ちあがり、一度は身構えたが、走って逃げた。三人は、速く走ることはできず、すぐに私を見失ったようだ。借りていたレンタカーの中で待っていると、勘定を払った編集者が、笑うのをこらえるような表情で戻ってきた。

なんですかね、いまのおばさんたち。知るか、と叫んで私は車を出した。南へむかう。目的地は、リオデジャネイロであった。一週間以上かかる行程である。小さな街にも、大きな街にも泊った。どこでも、山のような女性が、私に抱きついてくるのである。

見知らぬ女性に抱きつかれていると書けば、もてている光景だが、窒息必至の情況なのだ。若い女性は多くいるし、そこそこ肥った女性も見かけたが、そばへ来るのは肉の山ばかりである。

私はこわくなり、食事をする時、編集者を斥候に出し、肉塊の存在がないことを確認してから、レストランに入るようにした。

そうやって、リオに到着した。まったく、なんて旅だったのだ、と私は思った。国際ホテルのプールサイドでビールを飲みながら、私は旅の苦難をふり返っていた。はじめは笑っていた編集者も、同情気味である。ビールを何杯か飲んだところで、巨大な肉塊が近づいてきた。いやな予感はあったが、白人だからいままでとは違う、とも思った。それにここで抱きつかれても、ホテルのスタッフが引き剝がしてくれるだろう。白い肉塊は、私がいるテーブルのそばを通ったが、何事もなかった。

私は、編集者に夕食のレストランの予約をして貰い、部屋へ帰った。いや、帰ろうとした。廊下を歩いていると、地響きのようなものを感じた。ふり返って、私は戦慄し、自分の部屋まで全力疾走し、飛びこむとドアをロックし、ベッドで頭から毛布を被《かぶ》った。

あの白い肉塊が、追ってきていたのである。しばらくノックが続き、それから諦めたように静かになった。

恐怖と怒りで、私は叫び声をあげそうになった。廊下に誰もいないことを何度も確かめ、私は階が違う編集者の部屋に行った。

我慢できない。あの白い肉塊が現われたら、水月《すいげつ》に当て身を食らわせてやる、とまで決意していた。腹の真中が効くかどうかわからないので、下段回し蹴りで、膝に打撃を与えてもいい。敵の弱点は、速く動けないこと、つまり体重であり、支えている膝を攻めれば、動けなくなることは間違いない。

編集者の部屋のドアが開いた。私が一歩入ると、部屋の明りがすべて、ばちばちと音をたて、異常な状態になったのである。

なんだこれは。わかりません。行くぞ。私たちは、エレベーターホールへ行き、下りのボタンを押した。エレベーターが来てドアが開くと、あの白い肉塊が中にいたのである。

私は瞬間的に、相撲の突っ張りのように肉塊に掌底を当てた。ドアが閉った。編集者に引っ張られ、別のエレベーターに乗った。

その夜は、街中で食い、飲み、深夜にホテルへ戻った。その間に、ぷりんぷりんの姉ちゃんなどが笑いかけてきたが、私にではなく若い編集者にだったのだ。私は、肉塊が現われたら、下段回し蹴りと肚を決め、何度も練習した。

翌日、会いたい人間がいて、ファヴェーラと呼ばれるスラムへ行った。『シティ・オブ・ゴッド』という映画の舞台になったところである。

そこの、車も入れない路地を歩いている時に、躰からなにかが落ちた。たとえて言えば、ベルトが緩んだズボンが、足首まで落ち、私から離れていった、という感じである。

街へ戻っても、私は警戒心で針鼠のようになっていたが、ついぞ肉塊に襲われることはなかった。

君は、私のこの体験をどう思う。

なんだったのか、私にはいまだにわからないが、記憶だけが鮮明である。

さらばわが疾走の友よ(i)

先日、『最強のふたり』という映画を観ていたら、身障者である大富豪の屋敷の駐車スペースに、シートカバーを被った車が置いてあった。

ふだん車椅子に対応したワンボックスカーに乗っている富豪を、黒人の介護士がシートカバーをはずして乗せてしまう。マセラーティ・グランツーリズモであった。

エンジン音が、懐かしい。私が最後に乗っていたグラン・スポルトはもっといい音がしたな。そして、車高がずいぶんと低かった。

免許取りたてでマセラーティ・ビトルボ・425を買った時は、みんなが愚か者だと言った。私は、車そのものというより、ネプチューンの持っている三つ叉の銛が気に入ったのである。そのころ日本には、二台しか入っておらず、一台はディーラーが広報用に遣っていた。

それを、四台乗り継いだ。そして228クーペ。シャマル三台。3200GT。3200スパイダー。4200GT。最後が4200グラン・スポルトであった。グラン・スポルトは、製造が数十台というアニバーサリーカーであった。

同時に、二十五年以上、マセラーティ・スパイダー・ザガートを所有していた。二十五年所有するというのは、三台分の費《つい》えがかかるということである。

さらにもう一台、対極にある車として、シトロエン・2CVチャールストンを十年ほど所有していた。

ビトルボは、名の通りツインターボである。ビは二つという意味で、水着などもビキニという。ワンピースのほうは、モノキニである。

ターボはブースト圧が高く、強烈なやつであった。踏むと加速感がすごく、飛行機の離陸時のように、背中がシートに押しつけられる。快感であるが、飛ばしすぎもした。初期加速では、負けないのである。

私は、若葉マークを貼りつけて、第三京浜をかっ飛んでいた。やめろと注意する者もいたが、やめられなかった。

川崎のインターから入り、横浜方面へむかい、保土ヶ谷で出て数百メートル走ると、パトカーなどがUターンする道があり、また第三京浜に入る。ガレージからガレージまでノンストップ状態で、ただ走るために走っているのであった。

仕事場のホテルに車を持っていくと、夜中の三時過ぎに駐車場を出る。首都高二号線で都心環状線にむかい、その日の気分によって内回りか外回りを決める。五周ぐらいして、ホテルに戻ってくる。

いまだから言えるが、五百円で入れるサーキット感覚で、ルーレット族のはしりであった。

ある日、私はカローラ・レビンにあっさりとパスされた。通称ハチロクで、すでに生産はしていなかったと思うが、足まわりはしっかりとかためていた。

それでも、負けるはずがない。私は、直線でぶっちぎった。ざまあみやがれ。しかし、コーナーに入ると、サイドミラーのライトが見る見る大きくなり、出際でパスしていくのである。動力性能にものを言わせ、直線でぶっちぎるが、コーナーでやり返される。

その連続で二周回った。コーナーで負けるのだから、技倆の差は一目瞭然なのだが、熱くなっていた。

時々、抜く時にあざ笑うように、ドリフトをしたりもするのだ。三周目に入った時、ハザードが点き、窓から手が出てきて、非常駐車帯へ入れと合図してきた。

どんなやつだ。ハチロク・レビンから、小柄な男が降りてきた。マセラーティだったので、もしかするとと思いまして。知り合いであった。プロレーサーで、フォーミュラにも乗ったKという男だ。

久しぶりだったので、ちょっと世間話をした。ところで、なにをやっているのだ、と私は訊いた。

いや、無謀運転をしている車が増えているというので、こらしめに出てきたのですよ。つまり私は、Kにこらしめられたのであった。プロレーサーは、公道では決して飛ばさないという話は、嘘である。

変ったものと言えば、228クーペであった。黒で、内装は白。そしてなんと、カタログと実物が違うのである。

たとえば、排気管は両側に二穴なのに、左に一穴である。サイドウインドウのドアモールがついていなくて、水をかけるとすべてドアの中に流れ落ちていく。ドアモールは、近所の修理工場の主人が笑いながらつけてくれた。イタ車も大変だな。私は、何度も小刻みに頷いた。

その車は輸入一号車で、二号車からは水をかけてドアを開けると、四筋水が流れ落ちてくるということはなく、排気管はきちんと両側二穴になっていたそうだ。

故障しやすく、いくらか鈍重で遅いという評判であった。イタリア車で、故障しやすいというのは、悪口ではない。そして私の車は、異常なほど速かったのである。その気になれば、ポルシェも軽くぶっちぎる。私が異常と感じたのだから、それまでのマセラーティよりずっと速かったのである。

エンジンフードを開けると、その理由はわかった。おかしなところが、いくつもある。

プロトタイプのエンジンを載せたまま、送ってきやがったんだよ。ディーラーのエンジニアは、そう言っていた。それでも、輸入検査は通ったようだ。しかしプロトタイプとはね。足をかためれば、レーシングマシン並みだぜ。イタリア車というのは、そういうところが昔はあった。

しかし輸入検査もなあ。時効だからもういいだろうが、シトロエン・2CVは、異常にサスがやわらかく、私が乗れば左前に傾き、助手席にも乗れば前のめりになった。ライトが眼の前しか照らさなくなるので、それをカチカチと上にむかせるネジがあった。

規定では、ライトは動いてはならないのである。検査する人間が、知らなかったということだろう。

君は、運転はするか。運転のための、運転はするか。

世の中にそう出回っているわけではないが、運転するためだけの車というのが、ないわけではないのだ。そういうのに当たると、魅力的な悪い女につかまったようなものである。もっとも、私ははじめからつかまっているので、悪い女かどうか、判断材料はなかったのだよ。

さらばわが疾走の友よ(ii)

イタリアでは、マセラッティというより、マセラーティであり、北部ではマゼラーティと言っているように聞える。

イタリア人のメンタリティを刺激するところはあるらしく、街中の信号停止などでは、歩行者が寄ってきたりする。イタリアを走っていて、ほんとうにこの国で作っているのかい、と思うほど見かけない車なので、注目を浴びるとそれだけでも嬉しい。

没落しかかっているが、貴族なのだぞ。フェラーリの二倍ほどの歴史があり、ランボルギーニは新興もいいところだ。ポルトフィーノのホテルなどで、駐車をポーターに任せると、必ず玄関の真正面である。メルセデスやBMWは、端の方だ。

そんなことはどうでもいいが、マセラッティといえば、私が思い浮かべるマイナス要因が、故障である。

これはもう、ありとあらゆる故障を、私は体験した。笑い出したくなるものもある。そして、どれだけいい車だと思っていても、停ってしまえばただの鉄の塊である。

それでも、私はマセラッティに乗り続けた。路肩に駐車していて、戻ってくると夕方の光線が当たっている。フォルムが存在感を放っていると同時に、車体のRが、実に微妙な光を照り返す。刹那の輝きだが、ほかの車にないものである。

Rなど適当につければいいものだが、マセラッティの感性としてはそれにこだわる。悪女なんだよな。そっぽを向いていても、あたしを見てというオーラを発する。とりつかれると離れられなくなり、しなくてもいい苦労を重ねるのだ。

近年、故障はきわめて少なくなった。ターボではなく自然吸気になり、加速性能はあまり落ちず滑らかになっている。自然吸気だと、七千回転近くまで引っ張れる。それでシフトアップ。イエロー近くまで引っ張りながらシフトをあげていくと、四速で、とてもいけない速さになっている。しかし、五速があり、六速があるのだ。

うむ、これ以上は書くまい。私が乗っていたグラン・スポルトは、スピードメーターが三百二十まで刻んであり、のんびり走ると、アイドルに近いところで回転計の針は行ったり来たりしている。

昔、マセラッティに出会うと、お互いにパッシングし合ったりしたものだ。あんたも好きだね。苦労しているね。そんな感じがあった。

いまは、よく見かける。しかし高速道路で、イエローゾーンまで引っ張って走っている車は、ついぞ見かけない。そんな時代ではないのだ。思いのひとつに、それがあった。

三車線ある第三京浜で、スラロームで右に左に走り、十台ぐらいパスして車のいないところへ出る。それを、やってしまう。つい、やってしまう。ある時、後方の車がパニックを起こしているのが、ミラーの中に見えた。こんな運転は最低である。自分が安全で、ほかの車が事故を起こしたら、万死に値する。

私は、車の運転で、人を傷つけたことがない。しかし、動体視力は落ちている。いつ、視力の罠に嵌るかわからないのだ。

そして、六十歳を過ぎて、私は死ぬのがあまりこわくなくなり、踏みこむ足に自制が利かなくなってきた。ここだろう、と思った。ここで決意しないと、決意するエネルギーも私は失う。

六十五歳で、私は運転をやめた。

私にとっては、かなりシリアスな十字路であった。私は六十歳から、ステアリングを握りながら、やがて来る十字路をいつも見ていたと言っていいだろう。

決めたのは、一瞬であった。その決断がよかったのかどうかは、わからない。悪女に惚れたがゆえに、私は新しい大人しやかな女のところへ行こうとは、つゆほども思わなかった。決めてから、ドライバーズシートには、一度も座っていない。

車は、ディーラーに引き取って貰った。二十五年乗ったスパイダー・ザガートが持っていかれる時、それに乗って幼いころからドライブをした二人の娘たちも来て、タイヤにワインをかけてやった。

この車がどれほど健気だったかを、私は思い出していた。海の基地へ行く途中で、バッテリーのウォーニングが点灯した。発電機で充電していないということだ。バッテリーの残量で走っている。私は、車に語りかけ続けていた。あと三十キロだ、頑張れよ。根性を見せろよ。頼むから、走り抜いてくれよ。あと十キロ。おまえ、長い付き合いじゃないか。五キロ。えらいぞ。頼むぞ。そして車は、海の基地のそばに借りているガレージの建物に、半分車体を突っこんだ状態で、力尽きたのである。

スパイダー・ザガートのエンジンがかかり、乗っている人がサイドブレーキに手をかけた時、私は車にとりついて嗚咽した。

その気になれば、こいつと別れなくても済むのだ。しかし、決めたのだ。出会えてよかったよなあ。いろんなところへ行った。いろんな思い出がある。おまえは、最高の女だ、最高の友だちだ。

まだ涙を流したまま、私は車から離れ、一礼して眼を閉じた。エンジン音が聴えなくなるまで、眼を閉じ続けていた。

グラン・スポルトとの別れは、それと較べるとずっとドライだった。いいオーナーに出会って、かわいがって貰えよ。口に出してそれだけ言い、あとは手を振った。

車がいなくなってから、時々、運転する夢を見るようになった。私は、車と語り合いながら、走っている。車内には、スタンダードナンバーのジャズが、低く流れている。時々、追い越し車線を、すごい勢いで抜いていく車がいる。ばかだね、あいつ。言うと、車はちょっとだけエンジン音をあげて答える。

できなかったんだろうな、それが。

死ぬ時は一緒だ。まるで戦友のような思いだった。いいのだ。死ななかった。なにより、人を傷つけなかった。

グラン・スポルト、いいオーナーに出会ったか。

私と車のこの馬鹿さ加減については、君、大いに笑ってくれていいぞ。

やっぱりライブは最高だ

ライブ会場の、開演前の雰囲気が好きである。いそいそやわくわくとも違う、不思議な高揚の気配を漂わせて、みんな小声で語り合ったりしている。そう、小声なのだよ。大声はあまり耳にしない。

私は壁の花のように後方の隅にいて、なんとなくそれを眺めている。いけてそうな女の子の背中が見えると、こちらをむかないかな、などと思うが、それはライブ会場だけでなく、私の本能である。

これが日本武道館などの大会場になると、またちょっと違う。

武道館では私はいつも二階席の前列で、アリーナを飽きずに眺めている。背中、背中、背中。時々、ふりむいて上を見るやつがいる。お辞儀をされたり、手を振られたりすることがないわけではないが、大抵は、視線は私を素通りしていく。

吉川晃司の、武道館コンサートへ行った。

武道館は、半年ぶりぐらいである。三十周年のコンサートで、二日連続の二日目であったが、人でごった返していた。

席に着くと、私はアリーナを見渡した。会場は靄のようなくもりがあり、背中がいくつもいくつも見える。ステージは、まだなにも主張していない。

孤独なのだな、みんな。背中を見ていると、そう思う。ライブは、孤独な心を呼び集めるのだ。それは、球場などでは、ちょっと見られない光景なのだ。

ステージが暗転する。場内も暗くなる。方々から声があがるが、それはまだ歓声というほどではない。

そしてライブがはじまり、会場は一瞬にして熱を帯びはじめる。

三十周年ということで、古い歌も入っていた。二日間、一曲も同じものを唄わないというのも、三十年の歴史だろう。古い歌を唄っても、当然いまの吉川晃司で、それはそれでいいのだった。

実は私は、吉川晃司と友人関係にある。私がいいことを書くと、仲間内でほめ合ってなどと言われかねない。だからいままで、一度も書いたことはない。

こうして書こうと思ったのは、吉川が表現者として変った、と感じたからだ。変ったことを、書くことで私自身が確認したかった。

吉川は、ステージ上で孤立していた。誰も代りをやってくれないという孤立ではなく、諦念に似てひとりきりなのだ。

そしてむき合っているのは、何千、何万という孤独である。孤立と孤独が、共振する。それが何千通り、何万通りあり、会場が熱狂する。

しかしあるのは、一対一の共振である。

ある時、それほど昔ではなく、彼は自分に問いかけたのではないか。自分の歌は無力ではないかと。

私もまた、自分の小説は無力ではないのか、と問いかけたことがある。なにかあった時、表現者がぶつかる大きなものが、それであろう。

考え抜いて見えてくるのが、歌を聴く人であり、本を読む人だ。それは、ひとりだけである。顔も見えず、声も聞えない。しかし間違いなくいる、たったひとり。

そのために、唄おう。書こう。意識するしないにかかわらず、表現という行為がそれであり、そして孤立が生まれる。

武道館の熱狂や歓喜は、無数の孤独が生み出すものだ。それをどこかで感じたのか、彼が発するものはやさしく、不穏な気配を内に秘めているが、きらきらと印象的で、受け入れやすいものであった。

表現については、これからも考え続けていくことになるだろう。私はライブ会場へ、映画館へ、芝居小屋へ行き、孤独なひとりきりの存在になろう。

そして孤立が発するものを受けとめ、できれば共振しよう。

それにしても、吉川晃司のライブに行くと、私は必ず『遠い空の向こうに』という映画を、なんの脈絡もなく思い出す。ほんとうに、理由がわからないのだ。

君に、そういうことはないか。なぜかわからないが、思い出してしまうことが。

ライブと言えば、私は出演したことがある。君はいま、ほう、と思っただろうが、写真展のトークショーである。

長濱治が、長年撮り続けてきたブルース・ミュージシャンの写真を展示し、小さなステージが設けられ、私は路上ライブから出発して大きくなりつつある、築秋雄という男と三人でトークをやった。

長濱治はサックスをよくやり、築秋雄のアコースティックギターとセッションをはじめた。

トーク、トーク、と私は叫んでいたが、ブルースのライブでは、ステージにのぼったやつは必ずなにかやらなければならないのだ、と長濱治が言いはじめた。私は、写っている黒人の爺ちゃんブルースマンに敬意を表し、スーツにテンガロンハットを被っていた。もう滅茶苦茶である。

写真展の初日で、盛況であった。

唄えず、踊れず、勿論、吹けないし弾くこともできない。

仕方なく、私は置いてあったタンバリンをとった。

曲の真中に参入したわけではない。なにか区切りがつきそうだと感じると、シャカシャカシャカと、タンバリンを鳴らしながら頭上に差しあげていくのである。

会場は、やんやであった。

こんなのも、ジャムセッションと言うのだろうか。

トークの時とはまるで変って、私は緊張していたが、微妙な快感も伴っているのである。シャカシャカが、多くなった。

すると、二人はやめてしまったのだ。まだやろうよと、私は未練たらしくタンバリンを叩いていたが、流れは正しいトークに戻っていった。

昨年のことで、思い出すとまたやりたくなったなあ。

そういえば、私はあの写真展に、Cの音域のブルースハープを、トークのネタに持っていったのだった。海外では、そういう買物をする癖がある。

終ってから、築秋雄にそれをプレゼントできてよかった。私が持っていても、詮ないものである。路上ライブでは、ギターを弾きながらハーモニカも吹いていたというから、きっとあれは生きた。

君、物というのは、そうやって生きればいいのだよ。

地球が小さくなっていく

日ごろ、水素水というものを飲んでいる。

飲料水はミネラルウォーターだが、水素水製造器というものを買って、その水に水素を注入するのである。躰にいいという説を、何人かから聞いたが、よくわからない。放屁の数が多くなる。尿もよく出る。私には、暗示にかかりやすいのだという自覚があり、だから効果については、ちょっと首を傾げながら分析するのである。屁を連発するのが効果だとしたら、ちょっと悲しいか。

水については、割りと神経質である。

三十年ほど前、コートジボワールのブアケという内陸の街を、カメラマンと旅行していた。肌の色が、世界でも最も黒い人々の国であろう。

食料事情は、悪くなかった。瘤牛の瘤など、脂ばかりで、なかなか消化できなくて、いささか苦しんだ。ミャンマーのピーナッツ油も日本人はうまく消化できないらしいが、私には問題なかった。

ブアケの路上で、ドラム缶を半分に切ったものの中で、なにかを煮ていた。かなり強烈な匂いであるが、うまそうでもあった。

ひとり客が来て、洗面器に入ったタロ芋のようなものを受け取り、それにぐらぐら煮立ったドラム缶の中の赤いソースをかけて貰っていた。洗面器にはスプーンがついていて、男は道端に腰を降ろして、食いはじめた。うまそうである。男は洗面器の中のものを、あっという間に平らげた。

私は、それが食いたくなった。一応、警戒して男の様子を観察していたが、異常は見えなかった。

カメラマンが、真剣な表情で止めた。レストランのめしだけ食っていたいのか、と私はカメラマンを押しのけ、ドラム缶の前に立った。売っている女は、白い歯を見せて笑い、念入りにドラム缶の中を掻き回すと、私の洗面器の芋にかけてくれた。人の拳二つ分ぐらいの芋である。そして洗面器は、本物の洗面器なのだった。

私は、さっきの男のように、豪快にスプーンで掬《すく》って口に入れた。はじめなにが起きたかわからず、もうひと掬い、赤いソースを口に入れた。洗面器を、足の間に置いた。躰が、ふるえた。経験したことがないほど、辛かったのだ。赤い色は唐辛子だろうが、それ以外のものもかなり入っていた。

全身から、汗が噴き出し、シャツを濡らした。涙と同時に、鼻水まで出てきた。ふるえは止まらない。

大柄の男がひとり、屈みこんで私を覗きこんだ。友だちに、いじめられたのか。それで泣いているのか。そんなふうに言ったようだ。おまえの友だちは、あそこの樹のかげで、躰をよじって笑っている。そうも言ったようだった。声が出ず、私は洗面器を指さした。

飲めよ。黒人特有のバスである。男が、大きな手で缶に入った水を差し出してきた。飲んではいけない。そう思ったが、私はぐびりぐびり、と飲んでしまっていた。

しばらくすると、楽になった。私は立ちあがり、ホテルへむかった。トイレはある。シャワーもある。私はフロントに、ミネラルウォーター十本を頼んだ。十本だぞ。念を押し、食堂で塩の壜も借りた。

すでに、腹が鳴っている。トイレ。二度トイレに行った時、フロントの男が自分でボトルを抱えてきた。

それから私は、ひとつまみの塩を入れた水を、ひたすら飲み続けた。

トイレは、二、三十分おきという感じである。一リットルのボトルを、七本飲み、八本目をひと口飲んだ時、尿意を催した。

ほっとして、私はトイレで放尿した。三時間ほどだった。今年、カンボジアで久しぶりにウイルスにやられた時も、洗い流すのに三、四時間かかったことは、前に書いたかな。歳のせいで、時間が長くなったのだろう。

ここで肝心なのは、塩である。水だけ飲めばいい、というわけではないのだ。

君は、熱中症予防に水分補給と夏は考えるだろうが、塩も忘れるな。もっとも、日本の街じゃ、スポーツドリンクなどがすぐに手に入る。

以前、タクラマカン砂漠を旅行していた時、ウイグル族の村で、スケッチ旅行中の日本人の画家に会った。重装備であった。お腹は鍛えておられますか。彼は、そう訊いてきた。腹筋ではないぞ。腸のことだ。

現地の水を飲んで当たり、何時間かかけてミネラルウォーターで洗い流す。それをくり返していると、当たらなくなる、という話は聞いていた。つまり、ウイルスと仲よくなるわけだ。

私には、できない。辺境と呼ばれるところも、ずいぶんと旅行したが、水だけは確保していた。確保できない時のために、煮立てる道具も、常に携行していた。

無茶はよそう。しかし、やられた時に洗い流す、という方法は憶えておいた方がいい。

役に立つことがないのが一番なのだが、やられたら、抗生物質はやめておけ。ウイルスに効かず、妙にややこしいことになる。

私はこれまで、二度しかやられていないが、同行者がやられたのには、数えきれないほど出会った。水だけではない。どんなところにも、ウイルスはいる。みんな、ウイルス流しで治ったぞ。

それにしても、タクラマカン砂漠には、当分行けないのだろうか。今も核実験場があるという噂があるし、悲しいほど民族運動が弾圧されているという。

あの地平線が懐かしいのに。

コートジボワールも、西隣りのリベリアやギニアでエボラ出血熱による多数の死者が出ている。

かつて旅行した土地が、行けなくなっている。そういうものなのだろうが、そうした土地が増えることはあっても、減ることはない。少しずつ、つまらない文明の中に、私は閉じこめられるような気がするぞ。

いつか、秘境と呼ばれるところまで、行ってみたい。そう思ってきた。かなり強い思いで、いくらかの調査もした。

しかし、忙しさにかまけた日々の中で、時が消えてしまった。夢が消えるというのは、時が消えるということだな。行こうと思ったところに、行ってこいよ。そうできる君が、私は少し羨しいが。

君と馬鹿を共有しようぜ

西アフリカのエボラ出血熱で、相当数の死者が出ている。私の大好きな土地なので、切ないな。あのあたりの人々は、穏やかな丸顔が多く、小柄でもある。にこりと笑うと、真っ黒な顔に白い歯が印象的だ。

よく歯を磨いているのだろうと思ったが、市場に割り箸の束のようなものが売っている。それで、キコキコと擦るのである。私も買ってやってみたが、口の中が血で真っ赤になった。勿論、いまは歯ブラシの方が多い。

それにしても、人間は病というものを克服はできないのか。若い頃、私は肺結核に罹ったが、ストレプトマイシンがあって生き延び、いまは大きな顔をして生きている。

ラオスの山中には、赤ん坊は、三カ月経ってから、生まれたお祝をする習慣があった。三カ月間は、いないものだと思うのだそうだ。それほど、新生児の死亡率が高かったのだろう。

抗生物質は、ウイルスには効かない。しかし、ワクチンの開発はできないのか。

辺境へ出かける時、臆病者の私は、何種類かの予防接種を受ける。狂犬病や肝炎や破傷風、黄熱病は一発で十年は保つものであった。

しかし、マラリアのワクチンはない。治療薬を予防のために服用した。マラリアのある地域へ入る一週間前から飲みはじめ、そこを出ても一週間は続ける。つまり旅行中は薬漬けなのである。

ところが、十年ほど前だっただろうか、いつも飲んでいたファンシダールという薬を処方して貰おうとしたら、副作用が強すぎて出せない、と言われた。

待てよ、私はファンシダールを、どれぐらい飲み、どんな副作用が出ているのだ。眼にくる、という。最近、眼が霞みがちなのは、加齢現象か副作用か、どっちなのだ。

とにかく、十年ほど前から、私はマラリアに関しては、蚊取線香ぐらいの対策しか講じていない。いつか、マラリア持ちになってしまうのだろうか。

友人に、マラリア持ちがいる。慢性化してしまうと治療が困難で、高熱の発作に耐えるしかないという。発作はやがて間隔が長くなり、起きなくなってくる。ほんとかな。

四十二度の熱というから、血が沸騰して、脳ミソをやられてしまうだろう。私がそう言うと、脳ミソには耐久力があり、そしてもし体内に梅毒菌を持っていたとしても、それは熱で死ぬのだ、と友人は自慢した。

その場にいた別の友人が、鼻の頭とか耳とか、四十二度にならないところで菌が生き残り、発作が去ると全身に梅毒が駆け回るに違いない、と言った。

それで二人は罵り合ったが、いつの間にか砂漠はどこがすごいかという話になり、私も参戦して、そのうち酔いの中に沈んだ。

しかしなあ、梅毒などという病気が、いまもあるのか。あるのである。二十歳ぐらいの女の子をたくさん集めた酒場に、私は編集者たちと繰りこんだ。ひとりが先生と私を呼び、なんの先生か女の子たちが知りたがった。婦人科だ、乳癌触診が専門だよ。触ってもいないのに、場が大騒ぎになった。私は両掌を出して、場を鎮めた。そして、威厳に満ちた声で言った。

彼となにする時、ちゃんとつけさせているだろうね。あれは避妊だけでなく、病気の予防にもなるのだからね。誰か、病気に罹ったやつがいるのではないのか。挙手をしなさい。すると、ひとりが、はい、と手を挙げた。

酒場の戯言だと思い、私は性感染症をひとつずつ口にしていった。違う、そんなんじゃない、と女の子が言う。タレントにでもしたくなるような、かわいい子であった。私はほとんどの病名を口にし、あとは梅毒とエイズしか残っていなかった。

梅毒。そこで女の子が頷いた。私も編集者たちも、全員がひいたが、それでも私は威厳のある表情は崩さず、症状を述べなさい、と言った。足の裏やくるぶしに、赤い斑点ができたので病院に行ったら、梅毒と診断され、これに罹っている人はエイズに罹っていることもあるので、そちらも検査しましょうね、と言われたという。

げっ、斑点とは薔薇疹ではないのか。男たちは全員、しおれた花のようになり、酒を飲むのさえためらう者がいた。私は、話題の大転換をし、場を盛りあげようとした。まあ、みんな無理して、盛りあがったのか。

私は、小説家根性を丸出しにし、後日会う約束をとりつけ、取材した。

すぐ治ったなあ。十日ぐらいで治った。

ちょっと高い食事一回分である。女の子は、それが多少の圧力になったのか、具体的に細かく語りはじめた。一年ほど前の罹患を語らせたことになったが、ここでは書くまい。ありそうなことだ、と私は思った。

治ったけど、検査には通わなくちゃならなくなってさ。どこまでも、能天気であった。血液検査では、陽性から陰性にはその時なっていなかったのだ。いい加減にしろよと思いながらも、私は質問を出し続けた。

もっと別な検査をすると、それは大丈夫と出て、もう誰にも移さないのだ、と言った。そして、検査結果のデータの紙片を見せてくれた。

これは怪談なのか、冗談なのか、それとも医学の教科書などに書いてある、通例というやつなのか。

君は、私が事実を語っていると思ったか。もしかすると、ただ嗤ったか。その女の子がどうなったか、私はその後を知らない。というより、私が書いたのは、事実なのか事実ではないのか。小説家が書いていることだ、と思ってくれ。

エボラ出血熱から、とんでもない方向に話が行ってしまった。梅毒より、エボラ出血熱の方が、こわいなあ。梅毒は、死までにだいぶ時間がある。較べると、エボラはいきなり心臓を刺し貫いてくる、という感じである。

こわい、と思った自分の感覚を、私は大事にしよう。若い女の子ばかりが集まっている、という酒場に行く時は、斎戒沐浴してからだ。そこまでして、若い女の子との可能性を探りたいのか、馬鹿。そして、その馬鹿を共有するのが、君よ、男の友情というものだぞ。

じゃ、またな。

毒食らわば皿までだぞ

少しぐらいなら、毒を持っている人間になりたい。毒がある方が、食うとうまいからだ。蛇ならコブラだ、とミャンマーやラオスの男たちは言った。実際、頭が握り飯のような形状のコブラを、平気で捕まえてくる。

日本でも、南へ行けばハブがいる。こいつはうまいが、ハブ酒用に出荷されるので、なかなか食うことはできない。

西表島に、ハブ獲りをしている男がいて、危険がないと禁断症状を起こしてしまう、変ったやつだった。

夜中に山に入り、三匹、四匹と捕まえてくる。そいつの家には、アイスクリームを売るような引き扉の冷凍庫があり、そこに消耗品の傘入れのビニールに、ハブが入って何十本と置いてある。出荷を待っているのであった。

その一本を日向に出しておくと、動きはじめる。やはり、すごい生命力である。動きはじめたやつの頭を落とし、血を搾り、皮を剝く。焼いて食わせてくれた。

その男は、何度もハブに咬《か》まれている。傷口をナイフで切り開き、海水の中で血を出す。朝になってから血清を打つと、寝る必要もない、と言った。

私と会ったころは、ハブ獲りがつまらなくなった、と言っていた。北海道から南の島にやってきたばかりのころは、全身にハブが絡みついている夢を見てとび起きたが、いまはよく眠れすぎる、と言った。

カンボジアの地雷原に、コブラがいっぱいいるので、獲ってみてはどうだ。冗談で私は言ったが、本気で行きそうな顔をしていた。

陸では蛇が大敵だが、海にもすごいやつらがいる。エラブ海蛇である。石垣島にいる私の友人の漁師は、潜って素手で摑んで船の中に放りこんでくる。ハブの百倍以上の強烈な毒があるから、咬まれたら終りだろう。ただ、摑んでも指が回らない太い胴体に較べ、頭は親指ほどの小ささである。毒腺が口の奥にあり、しかも小口なので咬めないらしいのだ。

　ぶつ切りを放りこんだ鍋にして、よく食わせてくれたものだ。皮が手強く、コラーゲンがいっぱいという感じだった。荒っぽい料理だが、燻製にして汁に入れるという、王宮料理もあるらしい。

　釣りをすると、毒を持つ魚とは、いやでも出会う。毒は、あると言われているだけで、実際に試すほど無謀ではないが、二度ほどやられた。刺す毒である。カサゴやオコゼ類に多い毒だ。

　一度はハオコゼで、これは一、二時間で痛みは消える。もう一度は、ゴンズイにやられた。しかも陸上で。誰かが釣って放置していたものを、蹴っ飛ばしてしまった。サンダルを履いていたので、親指直撃であった。

　熱い湯に一時間ほど足を浸けて、毒は消えた。病院でも、そうやるのである。スズメ蜂に掌を刺された時は、そのやり方はまだ知らなかった。

　食って当たる毒に、シガテラがある。フグと同質の神経毒で、南の海の魚が、シガテラができる食物連鎖の中にいると、毒持ちの魚になる。


　ほとんど死亡例がないので熱心に解明されていないが、私は二週間、筋肉が脱力しては甦えることをくり返した。

　ナポレオンフィッシュを、食ったのである。沖縄の友人から、送られてきた。君は、あんなものをと思っただろうが、うまいのである。台湾では高級魚であり、値も張る。

　特別な食物連鎖の中にいる魚だけが毒を持ち、同じ魚種でも、毒を持っていないものの方が多い。ただ熱にも安定した毒なので、鍋であろうと、あるいは煮たり焼いたりしても、同じように当たるのだ。

　長いと、症状が数カ月続くというぞ。食ってみなければわからん、というのがロシアンルーレットに似ている。ゲラ・バブルアニ監督の『13／ザメッティ』というモノクロのフランス映画があるが、絶望したやつや、金が欲しいやつを集めて、えんえんとロシアンルーレットをやらせ、金持がそれに賭けるのである。緊迫感だけは、すごい映画だよ。

　最近では、千葉あたりでもシガテラが出たというから、君も釣りをやるなら気をつけた方がいい。

　毒ではないが、アニサキスという虫がいて、その脅威には私は常時晒されている。鯖や烏賊《いか》にいるのである。

　鯖の場合、酢でしめたぐらいで死にはしない。なにしろ、人間の胃の中で、三日生きていると言われているのだ。胃液の中だぞ。さすがに胃液は苦しいのか、胃壁を食い破ろうとする。痛みで、人間はのたうち回るのである。

　ただ、アニサキスも休みながら動くらしく、休みの時は、きれいに痛みは消えている。

　三日、我慢すれば、やつは死ぬ。どうする。我慢するか、と訊くと、痛い時は病院とか救急車とか騒ぐくせに、痛みが消えると、大丈夫、これなら我慢できると言う。そして、また騒ぐ。

　我慢などせずに、病院に行った方がいいのだ。胃カメラを入れて、虫を見つけてつまみ出せば、それで終りである。

　完全に防御するには、熱を加えるしかないのだろうが、魚体を捌く時によく眼を凝らしていれば、発見できる場合も多い。

　釣りたては、まだ内臓のそばにいるのだ。白い糸屑のようなやつがそれである。

　いないと確信していても、身の中に隠れていることを想定して、しつこいぐらい私はよく嚙むようにしている。いくつにも嚙みちぎれば、アニサキスは死ぬらしいのだ。

　東京の寿司屋でも、やられる可能性は充分にある。やられたと思ったら、我慢して脂汗など流したりせずに、速やかに病院に行くことだ。それより、よく嚙むことだ。私は、二人ばかり病院に運んだし、ちょっと思い出せないぐらい話は聞いたが、私自身は一度も経験がないのだ。

　ほんとうに、世界は毒に満ちているなあ。

　しかしどれも、対処のできる毒である。対処のできない毒も、きっとあるぞ。そいつは、密かに確実に、人々の心を冒すのである。こわいなあ。

　君も私も、もっとわかりやすい毒になろうな。

口笛を吹くと青春というやつが見えた

音楽が聴きたくて、映画を捜してしまったという経験が、君にないか。私はある。つまり主題曲とか挿入曲とかいうものだが、私はその曲を、正確ではないかもしれないが、口笛で吹ける。

これはなんですかね、と音楽に詳しい人に吹いてみせたことがあるが、わからないと言われた。

私は多分、十代後半であった。つまり、半世紀以上前の話である。その曲だけに馴染めて、なぜか映画館を出ると口笛が吹けた。映画はつまらなくて、スウェーデンではこんなのを作っているのか、と思った。そう、スウェーデン映画だ。

いくらでも調べられます、と編集者が言った。タイトルもわからなくて、どうやって調べようというのだ、愚か者。それに私は、インターネットの情報を、ほぼ遮断している、頑固爺なのだ。たやすくわかってしまったら、思い出そうとしてきた私のこれまでの努力は、一体なんなのだ。人間は思い出そうとするから、その過程で、別のさまざまなことが蘇ったりするのだ。

恥や屈辱も、きっと思い出すぞ。忘れてしまっているより、その方がずっといいさ。

いまも、思い出して口笛を吹いた。うむ、いささかセンチメンタルな感じもあるが、あのころの私は、それにも魅かれたのだろう。そしていま、実は半分思い出しているのだ。

十四、五年前だったような気がするが、私は小屋に『太陽の誘《いざな》い』という映画がかかっているのを見た。

スウェーデン映画である。リメイクかもしれないと思ったが、これだ、見つけた、という感じが強かった。太陽という言葉が、間違いなくタイトルの中にあったのである。

私は、次の回がはじまるまでじっと待ち、その間にポスターなどを舐めるように見つめた。したがって、コリン・ナトリーという監督名も頭に入った。

結果としては、まるで違う映画だった。

そして、なかなかの映画だったのだ。違うという思いより先に、私は映画に引きこまれていた。まあ、犬も歩けばというやつか。

一年ほど前に、もう一度観たいと思った。私の海の基地は、スクリーンとプロジェクターを装備していて、ひとり映画館状態にもなるのだ。

あの映画の、印象的な風景を、もう一度、観てみたい。しかし、ない。ないのである。私はツタヤのお世話になっていて、あるものは全国手配かなにかして、必ず貸し出してくれる。

海の基地のある街のツタヤなど、相当迷惑な話だろうが、やってくれる。しかし、ないものは、ないのである。なぜだ、くそっ。あの映画だぞ。書いているうちに、腹が立ってきた。

私は何度、ないものはなくて、泣いただろうか。『赤い薔薇ソースの伝説』というメキシコ映画、『オリヴィエ　オリヴィエ』というフランス映画、『小便小僧の恋物語』というベルギー映画、『司祭』というイギリス映画。まだあるぞ。

くそっ、ツタヤの社長、出てこい。冗談ですぞ。しかし、映画で商いだろうなどとは言いたくないが、頼れるのはそこしか私にはないのだ。

この口笛の曲、君はまだ調べるというのか。ちょこちょことスマホなんぞで調べて、ほんとうの知識になるのか。みんななぜ、ネットに頼るのだ。そして、つまらない知識で、頭を一杯にしてしまうのだ。人は、考える動物である。思い出す動物である。記憶は、魂の宝庫だぞ。

あ、私はまた、やってしまっているだろうか。若者に、クソ爺と言われてしまうのだろうか。早く死んでくれないかね、などと君も言っているのではあるまいな。私はほんとは、若い連中とも仲よくやりたいのだ。

なあ、そうだろう。私は、片寄っているかもしれないが、君たちより長い時間をかけて、映画を観てきた。音楽を聴いてきた。小説を読んできた。

この中で、小説については、古典と言われるもの以外、私は語りたくない。しかし映画や音楽は、つい最近のものを語っている。いや、私ひとりが語るのではなく、君と語り合いたいのだ。

　正直、音楽の現状については、若い連中にずいぶん教えて貰った。その言葉を思い出しながら、教えられた音楽を聴きこむのが、返礼だと思っている。

　映画だって、音楽だって、そして小説だって、人間が生命を維持するためには、必要ないものだ。水と、わずかな種類の食物があれば、生きていける。

　しかしな、もっと魂をこめようよ。魂に必要なものを捜そうぜ。人間にしかできないことで、せっかく人間に生まれてきたのだからな。

　また口笛を吹いてみる。あのころは、がつがつしていたな。なんでも、吸収したかった。そして、センチメンタルでもあった。これが俺の青春だなどとは面映くて言えず、センチメンタルな自分を、否定することもできなかった。

　懐かしいなあ。あれから、私はどれほどの時を生きてきたのだろう。なにを失い、なにを獲得したのだろう。

　よく、詩を書いた。読んだ。

　あのころのような言葉は、もう出てこない。代りに、あのころでは絶対に出てこなかった言葉が、いま出てきているよ。これは、なんなのだろうな。生きるということか。

　また、口笛を吹く。

　恋をしたなあ。恋を恋とも思っていなかった。恋人を傷つけた。友だちを、傷つけた。そして、自分も傷ついた。あの痛みが懐しくて、全身がふるえてしまうよ。私の、青春だぜ。

　口笛ひとつで、実にさまざまなことを思い出した。

　これは、記憶をまさぐって、出てきたものだ。記憶の中に、人生ってやつはあるのさ、私ぐらいの歳になれば。それも忘れてしまうようには、なりたくない。

　私はいつも、記憶をさぐる。それはネットなどでは出てこないものだ。私の心の中にだけあるものだ。とぼとぼと、坂道を歩いていた。それがどこであるか、鮮明に思い浮かぶ。しかし、それはいまは言うまい。

　ひとつだけ君に囁いておくが、その時も私は口笛を吹いていたのだよ。またな、わが友よ。

文学はいま革命と言えるのか

最初に読んだ長い小説は、パール・バックの『大地』であった。中学一年の時で、河出のグリーン版世界文学全集だったと思う。クロニクルふうの物語の面白さが、私の頭にインプットされた一作である。

空腹をしのぐために、キャベツの芯を焼いて食う場面があり、それがなんとなくうまそうだった。自分でやってみた。じっくりと焼くと、甘みが出て、歯触りがよく、私は好きになった。

河出のグリーン版では、さまざまな作品を読んだ。あと新潮の黄色の箱の全集。中学、高校のころは、読みきれないほど本がある、と思ったものだ。

挫折したのは一作もないが、『戦争と平和』など、あまりよく憶えていない。そして読みきれないほど本があるのは、当たり前だと考えるようになった。生涯に読める冊数に限りがあるなら、読むものを選ばなければならない。そう思って、悩んだな。

いまは、本との出会いは縁だ、と思っているよ。

これは縁とは言わないかもしれないが、同じ情況を描いた、壮大な長篇を続けて読んだ。なにも考えずに読んだら、そういうことだった。高校生のころだ。

先に読んだのは、ショーロホフの『静かなドン』である。後に読んだのが、パステルナークの『ドクトル・ジバゴ』であった。ロシア革命を描いたものだった。私は高校生にして、革命の細部の描写まで、しっかりと読んでしまったのだ。そんなことは、自慢にならないか。

この二人の作家は、ノーベル文学賞を贈られた。ショーロホフは国民的英雄になり、パステルナークは、ソ連という国家により、受賞を辞退させられた。革命をどう描いているかで、その違いが出たのだろう。

パステルナークは、どちらかというと革命軍の破壊が暴力的で、ショーロホフは皇帝軍側の崩壊の過程が克明だった。

私の感じでは、革命という大きな動乱にふり回された、医師と農夫の物語であった。小説は、ほんとうはそれだけでいいのだと思う。

後年、ノーベル賞辞退事件に関して、ニューヨークの友人が、社会主義に基づいた文化の価値観の、一面的すぎる悲しさを言った。てやんでえ、と私は言い返した。

アメリカは、赤狩というやつをやって、どれほど作家や映画人を苦しめたのか。あれはまさに、文化を破壊する国や社会の動きではなかったのか。

権力というものは、機会があれば文化を、特に言論を封殺しようとする。いい、悪いの問題ではない。言論の封殺は、権力が持っている特質のひとつなのだ。

ひとりひとりが、闘え。負けるな。そうする以外になく、非難することに意味はない。抑圧が、創造物に多様性を与えたこともあった。自由だけが、いい表現を生むのだとは、私は考えていない。

日本でも、表現の封殺が、国家権力によって徹底的になされた時代がある。日本人は、そういう歴史も持っているのだぞ。

なんで、こんな話になった。そうか、表現の自由か。私が書いているのは、大説ではなく小説なのだ。書きたい人間の姿を、人生のありようを、書きたいように書く。たとえ殺されてもだ。それだけでいいだろう。

それにしてもだ、街行くロシア人女性を見て、白系ロシアってほんとに肌が白いなあ、と感心した若い編集者がいた。ロシア人は、みんな肌が白いのだ、愚か者め。

革命軍を赤衛軍と呼び、反革命軍、つまり皇帝側を白衛軍とロシア革命では呼んだ。赤と白なのさ。革命を、そしてソ連を認めない人間たちが、国外へ出て行った。その人たちのことを、白系ロシアというのだぞ。

君は、映画の方の『ドクトル・ジバゴ』を観たか。これは、私が映画に本格的にのめりこむきっかけになった作品なのだ。風景が美しい。当然ながら、人々は悲しい。背景に革命があるが、男と女のどうにもならない愛を描いたものだ。

オマー・シャリフというジバゴ役の俳優は、陽炎の中から現われた。

ほんとうに、そうなのだ。『アラビアのロレンス』で、馬に乗った族長アリが、陽炎の中を近づいてくる。あの瞬間は、主役を食っていたぜ。

それがスクリーンデビューというのが、恰好よすぎる。その前にエジプトで映画に出ていたという話だが、われわれの眼前に現われたのは、あのシーンだ。国際スターになったのも、あの陽炎の中の存在感だと、私は思っている。

音楽もいいぞ。多分、君はどこかで耳にしたことがあるのではないか、という気がする。半世紀ほど前でも、映像も音楽も、まだ色褪せていない。

いま生きていれば、八十代だろうか。これが最後の出演作品でいい、と私が思うものが、十年ほど前に撮られた。『イブラヒムおじさんとコーランの花たち』という、結構長いタイトルだ。

これを観ている人は少ないようだが、実にいいな。なにも情報を入れずに、ただ観ていたら、オマー・シャリフだと気づかないほどだよ。少年と二人でやる旅は、人生の旅だな。それが、象徴的でもある。

私は、医者のジバゴが、族長アリが、あんな爺さんになって出てきてくれて、ほんとうに嬉しかった。その後も出ているかもしれないが、私にとってのオマー・シャリフは、この作品で完結したね。

なお、オマーをオマルと表記することがあるが、私にとってはオマーである。チュニジアのやつが発音したのを聞くと、最後のルはないとしか感じられない。

これだけ思い入れがある映画であり俳優なのだ。私の感覚を押し通させて貰うよ。

オマー・シャリフは、常にイデオロギーとは別の位置にいた。そんなのを読みたければ、ドリュ・ラ・ロシェルの『ジル』を手にしろ。いまは、もう読めないのか。しかし、四十年前、翻訳本はあったぞ。右に左に、ゆれ動く小説さ。

なに、もっとそんなのを教えろと言うか、君は。ポール・ニザンだ。『アデン　アラビア』は、もう読めないのかな。冒頭の一節だけが、鮮烈である。

僕は二十歳だった。それが人の一生で、一番美しい年齢だとは、誰にも言わせまい。

薔薇と金魚と十字路(i)

金魚を、飼っていた。

二十代のころの話である。水槽を買ってきて、浄化装置は自分で作った。水槽と同じ大きさに、厚目のプラスチック板を切り、一センチほどの脚をはかせて、水槽の底に入れる。プラスチック板には、小さな穴が三十ぐらい、大きな穴がひとつ開いている。大きな穴には、塩ビニ管を適当に切り、熱で先端を曲げたものを立てる。管の途中には、そこそこの穴をひとつあけ、ビニール管を突っこんでおく。

プラスチック板を入れた水槽には、米粒よりちょっと大きい小砂利を敷く。槽に水を入れる。プラスチック板の下に一センチの水があり、水はほとんど水槽を満たす。

わかるかな、この構造。ビニール管から塩ビニに空気を送りこむと、中の水が押しあげられ、水面に水が出てくる。つまり、小砂利の中を通った水が、水面に出てくるのだ。小砂利の中にバクテリアが発生し、汚れをきれいに食ってしまう。バクテリアの浄化能力はなかなかのもので、長期間その状態でも、問題はほとんど出なかった。

週に一度ぐらい、三分の一ほどの水を汲み出し、新しい水を足してやるだけでいいのだ。塩ビニ管に送る空気は、当然エアポンプだが、これがすぐに毀《こわ》れた。分解して調べてみると、弁が切れてとれかかっているのだ。三つ四つと毀す間に、私は弁の代用品はないだろうか、と考えはじめた。作ればいいのだ。ゴム。タイヤ。すぐに思いついた。鉋《かんな》でタイヤの表面を薄く削り取り、弁と同じかたちに切ればいい。

河川敷に捨ててあったタイヤを、私は削り出してきた。これで弁を作ると、きわめて丈夫なのであった。先に死んだ三つも、きれいに生き返った。

水槽で泳いでいる金魚は、一番安いものを買ってきた。和金や出目金の、小さいやつである。十匹ぐらいだ。

私はそれを、見つめ、書き、見つめていた。月十日の肉体労働をやると、残りは書くことに充てられた。二十日間、常に書いていたわけではない。本も読むし、街をほっつき歩いたりもする。

金魚用の餌を与えていると、少しずつ大きくなってきた。循環浄化装置が威力を発揮して、酸素は充分なようだった。それを眺めては書くことをくり返している私は、常に酸欠状態であった。日に、十枚書く。書くだけは書いてみるが、翌日は破ることが少なからずあった。

私は、何度か文芸誌に作品を載せていたが、ふり返ると、二、三年に一本ぐらいだろう。本も出していなかった。

毎月、私はある出版社に原稿を持ちこんだ。坂道である。しかし、足取りは軽かった。出版社の玄関には、受付の女性が三人いて、私は顔を憶えられ、ロビーの奥の応接セットを指さされたり、やけにのろいエレベーターで、二階の応接室に通されたりするのだった。

前月に渡した原稿を返される。いくらかいい時だけ二階の応接室で、編集者は全体の感想を言ったり、細部の欠点を指摘したり、とにかく原稿を間に、いろいろ語ってくれるのである。ロビーの応接セットでは、新作と前作の袋を交換するだけである。

金魚が、大きくなってきた。

十匹が、水槽の中で窮屈そうであったが、大型に替える余裕はなかった。その間に、金魚は卵を産み、卵は孵化し、稚魚になり、洗面器のようなものに入れておいても、大きくなったやつが小さいままのやつを、吸いこんで食ってしまう。いくつかに分ければいいとはわかっていたが、私はただ、どいつが食われ、どいつが生き残るのかと、眺めていただけだ。

原稿は持っていく。返される。相変らず、そのくり返しだった。

盗まれる物とてなく、ある時、私は窓を開けたまま外出した。

戻ってくると、なにか景色が違った。水槽が、やけに明るい。金魚の姿がなかった。いや、黒い出目金が、一匹だけいる。ふくらんだ腹に、刃物で切ったような傷があり、内臓が出ていた。しかし、泳いではいるのだ。窓を開けていた。猫には、恰好の餌になったのだろう。黒い出目金は、かろうじて生き残ったのである。

私は、ひとしきり泳ぐ姿を眺め、それから針と糸を持ってきた。掌に金魚をとり、はみ出した内臓を押しこみ、すばやく針で縫って糸を通した。糸は、どこも縛らなかったが、傷が大きく開くのは防いでいるようだった。

はじめは、糸をくっつけて泳いでいるという恰好だったが、やがてそこに綿のようなものが発生した。

私は、じっと見続け、書き、見続けた。綿は、あるところまで増えると、そのままの状態になった。

それで十日ほど経ったある日、綿は落ちていた。金魚の腹は、もと通りになっていたのである。縫った糸は、綿屑のようなものと一緒に落ちていた。

それだけの話である。

私の書く日々は、変ることがなく、硝子板で蓋をした水槽の中では、黒い出目金が一匹、泳いでいるだけであった。卵も産まず、増えることもない。


そろそろ、潮時か、という思いがあった。

没原稿を量産する、自分の生活についてである。小説を書くことをやめよう、という発想はなかった。編集者に十年間求め続けられたものから、離れる時かもしれない、と感じはじめたのだ。

内面に眼をむけ、自分で自分の心を抉る。そういうやり方を、やめてしまうべき時なのかもしれない。

これは私の人生の、最大の十字路であった。編集者は、堕落するのか、という眼で私を見た。そこで失敗すれば、もう生き返れないからね、と他社の別の人にも言われた。

なあ、君。十字路には、雑音がいっぱいある。時には、頼みもしないのに、交通整理のようなことをする者も出てくる。

俺は、ここで曲がる。

どこへ行くかわからない方向へ曲がるより、真っ直ぐの方が、ずっと楽だった。本一冊ができるぐらいの、活字になった作品は、もうあったのだ。

つらい方を選ぼう、と私はその時思った。

薔薇と金魚と十字路(ii)

薔薇を育てていた。

株は買ってきたのではなく、画家であった叔父の家の庭にあったものを、適当に切ってきたのである。三十センチほどの枝である。晩秋の休眠期には、挿し木が成功するかもしれない、と叔父は言った。

鹿沼《かぬま》土というものを買ってきて鉢に入れ、それに挿した。はじめは、毎日、水をやった。枝がしおれていないのを確認して、ひと月ほど経ってからは、週に一度の水やりをした。鹿沼土というのは保水力が強く、それぐらいでは乾かないのである。

枝が生きていれば、水を求めて根をのばす。

そういう理屈を叔父が述べ、半信半疑だったが、春になると芽吹いてきて、夏に鉢をはずしてみると、網目状に立派な根が張っていた。

絡みついている鹿沼土をできるだけはずし、ひと回り大きな鉢に土を入れ、金魚の水槽のそばに置いた。

私は、書き続けていた。その年、新しい枝葉が出てきたが、蕾はつけなかった。金魚と一緒にそれを眺め、私は書き続けた。

十字路が、前方にはっきり見えていた。私は、三十歳になろうとしていた。十字路は、そこにあるだけでなく、見えてくるものだ。迷いが、決意が、生き方のあてどなさが、それを見せる。

十匹いた金魚が、猫に襲われて黒い出目金一匹になったころ、私は十字路を曲がった。

長いものを、書きはじめたのだ。それも、頭の中にあった文学という言葉を、物語という言葉に置き換えて、原稿用紙にむかった。

原稿は進み、数カ月で一千数百枚に達した。『二人だけの冬』というそのタイトルの長篇を、しかし私には持ちこむ先がなかった。私が関係があった編集者は、三社にわたっていたが、全員、文芸誌系の、つまり純文学の編集者だった。

私より若い編集者が、ひとりだけいた。彼の仕事は、文芸誌に掲載された私の作品を、一冊の本にまとめることであった。何度か会って話をしたところで、小説観が一致する部分が、かなり出てきた。私は、長篇を彼に読んで貰うことにした。はずみのように、長篇があることを告げ、渡していたのである。

返事は早かった。短篇を一冊にまとめるのはやめにして、この長篇の路線で行った方がいい、というのがぼくの考えです、と彼は言った。ただ、千数百枚の書き下しを、いきなり本にするのは難しい、とも言った。半分ぐらいにして欲しいところですが、新しいのをもう一本というのが、正直なぼくの希望です。この千数百枚は、いずれ必ず生きると思いますから。

突き返されたわけではなかったので、私は多分、希望を与えられたのだろう。翌日から、私は原稿用紙にむかった。

黒い出目金は、元気であった。薔薇は枝葉をのばしたが、やはり蕾はつけなかった。

二カ月後ぐらいに、私は五百枚の長篇を彼に渡した。

返事は、すぐにあった。これで行かせてください。ただぼくは、一番下っ端なので、約束はできません。小舟に乗ったつもりでいてください。

私は、三作目を書きはじめた。

同時に、一作目の『二人だけの冬』を全面的に書き直した。二作目を書いてから読み直すと、まだ自己検証の残滓が方々に残っていて、それを削るだけでは済まないと思った。物語に、直接的な書き手の自己検証など、不要なのだということも、私にはわかりはじめてもいた。

最初の本はなかなか出版されなかった。彼は、純文学の編集者なのである。会社に持ち帰ったとしても、上にいるのはその方面の上司ばかりで、読んでさえくれない。彼は五百枚の作品のコピーを三つ作り、宣伝部関係の人たちに読んで貰った。読んでくれたのも、その人たちが物語というものをわかっていたのも、私にとっては幸運だった。

時間はかかったが、最初の本は出版された。私の力だけではない。その思いは、強くあった。

一冊本を出したことで、私の出版環境はずいぶんよくなった。二冊目は、『二人だけの冬』を改題した『逃がれの街』であり、これは好意的に受け取られ、私の代表作のひとつとしていまでもよく挙げられる。

タイトルの中の『が』は、文法的には不要なものだが、見た感じが悪く、入れた方がずっと座りがよくなる、というのが彼の意見だった。タイトルはいわば固有名詞であり、こちらが思う通りにつけていいのだ、と私も思った。

それにしても、二冊の本を、よく出せたものだ。

彼にとっては、セクション違いで、業務命令に違反している、と取られても仕方がなかったが、ある柔軟さを持った出版社で、彼はエンターテインメントのセクションに異動した。

私は三冊目を出し、四冊目は他社から出し、註文が殺到するという状態になった。註文などをされたことがない身なので、来たものはすべて受けた。

狂躁的な忙しさになり、私は毎月本を出して、月刊キタカタなどと揶揄されたりもし、その間に、いくつかの文学賞も受けた。

雑誌のインタビューなどだけではなく、テレビにも露出するようになり、ほう、売れたら早速タレントですか、などと彼に言われたりした。書くものを書けば、文句はあるまい。私は、そう言い返した。いやなことを、正面切って言う男である。やや滑舌が悪いので、半分は聞き取れないのが、救いか。蹴飛ばし、罵る間柄が続いたが、彼はやがて、エンターテインメント界では屹立した編集者になっていく。

山田裕樹という。山田がいなければ、私のいまはあるまい。

十字路を曲がったら、さまざまなものに出会った。それは、唖然とするほどだった。地味に人生は過ぎていくのだろうと思っていたが、結構派手なものになった。

君は、曲がるということを、考えたことはあるか。曲がった先は、暗いよ。暗黒というふうにさえ感じられる。

しかし、一点の光は見えるな。闇の中でも、構わず疾走すればだが。

人生は十字路の連続である

二十代のころ、私はなにを求めて書いていたのだろうか。見つめようとしていたものを、実はいまよく思い出せない。

二十代で書いて活字になったものを、私は刊行している本が九十九冊になった時、函入りの本にして百冊目として上梓した。反応は、あまりなかった。イタイね、と言った友人の作家がいたぐらいだ。

文芸誌で活字になったものだったが、私が出版し続けてきた本と較べると、いかにも異質だった。苦闘の記念だと思って出版してしまったことを、私はちょっとだけ後悔した。

しかし、よく書いたものだ。百冊だぞ。と言いたいが、百冊目を出したのはもう十七、八年も前のことだ。

苦労なんかしたことはないでしょう、とこの私にむかって言ったやつが何人もいる。人前では闊達でいること、と決めているので、ひとりきりで書いている時の私の暗さを、誰も知らない。

二十代は、客観的には悲惨だが、苦労などとは思っていない。三冊ばかり本を出したころ、年来の友であり、すでに亡くなったが、立松和平と新宿のバーで飲んでいた。立松が、私を見てしみじみと栃木弁で言った。北方あ、おまえは躰に合わないシャツを無理矢理着ようとして、タコ踊りをしていたのに、いまのシャツはぴったり合っているなあ。

だから、二十代はタコ踊りということにしておこう。三十代になって本を出しはじめてからも、十字路はいくつもあったぞ。それを苦労と言うのだぞ。つまり、相当苦しみはしたのだ。君に、少し分けてやろうか。

五、六冊本を出し、売行きもよかったころから、私はやがて来る十字路を見ていた。その時書いていたハードボイルド小説が、そのうち煮詰まるだろうと、はっきりわかったのである。

煮詰まれば、縮小再生産をくり返す作家になってしまい、それなら書いていない方がましだ、と思った。

それに、時間がリアリティを食い荒らしてしまう。どういうことかと言うと、たとえば電話ひとつとっても、そのころは携帯などなかったのだ。主人公が公衆電話を捜して街を駈け回るシーンが、いまリアリティがあるだろうか。

私は、リアリティが動かず、しかし物語が煮詰まらずダイナミックな展開ができる場所を求めた。歴史小説である。そこでも、私は現代小説でテーマのひとつにしていた、男はいかに死ぬか、ということも書けるはずだった。

それで、歴史の勉強をはじめたのである。高校生の知識しか、私はなかったのだ。いつ眠っているんですかと問われるほど、私は書きまくっていたが、中公で出している『日本の歴史』全二十六巻を、二回読み、小説にしたいところを探した。

南北朝の九州が舞台で、二十六巻もの全集の中で、わずか一ページほどの記述しかないマイナーなところであった。

新選組を書くのだろう、戦国時代かと言われている時に、黙って書けと言ってくれたのが『週刊新潮』である。正直、ありがたかった。

『武王の門』というその作品は、いまでもわずかだが重版がかかり続けているので、版元に多少の恩返しはできているのか。

十字路を曲がり、中世史物を選んだ私は、結果として世界を拡げるのに成功した、と思っている。

それから、懲役へ行く前の角川春樹に依頼された『三国志』も、大きな十字路であった。二カ月に一冊ずつ書き下すという、強烈な要求だったが、やろうじゃないかと思うような説得を、角川春樹はしてきた。

私がまだ変り得るということを、明快な言葉で伝えてきたのだ。十三冊書いたが、私の作家としての足腰は、それで丈夫になった。

中国史物は、やがて『水滸伝』、『楊家将』、『楊令伝』、『岳飛伝』につながり、『史記　武帝紀』をまた角川春樹とやった。

自分の作品の宣伝になってしまい、すまんな。私は、編集者が、どれぐらい作家の力を引き出すか、ということを言いたかったのだ。

角川春樹は、何年も懲役に行き、会社の経営者としてはよくわからないところがあるが、強引に私の能力を引き出したやり方は、きわめて有能な編集者である。

私は、長く小説を書き続けてきたので、いろいろな場所で、先生と呼ばれることが多くなった。なんと呼んでいいかわからずにつけている先生だろうから、それはそれでいいのだが、自分がそんな玉だとは、決して思っていないぞ。

自分ひとりの力だけで、やってきたのでもない。いつも、そばに編集者がいた。能力のあるやつもないやつもいたが、どこかで私の力を引き出そうとするかぎり、私は彼らを認めてきたよ。

私ごときが、これほど長い歳月にわたって、充実感を感じながら書き続けてこられたのは、やはり編集者がいたからなのである。

才能とか、資質とか言うのはよそうな。そんなもの、あるかないか、誰がわかる。君、わかるか。私にあったのは、すでに死語に近いのかもしれないが、根性である。書き続ける、という根性だけはあった。

しかしなあ、私も時々、老いを自覚する。若いころと同じぐらいの量の仕事をすると、くたびれて死んでしまうかもしれない、と本気で思ったりするよ。

私の最初の本を出し、その前の期間も含めると、四十年近く私と併走した編集者である山田裕樹が、先ごろ停年を迎えた。

みんな、歳をとるのだなあ。ただ、山田がいた出版社は、山田を純文学からエンターテインメントの担当に異動させた時の柔軟さを失っておらず、関連会社で私の担当だけは続けさせる、という異例の措置をとった。

いいなあ。創造は、ゼロからはじめるのだ。人ぐらいいないとな。

私の作家人生では、これからまだいくつも十字路があるという気がする。

よかろう、つらい方を選んでやる。とにかく、私は書くさ。君は、読んでくれ。つまらなかったら、その時、私のことなど忘れればいい。

第二部　いまそこにいる君は

また君と歩こうか

散歩はいいなあ。

私がいま散歩のつもりで歩いている姿は、どうもどかどかと殴りこみにでも行く風情らしい。

しかし、散歩なのだ。私の家の犬もそれを認めていて、時間になると書斎の前に座っている。ドアを開けると、座っている犬が首を傾げる。散歩行くぞ、と言うと笑うのである。私は笑っていると思っているのだが、犬が笑うことがあるだろうか。

私の速歩に、犬は対応してくる。横断歩道の信号に滑りこもうと走ると、忠実に私のそばを走り、決してリードは引っ張らない。頭がいいのだと言うと、笑われてしまうので言わないが、本気でそう思っている。

この散歩は、私の躰のためであるが、歩いている間に、いろいろなものが見える。

昔は、心のための散歩というやつをしていた。海外を車で散歩することである。要するにドライブ旅行であり、それが心の散歩だったというのは、いま思いついて言っている。しかし、そんな感じはあったぞ。いまも海外へは行くが、私は運転をやめてしまい、現地のドライバーを雇うので、散歩という感じはなくなったな。

あれはもう、四半世紀も前になるか。私はマデイラという北アフリカ沖の絶海の孤島へ行った。といっても、結構な島であり、人も多く、街もある。ポルトガル領で、そこではポルトワインは飲めず、マデイラ酒であった。なにをしていたかというと、釣りである。小さな船を雇って、島の周辺で鮪《まぐろ》を釣ろうとしたのだが、ほぼ毎日、イルカにまとわりつかれただけである。

しかし、島を眺めているのは、面白かった。周囲は、ほぼ断崖絶壁なのである。そんな光景には、私はいまも飽きない。

リスボンに戻ると、私は北への旅をはじめた。北には、ポルトという街があるのだ。急いでいたわけでもないので、私は小さな港町の、小さな宿に泊ったりしていた。三日ほどそういう旅を続けた時、私はまた港町に泊り、波止場の近くにあるバルに飲みにいった。

店の中は煙草の煙でかすんでいて、ほとんど立ち飲みで、ポルトワインにチーズかアンチョビの酢漬けかであった。

カウンターに肘をついている私に、話しかけてくる人間は誰もいない。飛び交っているのは当然ポルトガル語で、なにか言われたとしてもわかりはしない。

そういう私の、服を引っ張る女の子がいた。物乞いだろうと思い無視していたが、子供の物乞いは親がやらせている場合が多い。親を捜したが、それらしい姿はなかった。

少女は、掌を差し出すのではなく、口からなにかを出すような仕草をしていた。誰かが、少女になにか言った。しつこくするな、と言ったような感じだ。少女はうつむいた。

近所の子でね。歌を唄いたくて、ここに来るんだ。

初老の男が、英語で教えてくれた。私は、少女の仕草を、はじめて理解した。小さな手の爪が少しのびていて、そこに黒い垢が溜っている。それを見ていて、私は不意に故のない悲しみに襲われた。ポケットに手を突っこみ、小銭を渡す。少女はそれを握りしめて、しかし唄わなかった。

あんたが渡したのは三曲分で、この子は一曲しか唄えない、と再び初老の男が言う。いいんだ。それで唄ってくれ。初老の男に伝えて貰った。少女はちょっとだけ笑い、それから硬い表情で唄いはじめた。

下手な唄だ。アマリア・ロドリゲスの歌で、『ガイボタ』というのだと男が言い、それきり黙った。私が、泣いていたからである。

悲しかったのか。切なかったのか。旅先の感傷なのか。顎の先から、ぽたぽたと涙がカウンターに落ちた。あの時の、カウンターのしみのかたちさえ、私はいまでも思い出せる。なんの涙だったのだろう。それは、思い出せないどころか、その時もわかっていなかったと思う。

君には、そんな経験はないか。

私は少女を驚かせてしまったようで、唄い終えると、硬い表情のまま、駈け出して姿を消した。誰も、なにも言わなかった。少女がいなくなったら、私の涙は止まっていたのだが、私は自分が涙を流したことに茫然としていた。

バルの親父が、黙って私のグラスにポルトワインを注ぎ足してくれたのを憶えている。

稚拙なファドを聴いて、泣いてしまった。そして、アマリア・ロドリゲスが好きになった。

それだけではない。その後、私は小型船舶の免許を取得し、小さな船を手に入れた。その船名を、迷わず『ガイボタ』にしたのである。直訳は、かもめ、である。

ファドは、ポルトガルの演歌のようなものだが、日本人には馴染みはないのかもしれない。

ちあきなおみ、という歌手がいた。いまは、表に出てくることは、まったくなくなった。その人が、『ガイボタ』を日本語で唄っている。アマリアとはまた違う唄い方だが、それも心に沁みる。ほかに、日本の歌手で唄っている人を、私は知らない。

船は何艘か替ってきたが、『ガイボタ』の船名はそのままである。二世とか三世とかも、つけていない。私の海の基地には、小さな桟橋があり、ここに『ガイボタ』を舫《もや》っておく。

湾の中でも波はあるので、いつも揺れている。ちあきなおみの歌詞の意味は、酔いどれ船みたいな感じだが、原曲は船乗りの悲しみを唄ったものだ、と教えてくれた人がいる。その人は、ヨットの事故で、数年前に亡くなった。

私は車の運転をやめてから、心の散歩はしなくなったと思っていたが、実は海の上を動いていることが、心の散歩になっていることに気づいた。

海は、しばしば表情を変える。冬、見えていなかった富士山が不意に見えると、強い北風が吹く。夏、見えていなかった伊豆大島が見えると、南西の強力な風である。そういうものを、観天望気というが、心の散歩のアクセントになっている。

君も『ガイボタ』に乗ってみるか。船酔いは許さないが、酒は許す。そういう船だ。

時には格闘家の気分になって

格闘技については、詳しくないが、観るのは好きである。

中学生のころから、柔道の試合はよく観ていた。テレビでは、プロレスや大相撲というところかな。ほかにもいろいろ観たが、いま私はボクシングについて語りたいのである。

この間、船に乗っていて、舵輪で腹を打った。時化《しけ》ていればそんなことはないのだが、凪の海で油断していた。漁船の引き波が来た時、私はどこにも摑まらず、しかも葉巻に火をつけようとしていた。腹を打った瞬間、息が詰まった。大事な葉巻も、嚙みちぎってしまった。昔は、これぐらい弾き返したよな、と思った。その時なぜか、すさまじいパンチを打たれて、躰が浮いてしまったのを思い出したのである。

とても、撥ね返せるようなものではなかったな。ずっと昔だが、打ったのは現役の世界チャンピオンであった。勿論、私は直《じか》にボディを打たれたわけではない。ボディのところに構えた、ミットを打たれたのである。それでも、腰が浮き、構えた姿のまま後方に飛んだのだ。

石垣島で、タイトルマッチに備えた、体力作りのトレーニングをしている、具志堅用高と会う機会があったのだ。こんなので、直に打たれたらどうなってしまうのだろう、と思った。直に打ってくれと言うほど、私は無謀ではない。打たせてくれとはしばしば言うが、具志堅には言わなかった。

言った相手も、大抵は打たせてくれなかったが、極真会館の八巻建志は、どうぞ、と言った。私は、渾身の右を八巻に放ったが、弾き返された。う、手首を捻るような打ち方をしてしまったな、と手をぶらぶらと振っていたら、一瞬、眼をぎらりとさせ、めずらしく手加減を知らない人ですね、と言った。ごめん、と私は謝ったような気がする。

全世界空手道選手権大会の、チャンピオンである。

そして、百人組手を達成している。百人だぞ。普通、十人でも死んじまうよ。極真会館もひどいことをするが、達成した勇者が数名はいる。その勇者も、私は率直に尊敬するよ。

八巻建志は、相当のイケ面で、友人の夢枕獏が原作の映画などにも出ていたので、夢枕関連で会ったような気がする。

このところ私は記憶が曖昧になり、曖昧なまま書くのがエッセイだと思っているので、多少の誤りはあるかもしれない。君は、私がデータをデスクに山積みにして書くエッセイを、読みたいか。調べなくても、心に残っているものが、本物ではないか、とあえて負け惜しみのような言い訳はしておく。

私に、格闘者の血は流れているのだろうか。

私の親父は、佐賀県唐津の旧制中学のころ、土俵開きにきた双葉山に稽古をつけて貰い、学校をやめて俺の弟子になれ、と言われたエピソードがある。もっと幼いころ、朝日新聞が主催していた、健康優良児コンテストで、日本一になったとかいう勲章もある。柔道も四段であり、荒くれが四、五十人は乗っている外国航路の貨物船の船長で、船員をふるえあがらせていた、という自慢話もある。

生涯、健康であるというように見えたが、六十一歳で、突然亡くなった。私より若造で、死んでしまったのである。

しかし、双葉山だぞ。君は、前人未踏の六十九連勝を知っているか。文句があるなら、言ってみろ。あ、親父はその双葉山に、弟子にならないか、と誘われただけなのだな。そして息子は、相当ひどい肺結核の既往症があり、小説などを書いている。

うむ、そう考えると、格闘家の血がありそうでないのが、私の家系であるな。

『木村政彦はなぜ力道山を殺さなかったのか』というノンフィクションを、私は出版直後にひと晩かけて読んだが、あれは格闘家の血というものを、痛いほどに感じさせた。二人だけではなく、あれには数多くの格闘家が登場していた。勝負の光と影。人生の光と影。読みごたえのある、ノンフィクションであった。

しかし、世界レベルに達した格闘家というのは、すごいものだぞ。私は、日本の太極拳の師範たちに教えているという青年と、中国各地を、かなりの日数旅行したことがある。

旅の途上の戯れで、ちょっと教えて貰った。覚えた技をかけようと躰を寄せた。相手の襟を摑む距離である。顔のそばをなにかが通ったと思うと、彼の足は私の頭上にあったのである。膝蹴りが適当だろう。実戦だったら、私は顎を蹴りあげられて倒れるか、たとえかわしたとしても、頭頂か首筋に踵を落とされたであろう。彼は通訳として同行していたのだが、その時から、私は言葉遣いを変えた。

熟達の技を持った人間がそばにいるのは、実に心強いことで、ちょっとおかしな人のいる場所を歩く時でも、私は平然としていた。怯えとか過剰な警戒感がないと、歩いている私も強く見えるのかもしれない。

平然としているのは、実に大事なことなのだ。

ニューヨークの、サウスブロンクスで、三十年ほど前、私は平然と道端に腰を降ろして、ホットドッグを食っていた。歩きに歩いて行き着いた先が、サウスブロンクスだと気づかなかったのだ。

ロスアンゼルスで、メキシカンがいるから気をつけろ、という英語が耳に飛びこんできた。その時も、私は道端でハンバーガーを齧っていた。

メキシカンがなにか事件を起こし、それが話題になっていた時だったから、おっかないなと思って、私は腰をあげた。周囲には誰もいなかった。私は、確かにメキシコから帰ってきたところで、ひどく陽焼けはしていた。道端でものを食らって、行儀も悪かったのかもしれない。

ふん、コーンヘッドめ。白人の髪は、西海岸の強い陽射しで、唐もろこしの穂先のような色になってしまう。それで、東海岸の連中が、そんなことを言ったりするのだ。

いかん。ボクシングの話だ。寄り道は私の得意技であるが、うむ、本格的なボクシングの話は、またにしよう。

君は、私のワン・ツーを食わなくて済んだのだ。

私は血の涙を流したことがない

日本に世界チャンピオンがひとりもいない、という状況の中で、私はボクシングを観はじめた。

有望な選手がいるのに、世界戦ではことごとく退けられる。いつタイトルが奪取できるのかと歯ぎしりしながらの、テレビ観戦であった。

明晰な解説をしていた白井義男ただひとりが、かつてのチャンピオンであったが、私の幼いころのことで、選手としては知らない。

ファイティング原田が、タイのチャンピオンと闘って王座を獲得したのは、私が中学生の時だった。ただ私は、この選手のラッシュや連打が、好みではなかったのだ。同時代の選手としては、海老原博幸などの強打者が好きであった。海老原も、後に世界王座に就いたが、原田の方がずっとしぶとく挑戦を続けていた。

私にはそういうところがあり、大相撲は柏鵬時代と言われていたが、大鵬より柏戸の方が好きだった。

原田の連打はものすごく、こんなに打って大丈夫なのだろうか、と中学生の私は思った。タイのチャンピオンは、ベルトをリングに置き去りにして、担架で運ばれていった。

ボクシングは、殺し合いの要素もあるスポーツだと、頭に刻みこまれたのも、この試合である。もっとも、タイのチャンピオンは死なず、また原田と対戦して、勝ったのではなかったかな。一度負けると、次には勝ちにくいというのがボクシングなのだが、勝った。

原田といえば、斎藤清作というボクサーがいたらしい。原田と同期同門で、まさしく光と影であったと、笹倉明の『天の誰かが好いていた』というノンフィクションで知った。いや、あれは小説だったのか。

私が知っているのは、たこ八郎という名で、バラエティやドラマに出ていた、妙に滑舌の悪い役者としてだった。なぜか、結構な人気があったが、酒を飲んで泳ぎ、溺死した。

団鬼六が、かわいがっていたという。鬼六さんは、滑稽なのに悲壮に潰えていきそうな男たちが好きだった。私も多分、鬼六さんには嫌われていなかったので、そんなふうに潰えるのだろうか。

ボクシングを熱心に観ながら、私はパンチドランカーに関心を持つようになった。きっかけは、『ファイター』というヘミングウェイの短篇を読んだことであった。

そこに描かれた男の不気味さに、私は圧倒されたのだ。生きることの悲しみまで、滲み出した小説だった。大学生のころだっただろうか。

ボクシングを観る時、どれほど打たれているのかを、凝視するようになった。軽量級は、倒れても倒れても立ちあがり、観るのが苦しくなってきた。それで、ヘビー級を観るようになった。

パンチ一発でケリがつけば、ダメージは残らないだろう、と思った。ドランカーは、酒も同じだろうが、ダメージの蓄積なのである。

キンシャサの奇跡は、いまでもテレビに映し出された情景が鮮やかに浮かぶ。

モハメッド・アリはすでに伝説に彩られたボクサーで、勝つなどとは思われていなかったのに勝ったから、奇跡なのである。

試合そのものは、凡戦だったと私は感じた。アリのほかの試合は、もっと華麗だった。それをかなぐり捨て、防御に徹して凡戦に持ちこみ、最後にワン・ツーで決めた。

うむ、やはり天才か。ジョージ・フォアマンも、王座を陥落したが、四十五歳の時に返り咲いている。

アリは兵役忌避で王座を剝奪され、裁判で数年のブランクを経たあとだったので、その勝利は伝説としてさらに深くなった。

同じようなブランク明けで、こちらは刑事事件の懲役だが、王座に復活した男に、マイク・タイソンがいる。二人に共通しているのは、打たれなかった数年間が、ボクサー生活の中にある、ということである。

はじめのころ、タイソンはまったく打たれていなかった。横への動きの速さは、見ていてもわからないほどだった。そして、早いラウンドで、相手を倒している。

　二人に共通しているもうひとつのことは、試合がきれいだったことだ。耳噛み事件などがあってダーティだと思われていたタイソンも、ほかの試合はいたってきれいである。バッティングはなく、肘を遣ったりもしていない。

　無敵と思われたタイソンが、打たれはじめた。横への動きができず、パンチ力に頼るだけになった。

　少年のころから師事していた、カス・ダマトというトレーナーの死が、原因だったと言われている。あの横への動き、パンチのタイミングなど、天性のものに、過酷なほどの修練で磨きをかけたのだろう。

　修練の貯金で闘い続けてきて、それが尽きたのが、ジェームス・ダグラスとの試合であった。これは東京で行われた、ヘビー級タイトルマッチである。

　はじめから、横に動けなかった。ジャブが出なかった。パンチのタイミングが悪く、ことごとくブロックされた。そして、打たれに打たれた。

　あの試合のダメージは相当だっただろうが、その後、強姦かなにかで逮捕され、数年のブランクを持った。

　出所して王座に返り咲いたが、イベンダー・ホリフィールドとの試合では、滅多打ちにされた。タイソンは、倒れない。重心の低さとバランスのよさがあるのだ。

　それは数年後のレノックス・ルイスとの試合も同じで、打ちのめされても、8回まで立っていたのだよ。

　倒れたタイソンを、俯瞰のカメラが撮っていた。左眼からこめかみへ、赤い涙がつっと流れ落ちたのである。それは血であり、眼尻の出血によるものだったのだろうが、殴り合いをすることでしか生きられなかった男の、血の涙だと私は思った。

　ぎりぎりの勝負というものは、厳しく残酷だよな。ヘビー級ではそれが見えやすいので、私はそれこそ中毒のように観ていた。

　いまは、あまり観ない。最後は血の涙かと思うと、中毒の快感より、つらさが勝ってしまうのだ。

　君は、ボクシングを観るか。それともやるか。私はやらないが、君がやるなら観ているぞ。

もうヤクには手を出さない

ルチャという言葉がある。

闘い、という意味のスペイン語らしい。ルチャ・リブレは、自由への闘いということになるが、メキシコでは、プロレスを指す。

メキシコのプロレスラーには、マスカラとかいってマスクを被《かぶ》っているやつが多い。必ずしもヒールではないのだ。ルチャ・リブレの呼称は、スペインからの独立戦争にあり、顔を特定されないために、マスクを被ってスペイン軍と闘ったのだという。つまりメキシコのプロレスには、民族的なメンタリティを刺激するものがあるのだ。

そんなことを教えてくれたのは、メキシコシティのタクシードライバーだった。彼は、ルチャ、ルチャと声をあげながら、どんなにクラクションを浴びても、わずかな隙間に割りこんでいくのだ。

メキシコシティの道路は、ルチャで溢れているから、いきなり行って運転すると、結構こわいぞ。私が運転したところでは、ナポリもこわい。大阪も、ちょっとばかりこわかった。

だいぶ前の話だが、メキシコシティで時間が空いたので、私はルチャ・リブレを観に行った。よく行った、郊外のスタジアムである。そこでは、客席を回ってマスクを売っている。気に入ったのを買って被り、帰りのタクシーに乗りこむと、旦那、やめてくださいと、ドライバーに真顔で言われたものだ。

ルチャ・リブレは、リング上をレスラーがぴょんぴょんと跳んで、小気味がいい。コーナーポストから上に跳ぶこともあるが、ロープの反動を利用して、水平に跳んだりもする。リングの端から端まで、たやすく跳んでいるのだ。空中戦という趣きもある。

試合がはねて、客が帰りはじめる。無人のリングを眺めているのが私は好きで、試合場を出るのは大抵、あとの方だ。

ひとり、ぽつんと立っている青年がいた。日本人である。眼が合ったので、よう、と声をかけた。

しばらく試合の話をし、街へ帰る足はあるのか、と私は訊いた。いえ、と青年は言った。若い娘というわけではないから、放っておくかと私は思ったが、強盗の噂がちらほらあった。

車があるから、乗って行けよ、と私は言った。街中に入った時、私は腹が減っていたので、めしを食っていくことにした。ついでに、青年にも奢ってやったらしい。

らしいというのは、そこで別れた青年のことを、すっかり忘れてしまっていたからだ。

数年後、私は沖縄本島の高級リゾートホテルで、講演をやった。ほとんど講演をやらないので、義理が絡んだ依頼を受けたのだろう。会場へむかう廊下を歩いている時、ホテルスタッフが飛んできた。私の前に立ち、頭を下げてから、にこりと笑った。

メキシコシティのルチャ・リブレで。そう言われて、青年のことを思い出した。めしまで奢ったことを、その時に聞いたのだ。

世界中を回り、帰国してホテルのスタッフになったのだ、と言っていた。シティで、私のことを気づいていたかどうか、わからない。時間に追われている場面で、訊く余裕がなかったのだ。

握手した。なかなかいいものだった。講演が終るとすぐに宴席になり、翌朝は早く出立したので、結局、その青年にはもう一度会うことはできなかった。

こんなふうに、人と出会うこともある。

なあ、君、懐にいくらかの余裕があったら、めしぐらい奢っておいた方がいいぞ。彼は、まだあのホテルにいるのかな。縁があったら、また会えるだろう。

プロレスに限らず、格闘技の話は、友人の夢枕獏としばしばやる。彼はあらゆる格闘技に通じていて、しかも肉体が強靱である。

腕相撲をして、私は負けそうになった。膂力《りょりょく》に関しては私と同等で、私はといえば、これまで何百戦かして、二敗。ほとんど負け知らずと言っていいのである。

獏ちゃんの膂力はどこから来ているのか。岩登りなのか。それとも密かにトレーニングを積んでいるのか。

ふだんは私のように、がさつで乱暴ではなく、きわめて穏やかな人である。

ワイン格闘をしたことがある。抜栓したワインのテイスティングで、私がお絞りを筒にしてマイクのように顔の前に突き出す。このワインはですね、生まれた時に四千グラム、十歳で百キロを超え、十一歳で高砂部屋に勧誘されて入門し、中学もそこから通ったが、つらい稽古に耐えられず、逃亡し、国内では見つかるのでメキシコに流れ、覆面をしてリングにあがるようになったころ、抜かれたワインですな。

次のボトルは私で、いやあ、いい家に生まれ、三歳まで乳母日傘《おんばひがさ》で育ち、しかし誘拐されて曲馬団に売られ、躰がグラマーなので空中ブランコができず、という時に抜かれたワインですなあ。B九十、W六十、H九十、フルボディですぞ、と女にたとえる。

店の主人が面白がって、この人は本屋さんでもあるのだが、次々にメニューにないワインを出してくれて、何本空けたか分からず、沈没した。

ほかに格闘みたいなことといえば、年の暮のカワハギ釣りだ。

一昨年は、私はかなりやられ、去年は雪辱を期していた。しかし、獏ちゃんがなにかおかしな粉を持ってきたのである。これを、餌のアサリの剝き身にかけると、カワハギがたかってくる、と言うのである。

うむ、と私は考えたが、獏ちゃんは自信ありげであった。餌のアサリに、どかんとふりかけた。うわっ、餌が縮むぞ。アサリの剝き身が、小さく、硬くなった。多分、これで餌がつけやすくなるのだ、と獏ちゃんが言う。多分って、やったことないのかよ。

朝の八時から夕方までやって、結果は散々であった。ヤクのせいだ、くそっ。獏ちゃんは落ちこんでいた。同じ程度の枚数しかあがらなかったが、私は三十一センチという記録的な大物をあげたので、勝ったような気分になれた。

来年は、ヤクから足を洗おうな。それが、六十をいくつも過ぎた男二人の、年末の誓いであった。

君な、釣りと人生は、シンプル・イズ・ベストなのだよ。

うむ音痴ではなかったぞ

よく歌を唄う。

ひとりきりである。海の基地の風呂で、大声で唄うのである。周囲に家はないから、誰に迷惑をかけることもない。アカペラであるが、エコーは充分に利いている。次第に気持がよくなり、声のかぎり唄い続けたりもする。

どんな歌でも唄うぞ。ジャズ、シャンソン、演歌など歌謡曲一般、ポップス調のもの、ロック調のもの。なにい、シャンソンを唄えるかだと。君、私を見くびるなよ。『ブルージーンと皮ジャンパー』など、原語ではなく、日本語で作詞して私は唄っているのである。

あまり人が聴いたことがない、芝居の中で唄われたものもある。『ちっちゃな時から』は浅川マキで、みんな知っているか。『曲馬団エレジー』は知るまい。CDにもなっていないみたいだしな。

芝居は、昔はよく観に行った。最近では、『鼬《いたち》』を観たな。鈴木京香は、下品な科白をばら撒いても、どこか根もとのところで品性を失わず、それはそれでいいのだった。

この芝居には、白石加代子が出ていて、相変らず私をのけ反らせてくれた。舞台上の情念というのは、すさまじい熱さがあり、白石加代子、藤原竜也の『身毒丸』はいまも忘れられない。演劇表現では、極限ではないか、と思ったほどだ。

新感線の古田新太も好きである。通俗を積み重ねて、通俗ではない普遍性に行き着いていると、私はいつも感じる。ただ、この劇団はなかなかチケットが取れず、私にとってその人気は困ったものなのだ。

上川隆也の『真田十勇士』も観に行った。彼のよさは、正しいオーラを持っていることである。つまり、清々しい覇気が舞台を覆う。私には、ただ快感が残る。これも、舞台の醍醐味であろう。ライブなのだ。同じ役でも、明日は違う。

あたしはしばらく板を踏んでないから、とある老舞台女優が言った。

板という言葉、好きだな。一度きり。十回演じれば、十人の人間が立ち現われる。それが、舞台だ。

また、寄り道か。映画もいいが、舞台もいいぞ。しかし、映画ほど私は観れていない。

歌は、私のライブである。同じ歌でも、極端に言えば風呂の熱さによっても違う。そんなことを言えば、カラオケだってライブだが、私は実は音痴かもしれない、と長い間、密かに思い続けてきた。

カラオケだと、はずれて唄ってしまうのである。

つまり、私は風呂で唄うのと同じにやってしまうが、伴奏の方はずっと遅れてやってくる、という状態がしばしばなのだ。これは元歌のテンポをよく知らないということであり、音痴ではない。しかし伴奏のはるか先を走ってしまい、戻ろうと間をあけると遅れる、という歌は多分聴くに堪えないものだろう。

私は、『夜霧のブルース』という曲を練習し、それだと流麗に唄えるので、プロがいようが役者がいようが、一曲で押し通してしまうようになった。

自分が音痴かもしれないと思ってしまう理由が、私にはほかにあるのだ。

三十五年来の友人のくせをして、三十五年間、私が唄っている間、耳もとで音痴と言い続けた男がいる。この大沢新宿鮫という男は、私が音痴であることを人にも広言するので、みんな私がどの程度の音痴か知りたがる。そして音痴ではないことに言葉を失い、私はあまりの沈黙に、やはり音痴なのだろうかと思ってしまうのである。

一度、大沢と、気味が悪いがデュエットというやつをやったことがある。それも、『兄弟仁義』という、ドのつく演歌である。

はじめから、自分が唄いたいようにがなって、お互いに近づこうなどとしないから、滅茶苦茶になり、銀座の高級カラオケ店の機械がこわれた。以来、デュエットは封印されているが、実話なのである。

この重大事件でさえ、大沢のやつは、音痴と唄うとこっちまで音痴になってしまう、という言い方で話を流布させた。

音痴かもしれない、と私がいつも留保をつけて思うのは、洗脳されやすい体質だ、という自覚があるからだ。幼いころから、よく人に影響された。長じては、時代の風潮にすぐ流された。

音痴という大沢の囁きは、よく考えると、いかにも洗脳という感じがあるではないか。私を音痴に仕立てあげる、三十五年をかけた、悲しくも壮大な陰謀だったのかもしれない。そしてそれは、半分成功していた。

ある時、私は耳の確かな人を数人集め、音痴であるかどうか、客観的な判定をして貰うことにした。

数曲のCDをきちんと聴き、伴奏に乗り遅れたり、走りすぎたりしないように準備したのは、勿論のことである。

結果は、全会一致で、音痴などではないということであった。三十五年にわたる、新宿鮫の陰謀は、ここに潰えたのである。

大沢は、歳で私に勝てない。腕相撲でも飯の食い方でも、勝てない。せめて、歌ぐらいで勝とうとしたのか。

仲は悪くなく、いいところがないわけでもないので、音痴と囁くのは大目に見ていたが、これからは別の陰謀を企てなければなるまい。くたびれそうなことである。

ところで、先日、『バグダッド・カフェ』という映画を観ていた。奇妙で、なにかありそうで、それがなにかわからないが、悪くはないという映画である。ジャック・パランスがいい。そして私は、主題歌の『コーリング・ユー』を唄いたくなり、練習した。スマホに録音したわが唄を聴いて、これは、と思ったのである。なんとも、お経にしか聴えないのだ。かつて一世を風靡した歌である。

高音のサビの部分が、出るわけがない。それぞれの音域というものがあるのだ。

しかし、お経である。以前、私は、音痴が唄うとお経のように聴える、と言ったことがあった。

私は、二度聴かず、録音を消去した。君、む、内緒にはできないよな。

学生であることが恥ずかしかった

よく歌を聴く。

私が小学校に行く前から、家に電蓄と呼ばれるものがあり、レコードが二、三十枚あった。田舎では、めずらしいころだ。

『ユー・アー・マイ・サンシャイン』などもあり、私は軽く口ずさんだりする子供だった。

中学からは東京で、高校になると現代音楽と呼ばれるものを聴いた。モダンジャズの呼称もあった。いまでは、スタンダードナンバーである。

大学生になると、一端《いっぱし》のジャズ通のような顔をしていたが、流行歌もクラシックも聴いていた。

いまも刻みこまれている情景があり、時々、微妙な苦さを伴って思い出す。

私は、大学生だった。学園紛争が吹き荒れたころで、冬になるとストライキをし、そうでない時も、政治闘争のために、しばしば全国から学生が集まり、校舎に泊りこんだりしていた。

めしを食おうか。名を知らない男たち三人に、友人と一緒のところで声をかけられた。

リーダーの活動家と親しげだったので、顔は知っていた。声をかけてきたのは、たまたまその場にいたからだろう。なんとなく、ついていった。

酒屋で一升壜を買った。あのころは、二級なんていう等級がついていたな。

まず屋台で立ったままラーメンを食い、それからおでん屋で大皿におでんを買い、それを公園に持ちこみ、車座になって食った。

酒は、ラッパで回し飲みである。

おでんがなくなると、私か友人が買いに行った。当然、話をする。

彼らは学生ではなかった。労働者の活動家だったのだ。私より三つ年長で、中学を卒業すると就職で東京に出てきたのだという。集団就職というやつだ。

君たちはまだ学生だから、いいんだよ。何度目かのおでんを買いに行く時、金を出そうとした私は、そう言われた。うんと勉強してくれよ。

その時、私を包んだ感情は、コンプレックスと言うほかなかった。親に大学に行かせて貰って、のうのうとしながら、デモだけは熱心にやる。そんなやつが、こういう人たちに奢られていいのか。

いろいろ話をしたが、政治の話はしなかった。代りに、彼らは歌を唄った。

ひとり目が、『別れの一本杉』、二人目が『出世街道』だった。三人目は『あゝ上野駅』で本格的に泣くかもしれないと思ったが、『ワルシャワ労働歌』だった。

その時だけ、かすかに革命の気配が流れた。『あゝ上野駅』だと思った自分を、私はかなり強く責めていた。

腹が一杯になり、酒も飲んでしまうと、やることがなくなって、私たちは大学へ戻った。三人とも、もう涙を流してはいなかった。

翌日のデモで、その三人ははじめに逮捕された。警棒で滅多打ちにされ、引き摺っていかれるのを、私は目撃した。

私はと言えば、巧妙に逃げ回り、マラソンのあとのように息を切らせていただけである。

まだ学生だから、いいんだよ。ちょっと酔ったその口調を、いまでも苦さとともに思い出す。

その二つの歌謡曲を、私は唄ったことがない。『ワルシャワ労働歌』は『インターナショナル』ほどではなくても、学内ではよく唄われていた。そして映画『ドクトル・ジバゴ』に唄いながらデモをするシーンがあり、ほんとうの革命歌なのだと思ったものだ。

君、青春の話はいやか。三つの歌を聴くと、私はいまでもしおれた花のようになるぞ。それから、あのころの自分が、たまらなく懐しくなったりするのだ。

笠井紀美子を知ったのは、七〇年代の半ばころだっただろうか。

最初に聴いたのは、『サテン・ドール』であった。それから『サニー』。気づくと、聴きまくっていた。

日本のジャズ歌手は、彼女と較べるとみんな淡泊だった、という気がする。絡みついてくるような唄い方は、カーメン・マクレエの影響だと言われていたが、もっと繊細でもあった。

友人にひとりファンがいて、よく情報交換などをしたものだ。しかし、聴く時は、いつもひとりだった。

その友人が死んだ時、私は彼の部屋で、くり返し『レフト・アローン』を聴いていた。別の友人も来て、ほかの歌にしろ、と言った。

ビリー・ホリデイが死んだ時、彼女はひとりで逝ってしまった、とこのアルバムが作られた。作詞はビリー自身だが、死の直前で、音源も残っておらず、アルバムではジャッキー・マクリーンが歌の代りにアルト・サックスを吹いている。

以後、さまざまな歌手が唄い、私は笠井紀美子の唄を聴いていたのだった。妙な暗合に満ちたこの唄は、自ら命を断った友人とともに聴くのに、ふさわしくはなかった。

私は『イエスタデイ』をかけた。何度も、かけた。なぜだ、とあとから来た友人が呟《つぶや》いていた。


年代的に、私はビートルズのファンでもある、と君は思っただろうな。嫌いではないが、どちらかと言うと、私はローリング・ストーンズ派なのである。

当たり前のことだが、聴ききれないほどの歌があるな。映画もあれば、小説もある。聴かず、観ず、読まずのものを残しては、死んでも死にきれないと思っていたのは、還暦を迎えるぐらいまでだった。

出会ったものは、縁がある。いまは、そう思えるよ。それでも私は、常に新しいものを求めている。時間的に新しいというのではなく、私にとってはじめてのもののことだ。誰でもいい。これはと思うものがあったら、教えてくれないか。

ふり返ると、私は自分が幸福だったと思えるぞ。実にさまざまな、創造物に囲まれて、生きてきた。そして、私自身も、創造という行為で、自分の人生を生きている。

君が、どんなふうに生きていようと、創造物があることは、忘れるなよ。それは必ず、いつか君を救ってくれる。

出るものを出しきればよかった

歩いていた。

犬と一緒に、ただ歩いていた。いつもの風景である。犬はいつもの場所で、マーキングしながら歩く。

不意に、下腹がきゅっという感じになった。大きい方を、催してきたのである。

その方面は、私はきわめて規則正しく、トイレを捜し回るなどという経験は、まったくない。

それでも、催してきたのである。そんなはずはないと自分に言い聞かせたが、出るものは出ようとする。ちょっと、汗をかいた。散歩の行程は、あと十五、六分残っている。

一度、立ち止まった私は、奥歯を嚙みしめてまた歩きはじめた。いつもの風景が、違うものに見えてくる。前方に眼を据え、いつもに増して速く歩いた。

家の門の前に立った時は、ほっとしたよ。私はトイレに飛びこみ、盛大に排出した。下痢というわけではないが、出た量は相当のものだろう。

ふう、と私はほんとうに声を出して、腰をあげた。なんだかセンサーのようなものがついていて、立ちあがると自動的に水が流れる。妙にやかましい音をたてて、水が流れた。ふっと便器に眼をやると、黒い塊が流れる水の中で躍っている。

最初に私が感じたのは、自分はこんなものを出してしまったのか、という驚きだった。なにかが、違うと言っている。眼を凝らし、私は叫び声をあげた。

流水の中で躍っていたのは、スマホである。

とっさに、私はそれを摑み出し、水道水で洗い、水を拭きとった。それから、電源を入れた。大丈夫であった。

トイレに携帯を落とした、などという話を聞いて、馬鹿なことをするものだ、と私は思ったものだ。自分でやるなど、想像したことはなかった。

私は散歩に出て、スマホをジーンズの尻ポケットに入れていた。急迫した帰り方で、靴も脱ぎ散らかしていた。尻ポケットのスマホになど、思い及びもしなかったのだ。仕方がないか。スマホは、毀《こわ》れなかった。それでも心配なので、いろいろといじくった。

電話がかかるかどうか確かめるために、事務所に電話をした。きちんと繋がった。確認だと言っただけで、なんの確認かは言わなかった。

一応安心し、スマホはデスクに置き、私は筋トレをして風呂に入った。

私が再びスマホを手にしたのは、二時間後ぐらいであった。電源が入らない。画面が、さっきはいつもより暗かった、と思い出した。私は焦り、なにかできることをやろうとしたが、画面が真っ暗ではなんのやりようもないのだった。

ここに及んで、私は自分のスマホが毀れた状態であることを悟った。しかし、死んでしまったのか。仮死あたりのところなのか。

とにかく、濡れたのだから、乾かそうと思って思いつくことをやった。数日経っても、私のスマホは蘇らず、観念して新しいものを買うことにした。

事務所の女の子に行って貰った。バックアップのデータはあった、らしい。買った時、データだけ保存させてくれ、と言われたような気がする。

ドコモショップから帰ってきた彼女は、新しいスマホを差し出し、水に落とした時にいろいろなところを触るのは最悪で、復旧するわけないでしょう、と店員に言われたと私を嘲けった。

そうだよな。考えれば、なんとなくそうなのだろうと思うが、事故直後はそりゃ焦るさ。それを、馬鹿扱いにするのか。

しかしだ、君は知っているよな。私は、しぶとい男なのだ。しつこいとも言うが。十日ほど経ってから、私はそのスマホの電源を入れてみた。なんと、健気に電源が入ったではないか。充電してみたら、フルの表示が出るまで、充電できた。メールなども、きちんと出てくる。電話をすると、できない。

私は、自分の番号にかけてみた。前の電話と、その後の電話が繋がったら、過去と現在が繋がったようで、面白いではないか。繋がるわけはないよな。もう電話ではないのだ。

　復旧したことを、喜ぶべきなのか嘆くべきなのか、私にはわからなかった。くそっ、ドコモショップめ。せめて、十日待てとは言えなかったのか。

　スマホがない数日間をふり返ると、不便はなにひとつなかった。不便だろうな、困るだろうな、という強迫観念だけがあったような気がする。

　私は、スマホですかと言われたくて、スマホを遣っているので、その機能で実際に遣っていたのは、電話とメールと、事務所の女の子に入れて貰った、詳しい気象情報を得るための、なんというか知らないが、要するにマークだけであった。

　若い編集者などと話していると、いつもスマホを手に持っている。わからないことがあると、漢字を調べるために辞書をひくように、スマホをぽんぽんとやるのだ。実に多様で豊富な情報が、そこからは引き出せるらしい。若い連中は、知識の量は少ない場合が多いので、のべつスマホをいじり、あれはこうですなどと、したり顔で言う。そして、スマホの画面を閉じると、忘れてしまうのだ。

　私と話していて、スマホを三回以上遣った若者で、知識が豊富な者は、ひとりもいない。つまり、スマホからはほんとうの知識は得られない、ということではないのか。

　ダイレクトに、答だけがあっても、人間は駄目なのだ。正解に行き着くまでの間に、さまざまなものを吸収する。

　これがなくては生きていけません、などと言ったやつがいるが、死んでしまえ。

　私は、古い人間だと、開き直るつもりはない。電話だって、いまは平気で遣っていて、電波が悪いな、などと言ったりするのである。

　しかしな、なにか、ひとつの方面だけは、文献で調べてみないか。知識というものが、どんなふうに頭に入ってくるか、やっている間にわかると思うぞ。

　さてと、文献を開いてみるか。む、字が見えない。君、嗤《わら》うなよ。人間は、等しく歳はとってしまうのだ。

恋人が百人いてなぜ悪い

アニタ・エクバーグというスウェーデン人女優を、ずっとイタリア人だと思っていた。

フェリーニの映画に出ていたんだものな。

思いこみというやつは、結構な難敵で、機会がないと修正できない。一月ほど前に訃報が新聞で伝えられ、それで修正できた。

なぜアニタ・エクバーグのことを書いているかというと、最近『グレート・ビューティー／追憶のローマ』という映画を観ていて、フェリーニの『甘い生活』を思い出したのだ。

主演のアニタは死んでしまっているのだなあ、などと感慨に襲われ、あの巨大な乳房に繋がったのだ。

そう、私はアニタの乳房を眼に浮かべて、書いているのだ。あれで、世界的に有名になったようなものだ。そして私は、アメリカ版プレイボーイ、しかも多分、五〇年代のものの中から、アニタのフルヌードを見つけたことがあるのだ。

男に媚びていない、毅然と立った姿だった。アンダーヘアは手入れなどされず拡がり放題で、かなりの面積であった。そしてバストが、ラグビーボールを二つくっつけたようで、明らかに重力の法則に反していた。あのかたちを維持できたのは、ほんの短い間だろうなあ。

彼女の映画は『甘い生活』しか知らない。私は中学生の時からアニタが好きで、いまでは根拠は消えてしまったが、イタリア人女優が好きなのだと思っていた。

大学生の時に、『赤い砂漠』という映画を観て、モニカ・ビッティの不安な眼ざしに魅かれ、『夜』、『情事』などを観続け、あのころ流行の不条理などという概念と重ね合わせたりしていたものだ。

ミケランジェロ・アントニオーニの監督だから、いまだと観念的すぎて映画として突き抜けていない、などと言うだろう。しかし『唇からナイフ』というアクションぽいのにも出ていたな。あのころのスクリーンの恋人である。

しかし、ぼくのモニカちゃんという言い方なら、断然、モニカ・ベルッチである。『アパートメント』のころの彼女が、一番私のタイプである。『マレーナ』の、ちょっと体重を増やした彼女も、恋人にしてやってもいい、と思った。

しかし『アレックス』という映画を観て、私の熱は醒めた。ほんとうに何度も、席を立とうとしたぐらいだ。過激な映像で衝撃を与えるためにだけ、撮られたという気がした。映画に対して、愛情がないとしか感じられなかった。年齢などは、私の恋人として釣り合うのだが、私は切り捨てた。

ふり返れば、シルヴァーナ・マンガーノが好きだった。クラウディア・カルディナーレも、ジーナ・ロロブリジーダもいいが、みんな亡くなっているか、相当のおばあちゃんである。ソフィア・ローレンは、百本目の作品で『微笑みに出逢う街角』というのを観たのが最後だが、やはり人は老けるのだ。

おう、『赤いアモーレ』というのがあったな。ペネロペ・クルスが、イタリア語でばんばんやっている。わざわざそう言うのは、スペイン人だからだ。

『ハモンハモン』の時以来、スペインにおける恋人候補で、イタリア映画でこれだけやるなら、イタリア人と思い定めて、恋人にしてやってもいい。

待てよ。胸の大きさが足りないな。ならば、スペインでは大きさではなくかたちにこだわり、恋人を選ぶ。それだと、フランスも、いや各国に必要になるか。

この映画の監督は、セルジオ・カステリットで、主演もやっている。監督兼主演というのが、時々映像が内向きでひとりきりのものになる、という弱さを含んでいるが、卑怯で身勝手な男をよく演じたと思う。

彼は、『マーサの幸せレシピ』にイタリア人のコック役で出ていて、やわらかな存在感があり、あの映画では彼だけがよかった。『レナードの朝』で、ロビン・ウィリアムズが医師役で存在感を見せたのと、なんとなく似ている気がする。

おい、君、私が映画を語りはじめて、止まらなくなっている、と思っているな。うむ、止まらない。

私が観ているのは狭い範囲で、片寄ってもいるだろうが、語らせれば、これの百倍は語れる。しかし、もういやになったたか。スペイン映画も、出てきたではないか。『ハモンハモン』のビガス・ルナは『マルティナは海』なども撮っていて、そちらの方が評価されていたりするが、私は、セックスを笑い飛ばしながら、馬鹿げた結末になってしまう前者の方が好きだ。スペインの恋人、ペネロペ・クルスのデビュー作であるしな。

スペイン映画といえば、みんなペドロ・アルモドバルという名を挙げるが、『トーク・トゥ・ハー』がどんなふうにして作られたか、知っているか。私も、直接知っているわけではないぞ。なにかで、読んだ。

どこかで、屍体とやっちまった男がいた。すると、屍体が生き返ってしまったのである。当然、大ニュースであり、それを知ったペドロ・アルモドバルが、あの映画の発想を得た。ふむ、ありそうな、しかしできすぎた話でもある。

小説でそんな発想があるのかどうか、考えてみたが、わからない。私自身にはないが、映画も小説も、どんなところからでも発想できるものだと思う。

私はこれまで、映画を自分の愉《たの》しみとして観てきた。だから、監督の名前を憶えない。俳優の名前も、かなりの段階にならないと憶えず、時にはタイトルも忘れる。

しかし、映像は浮かぶのだ。心に残っている映像は語り尽せぬほどあり、タイトルを忘れたものなど、思い出そうと必死である。いいのだ、脳みそのエクササイズだ。

私は、映画を語る場を持たず、持とうという気もなかったので、メモなどもとっていない。面白ければ、印象に刻みこまれていれば、それだけでよかったのだ。

君とここで語るようになって、私はかなりの映画のタイトルを思い出した。忘れていたたいい映画も、断片的な映像が思い出させてくれて、タイトルが出てきた。なあ、君。もうしばらく、私の話につき合えよ。映画だけではない。音楽や旅や酒の話をしよう。

時には、小説の話もな。

ああ幻のライブに泣いた

ライブにでも行きたいな。

そう思っていたら、私の音楽関係の情報源のひとりから、いいコンサートがありますぜ、と通報が来た。そいつの情報は片寄りはあるが、あまりはずれない。言ってくれ。ふふふ、マイケル・ブーブレの武道館コンサートです。私は電話を握りしめ、行く、と言っていた。それから日付を聞き、悄然とした。締切の真っ最中ではないか。

私はあれこれと好き勝手をやっているが、原稿だけはきちんと書く。それで生きることを許されている、とさえ思っている。

小説誌の締切は百五十、百五十、二百枚のペースが、ここ十数年続いている。三カ月で、五百枚である。長期間やっているので、書き溜めも引き延ばしの余裕もない。ほかの連載は一年ぐらいで終るものが多く、そして多少の融通は利く。くそっ、二百枚の締切だぜ。

しかし私は、決死の覚悟をした。

マイケル・ブーブレの、大ファンなのだ。二、三日眠らなくても、と思った。

なにしろマイケルは初来日で、一度切りのコンサートなのだよ。世界ツアーの途上なのだという。

私は、マイケルのCDをニューヨークから送って貰って、じっと聴き入っていた日々のことから、懐しく思い出していった。

うまいとかすごいとかではなく、この人の歌唱表現は、私の心の底にまだ消えずにある、明るさや希望をかき回してくれるのだ。

声量は豊かなのに、決して張らず、抑制が逆に底力を感じさせる。プレスリーの『ラヴ・ミー・テンダー』の唄い方と通じるものがあるが、あの不穏さはなく、丁寧でソウルフルである。魂という言葉が浮かぶほどだ。なんという声なのだ、といつも思った。

続報が入った。ひと月半後ぐらいに、六本木で一度だけライブをやるという。私は、そっちの方へ飛びついた。武道館へ行ったら、ぶっ倒れるかもしれない、という不安があったのだ。

友人からも、六本木のライブを知らせてきた。彼も、行くという。下手をすると、チケットが取れないかもしれない。私は伝手を手繰って、主催側の方からもチケットが取れるよう、姑息な手段に出た。どうしても取りたいチケットのためなら、私は平気で狡いこともするのである。

二百枚の締切をなんとかクリアし、私は万全の態勢でチケットの発売を待った。

世界ツアーの途上だが、ひと月半後に戻ってくる。自動車のコマーシャルに曲が使われているので、その会社のサプライズであろう、と思った。粋なことをするものだ。

ところが、雲行がおかしくなってきた。劇場のＨＰには、マイケル・ブーブレと確かにあったのに、やがてマイケルとだけになり、さらにカッコ付きでミカエルなどと仮名で入っているという。なんだ、それは。ガセではないのか。

こらあ、待て。六本木のライブがあるから、私は武道館を我慢して、原稿書きに専念したのだ。それがいまさらガセだと。ふざけるな。悪いのは自動車会社か劇場か。責任者、出てこい。事情を説明せい。

しかし、こんなことがあるのか。ほんとうにあるのか。武道館へ行った友人が調べ回ってくれ、ライブ予定の日は南アフリカにいるということを突きとめた。私はなお、じたばたした。友人は、ヨハネスブルグの知り合いに連絡をとり、マイケルが来ると大騒ぎになっている、という情報を伝えてくれた。

ここに到っては、私も諦めざるを得ない。

武道館では、マイケルは、マイクなしで一曲唄ったのだという。できるさ、マイケルなら。ちくしょう、聴きたかったなあ。

ところで、君はマイケル・ブーブレという、私が愛してやまない歌手の名前を知っているか。知らないだと。うむ、おかしい。ここしばらく私のテーマだったので、その名を何度も口にした。誰も知らないのだ。爺や婆はさておき、若い者も知らない。どんな音楽を聴いているのだ。切《せつ》なロックだけか。

私は納得できず、あるパーティで、相手構わず、若い者をつかまえて、知っているかどうか訊いた。

知らないのだ。新聞記者も編集者も知らない。百人訊いて、知っていたのは三名である。私は腹を立てたが、もっと腹が立つのは、私の後ろに背後霊のようにつきまとい、きっと名前が間違っているんです、名前の間違いですよ、と囁き続けた新潮社のE木という編集者である。

間違っておらん。編集者なら、誤字脱字に注意を傾注せよ。そしてもっと作家を信用するのだ、愚か者め。

しかし、ほんとうに知らない人が多いなあ。Siaをここで書いた時も、みんな知らないと言った。しかし、あれから大した月日は経っていないのに、かなり話題になりはじめているぞ。

だから私は、自分の好みがおかしいのではないかとうつむいたりせず、好きなものは好きだと書き続けるぞ。映画だってそうさ。超大作だけが映画じゃあるまい。世の中の流行などを見ていると、なにか不思議な流れのようなものがあり、それはいい悪いとは別のところで、生まれてくるような気がする。その正体が、いまだに私にはわからない。

ひとつだけ言えるのは、流行しているものが、必ずしもいいものばかりではない、ということだ。混沌の中で、さまざまなものが出現し、残り、あるいは消え、文化史のようなものが作られていくのだろう。

私は、自分の仕事でも、流行の波に乗りたくないし、それは無縁だとも言いたくない。自然体で構えているよ、と泰然とはできず、さもしくもなりたくないのである。

それにしても、マイケル・ブーブレ。武道館コンサート。私は、今年は縁がなかったと諦めている。今年だけだぞ。うなだれながら、CDを聴こう。君も、聴けよ。

マイケル自身も、言ったそうだ。ぼくは日本が大好きなのに、なぜ日本で人気がないのだろうか。

泣くな、マイケル。私がいる。私はいつでも君を待っているぞ。

若いころできたことを忘れたい

鍛えあげていれば、何歳になっても瞬発力は維持できる。私は、そう信じていた。

鍛えあげるというほどではないが、かなりの筋トレと、心肺機能の鍛練はやってきた。だから、歩き回るとか、物を持ちあげるとか、そんなことは若い連中と同じようにできる。

ストリート・ファイトについても、私はシミュレーションをくり返しているのだ。つまり、喧嘩である。

急所に、一撃必殺。これが一番いいのだが、手加減ができなければ、相手が死ぬ可能性がある。殺人犯になってしまうのは、いくらなんでもまずい。

しかし適当に殴り合えば、持続力に勝る相手にやられるかもしれない。若造にぶちのめされる自分を想像すると、うむ、生きていく気力を失うな。

結論は、裏拳の鼻潰しである。手の甲を食らわす技で、ただ殴るより肘から先が速く動く。それに拳を食らわすというのは、手首の遊びがあって、よほどしっかりやらないと威力が出ない。手首の遊びは、掌底を遣うことによって避けることができ、殴り合いなら、相撲の突っ張りのようにやった方がいい。

君は、私が街で殴り合いをやって帰ってくる、と思っているか。やるわけはあるまい。私は平和主義で、ふだんからとてもジェントルなのだ。殺し合い、殴り合いは、小説の中の連中がやっている。シミュレーションは、小説の描写にあるリアリティを付加するための作業でもあるのだよ。

時々、シミュレーション通りに、躰を動かしてみることがある。動かないのだ。何年か前から、そうなっている。特に、しゃがみこみ回転し、横に動くなどということをやると、足がもつれる。動きそのものではなく、頭の振れが大きい時、バランスを失うのだ。

これは、歳のせいであろうか。前へむかっての突進力は、二秒ぐらいは健在なのである。脳ミソが萎縮して、頭蓋骨の中で動きやすくなっているのかもしれない。

　しかし、私はシミュレーションを続ける。躰は老いていっても、精神は若々しいままでいたい。シミュレーションの素となっているのが、さまざまな想像である。私は、強い者にも弱い男にも、普通の人間にもなる。そしてさまざまな局面を想像し、肉体の動きをシミュレーションするのである。

　やはり、格闘家になっている時が、一番愉しいかな。

　女性のアンチエイジングも、法外に高価なクリームなどではなく、想像力と、それに基づいたシミュレーションだよ。心を、若くやわらかくすることだ。若い男と、恋をしていることを想像する。さまざまな局面があるだろう。ワルツを踊る。抱擁する。キスをする。ベッドに倒れこむ。シミュレーションをくり返していれば、いざという時に戸惑ったりはしない。なに、女性はそんなことはしないか。これは大変失礼した。

　しかし、シミュレーションなど頭にもなくて、かなしく、切なくなってしまう映画があったな。

　十年ほど前の英国映画で、『ラヴェンダーの咲く庭で』という。海縁りの家で、ひっそりと暮らす老姉妹の話だよ。嵐の夜に、青年がひとり浜辺に打ちあげられる。倒れた横顔を見た瞬間に、妹の方は魅かれてしまう。姉も、青年を受け入れる。それでも二人ともシミュレーションが不足しているので、ぎこちないことしかできない。老いの悲しみもそこに滲み出すが、しみじみと生きることの意味を考えさせる、いい映画だよ。そしてこの映画は、音楽も際立っている。

　ストリート・ファイトが、おかしなところに行ってしまったが、人生のさまざまな局面で、人は多かれ少なかれ、シミュレーションをしている。それだけ、想像力が働くということだろう。なにも想像できなくなった時、私は自分が老いたのだと思おう。

　私の年齢で、想像力に満ち溢れている人間は、結構いるぞ。たとえば、デビッド・リンチという監督がいる。映像は、しばしば意味がわからない。しかし鮮烈なのである。

　私ははじめ考えながら観て、混乱し、観直すということをしばしばやった。それでも、わからない。『マルホランド・ドライブ』など、五度ぐらい観たな。そしていま出てくる言葉は、なんなんだよ、ちくしょう、だけである。考えこめば、デビッド・リンチの思う壺に嵌ったということか。

多分、意地悪な爺なんだろうな。しかし一度会って、若い者の苛め方を、話してみたいという気もする。私は、時として豪放などと、およそ見当はずれの印象を持たれることがあるが、根はちまちました意地悪なのだ。私から受けた意地悪は、ひと月以上経ってから、そうと気づくのである。

君はいま、なにか思い返したりはしていないか。私は文章を書く時は意地悪はしないし、女性にも意地悪はしない。一番苛められるのは、私を老人扱いした若い男である。どんなふうに苛めるかは秘密だが、彼はひと時、生きていることを後悔する。若い女性に老人扱いされるのは、歓迎である。男のプレッシャーなど、はじめからないのだから。

しかし、老いとはなんなのだろうか。私は、自分が老いについてなにかを書くなどという時が来るとは、考えてもいなかった。書いていることが、老いを認めていることなのか。

私は、二十歳の青年を主人公に、小説を書くかもしれない。十六歳の少女かもしれない。だから、たとえ表現物を通してでも、若い感覚を知りたいと思い、音楽を聴く。映画を観る。小説を読む。

私とほぼ同年のデビッド・リンチは、ずいぶんと奇妙な映画を撮って、解釈癖のある私を悩ませてくれた。しかし、思いを率直に重ね合わせることができる映画もあるのだ。老人のロードムービーだが、科白だけ紹介する。

珍妙な旅を続ける老人が、若い連中のキャンプ地で世話になる。そして訊かれるのだ。歳をとっていいことは。それは君らのような若者に親切にして貰えることと。悪いことは。

最悪なのは、自分が若いころできたことを、憶えていることだ。

『ストレイト・ストーリー』という。君、老いる前に観た方がいいぞ。

苦手なものがあるのが人間だ

鼻の奥が、つんとなる。

うっという感じで、泣く時に似ているかもしれない。ぽたぽたと、水が垂れてくる。眼からではない。鼻からである。それから私は、十五連発ぐらい、くしゃみをする。

それがあると、来たっ、と思う。花粉症である。花粉症という名がないころから、私は花粉症であった。

杉の林の中などに入ると、毒ガスが充満した場所に踏みこんだ気分になっていた。それでも、幼いころ、私は唐津の山中で、杉鉄砲などに興じていたこともあるのだ。杉鉄砲がなにか、と君は訊くのか。私は、説明しないぞ。説明しただけでも、くしゃみが出そうだ。

私は、機嫌が悪いのだ。今年も、来てしまったのだ。おまけに、この時季、いつも海外に出ていたのに、いろいろな事情で、日本にいなければならないのだ。

花粉症には、減感作療法とかいうものがある。アレルゲンになっている物質を、定期的に注射し続けると、アレルゲンではなくなってしまう、という治療法らしい。しかし、二年はかかる。やられている最中、私は絶対にそれを受けようと思う。決意するのは、簡単なことだよ。少なくとも二十回は、私は決意した。

花粉が飛散しなくなると、実にまあ、嘘のようになんでもなくなるのである。たかが鼻水に、二年も注射などできるか、と思う。

く、眼が痒くてたまらん。眼球を引き摺り出し、思い切り掻きまくって、アルコールで消毒して収め直したい。顔がひりひりしている。もし厚かったら、面の皮を一枚剝がしたいが、きわめて薄い。洟をかむと、血が出てくる。くしゃみをすると、腹が痛い。む、なぜ腹なのだ。そうか、腹筋が弱っているのか。くしゃみは、頭の中のものを全部吹き飛ばす。仕方がないので、薬を呑む。一日三回のものは四回。最近では、一日一回というものもあるが、十八時間しか効かない。

それでも私は、減感作療法を受けよう、という決意はしない。私だって、学習はするのである。

　考えてみれば、海外へ避難するというのは、いい方法である。原稿用紙と万年筆を持っていれば、どこででもできる仕事なのだ。

　実に、いろいろなところへ行った。いいホテルがあるところで、いい部屋に泊る。旅ではなく、避難なのだ。それでも、ひどい目に遭う。

　オーストラリアのケアンズ近郊の、ポートダグラスのリゾートにいた。仕事を終え、私は泳ごうと思った。プールなど馬鹿馬鹿しいので、私はビーチへ出た。人っ子ひとりいない。海もである。気持よく、私は泳ぎはじめた。

　地形を見るかぎり海流が強そうなので、あまり沖へは行かなかったが、でかい水母《くらげ》がそばを通った。ビーチで、数人の客と警備員が、私を呼んでいる。なにかと思って戻ると、殺人水母がいるので、遊泳禁止だという。なんだと。指さされた看板は、かえって眼をそらすほど異常に大きなものだった。

　泳ぐなら、プールで。そう言われ、私はうつむいた。

　メキシコのカンクンで、仕事を終え、私は原稿を出版社にファクスで送った。きれいなホテルで、対応もしっかりしていたが、私は事務室に入り、機械に原稿用紙が吸いこまれるのを確認した。

　さあ遊ぼうと思った。リゾートはカップルばかりで、私は飛行機でアカプルコへ行き、そこも金のかかるリゾートなので、車を借りて、海岸沿いに四百キロほど走った。

　プエルト・エスコンディード。隠された港、という意味である。それほど遠くないところに、プエルト・アンヘルというところがあり、天使の港という意味だが、天使がいそうではなかった。

　隠された港のホテル。料金はカンクンの二十分の一。海に入り、ぽかっと浮いていると、空に怪鳥がいる。ほんとうに怪鳥に見えたが、私のそばに急降下してくるのである。ペリカンで、魚の群れを見つけたのだ。私は、避難から旅気分になった。

　居所を知らせておこうと思って事務所に電話をすると、大騒ぎになっていた。一体、どこにいるんですか。

犯罪者扱いだった。四十枚送ったファクスが、すべて二行しか届いていない、というのだ。そして、ホテルにファクスがなかったのだ。出版社から電話が来て、私は電話口で四十枚を読みあげた。思い出したくもないな。ファクス事情の悪いところには、行かないでください。避難だからな、旅ではないからな。

その時から、私は沖縄に行くようになった。屋久島が、杉の南限なのだよ。

沖縄では、なに事もないはずだった。

あれは、宮古島にいた時か。晴れていた空が、ぼんやりと霞がかかったようになった。明日あたり、天気が崩れるのか。そう思ったが、いきなりくしゃみが出はじめた。

ここには、花粉はないはずだろう。裏切られた、と思った。しかし、いままで大丈夫だったのだ。洟を垂らしながら、私はもう一度、空を見た。黄砂だったのである。数日だが、私は東京で花粉の中にいた。敏感になった鼻の粘膜が、黄砂に反応してしまったのである。一度反応してしまうと、花粉の最盛期にいるのと同じだった。

私には、行くところがないのだろうか。

赤道無風帯にある島は、ファクスがなさそうだし、南半球へ行ったら、よほど都会でないかぎり、旅気分になってしまう。私には魅力がありすぎて、多分、都会から脱出してしまうだろう。

発作的に、東南アジアの熱帯雨林に行ってしまった。首都のホテルでちょっと仕事をし、あとは田舎で、鼠や虫を食ったりしていた。

それで私は堕落し、花粉からの避難を口実に、毎年、熱帯雨林へ行くようになった。堕落を、堕落とも思わなくなった。それも、今年は用事が多すぎて行けない。

おかしいなあ。私は年金を受け取れる年齢に達したら、大部分のことはごめんなさいと頭を下げ、たっぷり時間を作るつもりだったのに、なんという惨状であろうか。

くしゃみが出た。十二連発。頭の中のものが、全部吹き飛んだ。君は、誰だ。自分が誰だか私は問いかけているが、君はやっているか。

寂しいと言ってみてなんになる

すべてが、英語に聞えた。おかしい。

日本語のパートがあったはずだ。私はそう思い、犬と一緒に帰宅すると、CDをかけた。散歩の間、ウォークマンで聴いていたのだ。

ぼんやりしていた。英語に聞えたが、注意を集中すると、日本語になる。私は花粉症と闘っていて、きわめて不機嫌である。抗アレルギーの薬が、私の聴力を鈍らせているような気もする。

集中していれば日本語だが、誰のために集中しなければならないのだ。こちらが集中せざるを得ないように、唄ってくれよ。このところ、気に入っているバンドなのだ。ライブに行ったことはなく、私はいまベスト盤をウォークマンに入れている。

淡々としていながら熱情があり、どこか暖かく、時々、シニカルなものも顔を出す。『ラブ・サイケデリコ』。うむ、バンド名を書いてしまった。

現在活躍中のバンドは、その名を出さないようにしていた。理由はないが、好きでも悪口を書いてしまうからだろう。特に、ロックバンドは、ライブにも行くので、書かないようにしていた。このバンドも、はじめは英語圏のボーカルだろうと思った。しかし、日本語が入っていた。下手な日本語なので、アメリカ人だろうと見当をつけたが、日本人女性であった。

日本語が入っているのに、ぼんやりと歩いていると、感覚は英語が続いているのだ。気取っているのかと、関心を失いかけたが、そういうものはあまりない。

頼むよ。日本語の美しさ、わかるだろう。

名を出してしまったので、気に入っているロックバンドの羅列である。文句あるか。私は機嫌が悪く、そうなると、自制心などどくしゃみと一緒に吹き飛ぶのだ。『ワンオクロック』、ワンオクなどと言い、私は『ワン・OK・ロック』と読んでいる。

うまい。掛値なしにうまいと思うが、情念がどこか平板であると感じる。うまい歌ではないもの。それを聴きたい。このバンドのボーカルは、一度だけでいい、『盛り場ブルース』をステージで唄ってみろよ。

ただの言葉に、情念が絡みついて、なにか深く複雑なものが出てくるのではないか。切なロックが、最高のわけではあるまい。まあ、人気があるし、私のような爺の感想など、どうでもいいだろうが。

ほかには、『ラッドウィンプス』が気に入っていた。しかし、説明的すぎる歌詞だ。私は、『絶体絶命』というアルバムを、断崖絶壁と間違えて憶え、人に語っても通じなかった。まあ、漫画みたいな話だ。断崖絶壁に立つと、言葉は出てこないぞ。それでも出てくる言葉には、多分、魂がより強くこもっている。

怒るなよ、ファン。

バンドの連中は怒ってもいいが、ファンが怒ると私は悲しい。なにも言われないより、いいではないか、とならないのがファン心理の難しいところだ。

憎まれついでに、いろいろ書いてやる。私は、ライブ会場でぶん殴られたいのだ。『ザ・ノベンバーズ』、『back number』、うむ、みんな切なロックか。『赤い公園』は若い女の子たちだから許そう。小僧バンドの『クリープハイプ』、サウンドはいいぞ。

いけない。こんなことばかり書いていると、もともと薬でおかしくなっている私の脳みそは、ほんとうにどうにかなってしまいそうだ。まあ、みんな頑張ってくれ。

しかし、ロックンロールと言わずロックと言って、なにが画然とされてきたのだろうか。音楽的なことを語る言葉を、私は持ってこなかったが、わかるように説明してくれた人間はいない。

表現は、すべて魂だ。魂をこめてくれ。

表現とか、表現者とか書くたびに、私の全身には、じわりと汗が滲み出してくる。

自分だって、表現者のくせに。まともな作品、あるのか。私にとっては、つらい言葉なのだ。自分を斬ってしまう言葉なのに、他人には平然と投げかける。思えば、ずっとそうだった。だから、いやな爺になってしまったのだと思う。

表現論など、実はどうでもいい。論とはまるで違うところで、私は言葉を紡ぎ、小説を書く。音楽も、映画も、芝居も、みんなきっとそうなのだ。人に語るためにだけ、論は必要なのかもしれない。そして、語る必然性というものは、ほんとうはない。

寂しいのだな、私は。だから、語ってしまう。ここで、私はどれほどの映画を、君に語ってみたか。はじめは節度があったと思うが、あっという間にそんなものもなくなった。なんとか守り抜いているのは、ネタばれを決して書かない、ということぐらいになってしまった。

それでもまだ書くというのは、好きで、いいと思ったものを君に伝えたいのだ。

いや、やっぱり寂しくて、ほかに語るものもないので、映画や音楽を語っているのだろう。語れば、寂しさが紛れる。時には言葉が返ってきて、ときめくような気分にもなる。

それだけではないな。ここで君に語っていて、私はずいぶんと得をした。『チャオ・パンタン』という映画は、もう三十年前に観て、何度も観ようと、私はビデオまで買った。観ようと思った時、ビデオデッキはなく、DVDにもなっていなかった。

ここで、落胆の入り混じった怒りを、書いたはずだ。しかしだ、DVDになっている、と教えてくれた人がいる。

すぐに買った。ツタヤの社長さん、ありがとう。ところがこれは、紀伊國屋書店が、DVD化していたのであった。私の買うDVDは、大抵、かなり高い値がついているが、これは廉価であった。ありがとう。

そしてだ、『赤い薔薇ソースの伝説』がDVD化されていないと嘆いたら、驚くべきことに、ここの読者から送られてきたのだ。

得をしたというよりも、申し訳ない気分である。DVD化された、と教えてくれるだけでよかったのに、ありがとう。もう返さないからな。

また送ってくれ、と書いているわけではないぞ。これからは、教えてくれればいい。情報交換は、大事だからな。君も、メモばかりとっているのではない。時には、なにか教えてくれないか。

袖の下になにかが見える

熱帯雨林へ行き損なった私は、都会のコンクリートジャングルで我慢しようと思った。

しかし、洟を垂らした男など、銀座のクラブでももてるわけがない。もっとギャル色が強い六本木など、くしゃみをすると身をかわされる。薬で抑えて酒を飲むと、おかしな酔い方をして、寝てしまったりするのだ。

そもそもクラブ活動など、大沢新宿鮫と違って、好きではないのだ。

毎晩銀座で飲んでいるんでしょ、などと言ったやつがいるが、ふざけてはいかんぞ。私が何冊、本を書いていると思っているのだ。数えたら、誰でも、これでは銀座で遊ぶ時間はないだろう、と思うはずだぞ。

それでも、時々だが、なぜ行くのだろうか。寂しいからだな。その夜は、戻っても仕事はできないから、ままよとばかり朝まで飲んでしまう。明るくなった時間に帰宅するというのも、どこかに自虐的な快感があるのだよ。

私は都会より、辺境が好きである。私が行ける程度のところだが、辺境の旅はずいぶんとやってきた。砂漠や熱帯雨林は、私の羊水のようなものだ、と思っている。

寒いところは駄目で、暑いところでないなら、高山でなければならない。真冬のヨーロッパでは、脳みそが凍結する。熱帯や気圧の低い高地では、脳みそが溶解する。固まるより溶ける方が快感なのだ。

熱帯に降り立った瞬間から、わくわくするぞ。暑さとともに、汗や食物や、そのほかいろいろなものの臭いが、躰に絡みついてくる。自分は生きものなのだ、いや生身なのだという感じが近いか、そんな気分になるのである。

ミャンマーがいいか。カンボジア、ラオスがいいか。タイやベトナムは、敬遠している。肉体的に快適な空間が多すぎて、東京の真夏と変らないではないか、と感じてしまう。経済がまだこれからという国の方が、熱帯を感じさせてくれる。

ミャンマーは、いま混沌の中から国が立ちあがろうとしているが、その猥雑さは地方によって色あいが違う。これは、多民族国家ということもあるが、軍事政権の抑圧の恐怖が、まだ残っていることが大きい。

これだけの多民族では、軍事政権である程度抑えなければ収拾がつかなかっただろう、という外交官の意見を聞いたこともある。抑圧に関しては、娼婦事情などを見てみると、よくわかる。いや抑圧だけでなく、その国をある意味で象徴しているところがある、と私は思っているが、書くと長くなるので、そのうちにな。

カンボジアは、ポル・ポト政権が与えた傷がいまだ残っているが、国内の高校生などと話してみると、ポル・ポトの名さえ知らない。現政権の中枢が、多かれ少なかれポル・ポトと関係があり、教育からポル・ポトの名を排除してしまったのである。

教育というものが、どれほど大事で、そしてこわいものか、私は高校生と話すたびに感じた。二十世紀の三大虐殺者のひとりが、悪い意味で忘れられようとしている。

ラオスは、のどかである。同じ血を持つ、ラオという部族が三ついて、一緒になって国を作り、ラオスということらしい。人は実に穏やかで、どんな場所でも、険しい視線を投げかけられたことはない。

電気の事情など悪く、都会はともかく、田舎の村では、電柱が立っていないところが多い。田舎町でも、頻繁に停電する。電気が足りないから仕方がない、と人々は言うけれど、メコン河では相当の規模で水力発電を行っている。そこで作られた電気は、かなりの部分、タイに売られているのだ。

電気がなくても、家族がみんな元気で、楽しく暮らせれば、それでいいのである。ビールは、一種類ある。私が行った時、首都のビエンチャンでさえ、メーターのタクシーが四台いただけだ。あとは、トゥクトゥクという、三輪トラックに覆いをつけただけのものである。

私は、その運転手何人かと、ずいぶん仲良くなった。

彼らはラオ語しか喋らず、身ぶり手ぶりと日本語でこちらも喋るが、なぜか通じてしまうのである。

蒸留酒はない。それでも、彼らの家では酒を出される。強烈なやつであり、それぞれの家で味が違う。つまり、自家製の蒸留酒なのである。

水牛の皮を水に漬け、それからしばらく置いて発酵させ、棒状に切って陽に干したものがある。一センチ角というところか。どこにでもあって、それで頭をこつんとやれば、それはそれで棒で叩いたようなのである。

村の井戸端では、水牛の皮を拡げ、内側の膜を刃物で丁寧に掻きとっている。少女まで、十数人でそれをやり、お喋りが途切れることはない。

その棒は、火で炙って、齧るのである。いや、しゃぶるのか。硬くて、とても歯は立たない。しゃぶりながら、酒を飲む。十分しゃぶっても、二十分しゃぶっても、棒は棒のままである。ところが、三十分しゃぶると、棒は不意にやわらかくなり、なにか懐かしいような味で、口の中に拡がる。ちょっと官能的だぜ。

その棒の味が、ラオスなのである。周辺の国でも、水牛はあたり前に見かけ、河縁に野生の水牛などもよくいるが、ラオス以外でこの棒は見かけなかった。

ある時、私は次に行く国で買物をしようと、帯封付きの百万円を持っていた。入国の時の申告は必要ないと機内で言われたが、出国の時に捕まった。

没収だ、というようなことを言っている。当然やり合うが、通じない。税関の係官はエリートだが、英語は訛って英語と思えない。しかし、英語の筆談はできたので、それで、かなりの時間、やり取りをした。

ラオスもやはりそうか、という思いがあったが、最後に彼は苦笑しながら、ランチと書いた。昼食代で手を打とうということである。私は、少ないと思いながらも、米ドルで五十ドル渡した。すると彼は真面目な表情で、三十ドル返してきたのである。

フォー・フクシマ。

そう言った。世界各地で、アンダー・ザ・テーブルはずいぶんと渡したが、お釣りが来たのは、ラオスがはじめてである。

白き手を白いと思うなよ

賄賂にも、いろいろある。

　私は旅で、しばしば賄賂を遣うが、その言葉を出した瞬間に、いきなり犯罪の気配を帯びてくるので、アンダー・ザ・テーブルと言っている。日本にも、袖の下という言葉があるではないか。大規模なものから、ちょっとした挨拶程度のものまである。私が遣うのは、挨拶に毛が生えた程度のものだ。たまには、日本円にして一万円近くを出したこともある。

　十数年前、人に会うために、編集者と二人でポーランドへ行った。二月のはじめ、厳冬の時季で、外気は零下二十度を記録していた。編集者が、運転は任せてください、国際免許も持っていきますと言うので、移動はすべて任せた。ベルリンで車をピックアップし、ドイツ国内で二カ所と、ワルシャワ市内の用事を済ませるつもりだった。

　しかし、二時間で五回以上、左車線に入ったのである。左折の時に三回、駐車場を出る時に二回。対向車が来る。私は叫び声をあげ、チビってしまいそうになり、しばらく胸を押さえている。ついに恐怖に耐えられず、運転を替った。彼がナビゲーターであるが、地図を見ながら、ここですという街に入り、左、右などと指示に従って走っていても、いつまで経っても行き着かない。路肩に車を停め道路地図を見る。なんと隣りの街の地図であった。この役立たず。

　役立たずぶりはいろいろあり、ドイツのホテルを東京から予約したが、その選択も最悪なのである。旧東ドイツの、社会主義の伝統が感じられるようなホテル、と選択の基準を言った。

　役立たず。社会主義は、サービスの概念を破壊していたのだぞ。ひとつはエレベーターが動かず、六階まで荷物を担いで運んだ。もうひとつのホテルは、バスタブの栓がなく、いくら言っても持ってこない。つまりそこで賄賂である。持ってきたからチップを渡すのではなく、渡してから持ってきて貰った。

ポーランドに入った。ワルシャワまで、かなりの距離がある。路面は当然アイスバーンである。ミシュラン製のスタッドレスは、結構優秀であった。

ポーランドは、なにもない平野という意味です、と彼が暢気に言った。すると、警官に停められた。アイスバーンで、私は安全運転をしていた。ところが、ライトを点けていなかった。冬の間は、昼間もライトを点けなければならない、条例なのか法規なのかがあるという。

切符を切られた。三百円ぐらいの罰金である。ポケットに金が無く、私は車に取りに戻った。金を差し出すと、警官二人が国際免許を覗きこんで、なにか話していた。まずい。私は編集者の免許を出したのだ。

これは、あの男ではないか。いや、俺だ。そういうやり取りを三回くり返すと、逮捕するぞと、手錠を出された。私は態度を翻し、平謝りをして、金でなんとかならないか、と財布を指さした。

二人で話し合って告げてきた金額が、一万円弱だったのである。切符もなにもくれず、二人のポケットに入った。私が運転して発進しても、にこにこ笑って、手まで振っている。むかついたなあ。しかし、冬の留置場というのは、つらそうだ。

二日かけてワルシャワに到着したが、警官に二度停められた。私は日本の運転免許証を出し、これは世界中で通用するのだとか、思いつくかぎりの出鱈目を日本語で並べた。面倒になったのか、二度とも警官は行けと言った。最初に捕まった時、ナダと言っているように聞えたが、それは無免許という意味だったのだろう。免許は持っている。

ラオスではそういうことはなかったが、カンボジアでは、しばしば警官に停められた。制服を着ているが、足もとを見るとゴム草履である。カンボジア人が、腹を立てながらも少額の金を渡すのは、警官の給料がどれほど安いか知っているからである。

ミャンマーでは、警官というより、軍の影がどこにもあるという感じで、兵隊に金を渡そうものなら、射殺されるかもしれない。私は大人しく、検問を受けた。

キューバへ行っていた。ひとりであった。葉巻を大量に買った。実に、三週間用のスーツケースに一杯であった。帰路はメキシコのユカタン半島にある、メリダという空港に入った。ハバナからすぐで、そしてそこからシティ経由で、東京行があったのだ。

メキシコの税関では、乗客が通るたびに、青か赤のランプがつく。青は通過で、赤はバゲージを開ける。赤であった。葉巻の山。係官が、にやりと笑った。これは撮影用のサンプルで。私は考えていたことを落ち着いて喋った。封を切らずに東京まで運ばなければならない。通せないなら、保税措置にしてくれ。葉巻の箱に手を置いた。覗きこむ仕草である。箱にかけた手から、札がはみ出している。

係官も私の手のそばで箱に手をかけ、札は手から手へと移った。閉めろ、と係官が言う。私は黙って閉め、税関を通過した。

これなど、賄賂である。キューバからアメリカへは入ることができなかった。メキシコだから、こんな面白いことができたのである。アメリカはいまキューバと関係を改善しそうで、そうなるとハバナからニューヨークへ行けたりもするのだろうな。

賄賂を、不正だと君は思うか。不正だよな。かわいげがあるからいい、などとは私は思わない。

しかし賄賂の受け渡しで、その国のことがいくらかわかる。お釣りをくれた、ラオスの税関の係官など、私にラオスという国を伝えて余りあった。

日本では、賄賂などという行為は、偉い人たちの間で行われることが多い。私たちのいる下々《しもじも》で、賄賂でなにか手に入れた、罪を逃れた、などという話はあまり聞かない。

それだけ平和で、下々も一応は満たされていて、小悪党はあまりおらず、大悪党が君臨する国ではあるのだ。その大悪党が、時として人間の姿などしていないこともある。

よそうな。こんな話、私は熱くなってくる。

賄賂は不正だが、チップの感覚でそれを渡すと、ものごとが滞りなく進むことが多かった。旅は、そんな手の汚れ方もさせてくれる。君、白き手だけが美しいのではないぞ。

男二人がサングラスをかけて

酒を飲んでいた。馴染みのバーである。

そういう店が、銀座や六本木とは別に、都内に何軒かある。

私は毎晩飲み歩いていると思われているが、断じてそういうことはない。二週に一度、外で飲んでいるぐらいいか。だからそういう店も、数カ月に一度である。

グラウベル・ローシャって御存知ですか。

唐突に、隣りの席にいた男に、声をかけられた。初対面ではないが、名を憶えていない。

第一、名乗り合ったのか。端正なスーツ姿で、酔っているようにも見えない。私も酔っていなかったので、知ってる、と思わず言ってしまった。

ローシャとはブラジルの映画監督だが、政治性、宗教性が強く、私は好きではなかった。酔っていたら、知らないと言っただろうが、真面目なので、ほんとうのことを言ってしまった。

ローシャについて語りはじめた彼を制し、飲んでいて喋りたい監督ではない、と私は言った。タイトルも憶えていない。ただ、サルバドールの海岸が舞台の、漁師の話で、白黒の映画があったな。

そういうサービストークをして、おかしなことになってしまうことがあるが、その時はならなかった。

あのデブ女が三人、海からあがってきて抱きついた、というところですよね。彼はそう言い、声をあげて笑った。私が書くものの読者だったのである。そして、私を映画マニアだと思い、勇気を出して話しかけてきたようだ。

ローシャを論じるなら確かにマニアだろうが、たまたま知っていただけである。私は、ただ映画が好きなのだ。しかし、私がここで書いてきた映画について、彼は実によく知っていて、話が盛りあがってしまう感が出てきた。

書いてしまったものを、もう一度語りたくはない。私は、煙《けむ》に巻くことにした。ローシャと、フルネームは忘れたが、フランスのセリーヌという作家と、人生も表現方法も重なると言い、セリーヌに作家として感応するものがないのだ、と言った。以前は文学全集にも入っていたが、いま読めるのかな。彼は、知らなかった。

感応したらしい人間に、天才と称され、若くして自殺した、阿部薫というサックス奏者がいる。『なしくずしの死』という、小説と同じタイトルのアルバムがあるのだ。

別の店のマスターが持っていて、店でそれをかけた時、居合わせた客の脳みそは、痙攣するか戦慄するかした。その店には、『暗い日曜日』のダミアの原盤もあり、無理にかけさせた時、客の誰かが自殺するのではないか、とふるえていた男である。聴けば自殺するという都市伝説があるが、彼は生きている。そして、五枚組のローシャのDVDを貸してくれたのも彼なのである。私の友だちの中では、変なやつの部類に入る。

阿部薫からチャーリー・パーカーという奏者の話をしたところで、会話の主導権は完全に私の手にあった。彼は、黙って頷き続け、聴いてみます、と言った。おい、『暗い日曜日』を聴いて自殺するなよ。

ウイスキーのソーダ割りを五、六杯飲んでいて、気持よくなっていた。すると、サーブでぶち抜いたと思ったのに、強烈なレシーブが返ってきたのだ。

私は、ストレートとオン・ザ・ロックを、友人の切なる忠告で自分に禁じていたが、その隙が出たのであろうか。

泣ける映画の話をしませんか。私はこの六、七年、些細なことですぐ泣くようになり、映画で泣いたのは、数えきれないほどだ。泣ける映画だと。そう言った段階で、またアドバンテージを取られた。

彼は、『ジョルダーニ家の人々』と言った。なんだよ、ローシャとは対極ではないか。そして私は、その作品をひと月ほど前に観たところだった。確かに、三度ぐらい泣いた。六時間半の映画で三度だから、泣ける映画になるだろうか。

どれほどの切なさ、悲しみ、怒り、慈しみ、純粋さ、がこめられた映画か、彼が語るのを、私はグラスを傾けながら聞いていた。映画の感想として質の悪いものではなく、相手がすでに観ているかいないかも、考えて喋れる男だった。

私はそれに賛成しつつ、わずかだが映像にもの足りなさを感じる、と言った。映画には、束の間であろうと、息を呑んで見入ってしまう映像が、風景なり、部屋の様子なり、人の姿なりにある。

その鮮烈さが、私にとっては非現実の美だと思っていた。そういう映像が、あまりない。私の映画を観る快感のひとつに、非現実の美に跳べるところがあるのだ。

これは、テレビドラマとして流されたものを、日本では劇場公開したのです、と彼は言った。それは知らなかったが、教えられると腑に落ちるところもある。映画とテレビドラマには、画然と違うものがあり、それが非現実の美の有無なのだ。

そこまで話して、私は自分が個人の好みに入りすぎていることに気づいた。鮮烈で印象的な映像がなくても、これはとてもいい映画ではあるのだ。

私が感じる非現実の美というものに、多分似ているのだろうが、建物や部屋の中の映像がとてもきれいなんだと、亡くなった高倉健が言っていた映画がある。『ワンス・アポン・ア・タイム・イン・アメリカ』である。高倉さんは、日本公開前にむこうで御覧になったようで、私も日本で公開されるとすぐに観た。

長いが、長さを感じさせない、いい映画だった。結末が二通り作られている、とも高倉さんは言われた。記憶では、三度ほど対談をしたことがあり、数度、用事でお目にかかった。

世間で言われていた通り、気遣いの人であったが、映画がお好きなのだという印象が、私には強い。ほかに『ディア・ハンター』がお勧めだったので、ロバート・デ・ニーロに関心をお持ちだったのかもしれない。私の手もとに、私の2CVチャールストンに、高倉さんと私が乗った写真がある。対談の折に撮影したものだ。

男が二人。そんなことを言うと、君には私が自慢しているように聞えるかな。

イタリア人だったこともある

イタリアで暮らしてみたい、と半分本気で考えたことがある。

住むならここだ、という町もあった。しかしすぐに、ポルトガルがいいかもとか、スペインはどうだとか、いろいろ考える。つまり移り気なのだが、私がいま住んでいる場所からは、半世紀以上動いていない。

ローマでは、しばらくレジデンス暮らしをした。キッチンも食器もついていて、市場へ買い物に行くと、ワインを飲みながら料理をした。依存症になってしまう、と私は空けたワインの数を思い浮かべ、思ったものだ。昼間から、飲んでしまうのである。だからローマで、自慢はできないが、面白いことはあった。

雨の日、バスに乗った。あちらのバスは、自主的に料金を払うことになっていて、北部では九割が払うのに、南部では四割しか払わない、と言われていた。

バスは混んでいて、この中の何割が料金を払っているのだろうと考えていると、小男が、人を掻き分けながら近づいてきた。やや挙動不審であった。よそに眼をむけながら、進む方向は別に決めている。そんな感じで、私の隣りに立った老婦人のところまできた。

私は顔を横にむけながら、眼だけで観察した。男の手がすっとのびて、老婦人のコートのポケットに入ったのだ。私は、一歩男に近づき、傘の先を靴に当て、ぐいと体重をかけていった。

男は私を見て、眼を見開き、それから声を出さずに口を大きく開けた。男の手がポケットから出るのを見て、私は傘の先を離した。昼間から酔っ払っていたので、できたことである。

暮らすなら、ローマの近くのオルビエート、シチリア島のチェファアル。小さな、しかし町がいいのである。ミラノやフィレンツェは大きすぎる街で、私はワインの中に沈没しそうなのだ。

パレルモも、そこそこ大きな街で、私はイタリア的な詐欺に遭ったことがある。

イタリア人に、道を訊かれたのだ。なんとなく得意であったが、イタリア語で説明はできず、英語を口にした。えっ、イタリア人じゃないのか。日本人さ。

シチリアの出身かとよく言われるので、生まれはチェファル、ということにしている。男が訊いた場所は、私が知っているところだったので、ついてこいよ、案内してやる、と言った。

片言の英語で、男は北から来たのだと言い、一時間近く歩き回ったのだ、とも言った。その場所は路地を抜けるとすぐで、近くにレストランが一軒あった。

助かったよ。ところで、昼めしを食うんだが、お礼に奢らせてくれ。半分は払うつもりで、私は頷いた。

パレルモは、魚介がうまい。男が早口のイタリア語で喋るとまったくわからず、私が日本語で喋ると男にわからず、それでも冗談を言い合っていたのだと思う。

喋っては笑い、飲んでは笑い、結構いい昼めしになった。最後に、エスプレッソにたっぷり砂糖を入れて飲むと、男は店員を呼び、ドベ・イル・バーニョと言った。

勘定をしてくれではなく、これはトイレはどこ、なのである。男が戻ってくるのを、私は待っていた。戻ってこなかったのである。つまり私は、そこそこの昼めしを奢らされたのだ。

イタリアと言ってしまえば、イタリアなのである。腹は立たず、私は笑い、それから少し多目にチップを置いた。この詐欺事件など、いま思い出しても笑ってしまうな。

イタリアでは、思いもかけない目に遭うことが、よくあった。ブティックから服を届けて貰い、いざ着ようとしたら、すべてのボタンがついていなかった。ホテルにチェックインし、部屋に行ったら、そこには客がいた。だから、昼めしでは驚かない。

ローマのレストランで、皿を投げられたことがある。男三人が、投げるようにして皿を置かれたのだ。当然、怒る。

その前に経緯がある。最初は、四人で食っていた。ポルチーニの季節で、私たちは特別にソテーを頼んで貪り食ったが、ひとりだけいた現地の女性は食わなかった。

あたしは、人が一生で食べるポルチーニの三人分ぐらいを食べたから、もういいの。つまりは、食いすぎて当たるようになってしまったらしいのだ。

でも、おいしそう。私たちの様子を見て、彼女は言う。もう三年も食べていないから、アレルギーはきっと治っているわ。

そして同じように、特別にソテーを頼んだのだ。ポルチーニを口に入れた彼女は、ほんとうにおいしそうに微笑んだ。あたし、世界中で一番好きなの。

皿を半分ぐらい食べ進めた時、彼女はいきなり、ナイフとフォークを音をたてて皿に置き、立ちあがった。あたし、当たったみたい。ホテルへ帰る。ハンカチで鼻を押さえるようにして、レストランを駈け出していった。

投げられたのは、次の料理の皿である。

なにをする。私は色をなし、日本語で言った。あとの二人も、テーブルを叩いたりしている。すると店員は、イタリア語でなにか言ったのである。五十歳ぐらいの、赤ら顔であった。胸ぐらを摑んでやろうかと思ったが、よく聞くと、どうやら女を泣かせた、と言っている。そして笑っていた、と言っている。女を苛めて面白いのか、とも言っている。

確かに私たちは、彼女の愛敬のある意地汚なさを笑っていた。ハンカチで鼻を押さえて飛び出していった彼女が、泣いているように見えただろうということも、わかった。当たるかもしれないのにポルチーニを食って、ほんとうに当たってしまったのだ、とはなかなか説明できなかった。三人三様の言葉と仕草だが、ひとりが、ポルチーニアレルギーと紙に書いて、一件落着した。女性には、いい国である。男は、身勝手だ。

別の場所のレストランの屋外のテーブルで、煙草を喫《す》っていた私は、隣りの席から注意を受けた。

喫煙可の場所だったが、私は慌てて消した。そしてグラッパなどを飲んでいた。君は、私に注意した男が、なにをしたと思う。悠々と食事を終えると、平然と煙草に火をつけたのだ。罵り合いになった。

そんなこともあるのが、イタリアである。

パイプ削りも文筆修業だった

創る。作る。造る。

私はさまざまなものをつくるが、どの字が適当なのか、しばしば迷う。

適当に選んでいるが、小説などはつくると表現する気になれない。創作ともいうが、私にとって小説は、ただ書くである。

料理は、作るだな。それから、釣用の擬似餌《ルアー》も作る。海の基地の桟橋に手を入れた時は、造るという感じだった。創るが、思い当たらない。そもそも創という字は、つくると読むのか読ませるのか。

かなり前のことになるが、私は来る日も来る日も、パイプを作り続けたことがあった。ブライアのブロックを買ってきて、削り、パイプのかたちにするのである。

旋盤のような機械を遣えば、それほど手間をかけずにパイプのかたちを削り出せるだろうが、鑢《やすり》一本で削り出すのは大変である。やがて彫刻刀を遣うようになったが、刃がすぐに駄目になる。鈍《なま》くらの刃物は、無理な力を入れなければならず、危険なのである。

子供のころから肥後守というナイフを常用していたので、研ぐということも知っていた。研ぎ続けていれば減ってきて、小さくなる。それで新しい肥後守に替える。

これは大きな声では言えないが、小学生のころ近所に電車が走っていて、なにしろ半世紀以上も前の話だから、線路は高架でもなく、柵があるわけでもなかった。そこで電車に加工して貰って、大量の手裏剣を作った。しかしそれは、研ぐとすぐになくなった。素材は五寸釘だったのである。どんなふうに加工したかだと。親切な電車が、昔走っていたのだよ。

大量の手裏剣は、竹で鞘を作り、ずらりと並べて腰に巻いていた。それと肥後守とパチンコとビー玉が、私が山に入る時の武装であった。

もの音がすると、手裏剣を一本執り、見えたら投げる。敵は、鶺鴒《せきれい》などの鳥である。充実した武装だったはずだが、仕留めたことは一度もない。

むむ、パイプの話であったな。私は彫刻刀もやめ、鑿《のみ》を遣うようになった。木目があるので、濡らしながら削っていく。パイプは、かたちと木目がマッチしたものが、一番美しいのである。木目には、ストレートやフレーム、バーズアイなどがあり、しかしかたちとマッチさせられる木目は、稀であった。

作業工程は省くが、研磨まで終えると、私はしばらくパイプをデスクに置いていた。

ステムと言って、エボナイトなどのマウスピースと繋がっている部分に、私のイニシャルが陽刻してある。

それが、特徴と言えば特徴であった。少なくとも、五十本は作ったと思う。デスクの上にしばらく置いていて、それから誰かに差しあげる。当時は、煙草を喫う人の方が多かった。

なんのために、そんなことをしていたのであろうか。

パイプが端に載っているデスクで、私は来る日も来る日も、掲載される可能性がきわめて少ない原稿を書いていた。ひと月に一本書いていて、文芸誌に掲載されたのは十年で五本ぐらいだから、可能性は無に近かったような気もする。

書きあぐねると、パイプを削る。そしてまた書く。パイプに浮き出る木目は、さながらプロットのようでもあり、そして見事に結末が浮き出ることなどなかったのである。うむ、二十代のころの話をすると、たまらなく懐かしくなるなあ。発表のあてもない原稿を、なぜあれほど書けたのであろうか。その分の労力を遣えば、金は相当に稼げただろうにだ。

いまは、原稿を書いてくれと頭を下げて頼まれ、間違いなく活字になり、お金まで頂戴できるのに、横をむいている場合の方が多い。

何度も同じようなことを書いたが、あれが私の青春というやつだったのだな。

食わなければならず、肉体労働をして、そこの現場監督が食事のあとパイプを喫っていたのを見て、一本贈った。

想像以上に、喜んでくれた。兄ちゃんは、なにをしている人なんだと、興味深そうに訊かれ、パイプ職人ではなく小説を書いているのだと言うと、ちょっと複雑な顔で、そうか文筆修業中なのか、と言われた。

時々、帰り道でコップ酒を一杯振舞って貰い、俺はトオソンという人が好きだと、監督は言った。しばらくして藤村だと思い到ったが、作品名が出てこなかったので、読んでいたかどうかわからない。

文筆修業中という言葉は、私には複雑だったが、ある時から小説誌でその言葉を見かけるようになった。若い女優が、誌上で文筆修業をしていたのである。整理できず、描写力もないが、毒が発生する前の言葉の棘のようなものがあり、感性はいいと思った。

この女優の出演映画は三本観ていて、『地獄でなぜ悪い』はなかなかのものだった。この間、小説誌をめくっていたら、角田光代のものを読んで触発されたという掌篇が出ていたが、棘がないありふれた作品になっていた。編集者の手でも入ったのかな。

人にわからせる必要はない。修業中なら、まず自分だけがわかればいいのだ。大事なのは、プロットなどではなく、言葉だよ。

角田光代は、初期のというか、最初の受賞作の選考のめぐり合わせが私にあり、選考委員は親も同じだ、と言ったらしい。注目していたひとりで、芥川賞で大きくなるだろうと思っていたが、直木賞の方に来た。

やはり私は選考するめぐり合わせだったらしく、二度目だからおじいちゃんですね、と言われたような気がする。こら、角田。じじいはいかんぞ。じいじも駄目だ。ジジにしなさい。これはイタリアでは、ルイージの呼称だ。

君は、私がまた大脱線をした、と思っているな。確かに、脱線した。勘弁しろ。私はそういう人間だ。手裏剣の作り方だけ、内密に教えておく。線路に釘を並べて置いておき、電車に平べったく潰して貰うのだ。もう時効だろう。それに学校にばれて、こってりと油を絞られた。

これを書いていて、私はパイプを捜そうとした。君に、一本あげようと思ったのだよ。見つからない。もうないのだろうな。

いつかピアノを弾いてみたい

演奏はいいなあ。

セッションというやつができる。楽器が一切扱えない私は、いつも羨しいと思いながら演奏を眺めているよ。逢坂剛のギターに、私のトランペットを入れ、大沢新宿鮫のでんでん太鼓も加える。空想上の、稀有なジャムセッションである。

こんなことを書くのも、数日前、小屋で『セッション』という映画を観たからだ。

『嵐を呼ぶ男』という古い邦画があり、このドラムスも結構痺れたものだが、まあそれとは較べられない、ドラムスが主演と言っても過言ではない映画だよ。私はその迫力に、ただ圧倒された。

演奏が中心のモチーフである映画は、かなりある。ピアノが多いような気がするのは、『海の上のピアニスト』と『ピアノ・レッスン』を思い浮かべてしまったからだろう。両方ともグランドピアノだが、アップライトのピアノがいい役をしている映画も、かなりあるような気がする。

ピアノと言えば、デューク・エリントンだのマッコイ・タイナーだの、ジョージ・ウィンストンだの、私は歳相応のミュージシャンを語り、若い者たちに聴かなければ駄目だなどと説教をたれていた。

ところがある時、上原ひろみというピアニストを知った。まだ若い。CDを聴いた時、嘘だろう、と私は思った。音から飛び出してくる生命力が、半端ではなかったのだ。表現における生命力は、若さとは関係ない、と私は思っている。若さはむしろ、表現という行為では、底の浅いエネルギーだけの生命力を感じさせる場合が多い。年ふる私には、そんなものは会話で言えばたわ言にしか聴えなかったのだ。

ところが上原の発する生命力は、私の心を直撃してきた。

年ふる私は、本能的に防御をかためた。押し寄せてくるものを、精神の鎧で撥ね返そうとしたのだ。

そうしていなければ、若いころに持っていて、すでに失って手にできないものが、私を強烈に苛むという思いに駆られたのである。喪失と獲得。人生はそうなのだと認めたくはないが、喪失した若さだけが、無上のものだと思えてしまう。

激しい、過剰、という言葉が不適切ではないと思える演奏の中で、私は防御しおおせたと思った。

ところが、バラードが流れてきた。静かな曲調が、私を不意討ちにした。鎧が鎧でなくなったところに、音色が食いこんできて、気づくと私は涙を流していた。

これは、泣いたというのとは違う。涙を流したのだ。

君は、その違いがわからないか。ならば顔を洗って出直してこい。悲しすぎて泣くことはあっても、情念を排除したところで、人は泣いたりはしないのだよ。ただ、涙は流れてくる。

それがわかると、生きていることはもう少し深い意味を持つぞ。

これは偶然なのだが、私は上原ひろみのソロライブを聴きにいった。『ブルーノート東京』でやったやつだ。ピアノソロはいいなあ。

その二日後に、『セッション』を観たのである。だから小屋で私がちょっとばかり涙を流したからといって、君は嗤《わら》ってはいけないよ。両方とも、表現という行為の本質を考える契機だったのだからな。

大ホールでやった上原のコンサートにも私は行ったが、音色はやはり私の魂を直撃したよ。

人間って、いいなあ。音楽を持っている。映画を持っている。小説も持っている。そんなものなくても、水と米と塩があれば命は維持できる。維持以上のものが、創造物であるという、この真理。私は、それに命をかけているのだ。

もうよせだと。そうだ、やめよう。私の御託に、なんの意味もないからな。君はただ、聴けばいい。観ればいい。読めばいい。

そういえば、私はピアノの演奏の場面を、小説で書いている。『ブラディ・ドール』シリーズという長い現代小説を書き継いでいて、現在十八巻になっている。その中に、ピアノの名手が出てくるのだ。

そのピアニストが、片手をなくしてしまう。当然、ピアノは弾けないわけだが、さまざまなことがあり、男はピアノの前に座る。そして、弾きはじめる。ない方の手も、指は動いていて、聴えるはずのない音が聴えてくる。聴いている者たちは、聴えてしまった音の中に、これまでの人生で失ってきたものを、はっきりと見てしまう。小説だから、書けることだよな。

しかし、私は片手のピアニストに会ったのである。熊本であった。ホテルのバーで飲んでいたら、ピアニストがタキシードを着て現われた。そして弾いたが、片方の手は、脳梗塞かなにかの後遺症で動かないのであった。

それでも、きちんとした演奏になっていた。ジャズのスタンダードナンバーを、リクエストした通りに弾いてくれる。なにかしら、すごいものを見た、という気分になった。曲にも引きこまれた。

熊本在住で、歌手でもある坂本スミ子さんたちも一緒だったので、特別に弾いてくれたのかもしれない。坂本さんについては、歌手であると同時に、『楢山節考』の映画についての印象が強烈だが、そのころは幼稚園の園長さんであった。

しかし、あのピアニストは、いまどうしているのだろうか。まだどこかで、ピアノを弾いていてくれたら、私は聴きたい。

それにしても、思い返せば、私はここで名前を挙げきれないほど、数多くのミュージシャンに出会ってきた。それは、私の人生の中の、大きな幸福のひとつだろう。親しくしている人も、ずいぶんいる。

ただ、一緒に食事をしたり酒を飲んだりしている以外に、表現物で語り合っているのではないか、という気がする。だから、鮮烈なものが、多く残っている。そういうものを、人は多分、宝と呼ぶのだろう。

君にだって、宝はきっとあるぞ。誰かと友だちだ、というようなことではない。心がふるえるものに出会った経験が、そうなのだよ。

そして、それはどこにでもある。本を読もうぜ。映画を観よう。音楽を聴こう。

それで、君と私も新しく出会える。

貧乏爺ちゃんは今日も往く

私は、貧乏なのである。しばしば私の家に遊びに来る孫たちに、いつも言われる。

爺ちゃんは、勉強ばかりしていてはいけないよ。きちんと仕事をしなくちゃ駄目だよ。ぼくの家は、パパが毎日会社に行っているから、大丈夫なんだよ。爺ちゃんは、勉強ばかりして貧乏でかわいそうだ。家だって、ぼくんちは真っ白だけど、爺ちゃんちは古い。

四歳と三歳の、年子の男の子である。

爺ちゃんはな、ちっちゃな時に勉強しなかったので、いま勉強しなくちゃならないんだよ。私が言うと、納得したように頷く。

孫たちが来た時、私は大抵は書斎で原稿を書いている。ま、勉強に見えるのだろうな。家は古いが、古材をわざわざ集めて建てた、結構、凝ったものである。新築の、ぴかぴかのマンションとはだいぶ違う。

四歳の上の子が、幼稚園の友だちの母親に言った。うちの爺ちゃんは、貧乏でかわいそうなんです。いい会社、ありませんか。

うむ、やっぱりネクタイにスーツ姿で、毎朝出勤するのが、子供にとっては働いているということなのか。

そういえば、この子たちの母親、つまり私の下の娘が、小学校の低学年の時、お父さんはなにをしている人ですかと先生に質問され、家でぶらぶらしています、と答えたのであった。

上の娘は、小学四年生の時に、私の父が亡くなり、この家はお祖父ちゃんが亡くなって、これからどうして暮していくの、と私の秘書に訊きに来たというのである。親父は現役で、毎朝出勤し、会社で倒れて亡くなった。いまも昔も、まともな男の制服とは、ネクタイとスーツなのか。

そういえば下の娘が幼いころ、友だちを連れてくると、いつもジャージで恥ずかしかった、と言ったことがある。家じゃ、みんなそんなものだろうが。

娘や孫二人と一緒に、犬の散歩をさせている時、娘のママ友に会った。父なの、と離れた場所で言っている。

するとと、犬の糞を拾っていた私の耳に、はっきりと、定年、というママ友の声が聞えたのである。ううっ、会社に行きたいな。そばにいた孫にそう言った時から、孫のリクルート活動はさらに盛んになった。

私は孫に対して、祖父の権威を回復しなければならなかった。貧乏だが、爺ちゃんは強い。その路線で行くしかない。

私は孫を抱えあげ、放り投げ、押さえこんだりした。転がると後頭部をぶっつけるので、顎を引いて臍《へそ》を見ろ、と教えた。受身である。顎を引けるようになると、踵から落ちないような足の遣い方である。

さらに袈裟固めで押さえつける。体重をかけてぐりぐりやり、人参潰しと声をあげるのだ。爺ちゃん、助けてください、と孫は叫ぶが、放した瞬間から憎まれ口を利く。

それでも、爺ちゃんは強いということになっている。海の基地では、爺ちゃんが気味の悪い蛸と闘い、頭をひっくり返して勝つところを見た。虫など手で叩き潰す。時には、生きたまま食ってしまったりする。

しかし私は、貧乏から這いあがることはできないのだった。仕事で外出する用事があり、ハイヤーが迎えにきたので、私は玄関で、チップ用の千円札を二、三枚くれ、と家人に言った。やつらは、それを見ていたのである。婆ちゃんから、金貰ってる。貧乏なんだあ。かわいそうだな。うなだれて、私は車に乗った。

こうなれば、男の心得を教えるしかない。

卑怯なことは、してはならない。友だちを裏切ってはならない。女の子には、決して手を挙げてはならない。基本はそうだが、実際は硬軟をとり混ぜてやるしかない。

おまえ、幼稚園に好きな女の子がいるだろう。一日一回、必ず耳もとで、好き、と言え。大人であろうが子供であろうが、女はみんなそう言われたいのだ。

練習をさせる。次に会った時に、言ったか、と訊くとうつむく。根性なしめ。そんなんじゃ、本物の軟派野郎に出し抜かれるぞ。一瞬だけ、恥ずかしい気持を捨てろ。

次には、喧嘩だ。自分より弱いやつとはやらない。強そうなやつが、なにかちょっかいを出してきたら、やめろ、とはっきり言え。それでもやめなかったら、じっとそいつを見つめろ。ほかは見ずに、そいつだけを睨みつけろ。

そして躰を寄せるのだ。金玉を、ぎゅっと摑め。それで相手は、腰が砕ける。場合によっては、泣き出す。さらに、もう一度ぎゅっとしてから、放してやる。

なんてことを教えるのよ、と母親は抗議するが、私は聞かない。喧嘩に勝つか負けるか、男の人生にとっては重大事なのだ。君には、わかるよな。

そのうち、当て身の入れ方でも教えてやろう。喧嘩は幼いころだけでなく、一生続くのだ。金玉を握り潰すなどという単純なことでは済まない。実に複雑な様相を呈するが、なんらかのかたちで、男は喧嘩をしているのだぞ。

それにしても、貧乏はどうにもならんなあ。先日、私の新刊の広告が新聞に載り、私の顔写真も出ていた。見せると、わあ、爺ちゃんだ、と孫たちは喜んだ。なぜ、ここに写真が出ていると思うと問うと、それは新聞屋さんが間違えずに配達するためだ、と言ったのである。

爺ちゃんは、子供のころ勉強しなかったので年をってからやらされ、だから会社に行けず貧乏だという状態は、これからもしばらく続きそうである。

私は、祖父である。自分が祖父になることを、想像したことはほとんどなかった。孫が生まれることになった時、お祖父さまとかグランパとか、そんなことを言ったやつはしばき倒す、と私は宣言した。呼び名が必要なら、親分と呼ばせろ。キャプテンでもいい。

実際生まれて、私は病院に会いに行った。初対面であるから、私は白いスーツを着ていった。なんなのだという顔をみんなしたが、男の礼儀である。そして抱いて顔を覗きこんだ時、おっ、俺はおまえの爺ちゃんだ、と自己紹介してしまったのである。

いまは、爺ちゃんと言われて、まったくいやな気はしない。君も、そのうちわかるさ。

同情を受け入れる時も来る

肥満とは、なんであろうか。

十数年前、私は九十キロに達しそうであった。肥っているという自覚はそれほどなかったが、他人からは出っ張った腹を嘲笑され、ある時鏡を見て、自分でもデブだと思った。人間ドックの数値に大きな異常は出ていなかったが、そのうちどたっと倒れて死ぬぞ、などと友人に言われた。

気合を入れて、ダイエットを敢行することにした。といっても、どんなふうに気合を入れたかと言うと、食物摂取量を七十パーセントに減らしただけなのである。

特に、米粒は、丼飯から御飯茶碗一杯に減らした。私は健啖と言われていて、力士の食事なのではないかと揶揄されていたので、前に並ぶ食事が特に少ないと言う人はいなかった。普通よりやや多いぐらいだったのである。

空腹感もしばらくするとなくなり、体重は微減が続いた。ところが、数カ月経つと水平飛行に移行した。酒の量を減らすと、また微減で、それから水平飛行である。それを何度かくり返すと、二年半で十数キロが落ちた。

七十キロ台の真中のあたりを上下する体重が、それから十数年続いている。

自分に禁じている食べ物はないし、酒の量はむしろ増えはじめたが、体重は変らない。ダイエット本を読んだわけではなく、栄養士の指導なども受けていない。

そして、人間ドックの数値はきわめて正常である。異常は、ヘモグロビンA1cという、糖尿病の指標となる数値が、六・三であることで、正常な閾値は六・二であるという。

私は四十代のはじめに、この食生活を続けると遠からず本格的な糖尿病になると医師に言われたが、その遠からずはいつまでも続き、私は食生活を一切変えず、ただ体重だけが増加するという状態であった。

脂の少ない牛肉なら六百グラム、しゃぶしゃぶなど、十分間で四皿食った。いまでも、しゃぶしゃぶやスキ焼きの牛肉は、四百グラムである。

あるステーキ屋で、現役時代の貴乃花が四百グラム食ったと言われ、やってやろうじゃないかと挑戦した。

脂の多い肉でやわらかく、最初の百五十グラムは旨かった。次の百グラムをかなり苦しみ、さらに五十グラム食ってギブアップした。残った百グラムを、ステーキ屋の親父はスライスしてサンドイッチにしてくれた。

銀座のクラブ活動の土産というわけである。私のような無謀な挑戦者がほかにもいるようで、サンドイッチのパンはきちんと用意されていたのだった。

海の基地のそばに、まるい食堂という店があり、量が多いことで有名であった。上ロースカツを頼むと、肉を切るところからはじめるので時間がかかりますと言われ、少し厚目に切ってくれと言うと、やめた方がいいですよ、と忠告された。普通の上ロースカツが、四角い、お盆としか思えない皿に載せられてきた時は、眼を剝いた。

六百グラムはありそうで、しかも脂が多く、一気食いで完食したものの、これは罰ゲームではないかと思ったほどだ。それをおかずに、丼飯の大盛りを食っていた若造がいたので、やはり私は歳をとったのだ。

時々、発作的にそんなことをするが、日常の食事はきわめて普通で、栄養のバランスもいいらしい。

相当の酒を飲むのに、尿酸値なども正常で、肝機能の正常さ加減は、時々一緒に酒を飲む主治医が歯ぎしりしてくやしがる。これはDNAだなどと医師は叫ぶが、かなり重症の肺結核もDNAかと言い返す。

一生にかかる病の総量は決まっていて、私はそれを肺結核で使い果たしたのだと言いたくなるが、それはないな。病がちな人間も多く、若くして死ぬ人もいる。

友人の宮部みゆきなど、あたしは病み上手の死に下手なの、などと言っているが、それは私のことなので はないかと思うことがある。病が精神にこたえてしまう十代の終りから二十代のはじめ、私は何年も強力な化学療法をやり、それからも経過観察期が続いた。あの時死んでいれば、いまの私はおらず、それは死に上手と言うのか。うむ、微妙だな。生きていてよかった、と思うことの方が多い。

　これ以上、私はいまの体重を減らすつもりはない。血圧も、降圧剤を呑んでだが、正常範囲で、喘息と診断されて、ステロイドを吸引しているが、葉巻は食事の友であり、一秒の呼気や肺活量は問題ない。

む、こうして書いてみると、私もそこそこの病気持ちか。しかし、体重を減らしてから、最も厄介で宿痾《しゅくあ》だと思っていたギックリ腰が、ほとんど出なくなった。

　ほんとうにひどい時は、立ちあがれず、寝返りも打てないが、いまはコルセットを巻きつけていれば、立っていることはできる。腰かけていた方がつらいので、原稿は立ったまま書くが、ギクリと来ても、三日で全快である。

　あと、捜してみたが、頭と性格以外に悪いところは見つからない。筋力はかなりのもので、ウェイトと腹筋で鍛え続けてもいる。万年筆で厖大な量を書いているが、手首の腱鞘炎に見舞われたこともない。

あ、左の上腕二頭筋を断裂したか。しかしこれは怪我で、病ではないな。君は、私が健康体だと思うか。年齢の割りには、一応健康だと思っているのだが。

　二人の孫は、爺ちゃんは貧乏だが強いと思っていて、なにをやっても壊れないとばかりに、腹を打ってきたりする。特に、なにかに変身した時は、ヒーローになったつもりで、思い切り打つ。私は、腹筋をかためて、何度でも打たせてやる。すると、痛てえ、と言いながら、手をぶらぶらさせているのである。

　ほかにも痛てえと叫ぶことがあり、憎まれ口を叩いて、引っ捕まえられた時である。子供用の竹刀で、尻をべしりとやる。おう、痛てえっ、と言いながら尻をさすっている。

　爺ちゃんは、健康で強いのが一番なのだ。貧乏で同情はされるが、強いから尊敬もされているのである。

　もうしばらくは、若い者を尻目に、書き続けていられるのか。しかしいつか、書けなくなる。孫にも勝てなくなる。

　その時、私は君の同情を受け入れるよ。

記憶の連鎖は快感なのだ

私は、何本かの映画に出演している。ならば映画俳優であるが、出演時間は、総計でも一分ぐらいかもしれない。つまり、友情出演とか、原作者の出演というやつだ。テレビドラマにも何本か出たが、忘れてしまったな。

いや、ひとつ憶えている。刑事物のドラマで、私が恰好いい役であり、科白もあった。おい、小池。それからはじまる。憶えられますか、と監督が言った。

なんだとっ。俺を馬鹿にしているのか。蹴っ飛ばすぞ。それなら、というのではじまった。用意などという言葉がかかると、現場はしんとする。次の瞬間、私の眼の前で、カチンと、つまりカチンコというやつを鳴らされたのだ。すると頭が真白になり、小池役の藤竜也は笑い転げていた。

なんという無様さであろうか。それから私は、カメラの前に立つのがこわくなったのだ。まあ、立つ必然性もないのだがな。

はじめての映画出演も、忘れない。『友よ、静かに瞑れ』という、私の原作の映画であった。ロケ地が沖縄で、私は出演のために出かけていった。いま話題の辺野古で撮影していたが、当時は剝げかけた英語の看板が並ぶ、さびれた街だった。

監督の崔洋一は、私に科白のあるシーンへの出演を要請した。そして私は美しく言葉を発し、崔監督にも褒められた。

それで舞いあがったわけではないが、映画が公開されるまで、私はその出演について、テレビやラジオで喋ったり、書いたりした。

公開されてから、私のところに何人もの友人から電話があり、ずいぶんと注意していたが、出演場面が見つけられなかったと言われた。

私は、変装していたのであろうか。いや違う。公開前に、私の出演場面がカットされたのである。原作者がわざわざ沖縄まで出かけていったのに、友だちだからって、そりゃないだろう、崔。

私は、カットされたと言いまくり、名演技という評価があるとまで、尾鰭《おひれ》をつけて吹聴し続けた。そのトークが、意外に受けたので、私はさらに言った。どこかの映画祭まで出かけていって、喋ったりもしたのだ。

その後しばらくして、『黒いドレスの女』という私の原作で、崔洋一が再びメガホンをとり、今度出演したら、さすがにもうカットするまいと待っていたら、出演の口がかからなかった。

わずか数秒のカットで、一年分ほどのトークネタを私に提供してしまい、崔も懲りたのだろう。

この映画は、原田知世が主演であった。彼女は歌手でもあり、『恋愛小説』というカバーのアルバムを、私はいま聴いている。レナード・コーエンやノラ・ジョーンズなど懐かしいが、なんとプレスリーの『ラヴ・ミー・テンダー』が入っているのである。

やさしい、力を抜いた唄い方で、私の好みである。この曲を、私はカラオケのレパートリーに加えようと思った。私が『ラヴ・ミー・テンダー』を唄ったら、

最近、私を音痴と謗《そし》らなくなった大沢新宿鮫は、驚愕のあまり自殺するかもしれない。

そういえば、『恋愛小説家』という映画があったな。ジャック・ニコルソンの、A型っぽい神経質さと間抜けさ加減が、自分の姿を想像できて、私は好きであった。乗っている、サーブのコンバーチブルもいい。

と書いていたら、『小説家を見つけたら』を思い出した。書けなくなった、あるいは書かなくなった小説家というのが、身につまされて、私はうなだれながら観ていた。そして、黒人の少年に、ものを書くことがなにかを、教えるのである。

確かそんな映画だったとぼんやり考えていたら、今度は、『危険なプロット』という新しい映画が浮かんだ。小説家にもなれなかった高校教師が、生徒に小説もどきの書き方を教える。小説は妄想の産物で、プロットは妄想を支えるだけという、ごくあたり前のことを御大層に描いた映画である。

監督は、フランソワ・オゾン。この人、妙にもの書き物が多くないか。『スイミング・プール』の主人公

は小説家だった。ほかにないか。気のせいか。このところ記憶の連鎖が快調で、さまざまなことを思い出す。『17歳』という、少女の青春をいたぶるようなのもあった。『17歳の肖像』というのも前にあったが、これはフランソワ・オゾンではない。処女喪失物で、小屋で明りがついた時、周囲が全員女性で、私はなんとなくうつむいてじっとしていた。

この種の映画が好きなやつ、と思われたのだろうな。十七歳で、思い浮かぶ映画はほかにもある。ほんとうに、記憶の連鎖が快調だ。しかし、思い出したくて、思い出せない映画のタイトルがある。

いまはもう、出てこないな。

しかし、思い出したのである。嘘みたいな話だが、明確に思い出した。その映画のシーンは地味だが印象的なものが多く、映像はいくらでも浮かんでいたのだ。映像から、タイトルに辿り着こうとしたのがいけなかった。

諦めて、私は寝ようとした。もう朝になる。ウイスキーを、グラス一杯に注いだ。なんと、その映画のタイトルは、『ウィスキー』であったのだ。

地味な、どこまでも地味な映像で、ストーリーと呼ぶほどのものはなく、非日常もない、靴下を作る町工場の主人と、従業員の女性の話である。その中に、ちょっとした非日常が出来する。

意味を考えさせる映画があり、私にとってはこれがそうだった。男と女とは、なんなのか。日常を生きるというのは、こういうことなのか。

君は、集合写真を撮る時、なんと言う。はいチーズだろう。南米では、いや南米だけではないか、ウイスキー、と言うのだ。そうだ、これは南米の映画だったな。

解釈など、どうでもいいのだ。これは、難解な作品ではない。しかし私は、生きることの意味を、ちょっと考えたぞ。DVDになっているかどうか、知らない。もう一度観る気もない。細かい描写が、なにか解答を示しているものではないのだ。

思い出してほっとしたが、君が観る必要はないぞ。いま、生きることの意味を考えたければ別だが。

いつかどこかで勝新太郎

イタリアで映画を観ていて、これは最悪ではないか、と何度も思った。誤解がないように言っておくが、映画が最悪なのではない。私のめぐり合わせがそうだったのか、田舎の映画館は、恐怖映画ばかりがかかっていたのだ。

ひとりで観ていると、周囲はカップルばかりである。怖い場面になると、女の子がきゃっと叫び、男に抱きつき、そのまま離れず、スクリーンとは別のキスシーンが、周囲で展開される。

キスシーンなら、『ニュー・シネマ・パラダイス』の結末だろうと考えても、あんな美事なものはなく、男の手は大抵は、いけないところに回っている。隣りの席でそれをやられ、女の子の膝が痙攣するのと、怖い場面を、交互に観ていたこともある。

そういう点で、キューバの映画館は、まさしく天国であった。シートのスプリングなど、ないに等しかったがな。いまは様変りしているが、私がなんの情報もなく行ったころは、キューバの人々の娯楽は、映画と音楽だったのである。あとは、広場でやっている空気銃の射的で、これは射撃に近く、軍事訓練が自然に行われているという感じもあった。

ラジオからは、プロパガンダが流れている。切られることはない。すぐに音楽になるからだ。音楽と音楽の間の、プロパガンダ。効果的なのか逆なのか、よくわからん。

ハバナには、いくつか映画館があったような気がする。大きな街には、大抵ひとつはあった。私が見たかぎり、かかっているのは日本映画だった。ハリウッド映画など、間違ってもかかっていなかった。私が映画館に近づいていくと、周囲の視線が集まる。咎める眼ではなく、畏敬のこもった眼差しだった。

私は一度だけ、映画を観た。なぜ一度だけかと言うと、どこの街の映画館も同じものがかかっていたからだ。映画が終った時、私は普通の観客だった。かかっていたのは、『座頭市』で、街中では私は似ていると言われたのだ。監視員で私についている男まで、そう言った。

映画がはねたあとは、当然、全員が本物を見ているわけで、似ているとさえも思わないのかもしれない。似ているというのは、ちょっと不思議なところがある。

勝新太郎さんとは、後年一緒に飲む機会があり、よく顔泥棒と言われた。酔った勝さんが私の耳を摑んで、ほとんど接吻寸前の距離まで顔を近づけてきて、顔泥棒と言うのである。

キューバではいい思いをしましたぜ、と言うと、キスではなく頭をはたかれた。

カストロが、『座頭市』のファンだった。眼が不自由で、それでも大権力に立ちむかい、最後は勝つ。それが、カリブ海にあって、アメリカとむき合わなければならないキューバの立場と重なり合い、国民にも受けに受けたようだ。カストロやゲバラとは立つ場所は違うが、国民的な英雄だと私は感じた。

勝さんは招かれてキューバを訪問したことがあり、十分に一回、この世のものとも思えない肉感的な美人が出てきて、一時間経ったら髭面の男が現われたので、三番目、と言いそうになったが、カストロだったという。ほんとうか嘘かは、わからない。

話の中には虚実があり、罠もあった。おまえ、役者になろうとしたことがあるだろう。ありませんけど、その気になってりゃ、なれましたかね。そりゃ、おまえ、俺ぐらいにはな。勝新太郎ぐらいになれるとわかっていれば、私はやったな。

三島由紀夫に映画出演をして貰った時、巻藁《まきわら》をいくつにも切って、居合の技を披露したらしい。勝さん、何流なの。俺の居合は、田無流ですよ。やっぱりね。この会話など、三島由紀夫が罠に陥ちて、なんとなくらしさを垣間見せている。

ケン坊、田無流なんて、ありゃしねえんだ。勝さんはそう言いながらも、別に三島由紀夫を貶めているわけでなく、かわいい見栄っ張りなんだよ、という言葉の響きだった。

おまえ、俺よりも、ほんとうは兄貴に似ているな。

若山富三郎さんのことである。勝さんとはまた違う性格俳優だったが、私は勝新太郎似の方がいい、と言った。そんなことには構わず、勝三兄弟の末弟になっていい、と許された。しかし兄上と呼ばねばならず、それはいやだと言うと、義絶した弟ということにされた。

一昨年だったか、横浜で十七回忌が営まれ、案内を貰った人はひとりも欠席しなかったらしい。暑い日だったような気がする。

私は、しきりにキューバのことを思い出していた。みんな勝新太郎が好きだったのだ、とも思った。

『いつかどこかで』。勝さんが教えてくれた唄だが、いまだにうまく歌えない。

君は、勝さんの映画、観たことはあるのかな。死ぬ芝居が一番難しくて、俺にゃまだできねえんだ。

私は、古今の映画の、死ぬシーンをいくつか挙げた。

そりゃ、おまえ、演《や》ってるやつには、これから死ぬとわかってんだよ。だから、どんな芝居だってできる。だけど、そいつは死んでねえ。誰も、死んだことあるやつ、いないしな。そんなこと言ったら、ほんとに死ななきゃならないじゃないですか。

勝さんのシリーズのひとつに、『悪名』というのがあった。田宮二郎演じる、弟分のモートルの貞が殺されるシーンがある。駈けてきたやつに、女房と相合傘で歩いていた貞が、とんと刺される。次の瞬間、カメラは俯瞰し、雨の中を唐傘がくるくると回っている。あれがな、映像で描ける死だよ。

なにか、話は不意に深くなったりするのであった。おまえの小説は、アキがいい。私は首を傾げた。アキってなんだろう。幕が上がることであった。つまり、冒頭を褒められたのである。

亡くなって、かなりの歳月が経っているのに、印象の薄くならない人である。私が知っているのは、ごく一部だろうが、それで充分だという思いがある。

オールド・ハバナの、ラムなどを出してくれる店で飲んでいると、この世のものとも思えない美女が近づいてきて、私に抱きつき、耳もとで、イチ、と囁いた。

君は、羨しいか。どこか似ていないと、経験できないぞ。

男の人生は見果てぬ夢か

見果てぬ夢、という言葉がある。

私の人生で、それはあるだろうか。ふり返っても、夢を持っていたかどうかが、よくわからない。持っていたような気もするが、それがかなったという自覚もないのだ。

果てることがないわけだから、多分、一生に近い期間、持ち続けているものだろう。そしてかなうことのない夢である。考えれば考えるほど、私には現実味がないな。夢という言葉で、なにかを意識したことも、ないような気がする。

しかし、自分以外の人について、私はこの言葉をよく遣ってきた。そういう場合、大抵はその人が亡くなった時である。それも、必ずしも天寿を全うしたわけではない、ということが多かった。

かなり前だが、神代辰巳という映画監督が、仕事場のホテルに訪ねてきた。

ロビーから電話があり、部屋へどうぞと言っても、なかなか現われない。ようやく現われた神代辰巳は、酸素ボンベを引っ張り、鼻に管を突っこみ、杖もついていた。

部屋に請じ入れると、腰を降ろしたソファで、しばらく肩を上下させ、言葉も出てこない容子だった。

煙草一本、いただけますか。最初に口から出たのが、これである。呆れながら、私はテーブルの煙草の箱を押しやった。私の小説の、映像化権の話であった。『棒の哀しみ』という。

この映画は低予算で撮られ、なにもかもが不自由していたらしく、桃井かおりや竹中直人などという人たちが友情出演し、私も暴力団の大幹部役で駆り出された。主演は奥田瑛二で、相手役の永島暎子という女優には、凄味のある存在感があった。

その年の、監督賞、主演男優賞を総なめにした作品である。桃井と竹中が出ているプールバーのカウンターが、モノクロのようで雰囲気があり、あれいいね、と言うと、予算がなく照明ができなかったので、そうなったのだと答えた。

映画に関わる人間は、血が熱いと、なぜかその時に思った。賞をこれだけ獲ったのだから、次は予算を使えるぜと私は言い、ほんとうにそうなるだろうと思っていたが、ほどなく亡くなった。

映画人が集まっている通夜の席で、遺影と対面しながら、見果てぬ夢だったね、と語りかけるしかなかった。

天知茂という俳優がいた。苦み走ったイメージで、人気があった。天知氏自身が、私の作品を映画にしたいと申し入れてこられ、私は了承した。

舞台がロスだったので、ロケハンまで敢行し、私も野次馬気分で出かけていった。原作者ができることなど、なにもないというのが映像化の際の私の考えなので、野次馬なのである。

帰国して、天知氏は主題歌について悩み、私にもいいものがないかという質問が来た。

思いついて、葛城ユキのアルバムを一枚渡した。『RUSH』というアルバムだったと思うが、どうも記憶が定かではない。曲名は憶えているぞ。『FIRE』という。ちょっと気怠く、やがて激しく、全体にはセンチメンタルな雰囲気が漂う、私の好きな歌であった。なぜか、天知氏はそれを選ぶだろうという確信があり、その通りになった。

くり返しそれをかけ、そのたびに新しい映像が思い浮かんできたようだが、クモ膜下出血で急逝された。あれも、見果てぬ夢だったな。映像化が愉《たの》しみだったので、私にとっても見果てぬ夢である。

そう思うと、死んでいない私にも、見果てぬ夢はあるということか。ふり返ってみると、君にもあるかもしれないぞ。

日本の、名立たる俳優が、自身で映画化を申し入れてきた、私の小説がある。ひとりふたりではなく、五名である。いずれも、この人から面会の申し入れがあったのかと、思わず緊張してしまうような映画俳優である。不思議なことに、監督やプロデューサーからの申し入れは一件もなく、そしてその話の全部が、中途で潰えた。

六人目が、松田優作であった。これは契約書を交わし、金まで貰ってしまった。

優作は実に熱心で、いきなり電話してきて、いいシーンが浮かんだ、などと言った。ロスから電話が来たこともある。途切れ途切れだが、鮮烈な映像が浮かぶようだった。

かつて四谷三丁目にあった、『ホワイト』という店で、よく飲んだ。飲むほどに、優作は不穏な雰囲気を漂わせはじめる。ある意味での有名店で、殴り合いなど日常茶飯事だった。私も、二度ほど演劇関係者と殴り合ったが、ともに酔っているので、途中で息が切れて座りこむ。大抵はその程度のものだったが、時にはかなりの血を見ることがあり、それでもパトカーが来たという記憶はない。

飲み友達だと思っていた俳優からの映像化の申し入れは、いくらか私の意表を衝いたが、相当にきちんとした話だった。それまでの大俳優といわれる人たちとの経緯を話したが、優作は絶対にやると言い、私もこれは実現するかもしれないと思った。

松田優作の訃報を受けた時、私はやはり見果てぬ夢だった、と思ったのだろうか。なにか死が衝撃的で、映画のことは頭から飛んでいたような気もする。

見果てぬ夢という言葉を、改めて見つめ直してみると、いい感じがしてくる。男の人生を感じさせるとは思わないか。

どんなものでも、夢と言う。明日、でかい魚を釣りあげるのも、高嶺の花の女を落とすのも、高級な車に乗るのも、夢である。しかしそこに、人生はあまり感じないな。見果てぬとつけた時、不意に夢という言葉は陰翳を帯びる。

私は歳を重ねてしまい、どんな些細なことでも、それが夢だ、などとは思わなくなった。これは実現できる、これは実現できない、と単純に割り切ってしまう。

若い君は、地平線をめざせ。いくら進もうと、地平線はいつまでも地平線なのである。行き着くことのないところをめざして、ひたすら走る。

それもまた、見果てぬ夢ではないか。

背をむけた世間のむこうに

中学二年であった。夏であった。晴れた日であった。私は中学からは、都内の中高一貫の私立に通っていた。私は舗道を歩いていたのだから、地下鉄はまだ通っていなかったような気がする。

私立中学ではよくある、肩掛けのズックの鞄で、帽子をあみだに被《かぶ》っていた。歩くたびに、尻のところにぶつかって、鞄が揺れる。

赤信号で、車が停った。なんと、赤いオープンカーであった。あのころは、コンバーチブルでもカブリオレでもなく、屋根のない車はすべて、オープンカーである。

私は、車に見とれた。運転している、サングラスをかけた兄《にい》ちゃんの位置が、すぐ近くだったという記憶があるので、いま思えば左ハンドルだ。そんな車を街中で見かけるのは、皆無と言っていい。私の友人で、一日に三台ベンツを見かけたら、小遣を百円遣うと決めていたやつがいたほどなのだ。

乗っている兄ちゃんが、私の方を見ていて、おい坊主、サインしてやろうか、と言ったのである。

アロハシャツにペンダント。大人たちが言う、不良のグッズが全開である。それでも私は、鞄に手を突っこんでノートを出し、筆箱から鉛筆をとって添え、兄ちゃんに渡した。

兄ちゃんはサングラスのつるを口にくわえ、ふうんという表情でノートをめくると、白紙のところにサラサラと鉛筆を走らせ、私に返してきた。受け取った私に、兄ちゃんがなにか言おうとした時、信号が青になった。

兄ちゃんはにこりと笑い、じゃあな、と言ってサングラスをかけ、走り去った。

私は茫然としていたが、サインを見て鞄に戻した。翌日、代数の授業でも、そのサインを茫然を通り越し、うっとりと眺めていた。すると背後に人の気配を感じ、気づくと手からノートが消えていた。周囲にあるのは、学友たちの含み笑いである。

代数の先生は、そのまま何事もなかったように教壇に戻り、ノートを出席簿に挟むと、授業を続けた。

放課後、ノートを貰い受けに行くと、先生は黙って返してくれた。しかしサインの部分だけが、きれいに鋏で切り取られていたのである。私は抗議し、返してくれと懇願した。すると、穏やかに説教された。不良の映画などに、夢中になってはいけない、と言われたのだ。

その時私が感じたのは、先生の理不尽さと同時に、世間の大人の保守的な固定概念であった。私は涙を流したが、こんなきれいな代数のノートを、落書きで汚してはいけない、とまで言われたのであった。

下校途中で一緒になった先輩に理不尽を訴えたが、あれは不良だからな、と言われた。親にも訴えたが、おまえは学校になにしに行っているのだと逆に叱られた。先生でも、親でも、先輩でも間違うことはある。世間のかなりの部分も、間違う。私が人生ではじめて感じた、痛切な思いであった。


あの兄ちゃんが、あんなふうに笑ってくれた兄ちゃんが、不良のわけないだろう。

私は、その兄ちゃんの映画は、全部観に行った。面白い。そして心が揺り動かされる。絶対に、観て不良になるような映画ではなかった。

そして私は、小屋でひとつの現象に気づいた。世間の流れのもう一方は、明らかに兄ちゃんの方面にむかいはじめている。なぜなら、小屋は一杯で、動かしようがないほど人気があったからだ。私はどこかで、既成のものと新しいものの境界を越えたのである。

当たり前だが、その兄ちゃんは、大スターになった。もう亡くなったが、石原裕次郎である。君、映画は観たか、歌は聴いたか。

後年、運転免許証を取得し、どうしても欲しいと思ったものがある。赤いオープンカーである。私はマセラッティ・スパイダー・ザガートを購入した。イタリアでは、オープンのことをスパイダーと呼ぶ。

私はサングラスをかけて街乗りをし、信号が黄色になると、ふだんならひゅんと突っ切るのに、減速して停止し、きょろきょろと周囲に中学生の姿を求めた。

いると、じっと見つめる。いつ、サングラスをとろうか。おい坊主、サインしてやろうか、とどんな声で言う。頭の中には、あの兄ちゃんのころの石原裕次郎の姿が駈けめぐる。いまだ、と思っても、手も口も動いていない。そのうち中学生は、私に見られているのに気づいて、こわがって逃げる。

馬鹿と言われるのはわかっているが、数えきれないほどそれをやって、自分にはできないのだと気づいた。できないよなあ。おい坊主、サインしてやろうか。それが自然に親しげに言えて、いまもまだ心に残る笑顔を見せる。うわっ、できねえよお。

できたから、石原裕次郎は大スターだったのである。

私の作品が何本か映画化されたころ、石原プロモーションでどうかなとか、社長に会ってみませんかとか、二度ほど話を貰い、私は二度とも全身が硬直したようになり、会いたいです、と叫んだ。

しかし、正式な話には進展せず、やがて石原裕次郎は病を得るのである。何度も、大きな病を乗り越えられた、と記憶している。しかし、やがて亡くなられた。

中学二年の夏に、一度だけ会ったきりである。兄上の方にはしばしばお目にかかる機会はあるが、裕次郎さんの兄貴なのだ、と思うだけである。

もし生きておられる間に、会う機会があったとして、私はこれを話すことができただろうか。

微妙だな。裕次郎さんが、憶えているとは思えない。しかしなあ、ううっ、思い出すと涙ぐみそうになるほど懐かしいし、あの代数の先生の顔も、小屋の賑わいも浮かんでくる。

人の出会いが、一期一会だと、私は思いたくない方である。また会える。そう信じたいと思ってきた。しかし、一期一会というのは、ほんとうにある。

そしてそれが、再会よりもずっと鮮烈に心に残ることも、この体験でいやというほど知った。

なあ、君。君とは一期一会なのか。それとも腐れ縁か。どちらにしても、人と人なのだ。そこにはきっとなにかがある。

じゃあな、坊主。

ここでは書けない歌詞の話

日活映画のみならず、邦画を観まくった時期がある。小林旭の渡り鳥、宍戸錠のエースのジョー、勝新太郎の悪名、兵隊やくざ、市川雷蔵の陸軍中野学校、忍びの者。これらはいずれもシリーズになっているものだが、ほかに三船敏郎とか三國連太郎とか、もっと古いところでいえば大友柳太朗とか、いやあこれは名前をあげるときりがないぞ。

三國連太郎が主演した『神々の深き欲望』は、名作としての声価が高いが、私は学生のころに観た記憶がある。多分、あのころ新人だった沖山秀子のぷりんぷりんの躰と、濡れた服に透けている陰毛に欲情したのだ。

私にとっては鞍馬天狗の、嵐寛寿郎がこの映画に出演し、撮影のころのことを、なにかに書くか喋るかしているのを読んだ。嵐寛寿郎はすでに高齢で、褌のゆるんだ爺さん役だった、と記憶している。

とにかく無茶苦茶で、監督は沖山秀子と媾合《まぐわ》い続け、ほかの出演者は、東京や京都に仕事に行っては、孤島の撮影に戻ってくる日々だったという。つまりこの映画の撮影を、みんな仕事とは思っていなかったのだ。

そんなふうな、底知れない映画人の熱さがあるなあ。シリアスな映画はそのころの私には好みではなかったが、これは好きである。

まずいな。邦画の話をはじめると、私は止まらなくなる。どうしよう。なにかに限定すればいいのか。そうだ、歌だ。主題歌だ。しかし、それも数限りなくある。発禁になった主題歌。これなら絞りこめるぞ。

うむ、『無頼黒匕首《ドス》』というのがあった。これは、渡哲也主演であり、主題歌もそうだったはずだ。はずだというのは、タイトルバックにその歌が流れていた、という記憶がないからだ。つまり発禁になり、テスト盤しか出ていないらしいのだ。

映画は、無頼の魂を描いたようなもので、日活映画の独特の明るさはない。実在したやくざ者が、モデルというか原作者のようで、そのあたりを知りたければ、君は自分で調べろ。

新宿のゴールデン街に、日活映画のポスターばかりを貼った店があった。銀座のクラブ活動の帰りなどに私はよく行き、明るくなるまで飲んでいたものだ。

あのころは書いている枚数も多かったし、体力があったのだな。そこで、映画談議をしたわけではない。酔い潰れているやつが多かったし、なにかつらそうに呟《つぶや》きながら飲んでいたやつなどが、印象に残っている。ママが、日活映画のファンだったのだ。

ある時、隣りに座った男に話しかけられ、映画の話になった。『無頼黒匕首』をその人は観ていて、ひとしきり話したあと、低い声で主題歌を唄った。これ、発禁になったんだよね、歌詞がデスペレートすぎて。だからサントラ盤はないんだ。

発禁になるような歌とは感じられなかった。暗い情念が漂っているが、男の歌だと私は思った。そもそも、発禁などというものを、誰が決めるのか。

話をした時点で、かなり古い映画であった。六〇年代の終りではないかと思う。そのころは、いまよりもっと厳しい規制があったのだろうか。

話の流れで、テスト盤を持っている人がいると知ったが、訪ねてみようという思い入れまでは持っていなかった。ただ、なんとなく気になり、その店に行くと、その人に会わないかなと思ったものだ。会うことはなかった。

そのうち、ママの腹が膨らんできた。行くたびに、膨らんでいて、肥っているわけではないのは明らかだった。

ある時に行くと、違う店になっていた。ゴールデン街は、そんなものだった。店の中を整理して鍵を返せば、それでいいのである。次の人は鍵を受け取り、その日から店を開く。権利金もなにもないと聞いたが、いまは知らない。

後日、ママから手紙を貰った。店を閉めたお詫びと、そして『無頼黒匕首』の歌詞が書かれていたのである。酔った私が、思い出そうと呻吟しているのを、知っていたのか。

歌詞はわかったものの、メロディの最初の部分しか思い出せず、ごくたまにだが、眠る前に酒を飲んでいて、私はいまだ呻吟する。

渡哲也さんとは、銀座のクラブでよく遭遇して、言葉を交わした。無口だという印象があるが、私にはかなり喋ってくれたのではないか、という気がする。それでも、クラブのソファで、発禁になった歌を唄ってくれとは、言い出すことさえ思いつかなかった。

最近お目にかかったのは、勝新太郎さんの十七回忌の席であった。おっ、まだ銀座を荒らしているのか。いつまでも懲りません。そんな会話であった。無論、その時も言い出せない。

八〇年代、九〇年代といえば、自主映画もよく観たが、それを語るとまた長くなる。

『竜二』という、金子正次主演の映画があり、公開するまでに相当の苦労があり、舞台挨拶の時に倒れて、そのまま亡くなったと私に言った人間がいた。

小屋で観た時、私はかなり感動して、しばらく席を立たなかった。妻役で、現実でも妻であったらしい、永島暎子がよかったな。

彼女は私の原作の『棒の哀しみ』にも出ていて、やはりよかった。演技派女優では相当な人だと思うが、映画祭の賞などではあまりその名を見ない。

君は、私の細かいところに入りこんだ映画の話を聞かされて、いくらかうんざりしているだろうな。みんな、血が熱かった。私は青春のころ、その熱さをまともに浴びた、と思っている。

映画を語ると、同時代の小説のことも語りたくなるが、それはやめておこう。語るのではなく、実作が私のやるべきことなのである。

暑くなってきた。海の季節であるが、私には船の季節でもある。しかし船は故障中で、マリーナでうずくまっている。

時々、マリーナに行って船に語りかける。また、思い切り航走《はし》ろうな。どんな波でも、乗り越えような。船は沈黙したままだが、私の言うことは聞いている、という気がする。

またな、わが友。

ふと昔をまさぐってみただけだ

狭い路地で、夜になると軽トラックも入ってこない。酔っ払いが歩いているだけだ。

新宿ゴールデン街の話である。金がまったくないころ、酒を飲むのはゴールデン街、という時期があった。

鬱々とする日が多く、すぐに喧嘩をしたくなった。酔っ払いの集団が歩いてくる。肩がぶつかる。おい、待て、と言う。集団の場合は、ちょっと言い合いになり、こいつ危なそうだから行こう、というような感じで、むこうが行ってしまう。

注意しなければならないのは、ひとりでうつむいて歩いているようなやつである。ぶつかって、おい、と声をかけた時は、殴りかかってきている。しかしなぜかそういうやつらは、場にも馴れていない。溢れかかったものが、声をかけられてこぼれた、という感じなのだ。一発蹴飛ばすと、うずくまって泣き出したりする。いじめているような気分に襲われて、私は負け犬のように逃げ出したものだった。

喧嘩をしたくなっている私は、どこか不穏な気配を漂わせているらしく、誰も相手にしてくれないのである。他人の喧嘩には、よく遭遇した。大抵は、団子になってのつかみ合いだが、時には本格的なやつも見た。

そういう場合、やられる方は、かなりひどい状態になる。病院に運んだ方がいいだろうと思っても、私も、ほかの人間もそんなことはせず、ただ放置している。酔い潰れて寝ているやつなどそこここにいたので、やがてそれに紛れて目立たなくなってしまう。

人間の躰で一番の武器は、拳でも足でもないと、そういう喧嘩を見て、私はなんとなくわかった。頭が、一番効く。それも、叩きつけようと、意図的にやった場合である。

ギターが聴えてくる。マレンコフと呼ばれる中年の男で、どんな音痴の歌にも、ギターを合わせてくれるという噂であった。

そのマレンコフが、立ち止まって喧嘩を見ている。

やられて動けなくなったやつのそばにかがみこみ、ちょっと診察でもするような感じになり、顔を洗って帰れとか、病院に行けとか、そんなことを言って立ち去るのである。それを、何度か目撃した。

マレンコフはやがてかなり有名人になり、数年前に亡くなった時は、新聞記事になったような記憶がある。

二十代のころに私が飲んでいた店は、全部なくなった。サントリーホワイトをキープしていたのだが、角瓶を飲めるようになりたい、と思ったものだ。それでも、私のボトルは飲んでも飲んでも減らなかった。ママが、気に入らない客のボトルから注ぎ足していってくれるのである。

金はなかったが、借りたことは一度もない。もっとも、あのゴールデン街に、ツケなどということがあったのだろうか。多分、なかったのだろうな。

私が作家になったころ、コメディアンであり大変な読書家だった内藤陳さんが、『深夜プラス1』という店をはじめた。ギャビン・ライアルの冒険小説からとった店名で、そこへはよく行くようになった。

カウンターに、あまり売れない作家たちが並んでいて、人の話は聞かず自分の言いたいことだけを喋り、時には罵り合いをして帰る。

店主の内藤陳さんからして、ジンのストレートを飲み続け、十二時をすぎると耳をなくしてしまう。つまり、人の話をまったく聞かなくなる。

カウンターの中で水割りなどを作っているバーテンダーは、よく作家たちにいじめられていた。その男がある日、『不夜城』という小説を書いた。馳星周である。

ふり返ると、坩堝《るつぼ》のようなものだった。小説に対する愛情だけでなく、さまざまな思いが渦巻き、そこで消耗してしまう者や、坩堝のエネルギーで、世に出ていく者もいた。

内藤さんが亡くなってから、私は久しく足を踏み入れていない。その店は、作家になっている者は特別待遇で、満席の状態で入っていっても、誰かが立ち、席を空ける。そこが唯一、自分が作家だと思える場所だった、という気がする。深プラと呼ばれていたその店から、別の店へ行き、そちらではもう作家でもなんでもない、ただの酔っ払いなのだった。

私は銀座のクラブなどで飲むことが多くなり、その帰りに深プラへ寄るということは、ほとんどやらなかった。どこか気が重く、ほかの店に入ってしまうのである。多少は本が売れはじめた自分の状態を、私は多分、どこかで恥じていた。ゴールデン街に足を踏み入れると、いけないことをしているような気分に襲われたのだ。

銀座で、ゴールデン街のような、特に二十代のころのような熱気を持って、飲むことはできない。喧嘩をしたくて、銀座の通りを歩くこともない。

若いころ、爺が飲んでいて、理不尽な説教を食らったことが、何度もある。殴り倒してやろうかと思っても、相手の年齢を考えると、それができない。しかしいま、私はその爺よりも歳上であろう。

君は、自分が若いころ飲んでいた場所などを、思い出すことがあるか。いまの君にとって、そこはどういう場所だ。

おっ、あの爺のような説教を、私ははじめているのかな。若いころ飲んでいた場所などには、恥しか残っていない。しかし、恥を思い出すのとは違う、微妙な懐かしさがどこかにあるのだ。私は、時々考えるよ。なにが懐かしいのか、なぜ、時々思い出すのか。

恥だけではなく、いまはないものが、あそこには残っている。情熱なのかな。熱気なのかな。言葉で表現しにくいような熱さが、確かにあった。

そしてそこに立つと、幻のように昔のものが見える。幻でもいいのだ。私はそれを見ようと思い、ゴールデン街を先日歩いた。そして、古い知り合いに出会《でくわ》した。面変りしていて、正直に言うとお婆ちゃんになっていて、私はわからなかったが、むこうが声をかけてくれた。彼女の店に行った。客は私ひとりで、ママとむかい合った。あのころ、ほんとにギラギラしていたよね、ケン坊。そうだよな、確かに毎日、叫びたかったよ。暴れたかったよ。そして、泣きたかった。

古いことを、思い出した。ちょっと、君に話してみたかった。

ふるさとは遠きにありてなのか

砂の色が、白かった。白というより、肌色に近かったかもしれない。

私が、幼いころ遊んだ海である。リーフに囲まれたビーチというわけではなく、海はそのまま玄界灘に繋がっている。眼の前にある島がいくらか波を遮るもの の、台風などが来ると、海沿いの国道を歩くこともできなかった。

時々、郷愁とともに、あの海を思い出す。

潜ると、さまざまなものが見えた。まず、砂紋と呼んでいいのか、波で海底にできた砂の紋様が見える。ところどころに、なにかある。砂から、ちょっとだけ突き出しているのが見えるのだ。その両脇から砂に手を突っこむと、石のようなものがあり、それは赤貝なのであった。

もっと波打際に近い砂の中からは、バカ貝と呼ばれる青柳が出てきたりした。磯の方へ行くと、海胆《うに》が採れた。マグソと呼んでいたが、つまり馬糞海胆である。砂の上には、メゴチがいた。舌ビラメなど、水の中を歩いていると踏んづけた。そのまま押さえこんで、摑み、首を折っておくのだ。ひと晩干して、翌朝の食事で炙って食うのである。釣りをすると、いろいろと釣れたが、あのころリールなどを持っている者はいなかった。

ちょっとした平地の背後は山であり、そこは夏以外の遊び場だった。

なぜ郷愁かというと、山もまあ大きく変わりはしたが、海が劇的に変わり、もう郷愁しか残っていないからだ。工場を誘致するために、湾の半分が埋め立てられたのである。それで、海は死んだ。残された半分も、沼のような海になった。あの海は、もうないのである。

しかも埋め立て地に工場がやってくることはなく、最初の十年は、ペンペン草が生えた、荒れた光景しかなかった。画家だった叔父など、俺たちの故郷は空だけになっちまったぞ、と飲みながら嘆いていたものである。

あんなことも、人がやるのだと考えると、哀しいだけだな。怒りすらもなかった。ある日帰郷すると、海はなく、土くれの荒野だけがあったのである。

その土地の人間で決定したことであり、そこに住まなくなって久しい私が、郷愁などと喚き立てても仕方があるまい、と埋め立てがされる時は思った。私が喚き立てたところで、工事が中止されるわけもない。

しかし、あの光景をはじめて見た時は、哀しかったなあ。人間は、こんなふうにして、自分の首を絞めていくのだろう、と思った。

自然を大切になどと言い、それは偽善的な言説だという反論も聞える。戦争だって、ほとんどの人間が反対しているのに、どこかで起きている。

現場には現場の理屈なり理由なり都合なりが、あるのだ。それがどれほど瑣末でつまらないことであっても、当事者には深刻だ、ということもある。

かつてユーゴスラビアを車で走り回った時、多民族がひとつにまとまって、いい国だな、と思ったことがある。

しかし、国民的英雄であった大統領が亡くなると、すぐに内戦が起きてしまった、という印象がある。

いまは、数カ国に分かれてしまった。そういう馬鹿馬鹿しさと、深刻さと、どうにもならない絶望を描いた、『ノー・マンズ・ランド』という映画がある。

ここに描かれた絶望の救いようのなさは、戦争というより、人間の愚かさを象徴しているようにさえ見える。反戦映画とされているが、戦闘シーンなどほとんどなく、滑稽で愚かでもある絶望を、鮮やかに描き出しているのだ。戦闘シーンがないから、とんでもなく低予算だが、大作の反戦映画にはない生々しさもあるぞ。

ユーゴスラビアのころ、私はひと月ほどかけて旅行し、ある家に泊めて貰ったことがある。

旦那がいて、奥さんがいて、息子が三人いた。お婆ちゃんが、布を合わせてスリッパを作っていて、お土産にしろと、私は二足頂戴し、決して金は受け取ってくれなかった。

そのお婆ちゃんは、実に貫禄があったな。孫たちの態度にも、それはよく見えた。そしてお婆ちゃんの顎には、黒い髭が二十本ぐらいあり、胸のところまで伸びていた。それを、いつも大事そうに手でいじっていて、孫たちも抱擁されると、それにそっと触れていた。あのお婆ちゃん一家は、戦争でどうなってしまったのだろうか。

女性の髭の話をすると、ハドリー・チェイスの『蘭の肉体』に、髭を見せ物にしている老婆が賊に切られてしまうという場面があった。そして老婆は、実に深く傷ついてしまうのである。昔、読んだ小説だからな、正確かどうかは自信がない。

海外では、髭の生えた女性を見かけることがある。マイクロネシアの女性など、そうであった。

フィージーで、口髭を蓄えたような食堂のおばちゃんがいて、ライライ・ビナカと私は言った。するとそのおばちゃんは、満面の笑みで私を追いかけてきたのである。翌日会った時も、そうであった。

君、かわいいね、とフィージー語で通じるかどうか試してみたら、見事に通じてしまったのである。キスをしたら、ちくちくするのだろうか、と私は本気で考えたぞ。

この手の外国語に関して、かつて私は十カ国語ぐらい喋れたと思う。もう、半分は忘れてしまったがな。

故郷の海の話をしたのだった。あの清冽な海が、沼のようになってしまった、と書いたのだった。

しかしむなし過ぎて、続けられない。人間は、どうしてこうも愚かなのか、と書く私もまた、人間なのである。

君には、故郷はあるか。どこか、毀《こわ》れてはいないか。毀れているのを見つけたら、なにか言った方がいい。私の故郷の海も、埋立反対の運動はあったのだ。離れ住んでいるという気後れで、反対と言わなかった私の悔いは、いまだに大きい。

夏になると、いつもあの海を思い出すよ。穢《けが》さなくてもいいものを、穢した。それは人を責めるのではなく、自分を責めるべきなのだろう。

暑さには負けるなよ。またな。

無垢なるものを勝手に人は欲する

幼いころ、犬を飼っていた。

九州の田舎の村では、繋いである犬など見ることはなかった。市の野犬狩りが時々来るのだが、犬はみんな山へ行ってしまう。そのあたりの伝達手段は、相当なものだったのではないだろうか。犬が人を咬《か》むということも、ほとんどなかった。繋がなければ野犬だったのだろうが、私の家には鎖さえなかった。

間抜けな犬を、見たこともある。道で昼寝をしていた。男が二人、そっと近づいた。次の瞬間、犬は悲鳴をあげ、躰を丸めて宙に浮いていた。針金で引っかけたようだった。

野犬狩りの瞬間である。家の人が出てきて、職員に激しく抗議したが、取り合っても貰えなかった。あの犬は、どうしたんだろうな。保健所かどこかへ行って手続をすると、返して貰えるという話だったが、それ以後見かけることはなかった。

道を歩いていて、箱を抱えている友人に出会った。波止場に捨てにいくという、生まれたばかりの仔猫が、箱の中に四匹いて鳴いていた。

捨てるといっても、道端に置いて、誰かが拾ってくれるのを期待するわけではない。波止場の突端から、海に投げるのである。生まれたばかりの仔猫でも、しばらくは泳いでいる。それを、舞い降りてきた鳶《とんび》が、摑んでは飛び去っていく。

いくらなんでも残酷ではないかと言った私に、じゃおまえの家で飼うか、と友人は言った。全部取りあげると親猫が騒ぐので、一匹だけ残してあるという。それで、親猫は大人しくしているらしい。猫は、数がわからないのかもしれない。

そこの海は港の入口で、漁船が通るので深かった。泳ぎを覚える時、ガキ大将に放りこまれるのもそこだったから、あまりいい気持はしなかった。

命が大事にされていたのかどうか、わからない。愛護協会などには叱られそうな話だが、山中に何十匹もの犬を放置する、潰れたブリーダーよりは、人間が責任を取っているとは言えるのではないかな。

　少なくとも私の友人は、自分の手で摑んで投げ、鳶が摑み去るまで見守った。動物の避妊手術など、考えられない時代の話である。

　犬は雑種ばかりで、純血種など見たこともなかった。雌が生理の時は、かからないようにするために、物置などに入れられていた。そういう点でも、飼う人間の節度はあったのだ。

　私の家にいたのも、中型ぐらいの雑種で、飼主に似て臆病なやつだったが、どこへでもついてきた。

　犬の縄張りがあるのは村の中だけで、山にも海にもなかった。もっとも私の犬は、水などには怖気づいて入れず、谷川の岩から岩へ渡る道では、そこを跳ぶことができず、いつまでもじっと待っているのであった。

　一度、山の柿を取ろうとして、落ちたことがある。砲弾のようなかたちの渋柿だが、熟れたものはやわらかくうまい。数日前から私は食いごろを狙っていて、ひとりで取りに行った。木に登り、枝を伝って柿に手をのばそうとした時、私の躰は宙に浮いた。次の瞬間、地面に叩きつけられていた。私は呼吸ができず、地面を手で叩いた。しばらくして、肺に空気が飛びこんできた。荒い息をついている私のそばに、犬が不安そうに座っていた。枝が折れて落ちたのだと、私はようやく気づいた。柿も落ちていて、無残な姿だった。私はとぼとぼと帰り、犬もとぼとぼとついてきた。

　それがあってから、私はその犬に別の愛情を感じるようになった。かわいがってはいたのだが、友だちという感覚になってきたのだ。

　その犬が渡れない岩がある近道は避け、遠回りするようになった。意気地がなくてほかの犬にいじめられているのを見て、前は馬鹿にしていたのだが、棒と石でいじめ返すようになり、人間同士の喧嘩になったこともある。

　引越す時に、都会では犬は繫いで飼わなければならず、それはかわいそうだ、と説得された。かなり遠い知人の家に貰われていくことになり、トラックの荷台に繫がれて、連れていかれた。

しかし二日後に、帰ってきたのである。あんなに遠くから、と大人たちは驚いていた。引越しの前日に、また引き取られていった。私は連れていくとゴネたが許されず、別の犬を買ってやるということで、断念した。痛切な別れであった。

あいつはきっと、また帰ってきただろう。そして私を捜しただろう。いまでも時々それを思い出して、切なくなる。

君は、犬を飼ったことがあるか。それとも猫派か。

私は都会でも犬を飼いはじめたが、あいつに注いだような愛情はなかった。義務的に散歩をし、柔道の稽古などで遅くなると、それもままならなかった。仔犬の時から鎖に繋がれていたが、それが当たり前ということになると、かわいそうだとも感じなくなった。人間というのは、勝手なものだ。自分を顧みて、そう思う。

ペットブームなどというものが起きたのはいつごろからだろう。私が高校生のころ、都下の山中にアトリエを構えていた叔父は、血統が正しい日本犬を飼っていたが、逃げ出しては近所の農家の鶏を食ってしまうので、閉口していた。

鶏はうまいものではないと、唐辛子を真っ赤に塗りたくって食わせてみたが、ぺろりとやって平然としていたらしい。まだ牧歌的なところは残っていたのだ。

いまは、至るところに動物病院を見かけるし、トリミングしたりマニキュアをしたりする店もあるという。

近所の公園では、猫の餌やりが盛んで、ずいぶんと増えてしまっている。ボランティアの獣医さんが不妊手術を施しているらしいが、それでも増える。仔猫を海に投げこんだら、人民裁判にかけられかねない。

私は、野良猫の餌やりなどには反対だが、現にいる猫をどうするのだ、という意見もあるのだろうなあ。

『ラブ&ピース』という映画を観たが、ペットの亀からはじまる物語であった。柴犬が、引きこもりの青年を立ち直らせる映画もあった。

君は、自分が犬になったことを、想像したことはないか。私はある。

人間である私より、ずっと純粋であったよ。

犬が独り言を聞いてくれた

二十年前、再び犬を飼いはじめた。

都会の犬はかわいそうだと、前の犬で刷りこまれていたせいか、私は長い間、犬を飼うことを避けていたのだ。それに、人より先に死んでしまうしな。

飼うと決めたのは、二人の娘たちの切望があったからである。私は承知したが、犬種選びから難航しているようだった。小さな、抱っこして散歩できるような犬種が候補にあがってきた。

私は、畑正憲氏に相談を持ちかけた。娘たちが、はじめて犬を飼うというところからはじめよう、と畑氏は言った。

犬は送られてくることになったので、私は大変であった。庭の一部にコンクリートを敷き、下水管を外まで通し、水道も引いた。金網で囲い、犬小屋も洒落たものにした。業者に頼んだので、立派なものができあがった。

犬が家に届いたのは、盛夏であった。私は仕事場にいて、北海道から来た犬を、娘たちが引き取りに行き、かわいい、などと電話の報告が入った。仔犬はかわいくてあたり前なのだ、愚か者め。

私が犬と対面したのは、家に来て二日後であった。黒い、雌のラブラドール・レトリバーである。

犬舎におらず家の中にいて、しかも、あろうことかアイスノンを頭に敷いて寝ていた。私は首を摑み、犬舎に放りこんだ。帰宅してそれを見た娘たちは、悲鳴をあげ、それから私を非難した。北海道から、たったひとりで暑い盛りに来たのよ。虐待じゃないの、これは。もっとひどい言葉でも、罵られたな。

犬は三日もすれば環境に適応する。私は言い放ち、家に入れることを断じて許さなかった。

下の娘の姿が、見当たらなかった。犬を抱いて、犬舎にいたのである。なにを言っても動かなかった。私は、閉口した。犬を外で飼うという、確たる理由があるわけではなく、なんとなく外で飼うものだ、と思いこんでいただけなのである。私は折れて、犬を抱いた娘を家に入れた。

　家にいると、小さな黒い縫いぐるみのような仔犬は、かわいいのである。なにかあると私のそばに座っていて、親分、新しい子分です、という感じなのだ。私はそれで、名を決めた。

　小政である。娘たちがあげている洒落た横文字の名前など、すべて却下した。二人の娘は大政、森の石松であり、公園などでは私を父と呼んではいけない。親分と呼ぶのだ、と決めた。

　私が小政を連呼すると、すぐに自分の名前だと認識したようだ。娘たちも仕方なくコマなどと呼びはじめたが、それは雌犬の名として、特におかしくはないのだった。

　親分、子分の契りの盃は交わさなければならない。私は掌に唾を出し、それを小政に舐めさせた。犬には、これなのだ。よその知らない犬でも、唾を舐めさせれば、それで仲良くなれる。犬を飼ってきた知恵が、私にはあるのだ。もう、決定的な親分、子分になった。


　大型犬は、躾をしないと始末におえない。学校にやるのが一般的だが、家庭教師という手もある。二日に一度、来て貰った。相当厳しい訓練であった。できたら、一度、撫でてやる。そこで、なにか食べ物をやるなどということは、絶対にしない。とても優秀で、盲導犬候補にもなったであろう、ということだった。

　毎朝、私を起こしに来る。ベッドに跳び乗って、穴を掘るように、私の躰を引っ掻くのである。これにはたまらず、起きあがってしまう。

　居間に降りていくと、新聞をくわえてくる。はじめに危惧した通りに、散歩は私の役目になった。なんだよ、と思いながらも、これが私の健康に大きく寄与することになった。活発な犬なので、のんびりと散歩はしない。はじめから、速歩に近かった。

　書斎でじっとしているので、一日一時間の速歩は、実に効果的だったはずだ。取材で歩き回る時も、息が切れて動けなくなることなど、一切なかったのだ。

　独り言の癖もできた。いや、返事のない犬との会話か。語りかけると、じっと耳を傾ける仕草をするので、つらいなあ、今月はあと百枚もある。そんなことを、座りこんで喋ったりもするのだ。

赤いマセラッティ・スパイダーの後部に乗せて河川敷まで行った時は、いくらか走ったりもした。自分が乗るべき車と場所はきちんと認識できて、きわめて行儀もよかった。

海の基地へ連れていって、私が泳いだりすると、必ずついてきた。溺れているふりでもしようものなら、すさまじい勢いでレスキューに来て、躰に摑まった私を、懸命に岸まで引っ張っていく。寝る時だけがいぎたなく、どこでも腹を出して眠り、時に鼾《いびき》をかいたりする。

親分子分の絆は、強かったと思う。私の左手が届くところに、座る。私の機嫌を窺っていて、遊んでいい時を見きわめる。

そのままの状態が続けばよかったのだが、七年目に膀胱癌になった。生還率は三割ぐらいだと畑さんは言ったが、入院手術で、生還し元気になった。

それから二年ほどは、前と同じ状態で親分子分の散歩は続き、海の基地で泳ぐのも相変らずだった。大型犬は、十年生きれば赤飯を炊け、と言われているぐらいだ。このまま、元気に行きそうだ、という気がした。

しかし、やはり老いるのだ。散歩の途中で休みはじめたのは、いつごろだっただろうか。口の周囲には白い毛が生えていた。元気がないんですよ、と畑さんに言うと、一番いい方法は仔犬を与えることだ、と教えられた。

しばらくして、ジャック・ラッセル・テリアという小型犬が送られてきた。掌に載せられるほど、小さなやつであった。

ふむ、と私は声を出し、小政の鼻に近づけた。はじめは、いやがっていた。しかし、仔犬の方が寄っていく。めずらしく唸り声などを出したりもしたが、それでも寄っていく。なんとかしてよ、と私の顔を見るが、放っておいた。すると、ある朝、一緒に寝ていたのである。

君は、犬派か、猫派か。私は、どちらでもないが、めぐり合わせで犬を飼った。

生きものが教えてくれた

二頭飼いというのがどういうものか、私は知らなかった。

犬が家の中にいるというだけでも、私はカルチャーショックのようなものを感じていたが、それが二頭になるのだ。せっかく作った庭の犬舎は潰し、家の中にケージが二つである。ジャック・ラッセル・テリアのものは、躰に合わせて小さかった。

果してうまくやっていけるのだろうか、と私は危惧した。確かに小政は、なんだこの子という態度だった。

ジャックの方はレモンという名になったが、私は石松という名にするつもりだった。その前に、レモンと娘たちが呼んでしまい、私が不在だったこともあり、その名を認識してしまったのである。『ポワロ』の秘書のミス・レモンが出典らしい。創造力のかけらもないので、私はメロンなどと呼んでみたが、反応はしなかった。

私の命名のセンスについて、娘たちはまったく認めていない。それどころか、馬鹿にしている気配もある。かつて、千葉県の鴨川の近くに海の別荘を作り、長野県の蓼科《たてしな》の山中に山小屋を建てた。その名はシッコ荘とウンコ亭という。娘たちはそれを、決して口に出して言うことはなかった。恥ずかしくて人に言えないと私を責め、決めたことだと言うと、しばらく口も利かなかった。

いい名ではないか、愚か者め。うちの犬たちも、口に出す言葉には反応する。人間は、文字を持っているのだぞ、未熟者め。疾虎荘と雲呼亭。漢字で書くとそうなるのだ。板にそれを書き、玄関に表札のようにかけておいたら、恰好いいではないか。

そんなわけだから、三浦半島の海の家は、ただ基地と言っている。それには、娘たちも強い不満はないようだ。

私は、小政とレモンという、名前になんの統一性もない犬たちを連れて、よく海の基地に行った。以前は小政だけで、なんとなく並んで座って、海を眺めたりしていたものだが、二頭いると結構賑やかになった。

特にレモンは、運動能力が高く、寝ている時以外は、駈け回っている。小政はよく泳いで、私が溺れているふりをすると救助に来たが、レモンはとりあえずただ泳いでいた。その上を鳶《とんび》が舞ったりして、私は子供のころ見た海に捨てられた仔猫のことを思い浮かべ、はっとしたりしたが、舞い降りてレモンを摑むということはなかった。

二頭が、どういうつき合いになるのか、私は観察していた。はじめのころ小政は迷惑そうで、唸ってレモンを追い払おうとしたが、そのうちつけこまれた。一緒に寝たりしているうちに、親子のようになった。

観察していると、感心することばかりで、家の中でやっていいことといけないことを、小政が教えていたという気もする。レモンは単独で外へ連れ出すと臆病で情なくなるほどだったが、小政が一緒にいると、俄然、強気になる。レモンが来たことにより、小政は間違いなく元気になった。まだ赤ちゃん犬のころ、レモンはなにかの拍子に小政の乳を吸うようになり、するとほんとうに乳が出てきて、驚いたこともある。

思い出せば、書きたくなることは数限りなくあるが、小政は数年生きて、また癌になった。しかしわずか数年でも、犬にとっては長い時間なのだ。

小政が弱ってくると、レモンは極端なぐらい遠慮深くなった。もともと序列はあったようだが、なんでも小政を優先させていた。私が躰に触れて声をかけるのも、小政が先で、レモンは呼ぶまで後ろで控えている。

君は、犬を飼ったことがあるかな。見ていると不思議なものだ。人間にはないものを、持っているような気もする。

小政が死んだ時のことはあまり書きたくないのだが、座ったままで寝ようとしなくなった、と家人から仕事場のホテルに電話が入った。私は、タクシーで帰った。さまざまな治療をしたのだが、横たわっていると、鼻から血を噴き出したりするようになっていたのだ。

横たわるのが苦しくて、座り続けていたのだろうが、小政が私を待っている、と思った。家に飛びこむと、座ったままの小政は、私を見てちょっと切なそうな声を出した。私は小政を抱き、ゆっくりと横たえた。

もう寝てもいいんだよ。そう声をかけた時、私を見返した眼を、いまだ忘れない。うん、もう寝るわ。そう言ったような気がした。やはり私を待っていたのだ。そうとしか思えない。私は小政を抱いていたが、立ちあがる仕草は一切見せず、鼻から血を噴きながら、私の顔を舐め、眼を閉じて何度か痙攣すると、死んだ。

抱いた小政の躰から、命が消えているということが、はっきりわかった。

私の家は、次々に帰ってくる女たちの号泣のオンパレードになった。私が死んでも、あれほどは泣くまい。そして、私は泣かなかった。十四歳。長く生きてくれたのだ。

レモンは、落ち着きなく小政のまわりを歩き回るだけで、近づこうとはしなかった。女たちが泣くたびに、不安そうな声をあげたりもした。

鼻の血を拭ってやると、病み疲れてはいたが、きれいな顔になった。翌日、荼毘に付した。骨には、レモンはなんの反応も示さなかった。

二、三日経ったころ、小政の蒲団に、レモンが上体を突っこんでじっとしているのが見えた。犬たちの寝床を、私は蒲団と呼んでいた。

いなくなっちまったんだよ。私はレモンに、そう声をかけた。私を見るといつもはしゃぎ回るレモンが、その時はじっと動かなかった。

生きものとは、なんなのだろうか。人はなぜ、しばしば生きものを飼うのだろうか。私には、生きものが死そのものに思える時がある。人間とともに暮らし、死がなにかを教えて、いなくなる。

十歳を超えてなお、私のハードなウォーキングにつき合うレモンは、もう小政のことなど憶えてはいないだろう。しかし黒いラブラドールを見ると、そちらへ行こうとする。

このレモンも、死そのものなのだろうな。

生きものが癒しとは、私は考えないのだが、いてくれてよかった、と感じることはあるのだよ。

君は、私が感傷的だと思うかな。

たまにはいいことを書いてみたい

　この夏は、オートバイに抜き去られることが多かった。

　海の基地へ行く高速道路の話である。左から、スラロームで抜いていくやつもいる。以前だったら、追いかけて行って、後ろにぴたりと着いてやるのだが、助手席の私にはそれができない。

　もっとも、他人の無謀運転を責めるような資格は、私にはない。四輪だが、私もあんなふうだったのだろう、と妙な納得の仕方をして、見送るのである。

　暑い盛りで、ヘルメットの中はサウナ状態だろうと思うのだが、常時風に晒されているのだから、見た眼よりは平気なのかもしれない。ツーリング中らしい、ハーレーの集団を見ることもあるが、彼らは飛ばさないようだ。だから暑いだろうと思うのだが、こちらも平気なのか。

　BMWのオートバイが、並走する恰好になった。女性である。顔は見えないが、スタイルはいい。ライダースーツは、体型をくっきり見せてくれる。

　私は、女がオートバイに乗っている映画を、ごく自然に思い出した。『あの胸にもういちど』という古い作品で、ライダーはマリアンヌ・フェイスフルであった。公開当時、私は学生であったが、小悪魔的な表情と、メリハリのある体型に魅きつけられて、ファンになったような気がする。

　全裸に革のライダースーツで、前のジッパーをすっと降ろす。考えてみると大したことではないが、あのころなぜそれに興奮して二度も観たのであろうか。

　映画自体には、それほど心を動かされなかったのだ。見えそうで見えない乳首とアンダーヘア。君は、そんなものに惹かれて、ロードショーを二度も観に行くかね。

　私は、純情だったのだ。彼女のあの姿は、『ルパン三世』の峰不二子のモデルにもなったと言われていたぞ。ミック・ジャガーのパートナーだった時期があり、ドラッグにのめりこむ彼女を止められなくて別れたのだという話だったが、おぼろな記憶しかないな。

すぐに、アイドルではなくなったのだ。映画の出演本数も大した数ではないだろうが、歌手でもあった記憶がある。七〇年代ごろから、私はたえて彼女の歌声を聴くこともなく、映画を観ることもなかった。

いまから七、八年前になるだろうか。おばあちゃんになった彼女が、映画に出ているのを見た。豊満なおばあちゃんで、それでもどこかで、往年の彼女を思い起こさせた。

『やわらかい手』という作品で、彼女はひとり暮らしの祖母役であった。なかなかいい映画なのだ。肉親の愛情とはなにか、それが普遍的になった時、人へのやさしさにも繋がるものはあるのか。

彼女の、ウエストまわりの肉を削ぎ落としてしまうと、これはグラマーな私好みの肉体であろう。といって、彼女はちらりと肌を見せることとさえない。多分、先天的にやわらかく素質のある手なのだ。

そして根もとのところに、ここまでできるのだ、というやさしさがある。手コキの映画なのだが、私は悪くないと思ったな。腕を吊っていて、テニス肘かと訊かれ、ううんペニス肘と答えたり、決しておばあちゃんは暗くなく、前むきなのである。

ところで、おう、というい い話を聞いた。私がいつもお世話になっているツタヤさんが、映画のために、ひと肌脱いだ、というふうに私には見えた。

ツタヤのお勧めなどは、店内に掲示されているし、ない物も捜して手配してくれる。これは、現場の人たちの努力であろう。代官山だかどこだかの店長さんは、映画評論家並みの、詳しさらしい。そういう現場の頑張りとは別に、会社側が頑張ったというふうに、私には見えるのである。

才能をかたちにする時がきた、という正確ではないかもしれないが、そんなキャッチフレーズで、映画の企画を公募していたのだ。

締切に間に合えば、私も応募したかったほどだよ。企画の募集は、つまるところ、本を求めている部分が大きい、と考えていいだろう。この国の映画は、製作費にかなりの額を投じても、本を書く人間があまり優遇されず、育たなかった、育てる努力をしなかった、と私は思っている。

だから、原作のある映画が主流になったように見える。しかも、話題作に集中する。これはまあ、自らの創造力を否定しているところもあるなあ。

企画の募集というのは、その弱点に風穴をあけているような気がする。しかもだ、三本、受賞するものが出て、一本につき五千万円の製作費も出すらしいのだ。えらい。ありがとう。映画を創りたくて創りたくて、肉体労働をして金を溜めそれでも足りずに借金を重ね、ようやく創った映画が公開できない。こんな漫画のような悲劇はたくさんである。

ツタヤさんよ、よくぞひと肌脱いでくれた。これまでちょっと悪口を書いちまったことも、ないではない。それを取り消して、さらに百倍の賛辞を捧げたい。ほれ、君も頭ぐらい下げるのだ。

ツタヤがこれだけの努力をしているなら、配給会社は、もっともっと努力をしてくれよ。ふだん小屋などと私は言っているが、映画館さんもひと踏ん張りしてください。そして応募する連中は、全身全霊、渾身の力をふり搾って、自分の映画人生を賭けるつもりで応募するのだ。

私のところにも、しばしば監督などがやってきて、金も力もありません。でも情熱だけはあるので、映像化権をください、などと的はずれなことを言う。金も力もなく、情熱もなけりゃ、なにもない。情熱があるのは当たり前で、あえて言うことではないのだ。

そんな馬鹿な情況にも、光が射そうというものだ。この企画募集の最大の目玉は、製作費五千万である。それをやれるツタヤは、再度言うが偉い。映画に貢献しようという姿勢は、五千万という額に見える。しかも、三本。

ツタヤさん、こういうことは、一度で終らせては意味がありませんぞ。十年続ければ、必ずいい才能が輩出します。続けることです。継続が、なにかを生むのです。

なあ、君もそう思うよな。

実験なのか冒険なのか

赤が、青になった。信号の話ではない。紙である。

高校のころ、化学の時間に、クラスを代表してリトマス試験紙を舐めさせられた。赤い紙は青に変わり、青い紙はそのままの色であった。君の口の中は、アルカリ性だな、と先生に言われた。結果、どういうことかというと、虫歯などにはなりにくい、という話だった。実際、私は虫歯になったことは一度もない。そのくせ、奥歯の一本がぐらぐらしてきた。

使用に耐えられない歯ということで、歯医者さんに抜かれた。おお、立派な歯だ、と先生は言っていたが、抜いてしまえば立派もくそもない。歯は、二股の根もとのところに黒っぽいものが付着していて、それは虫歯ではなく歯石だと言われた。歯については、自分の体の一部だと細胞は認識するそうだが、歯石は異物として体外に押し出そうという力が働き、長い間に歯をぐらぐらにしてしまうらしい。

ちぇっ、虫歯でなくても、歯は抜かれちまうのか。アルカリ性だと歯石ができやすいのだと、私は勝手に解釈したが、ほんとうは知らない。そこにはインプラントが入っていて、チキンの骨ぐらいたやすく嚙み砕ける。昔は、ビールの栓だって抜けたのだぞ。

なんの話だった。そうか、化学の時間だったか。私がリトマス試験紙を舐めさせられたのは、なにかの実験の前ふりだった。なんの実験だったか、完璧に忘れてしまっているが、私は実験が好きであった。

頭は疑いようもなく文科系で、数式など受けつけないのだが、化学の実験は、なにが生まれてくるかわからず、スリリングで率先してやったものだ。文科系の頭でいろいろ想像し、化学の実験材料でそれを実行しようと、友人と二人で考えたことがあるが、準備段階で密告にあい、あえなく潰えた。そして躰が痩せるぐらい、方々で油を搾られた。

小学生のころから、私は問題のある子供だった。散々苦労して沼で捕まえた雷魚を持ち帰り、食べられるのかどうかもわからないので、新聞紙に包んで庭に隠し、翌朝見てみるとまだ生きていたので、その生命力に不意に好奇心が湧いて、学校の池に放してしまったことがある。それをみんなの前でやったので、軽率を通り越して馬鹿である。結果は、みんながかわいがっていた金魚が一匹もいなくなるというもので、やはり油を搾られた。

その時、私はおかしなことを思いついて、顔を真っ赤にして怒っている先生に、それを言ってしまった。雷魚というのは日本の魚ではなく外国のものを誰かが持ちこんで沼に放りこんだ。それを捕まえたので、どんなふうに生き延びるか、池で実験してみた、と言った。唖然とした先生が、私に往復ビンタを食らわせた。体罰であるが、あのころは当たり前で、私も不当とは感じず、にわかに思いついた正当性など通用しない、と自覚しただけだった。

君は、仕事で、遊びで、なにか実験しているか。意識するしないにかかわらず、人はなにか実験をしているものだよ。私は、うむ、小説を書くことで実験したことが、何度もあるなあ。一番無謀だったのは、締切の二週間前まで、なにひとつ考えずに、長篇を一本書くというものであった。その時、私は蓼科《たてしな》の山小屋にいて、大量の本を読み、映画を観続けていた。書きはじめなければならない日を私は気づかず、一日遅れた。

白い原稿用紙にむかう。なにも考えていないので、当然、言葉は出てこない。部屋を見回す。暖炉で薪が燃えていた。炎を見た。思った通りのことを書いた。

風には、通る道というやつがある。それによって、炎のかたちは変わる。暖炉より、焚火にしたくなった。男がひとり、焚火をしている。薪が燃えつきて完全な灰になるまで、薪の角度を変えたりしてこだわり続ける。そばには一升壜がある。

そこまで書くのは数行だが、男が山中でひとり暮らしをし、アル中で、焚火にこだわるような過去がある、ということが浮かびあがってくる。それを書く。数十枚書《しょ》す。

社会との接点が必要で、土産物屋の親父が、時々軽トラでやってくる。男は、木の民芸品を作って生計を立てている。

ある雨の夜、酒を飲んでいると、戸が叩かれる。濡れそぼった少年が立っていて、お父さんを助けて、と言う。面差しで、古い友人の息子だと感じる。しかし、アル中である。行けない。男は少年を風呂に入れ、温かいものを食べさせてやるが、行くことはできない、と告げた。

しかし、夜中に少年の啜り泣く声が聞え、男のなにかを呼び醒ます。男は翌日から、木刀で木の幹を打ちはじめる。掌が血だらけになっても、やめない。何日も、十数日も、それをくり返す。すると、太い木が音をたてて倒れるのだ。男は少年にむかって、行こうかと言う。

これでかなり小説的になるが、まだ全体の結構は浮かんでいないのだ。とにかく、山を降りた男は、友人のために闘う。

私がこれでなにを実験したかったかというと、小説は人の描写が命だ、ということだった。人さえ立ちあがれば、物語はあとからついてくるはずだった。


あとで、編集者に、実験ではなく冒険だ、となじられた。『火焰樹』という長篇で、そして私はこの作品がなぜか好きなのである。

映画などでも、ずいぶん実験をやっているのだろうな。『2つ目の窓』は、死という観念を映像化しようという実験のような気がした。その体験を語ることができる人がいないので、死はいつまでも観念なのである。しかし、会話の中に死という言葉が多すぎた。有名な女流監督なので、賛否両論の荒野を突き進んで欲しい。

ふらりと入った小屋で、『Bad Moon Rising』というのを観た。話は単純なのだが、映像で話以上のものが出せないか、実験しているようでもあった。役者は揃っていたが、ちょっとだけ出てくる美保純のあばずれぶりは、迫力ものであった。

ベテランから新人まで、小説も映画も音楽も、実験をしてみればいいのだ。ただし、自分を賭けてな。

君は、無謀な実験を、無駄だと思っていないか。あるいはこわがっていないか。

深く静かにとは考えなくてもいい

ソファに寝そべって、テレビのニュースを見ていた。あらゆる出来事が流れてくるのがニュースで、それはいい。視聴者として、流れてくるものがあらかじめ選択してあったら、かなり困った事態なのだ。

それにしても、原発事故で避難区域になっている町の、除染をはじめたというニュースがあると思えば、ある時には鹿児島の方の原発の再稼働のニュースが流れたりする。

この国はどうなっているのだろうと、ひとしきり考えてしまう。しかし、幸福なニュースのあとに、凶悪事件が流れても、社会にはいろいろある、ということで済ませてしまう。人間の感覚とは、そんなものか。

殺人事件のニュースを見ていた。ふん、ビニールシートに包んで、錘《おもり》をつけて海に沈めたか。映像を見ていて、私は不意に跳ね起きた。

ヘリコプターからの映像だが、見たことがある。市の名前だけ言って、湾の固有名詞は言わないが、私の海の基地の湾ではないか。あそこが、ここが、映っている。私の基地も、映りそうだ。

しかしその前に、映像は警察の鑑識などに変わる。私の友人が、登場した。地元の人間としてだ。ここは静かなところで、よそ者が来ればすぐにわかる。しかしいま、湾の潮はあまり動いていないので、屍体が外から流れこんできたとは思えない。うむ、探偵だな。

女性の屍体がビニールシートで包まれ、死因が溺死なので、生きたまま沈めたのではないか、などという推測まで語られた。かなり残忍な事件かもしれない。しかし屍体が発見されたところは、引き潮では一メートルほどの水深で、私の船では入れない、湾の最奥の方である。

残忍といえば、隣りの湾で、ルーシー・ブラックマンという外国人女性のバラバラの屍体が見つかった。湾に面した、洞穴の中に埋めてあったのだ。

その事件は憶えている人も多く、あそこだよと、客を乗せて小さなモーターボートで行った時に教えると、合掌したりしていた。隣りの湾には、地元の友人の家があり、よく行くのだ。あの洞穴では、いまも遊んでいる人は見ないな。

とにかく私は、海の基地へ行くと、双眼鏡で湾の奥をつぶさに点検した。すでに、日常が戻っているようだった。ボートで行ってみても、事件を感じさせるものはなかった。

それでも、犯人は捕まっていない。痴情のもつれかね、などと私は凡庸な推理を、地元の漁師と語り合ったりした。殺人事件は、確かに衝撃的だが、動機などは実は凡庸なものが多いのだ。特に男女関係を思わせる殺人は。

私はこれまでの人生で二度、旧知の人間が殺され、ちょっと言葉を交わした人間が、ひとり殺された。殺人と言えるが、クーデターと部族絡みの紛争で、外国の友人と知り人が何人か殺された。思い出すと、ほかにもあるだろう。

君は、殺人が身近で起こったことがあるか。無縁で過ごしたいものだよな。せいぜい、テレビの中ぐらいなら、ある程度は平静でいられる。被害者との関係はないが、今度は屍体発見場所がすぐそばであった。

海の基地へ行っても、犯人は捕まらなかった。過去の未解決の事件を、私はいくつか思い浮かべた。調べれば、驚くほど犯人が挙がっていない事件があるという気がする。

ついでに、未解決事件を題材にした映画を二本、思い出してしまった。『ゾディアック』。デビッド・フィンチャーである。ほかに『セブン』などという作品もある。あれかこれかと、もどかしくもどかしく、ストーリーは進んでいく。しかし、もどかしさの中に、ある緊迫がある。映像も、悪くない。それでも、未解決であることに諦めを持ってしまった人間が、人生の端っこぐらいを崩してしまったりするのだな。

最終的に犯人が出てこないと、観ている方もひどく疲れてくる。つまらなくはない映画ではあるのだ。

もう一本は、『カエル少年失踪殺人事件』という韓国映画で、イ・ギュマン監督である。こっちは、こわいぞ。恐怖感を煽ってくるところがある。韓国映画には、リアリティの描出のためなのか、吐瀉のシーンや、糞便のシーンが多いような気がして、私はそこは好きではない。

これにも御多分に漏れず、汲取便所のシーンがある。『スラムドッグ$ミリオネア』という映画に、少年が汲取便所に飛びこむシーンがあった。『黒猫・白猫』という映画にも、似たようなシーンがあった。私は生理的に、そういうシーンは受けつけない。

あ、未解決事件の映画では、『殺人の追憶』もあった。やめよう。思い出しはじめると、きりがない。私は、ひとつのことをきっかけに、いろいろな方面に記憶を手繰っていくという性癖があり、それに淫していると、時間がいくらあっても足りないのだ。

とにかく、海の基地の周辺は、平穏であった。聞き込みぐらいはくるのではないか、と私は待機していたが、それもなく、がっかりした。もっとも、事件が起きたころ、私は海の基地にいなかったので、聞き込みへの対応のしようもない。

事件が解決したのは、私が自宅へ戻ってからであった。なにか呆気ない感じで、外国人が逮捕された。被害者の女性との、やはり痴情のもつれであったらしい。

人を殺すという衝動が、私にはわかるような気がする。これまでの人生で、あいつを殺してやる、と思ったことがないではないのだ。本気で思った。しかし思うことと、実際にやることとでは、まるで違うのである。

殺してやる、と思った一瞬の激情が過ぎると、思いはどこか曖昧なものになってきて、頭に来たことは来たのだが、なぜ殺そうと思ったかは定かではなくなる。殺人者のかなりの部分は、一瞬の激情と行動のタイミングが、ぴたりと合ってしまったということではないのか。

私は人生をふり返って、激情と行動のタイミングが合わなくて、正直、よかったと思っている。合っていれば、人生はまるで色彩を変えたであろう。

これからあるかもしれない、と君は言うか。そうだな。しかし、お互いさまだぞ。

運でもなく技術でもないなにか

口に入るでしょ。その時に合わせればいいの。そう言われた。

釣りの話である。鉤《はり》に餌をつけ、底近くまで落とす。そして待っていると、魚が来て餌を口に入れる。その時に合わせれば、必ず釣れるというのである。

言ったのは、小学校低学年の少女なのだ。要するに、ランドセルを背負って、キャッキャッと集団下校をしている、私の腰あたりの背丈しかない子供である。

私はといえば、釣り歴四十年になんなんとしていた。なのに、彼女が釣れて、私が釣れない。偶然だが、竿も仕掛けも餌も同じで、竿を出している場所は、二メートルも離れていない。

いくら私に釣り歴があるといっても、カワハギはほとんどやったことがなかった。それにしても、釣果の差は異常ではないか。口に入ると言ってもさ、どうやったらそれがわかるんだよ。だって、わかるでしょう。そう言いながら、彼女はまた一匹釣りあげる。

私の餌は、魚の口に入らないのか。いや、入っている。巻きあげると、剝き出しの鉤だけがある。つまり、餌だけを取られている。見えてるわけじゃないよな。竿持ってれば、わかるでしょ。私も竿を持ち、全神経を注いでいるのだ。当たりはある。だから合わせるが、餌を取られている。つまり私は、餌が口の中に入った時ではなく、餌を取って鉤だけになったところに、合わせをくれているようだった。

地団駄を踏む私を、彼女の父親が苦笑しながら眺めている。餌を取られるばかりの私を見て、彼女の方が首を傾げていた。釣りは大物だ。カワハギなど釣っていられるかよ、と竿を放り出すには、秋から冬にかけてのカワハギの肝和えなどうますぎるのである。結局私は、彼女が釣ったカワハギを、うなだれながら貰って、海の基地へ帰る。

彼女の父親は私の友人で、漁師である。彼女はカワハギだけでなく、さまざまな魚を釣る。鮃《ひらめ》などをやっても、鮪《まぐろ》を狙っても、鰤《ぶり》を釣りあげようとしても、私は彼女に勝ったことがない。こうなると、才能の差、というほかはない。それで自分を納得させるだけだ。彼女の父親の船に乗って釣りに行くと、私は自らの非才を噛みしめるだけなのだが、自分の船で行った時は、偉そうに講釈を垂れ流している。

私はつまり、普通の釣り師程度の腕はあるのだ。彼女が中学生になったころには、私は天才と張り合うことのむなしさを自覚していて、さまざまな局面で助言を請うようになった。

彼女も、餌が口に入った時に、などと天才用語は遣わず、丁寧に、論理的に説明してくれるのであった。ただその説明も、どこか飛んでいて、つまり天才の言葉なのである。私が理解できるのは、二、三割といったところだろうか。

その間に、彼女はいくつかの魚種で、レディースの大物記録を次々に更新した。当然、マスコミが黙っていない。天才釣り少女として、新聞やテレビでしばしばその姿を見ることになった。

このままタレントになってしまうのだろうかと、私はその青春のありようを眺めていたが、高校生になると猛然と勉強をはじめ、海洋大学に進学した。私の釣りの師匠は、海に対する理解を一段と深めて、戻ってくるであろう。

それにしても、なにが起きるかわからないのが、釣りである。底が砂の海域に錨を打って、イソメなどを餌に鱚《きす》を狙っていたら、でかい甘鯛や魴鮄《ほうぼう》が続けさまに釣れたことがある。ともに五十センチ超で、私はこれ以上ないほど慎重に巻き寄せた。鱚の仕掛けで釣ったというのが評価点なのだが、私はそんなことも忘れ、味をしめて翌日も同じ海域でやった。一日やって、釣れたのは人差指ぐらいの鱚が二匹であった。

また、違う海域だが、二メートルを超える大南海蛇が釣れた。狂暴な口と眼をしていた。漁師は、釣れたら糸を切れというが、私は持ち帰って食らった。刺身などちょっと困りものだが、唐揚げや蒲焼はそこそこである。ただ、顔があまりに恨みがましいので、以後はリリースしている。

吉川晃司が私の船に乗った時、鮃を狙っていたのに、周囲がやったやったと騒ぐ中で、あがってきたのはウツボであった。吉川ウツボ晃司と、私はミドルネームを贈ったが、実は私もしばしばやる。上げる時の感覚は鮃に似ているので、おっという気分になるのだ。ウツボも凶暴である。これも、私は一度食らってみた。唐揚げはそこそこである。

船を流しながら釣りをしていた時、鰭《ひれ》が近づいてきた。鮫だろう。地上でも海でも、鮫は殺すか逃げるかである。しかし鮫ではなく、鱏《えい》であった。しかも、何十匹と大編隊を組んでいるではないか。

やめとこう、と思った時、鱏のどこかに鉤がかかった。座布団を超える大きさである。私は引き寄せ、なんとか仕留めたい、と思った。ギャフというものがあるが、それより水中銃がいい。ギャフは、どこにかければいいかわからない。キャビンに飛びこんで水中銃を持ち出した私を、クルーが止めた。それって、反則です。確かにな。竿だけで上げようとしたら、軽く切られた。それにしても、地球外生物のような影が、編隊を組んで何層にもなっているのは、見ものであった。

静かな湾に錨泊して、私は釣った魚を捌いていた。そばで、夢枕獏が鱚などを狙っていたのだが、その竿が、ぐにゃりと曲がった。獏ちゃん、それ地球だ。だけど、巻ける。なにっと私は攩網《たも》を構えた。

まず、小さな鱚が見えた。躰が半分である。残りは、鮃の口の中にあった。鉤がかりはしていない。私はとっさに手練の攩網を入れた。鮃は鱚を放したが、躰は攩網の中であった。

これなど、なかなか見られるものではない。獏ちゃんもよほど印象的だったらしく、『大江戸釣客伝』の冒頭に、ほぼそのシーンがある。鮃は、逃げる。小説の中でさえ、私の手練の攩網遣いは描写できなかったに違いない。

獏ちゃんはその時、かかるはずのない真鯛まで釣りあげ、そしてその年の大きな文学賞も受けた。

君も、私の船に乗ってみるか。釣りは面白いぞ。なにしろ運と技術がないまぜになっている。まるで、人生みたいにな。

日本人は日本人らしく生きろ

よく撓《たわ》む人間になりたいなどと、殊勝なことを考えたのは、中学生のころだったか。

九州唐津で育った小学生時代から、よく釣りはやった。大抵の家には、乾いた竹が二、三本あり、その先に凧糸を結びつけ、蚯蚓《みみず》を餌にして、鮒《ふな》などを釣った。

海でも同じで、浜で採った沙蚕《ごかい》が餌であった。スズメ鯛などと呼ばれる、あまりうまくない魚が釣れたものだ。山の上に溜池があり、そこでも鮒を狙ったが、鯉を引っかけて竿を折られてしまったこともある。その時、目の前をでかい蛇が泳いでいって、今度はあいつを釣ろうなどと思った。蛇は、泳ぐのである。

小学五年で私は唐津から引越し、中学は東京の私立に行った。二年生の時に、いきなり唐津での釣りを思い出し、憑かれたようにやりはじめた。海ではなく、近所の池であった。池といっても広く、私には湖に見えた。いまは埋立てられて公園になり、サッカー場や野球場もある。池も一部が残されて、釣堀になっているが、そこでやったことはない。

私がやっていたのは、ヘラ鮒であった。ほとんど本代に消えていた小遣をしばらく蓄え、安物だったがヘラ竿というものを買った。釣れた時の、竿の曲がり方に感動して、よく撓む人間になりたいと思ったのだ。

道具に凝る方ではないが、竹のその竿には、生きもの感のようなものがあり、大事にしていた。結局、三本ぐらい買ったかな。

その熱は二、三年で醒めたが、大学生の時に瞬間的に再発した。山中の池で、鮒を釣ってみたくなったのである。

伊豆の山中に、八丁池というのがある。天城峠の近くで、私は伊東の方からテントを担いで行った。伊豆も、結構山が深い。私は、辺《ほとり》にテントを張り、火を燃やし、久しぶりに押入れから出したヘラ竿を眺めた。

翌朝、まだ暗いうちに起き、泥と一緒に瓶に入れて持ってきた蚯蚓でやりはじめた。これが入れ食いのように、よく釣れたのである。明け方の一時間半で、十五、六センチの中型の真鮒が、二十尾以上釣れた。それからぴたりと釣れなくなった。

人はまったくいなくて、水面に霧が流れ、周囲の木立が深い、いい池だった。小さな山小屋があり、親父さんがひとりいて、釣った鮒を貰ってもらった。

ここで釣りをしたやつをはじめて見たと言いながら、親父さんは塩結びを二つ握り、持たせてくれた。高校生の時に来て、ここには絶対に鮒がいるだろう、と思っていたのである。それからさらに二日の行程を考えていたが、鮒を釣ってしまうと関心がなくなり、天城峠に降りて、その日のうちに帰った。

君は、熱の再発を体験したことがあるか。一瞬の再発だった私の熱は、次に海で再発するまで、呆気ないほど鎮まったままだった。

海では、道具を集めたぞ。鮪《まぐろ》用から電動リール、鱚《きす》用まで、海の基地にはずらりと並んでいる。大小さまざまな魚が、海にはいるからな。しかし、道具に魅入られたというより、釣りたい一心で集めた、というところがある。

ある時、これはという和竿を手に入れた。見ているだけでもいい、と私は思ってしまった。カワハギ用である。『汐よし』という焼印があった。こんな職人さんがいるのだと、私は竿を布で磨くたびに思った。磨いているだけでもいい。生きもののような存在感を放っているのだ。語りかけると、返答がありそうな気がするほどだった。

道具は日々進歩し、材質もさまざまである。だから、古くなると捨ててしまう。和竿は昔から変らず、和竿のままであるが、最新の竿と較べても、なんら遜色はないのである。

この国は、どういう文化を持って、ここまで来たのだろう。私は時々、文化の衰退を嘆いたりするが、こんな道具もまた存在し続け、実際に遣われてきた。失望することの多い国だが、和竿を手にした時、日本人でよかった、と強く思う。

職人さんには、憧れるなあ。新素材も悪くはないが、魂までは感じられないのである。自分の魂があてどないので、和竿のように、思いを注ぎこめるものには、圧倒的な強さを感じてしまう。

私は、小説の職人と呼ばれることを望み、どこまでも似非《えせ》職人にすぎないという深い悔悟に打ち倒される。似非から逃れられる日があるのだろうか。

なあ、君。生きているのは、魂があるからそう言えるのだぞ。魂がなければ、私は認めたくない。仕事は生活のためで、あとは好きなことをして生きる人生など、私は蹴っ飛ばしてしまうのである。わからなくても、それは構わない。人間は、米と塩と水があれば、生きていけるのだから。

いかん。また、なにか説教をしようとしている。私に、説教をする資格などあるか。私は、船から竿を出し、自分がどれほど駄目なのかという思いに、ただむき合えばいいのだ。君と共有できるのが、生きているが生ききっていない、という思いだけだというのは、なあ、お互いにいやだよな。

ところで、私のいとしい和竿だが、その職人さんと出会うことができた。工房を訪ねたわけではないぞ。そんなことをすれば、私は病膏肓《やまいこうこう》に入り、いまでさえ手一杯の人生が破綻してしまう。

毎年暮に、釣界の権威である村越正海氏が主催するカワハギ釣り大会に、私は出場している。そして去年の大会の船上で、私は汐よしさん、つまり早坂さんという名の職人さんと、隣り合わせになったのである。

スキンヘッドで、こわそうな人だったが、きわめてやさしく繊細であった。こういう人を、職人と呼ぶのだ。私は、早坂さんが出す竿に眼を奪われて、釣りどころではなくなった。今年の遣い納めをしてやらなくちゃね、と呟《つぶや》きながら、布の袋から早坂さんは別の竿を出す。私は眼を奪われる。いいなあ。日本人はいいぞ。江戸時代にも、カワハギはこんな竿で釣っていた。

しかし、大会での私は、ブービー候補であった。うなだれていると、竿になにか不思議な力を感じた。船上が私に注目する。夢中で引きあげたら、早坂さんが万歳をしていた。

私は、記録的な大物を上げたのだよ。思い出して書いている私の興奮を、君よ、わかってくれ。

いつか磨くものを見つける

爪に、傷がついていた。

左手の親指の、自分の爪である。そこに微妙な傷があることが恰好よく思え、一時は、必要もないのに傷をつけたりもしていた。料理人の爪は、そんな傷があることが多い。研いだ庖丁の切れ味を確かめるために、爪に刃を当ててみるのである。指の腹という人もいる。引いたりはしない。ともに、ちょっとひっかかるような感じがして切れ味がわかる。

爪なのか指の腹なのか、どうして二つのやり方があるのか、かなり考えこんだことがある。爪だと、庖丁を持った右手の方にひっかかりを感じ、指の腹は左手にひっかかりを覚える。そうではないのだろうか。また、どちらであろうと、庖丁は切れればいいのだが。私は釣鉤《つりばり》を研いだ時に、先端を爪に突き立ててみる。

刃物を研ぐのは、小学生のころからよくやった。農家の友人の家の納屋に、鎌などを研ぐための砥石が置いてあり、肥後守という折り畳み式のナイフを、執拗に研いでいた。肥後守は、すぐに身が薄くなり、刃渡りも短くなってくる。鉄が減るのだということを、私はそのころに知った。

切れない刃物は、無駄な力を入れなければならず、危険なのだと教えられたのも、そのころのことだ。刃物は、切れ味がよくなければ我慢できない、というようになった。いまは釣った魚を捌くので、ことのほか切れ味を求める。しかし、爪に傷が残るほど、頻繁には研がない。遣っていれば切れ味はわかるので、その時に中砥《なかと》から研いでいく。

砥石にもいろいろあり、荒砥、中砥、仕上げ砥と、大まかには分けられる。オイルストーンなどというものもあるが、日本ではあまり遣わないな。ナイフを研ぐことが多く、私は何種類か持っている。日本の、庖丁研ぎの概念とは、ずいぶん違う。

日本刀も研ぐのでしょう、とよく言われるが、それはない。庖丁などの研ぎとはまるで違って、切れ味ではなく、本来持っていた刀身の美しさを、取り戻すための研ぎなのである。それを語りはじめると長くなるので、ちょっと控えておこう。

研ぎも、集中力である。漫然とやっていると、ただ庖丁が減っていくだけだ。子供のころから、私はなぜか研ぎの要領だけはよかった。研ぐことが、好きでもあった。どこかに紛れこんでいた出刃が、真っ赤に錆びた姿で見つかったりすると、私はそわそわし、仕事をさっさと片付けて、研ぎに入る。

錆びきったものは、油に漬けておくと言われるが、それほどのものを見つけたことはない。荒砥でしばらくやっていると、錆は落ちる。出刃や刺身庖丁は、片面が平面ではなく曲面になっていて、かなりの部分が砥石に当たらない。砥石の滓が出るので、それを塗り、ワインのコルク栓かなにかでごしごしやっていると、錆は落ちる。有名ブランドでは、結構高価なものもあるが、どんなものでも、研がないかぎり駄目である。

海の基地で遣っている菜切りを、胡瓜に乗せただけで二つになった、という伝説ができるほど、私の庖丁は切れる。多分、自慢しているのだろうが、気持としては、そういうものはないのだよ。君も、庖丁を遣ってみれば、切れる方がいい、と思うはずだ。

それにしても、刃物はいろいろな扱い方をされて、私はかなり高名な料理人に、長い刺身庖丁を一本貰った。ただあげるのは縁切りになるので、百円で売ってやると言われた。それ以来、私が刃物を人に贈る時は、百円で売る、と言う。

日本刀の刀工が百円で売ってくれたのは、庖丁ではなくナイフだった。先の方が両刃になっていて、次のものは全部両刃だった。うまく遣えば魚を捌くのには便利だが、かなり危険である。やはり両刃の剣だな。

カスタムナイフを何本か持っていて、その中にT・フクイという製作者のものがある。私は一度会い、やはり百円で買った。私の読者で、進呈したいと言われたのだ。

このナイフは、実によく切れる。船上で、穴子を捌く時、軽やかにナイフが走る。穴子の背骨は、肛門までは三角で、ナイフを傾けておかなければならないのだが、実によく安定しているのだ。

いま、T・フクイという人が、なにをしているか知らない。ナイフ製作者の名前を探しても、見つからない。刃物が、縁まで切ってしまったのか。鋼《はがね》の質がよく、姿も美しいナイフである。

時々、自分がなぜ刃物を研いでばかりいるのか、考える。鈍《なま》っているんだよな。つまり、小説の言葉の選び方が、どこか甘くなってしまっているのだ。的確な言葉が見つけられないまま、次に進んでしまう。そういうことが何度か続くと、いたたまれなくなり、砥石を持ち出して庖丁を研いでいるのだ。

まあ、自分を研ごうとしているのだろうが、それで済むのなら苦労はしないだろう。だからきっと、自分を忘れたがっているのだ、と思う。

私が庖丁を研ぐのは、海の基地とほぼ決まっている。ひとりきりでやるのだが、小政やレモンを連れていった時も、私に寄ってくることはなかった。犬にとっては、歓迎できない気配が漂い出しているのだろう。

研ぐという行為を、精神的なものと重ね合わせて語っている、と君は感じたかもしれないが、強いて言えば、気を紛わせているだけなのだ。自宅にいる時、庖丁の研ぎを頼まれると、私はいやいや引き受ける。つまり、研ぎたい時とそうでない時があり、そこから見ても、やはり気を紛わせるためだけにやっているのだ。ただ、切れ味は変らず、私の家の庖丁は呆れるほど切れるはずだ。

日本刀と較べると、庖丁は実用品という感じがする。日本刀も、争闘用に特化されて作られていたはずだが、いまでは刀身そのものを鑑賞するので、美術品という趣もある。

研ぎあげた庖丁は、ぴかぴかというようには見えず、曇天の空のような感じである。研ぎたての庖丁は、鉄の味が付くので、魚を捌いたりはしない、などと料理人は言う。気にしない人もいる。私の場合は、捌く魚がない時に、研いでいることが多い。

君も、庖丁を一本買ってみろ。食材を捌き、切れなくなったら、研いでみろ。爪にちょっと傷ができて、恰好いいぞ。

人生の講釈は任せてくれ

人それぞれのやり方と言うけれど、私は釣りは単純なものだと思っている。

餌、あるいは擬似餌《ルアー》を水に入れ、魚が食らいついてきたら上げる。それだけなのだと、最近は思うようになった。それぞれのやり方は、単純なものの中で、細かいことに凝ったりこだわったりするのである。そして、向き不向きというのがある。

私の船の初代のクルーは、釣りが下手であった。途中で怒りはじめ、竿を放り出すと、ウェットスーツにかなりのウェイトを付け、水中銃を持って船から飛びこんでしまう。時々水面に出てきては、また潜る。船に戻った時は、紐の先に何匹も魚が付いていた。黒鯛が多かったが、鰤《ぶり》や鱸《すずき》もあった。ずいぶんと海のことを教えて貰ったが、数年前に亡くなった。

向いているかどうかは別として、私は多分、釣りが好きである。よく講釈を垂れるし、仕掛けに工夫を凝らすし、時々、思いがけない大物をひっかけるという運もあるようだ。それでも、うまくはないだろう。海の基地の前には、黒鯛が群れでいて、私はさまざまな仕掛けでトライした。しかし、いまだ一尾さえも釣りあげていない。

もっとも、高橋哲也というプロの釣り師が、その黒鯛を釣ろうとして果せなかった。彼は、黒鯛がなにを食っているか、よく観察しろと言った。それを餌にするのだが、その前に鉤《はり》を餌で煮て臭いをつけ、黒鯛の警戒心を解くのがいいと言った。釣れないだろうと、私は思っていないが、自分なりの方法を身につけたい。高橋哲也は、何度か私の船に乗ったが、誰も釣れない時に、ひとりだけ釣っているのだ。

船のゲストは、釣りをしたがることが多い。女性の場合は、静かな湾で鱚《きす》などを釣って貰うが、男は遠出をしたがる。

ある時、大沢新宿鮫が、マイロッドを抱えてやってきた。外房の海域まで行った。その間、大沢は私の耳もとで講釈を垂れ続けていた。さながら、釣りの名人である。

魚探に反応があった海域で、船を流した。船長、あそこへ行ってくれなどと言うと、船のことはすべて船長が決める、と言って私は行かない。船頭さん、あそこ、などと言われると、はいよ、と答えて行ってしまう。

大沢は、最新型の竿を持ってきていたが、釣れない。私はツナタワーと呼ばれる櫓に登って、眺めていた。おい大沢、あれこれ言っていたが、釣れないな。ほんとはおまえ、釣り下手なんだろう。

そんな言葉を、頭上から浴びせかける。大沢は私の方を見ようとしないが、顔を真っ赤にしている。怒っているのだ。それでも釣れず、私が浴びせかける言葉はさらにひどくなる。あのオヤジ、なんとかしてくれなどとクルーに言っているが、船にはオヤジなどいません、と取り合わない。集中だ、集中。そして釣れた時のイメージ。イメージだけで終るなよ。ちくしょう、と大沢が呻くと、私は嬉しくなり、大声で笑う。

ふん、釣れないのだ。同じぐらい、下手だ。私は、そんなことを考えている。ゲストでも苛めてしまう時があり、大沢の講釈を聞かされた身としては、ここで思い知らせよう、という気になる。釣れないのは船のせいだ、などと考えているに違いないからだ。

釣れないまま帰ろうかという時、大沢の竿がぐにゃりと曲がった。新素材の竿は、やわらかいもんじゃのう、と口から出かけるが言いはしない。ゲストに対する最低の礼儀は心得ていて、ファイト中は黙っているのだ。

大沢は、これ以上はないほどの慎重さで巻き、擸網《たも》を持っているクルーに、そんなものはいらん、と喚いた。集中だぞ、おい。思っても言わない。やがてメジナが海面に姿を現わした。大沢はそこで、竿を遣ってメジナを引き抜いたのである。甲板に上がってきた瞬間、大沢は鉤をはずすのも忘れ、どうだ、という表情で私を見あげたではないか。

釣りでは、なにが起きるかわからない、というのは常識のようなもので、釣れても淡々として、また次を狙うのである。私を見あげた嬉しそうな顔は、まだまだ未熟であることを示している。

釣るのが難しい魚で、しかも結構な大物であったのだから、なおさら淡々としていなければならない。勝利がひとりのものと思う未熟さを、いまごろは克服できたのだろうか。なにしろ、魚探には賑やかに映っていて、そこは岸の岩場にも近かった。釣れないのがかわいそうだから、私は無理と冒険を同時にして、ぐいと岩に寄ってやったのである。魚がいるところで竿を出せというのは、基本ではあるが、私がどれほど無理をしたのか、考えてもいないのだろう。鮫だからな。

大沢は、何度か私の船に乗っているが、鮫を釣ることは、たえてなかった。私が、鮫を避けて、船を動かしてやったからである。大沢が鮫に引き摺り回されている、というのは想像としては愉《たの》しいが、ホストの立場としてはいささか品性を欠く。やはり、身も心も無事に帰って貰わなければならないので、最低一尾は釣らせてやるのだ。

君は、釣りはするか。やってみろ。男の本能が剝き出しになるぞ。そんなに本能を剝き出しにできるのは、釣り以外では、街中のナンパしか私は思いつかない。あ、あれは陸釣《おかづ》りというのか。

なにが起きるかわからないのは、釣りだけでなく、人生も同じである。このところ、私は自分をふり返ることが多い。実に、さまざまなことがあった。なにしろ、六十八歳なのだ。くそっ、どうやったって、歳はとるのか。なにが起きるかわからない、ということを端的に言えば、自分の年齢ということになる。

気づくと、老人であった。とっくに、年金も貰えているはずだ。若い者に、そこをどけという代りに、年寄を大事にしろという自分が、ある日いた。しかし、老人ではない、と常に自分に言い聞かせる。一対一なら、喧嘩も受けて立つか。しかし私がくり出せる技は、文字通り必殺技で、この年齢で、私は懲役になど行きたくない。

鏡をよく見るのだ、君よ。十年、二十年と続けろ。ある日、見知らぬ老人が鏡の中にいる。それが、老いだよ。

観たいものを観たいはわがままか

今年は、鯖が大きくなるのが遅かった。イナダも、なかなかワラサにならなかった。シーズンが、後ろにずれている感じだったのだ。そのくせ、カワハギは例年通りのようなのだ。どうなっているのだ、海は。地球は。

桜の開花など去年とそれほど変っていないが、キハダ鮪《まぐろ》は、ぐっと少なくなっている。海から、地球はおかしくなっていくのだろうか。海の基地にいると、この二十年で満潮時の水位が間違いなく上がっているのがわかるな。そして、鮫がでかい顔をするようになった。大沢新宿鮫ではないぞ。本物で、相当獰猛なやつである。

たまたま手もとにあったので、私はヘミングウェイを読んだ。亡くなった自動車の権威、徳大寺有恒氏の御遺族から、モンブランの作家シリーズの万年筆を、形見として頂戴した。作家シリーズ第一号が、ヘミングウェイなのだ。無意識の中にもそんなものがあり、ヘミングウェイに手をのばしたのかもしれない。

『われらの時代』という、ニック・アダムズ物の短篇集である。山中での、鱒《ます》釣りの短篇が好きである。戦争で傷ついた作家が、自然の中に韜晦《とうかい》したとよく評されるが、私は釣り小説の傑作である、と思っている。

韜晦か挑戦かよくわからないが、自分の資産などすべてを放棄して、ひとり山中に入り、飢えて死んだ青年の実話を描いた、『イントゥ・ザ・ワイルド』という映画がある。なぜひとりなのか、そこのところが観念的に説明されていて、私はちょっと首を傾げるが、タダ乗りした貨物列車で、車掌から叩き落とされる場面がある。この短篇集ではないが、ニック・アダムズ物にも、似たようなシーンを描いた作品があり、観ていた時、まるでニックではないかと思ったものだ。

折りに触れ、あるいは気紛れで、読んでしまう作家というのは、数人いる。『ヘンリー・ライクロフトの私記』のギッシング、ハメット、ヘンリー・ミラーなどである。

ヘンリー・ミラーでは、『北回帰線』が好きだが、小説とは別のものだ、という気もする。少なくとも、私はそう読んでいる。言葉が精神を活性化させる、という作用が私にはあるのだ。決して物語ではない。

『クリシーの静かな日々』という作品もあって、これは映画化されている。リメイクの九〇年代のものは、ミラー自身の語りが入っていて、映画にもがっかりした。七〇年ごろに、私が小屋で観たものがある。それは、私に奇妙な衝撃を与え、いまも時々思い出すシーンさえある。もう観ることはできないのか。君は、観る方法を知らないか。ビデオにもなっていないのだろうな。映画通の連中も、九〇年代のものは知っていても、七〇年代のものは知らないのである。

観たいよ。これは絶対に観たい。若かった私に、長く残る衝撃を与えたものの正体を、見きわめたいのだ。誰か、方法を知っていたら、教えてくれ。思い出して、もう一度観たいと思ったら、なにがなんでも観たい。私の、映画に対する業は深いのだろうか。


なにかを探したいと思った時、本などは国会図書館がある。九州で闘われた戦のすべてを、軍事的な観点からだけ見た資料は、熊本第八師団、戦史研究室というところにある。私は最初の歴史小説を書く時、中央で見つからない資料のほとんどを、そこで見ることができた。

探したい人間は、ごく少数だろう。しかし、長い歳月の間には、かなりの数になると思う。少々の苦労が伴っても、探したいものが見つけられるというのは、文化である。

映画にも、博物館のようなものは、ないのだろうか。書物は古代からあるが、映画はせいぜい百数十年だろう。映画会社の倉庫に眠っているフィルムなど、宝の山かもしれないではないか。

私が、なぜ映画を観たがるのか、詳しく分析したことはない。しかし、時々、考える。小説は、ひとりである。どんなに多くの人数を出そうと、たったひとりの書き手による描写なのだ。

映画は、多人数である。監督ですら、役者の顔やそれぞれの表現力の個性までは変えられない。どちらがいいか、という問題ではなく、表現の方法が違うのだ。ともにイメージの芸術で、似ているようでいながら、まったく別のものだ。私は多分、別のものであるということに、惹かれているのだろう。

　ところで君は、探しものをどこでする。インターネットか。スマホを、ぺこぺこやるのか。私が、九州で南北朝時代に闘われた戦を探すのに、第八師団まで行き着いたのは僥倖もあるにはあるが、数カ月の苦闘があったからだと思っている。

　さまざまな過程で潰していった可能性が、逆に違うものを見せてくれた局面は、いくらでもあるのだ。

　うむ、私は釣りの話をしていなかったか。海がよくない、などと書いていなかったか。脱線癖は、いつまでも治らない。

　海の状態は、悪いのである。相当沖へ船を出せばいいかもしれないのだが、オーバーナイトの時間まではない。

　私は、イソメと青イソメを買ってきて、浅場の砂地を攻めてみることにした。日本の海は、定置網などがやたらに多いが、それに関する情報は、マリーナできちんとくれる。安全な海域で、魚探を見つめながら、スクリューを止める。そうすると、船はただ流れるだけなので、錨泊よりずっと広い範囲を探れる。危険な海域に近づいたら、即座に元のところへ戻るのだ。

　すごい引きが来た。鱚《きす》や眼張《めばる》などではない。なんとか引き寄せ、掬《すく》った。攩網《たも》の中には、奇怪な魚。しかしよく見ると、的鯛《まとう》であった。こいつは、食らうとうまい。刺身に肝を載せてもいいし、フランス料理にも遣う。一キロを優に超える大物であった。

　次に魴鮄《ほうぼう》を釣り、食らいごろのカサゴを釣った。うまい魚ばかりではないか。きわめつきは、やはり一キロを超えるマハタであった。これは、あまり釣れる魚ではない。深場か、もっと南である。やはり海は変なのだと思ったが、口には出さなかった。うまい魚が釣れれば、私は満足なのである。

　こんな日もあるのだ。竿を投げ出したら、なにも釣れないのだぞ。

長すぎる物語などないのだ

新しいものが好き、というわけではない。

映画にしろ音楽にしろ、日々、新しいものが出現し、消えてしまうものも少なくない。これはいい、と私が思っても、一年経てば誰も知らないということは、一再ではなかった。

表現物というのは、多分、そういうものだ。いいものでも消えることはあり、おかしなものが残ることもある。それもなにか、すべてが必然という感じもあり、表現の常だと、無意識に受け入れてきたところがある。

自分の作品さえ消えなければいいという、通俗的でまっとうな希望もある。しかし私は、自分がどれぐらいの本を書いたか、正確には把握していないところがあり、いつの間にか消えてしまっているものも、あるかもしれないのだ。

とにかく、私は量を書きすぎた。質を伴っていれば、むしろいいことなのだが、ふり返ると忸怩たるものもこみあげてくる。

こんなことを、考えるようになったのだな。夢中で書き続けていたころは、ふり返ることなどしなかった。それはそれで、全身全霊であったのだ。

うむ、愚痴っぽくなっているかな。私は二十年近くにわたって書き続けてきた、全五十一巻の大長篇の、最後の一巻にさしかかっているのだ。だから、張りつめている。張りつめながら、ふり返ったりもしてみるのだ。

なにかが、力をくれないか。いや、他者に恃むな。ここまで、自分を信じてやってきたのではないか。

私の気持は、深く静かに沈潜しながら、水面の小波もまた感じてしまう、という状態にあった。そういう時、聴いた歌がある。それが不意に、私の気持を高揚させた。なにか気力のようなものが、心の底から湧き出してきた。

フランス人の少女の歌である。魂がある。魂は、努力で立ち現われてくるというより、持って生まれたなにかによることが多い。

私が聴いたのは、サントラの試聴盤であったが、強奪するように友人のところから持ってきて、聴き続けた。こんなの、Ｓｉａ以来だな。ルアンヌ・エメラという。

唄っている時点で十六歳ぐらいではないのかな。幼い部分と、成熟した部分が入り混じる。未完と完成が響き合う。それはめずらしいことではないが、間違いなく魂が立ち現われてくるのである。さながら、小説の行間が立ち現われるようであった。唄わずにはいられない。唄うことで表現するしかない。それが感じられた。そんなふうな感じを持ってしまうと、歌詞などどうでもよくなる。言葉以上のものが、心を揺さぶってくるのだ。

それでも、のべつ聴いていると、歌詞の一部が、明確に聴えてくる。マルキ・ド・サドがなんたらしたら、と聴えた。ほんとかよ、おい。なぜ、サドなんだよ。一度聴えたものは、そうとしか聴えない。

君、フランス語の歌詞を調べてみてくれないか。まあ、サドが出てこようが、歌そのものが変るわけではないのだが。

歌というものがあって、よかった。これは『エール！』という映画のサントラで、映画というものもあってよかった。もっとも、映画も、私は唄声だけを耳に入れていたような気がする。多分、いま公開中だ。

私はそんなふうにほかの表現物に心を動かされ、慰められたりしているが、私が書いたものは、読者の心のなにかに触れているのだろうか。

そんなことをまともに考えると、自信をなくしてしまうので、いい加減なところで、いい加減な自信を持って、書き続けていこう。

なあ、君。人生も同じだ。死ぬ時まで、ほんとうの結果はわかりはしないのだ。そして死ぬのだから、結果などないと同じではないか。いまやっていることに、全力を注ぎこめばいいのだ。

それにしても、全五十一巻の内の五十巻を書くのに、大きな苦労があった、という気はしない。長かったなあ、とは思うが、第一巻で書いたことも、一応、しっかり憶えているつもりだ。時々、死なせてしまったやつが夢に現われてきたりするが、彼らの不満に耳を傾けていたら、先へ進めない。

五十一巻目だ。肩の力を抜け。張りつめた気持は、失うな。ここまで書けた幸福を、ちょっとだけ嚙みしめろ。ひとりでやってきたのではない。多くの人に、見えないところで助けて貰った。なにより、読者が併走し続けてくれた。

私は、小説を書きはじめて、五十年になろうとしている。本を出してから、三十五年というところか。三十五歳だと思うと、私はまだ若い。五十歳でも若造である。吸収できるものは、まだ多くあるだろう。新しい表現物に出会って、心を躍らせることもできる。そのために動いて、いろいろなものにもぶつかった。人間は、実にさまざまな表現物を持っている。その出会いも、これから書いていくつもりだよ。

夏が、遠く去った。烈日は、心の中に残っている。烈日を感じながら、私は書き続けていたい。焼けるぜ。焦げるぜ。そして、もしかすると、燃え尽きるかもしれない。それでもいいのだ。

若いころ、石川セリの『八月の濡れた砂』という歌をよく唄った。いまも、滅多に行かないカラオケで、唄ったりすることがある。最後のフレーズは、あたしの夏は明日もつづく、というものだ。あの夏が、続いてきたのだな。

どうだ、私の独白に付き合った気分は。君は、横をむいて、もう勘弁してくれよ、などと呟いているだろう。勘弁するものか。私は私の夏の暑さを、まだ半分も伝えていない。

これから、五十一巻目を書く。どんなふうにできあがろうと、五十一巻目は、いまの私のすべてである。小説家であったことに、まず感謝しよう。五十一冊の作品を、現実に出版できることを、喜ぼう。

人生の、燃える季節が続く。白けた顔はするな。冷笑など、無縁で生きろ。せっかく生きている。そんなことを自分に言い聞かせながら、私は万年筆のキャップをはずす。

またな、友よ。作品の中でも、君に会いたいものだ。

言葉が言葉以上のものになる時

肉体的な不自由の経験というのは、ほとんどしたことがない。

鎖骨を折った。肋骨を折った。上腕二頭筋の腱を、左右とも断裂してしまった。膝の靱帯をのばした。うむ、そんなのは、ちょっとした怪我だ。

体重を落としてから十数年、強烈なギックリ腰には縁がなくなったが、結構つらいものであった。しかし、根本的な不自由ではない。治るのだ。

眼が不自由なのを、真似てみたことがあった。勝新太郎さんに、座頭市の真似をしてみせた時だ。ぬっと顔を突き出すと、おでこをぴしりとやられた。ケン坊、市はな、眼が見えねえんだよ。だったらなにを頼る。耳だろう。耳を突き出すんだよ。

なるほど。座頭市の死は、周囲で太鼓を叩かれて、聴覚を乱されたからではなかったか。

眼隠しをして十分間、酒場の中を動き回るだけでも、とんでもないことであった。短くなった葉巻にライターで火をつけようとして、鼻の頭を焼き、絶叫した。おまけに逆様に葉巻をくわえていたので、口の中は灰だらけになった。テーブルのグラスを倒す。ボトルを倒す。トイレまで、行き着けない。

視覚が閉ざされただけで、これである。この上、聴覚が閉ざされたら、どうなるのか。どうしても、うまく想像することができない。

福島智さんに会った。全盲全聾の、東大教授である。ある雑誌に対談の頁を持っておられ、宇宙人に会いたい、それが無理なら北方謙三に会いたい、と言われ実現した対談であった。対談といってもどういうことになるのか、私は不安だった。

両側に通訳者の方がついておられ、交替で福島さんの両手に指点字を打つ。それで私の喋ったことは福島さんに伝わるのであった。

できるかぎり、私はゆっくりと言葉を出した。しかし、それに対する反応は速い。長くても、タイムラグが数秒というところで、正確に意味は伝わっていて、返事が返ってくる。冗談を言っても、二秒後には高笑いが出るのだ。次第に、私は普通の喋り方をするようになり、不思議な世界に迷いこんだ気分になった。福島さんの喋る言葉は、明瞭で健常者となんら変るところはなく、むしろ明晰ですらあった。

何歳かまでは、視覚、聴覚ともに残っていて、そのころの記憶がしっかりとあり、頭の中でイメージが結ばれるようだ、ということは喋っていてわかった。

大学を受験するころは全盲全聾で、合格して世間から喝采を浴び、しかし現実に学生生活をはじめようとすると、下宿を見つけることもままならなかったという。遠い喝采に対して、怒りしか残っていないらしい。ほかにも、嚙み殺さなければならない怒りは、数かぎりなくあっただろう。

そういう中で、私の小説に救われたという言葉を頂戴したのは、正直、作家冥利に尽きると思ったが、同時に過大な評価だというこわさも感じた。福島さんの苦闘の日々の、ささやかでも救いになるような小説を、私はほんとうに書いたのだろうか。

それにしても、指点字というのは、すごいものである。会話の速さで打ちこんでいくので、二人で交替でなければ保たないだろう、と私は思った。

受信する福島先生の方が、ずっと大変なんですよ、と通訳者の人は言った。考えてみれば、五十音のひらがなで打ちこまれたものを、即座に漢字に変換し意味として把握するというのは、驚異的な能力である。

私は、五十音の最初の二文字の打ち方を通訳者の人に習って、福島さんの手に打ってみた。愛、ですねと、福島さんは微笑みながら言ったのである。指点字を介しているとはいえ、紛れもなく福島さんと私の直接的な会話としか思えないのだ。

小説の話をすると、この人は文芸評論家なのではないか、と思いたくなるほど、理解は深い。

ぼくなど、まだ記憶という基礎があるからいいのです、と福島さんは言った。生まれながらに全盲全聾の少年がいて、その子と会話を成り立たせたいと、ずいぶんと時間をかけたのだという。ぼくは君と同じで、なにも見えない、聴えない、と伝えられるようになり、先生のことが大好きです、と返ってきた時は嬉しかったなあ、と福島さんは言った。

それを聞きながら、私は涙をこらえ続けていた。ここでぼろぼろと泣いてしまえば、遠い喝采と同じようになると思ったのだ。

私の好きな、映画や音楽は存在しない生活なのだ。その中で、唯一、言葉というものが現実性を持って拡がる。つまり、小説の世界は存在し得るのである。もっといい小説を書こうというのは、私が福島さんに会ってからの、痛切な思いである。

君は、なにも見えない、聴えないという状態を、想像できるか。私は福島さんと話しながら、何度もそれを想像しようとしたが、結局はできなかった。健常者が想像しようとすることそのものが、傲慢なのかもしれない。コンセントの抜けたテレビみたいなものです、と御本人は暢気そうに言ったが、たとえコンセントが抜けていようと、テレビという物体は、私には見えている。つまりやはり、想像を絶することなのであった。

君は、生真面目で類ない努力家の姿を思い浮かべただろうが、それだけではない。とにかく、語彙が豊富である。肺腑を衝かれることがしばしばなのだが、それに加えて洒脱なところもある。

酒を、飲みに行った。いつものやつ、と私の小説の登場人物が頼むカクテルを、同じように頼みたがり、そしてよく飲む。飲むほどに談論風発という感じになり、大いなる脱線をして笑い飛ばす。たまには、私への皮肉も含まれている。

こら、智。そんなことを言うと、すみません、と即座に返ってきそうであった。

私は、自分のありようをふり返った。それしかできなかった。見えてきた私は、卑小で弱々しく、なにかあるとすぐ潰えそうであった。

福島さんの強靱さの十分の一も、私にはないだろう。強靱さは、もともとあるのではなく、作られるのである。そこに魂をこめれば、これからどれほどの表現物が、福島智という人物から出てくるのか。

君も私も、平凡な健常者として、それを待とうか。

いつも心に描きたい絵がある

美術館というものに、私は中学生のころから親しんでいた。特に、上野公園にある東京都美術館には、しばしば足を運んでいた。絵画鑑賞が趣味というわけではなく、半分は義務感だったような気がする。叔父が独立美術協会というところに所属していて、毎年秋にはそこで独立展が開かれていた。

叔父の絵はそのころ新具象と呼ばれたもので、抽象に近かった。わからない。ただ、新具象や抽象についてでは、ある時、不意にいいと感じてからは、拒絶反応は起きなくなった。

抽象と具象の表現の違いについて、叔父からかなり専門的なことを教えられ、私は口だけは達者であった。

画法についてだけではなく、さまざまな画家についても、叔父は飲みながらよく語った。たとえば、ベラスケスという宮廷画家がなぜ素晴しいかについては、王侯貴族の肖像をきちんと描かねばならず、そこで大きく自由を制約されるのに、絵には無限の拡がりがあるのだ、と言った。だからこそ、素晴しい。いまは、なんとなく私にもわかる。

小説は、誰が読んでも面白いもので、誰にでも理解できなければならない。しかし、誰にも理解できないものもまた、持っている。私が考えている小説のありようと、叔父のベラスケス論は似ていたような気がする。

叔父は、戦前から戦後のある時期まで、日本三大製菓のひとつと数えられた、お菓子の会社を継ぐはずだった。それがどこでとち狂ったかというと、船上での退屈を紛らわせようと、絵心の欠片もない船乗りだった私の親父が、買って放り出していた油絵の具を手にした時からだったという。それ以前にも、おかしな絵ばかり描くと、学校に祖母が呼び出された、という話も聞いた。

菓子屋の道を放り出してからは、東京を放浪していたようなものだろう。なにをやりながら生きていたかは、さまざまな話を本人から聞いたが、どこまでほんとうだったかはわからない。

日野の山中にある、アトリエ兼住居は、農家の納屋のようなものだったが、遊びに行くと、天井もない部屋が、逆にものめずらしかった。近所の川で小鮒などを釣ってくると、串に刺して丸焼きにし、鍋一杯に煮た主食のじゃが芋のおかずにするのであった。極貧であったが、そうだとは思えず、羨ましいぐらいに自由に見えた。

私の仕事は、川で魚を釣ってくることと、近所の畠から大根などを失敬してくることで、それが面白くて、私は一日に何度も畠へ行きたがった。多少、絵が売れてくると、つまらない家になったな。

中学三年のころだったと思う。夏休みの宿題を叔父の家でやっていた。絵画の宿題も一枚あり、私は夕焼けを描こうとした。うまく描けず、叔父に描いてみてくれよ、と言った。叔父は、木炭を横にして、黒い帯を三つ描いた。そしてパレットの赤い絵の具のところにどぼどぼと水を入れ、ほとんど水のようなものに筆を浸して、黒い帯の上を叩くようにした。水で薄くなった絵の具の赤が、かすかに拡がり、夕焼けの空に見えた。下に横線を何本か引き、畠だ、と言った。

ものの十五秒ぐらいであった。私は真似をしたがうまく描けず、叔父の描いたものを、そのまま提出した。批評の時は、なにも言われなかった。あとで職員室に呼ばれ、バレたのかと思ったが、美術部に入らないか、と言われた。君のたらしこみは、達者すぎる。水のような絵の具を、筆でとんとんとやることが、たらしこみ、という技法であることを、私ははじめて知った。

俺、柔道部ですから。断ったが、その後、さらに二度言われた。四度目は、柔道の稽古のあと、へばって校庭に寝ている時だった。

先生は私のそばに腰を降ろし、うちに遊びに来ないか、と言った。奥村土牛という、高名な日本画家の息子であった。私は観念し、正座して経緯を吐いた。先生はうつむいて、怒鳴られるのかと思ったら、ほっとしたよ、と言った。それから、今度、独立展を一緒に観に行こう、と私の肩を叩いた。

うむ、狭いことはしてはならないのだな。あの時の先生の顔を、私はいまも憶えている。

ベラスケスの話だったたな。君はまた、私が脱線したと嗤《わら》っているだろう。ベラスケスは好きな画家だが、その名を出すと、画風は違うのに、フェルメールをいつも思い出す。寡作であった。強力なパトロンがついていたが、そのパトロンが買ってくれるものを描かなければならない、という制約の中にいたところが、宮廷画家のベラスケスと共通していないか。

『真珠の耳飾りの少女』という代表作があり、それは同名の映画にもなっていて、スカーレット・ヨハンソンが、少女から女になっていく姿を好演している。実は私は彼女が好きなのである。躰のバランスはいいのに、身長は百六十センチ以下と好ましい。同じような身長の女優に、ナタリー・ポートマンがいて、子役出身というところも共通している。『レオン』のマチルダ役である。

乳房が、蚊に刺されて掻いたぐらいしかない、であろうナタリーと、掌で包みきれないぐらい大きい、であろうスカーレットが、『ブーリン家の姉妹』というイギリス映画で共演している。この二人が姉妹かよ、と思いながらも、なかなかいい映画ではあるのだ。

いかん。絵が映画の話になっちまった。叔父は、少しずつ売れ、貧乏からは脱却したが、大金持にもならなかった。

そして、歴程派の詩人たちと親しかった。私も余禄にあずかり、草野心平氏が新宿でやっていた『学校』という居酒屋で、卵の黄身の味噌漬けを食わせて貰ったことがある。眺めていると、面白い大人たちだったな。叔父は酒呑みで、晩年までよく呑み続けた。没落した家系の、最後の徒花が芸術家である、とトーマス・マンが言った。なあ、俺たちはまさにそうではないか。晩年の、口癖であった。菓子屋にならなくて、よかったと思う。製菓会社は、いま存在していない。

ところで夕焼けの絵だが、練習して私はかなりうまくなった。君は、観たいと思うか。観たいだろう。すべての芸術は、模倣からはじまるのだぞ。観たくなくても、観てみろよ。

時代が天才を作ったのか

私が通った学校の窓の外は、芝公園であった。その木立のむこうに、ホテルが建設されたのは、東京オリンピックの前であった。開業記念かなにかで、ダリ展が開催され、私は友人たちと観に行った。

相当の人出であった。私はちらりと見て、これは絵ではない、と思った。絵でありながら、絵ではない。友人たちは、シュールレアリスムについて、小声で囁き合っていた。みんなショックを受けたようだった。私も、ショックを受けた。

翌日、私は密かにひとりで観に行った。なにを狙っているのだ、と思った。つまり、なにかを狙った絵というふうに見えたのだ。しかししばらく立っていると、狙いなどではない、という気もしてくる。結局、その時はなにもわからなかったのだろう。

後年、『内乱の予感』を眼にして、この画家の根もとにあるのは、理由もはっきりしないような恐怖なのではないか、と思った。この絵にはほかのタイトルもあったが、私にはしっくりこなかった。それ以上のことは、言葉にしにくい。まあ、絵に解説は、ほんとうには必要ないとも思う。

ダリは、フェルメールを高く評価していた。光とか構図とか、いろいろ言えるのだろうが、感性のどこかが合ったのだろう、と思った。もしフェルメールがダリの絵を観たとしたら、やはり強く感応しただろうか。

私の友人に、村上肥出夫という画家がいる。

大学生のころ親しくなったが、十四、五歳は年長であった。会ったのは、神田駿河台下の、喫茶店であった。躰が臭い、むさくるしい親父だ、と私は思った。むこうも、生意気な学生だ、と思っていただろう。

躰が臭いのは風呂に入らないからだ、とあとで知った。大学のそばの喫茶店で、大学側によって校舎が閉鎖されれば、行くところがなく、そんな喫茶店にたむろしていたのである。

学生側の手で封鎖することもあり、それは占拠で、校舎の中にねぐらを確保していた。いまは歴史用語に近くなっている学園紛争の時代で、そんなことはめずらしくもなかった。

その喫茶店のウェイトレスが好きらしい、と店のママから聞いて知った。画家であることも知った。襤褸《らんる》のような服が、そう思うと恰好よく見えた。

なんとなく、話すようになった。眼差しに濁りがないのが、印象的だった。それから、口から出すわずかな言葉が、不意に彼の周囲で躍ったりする。つかまえようとすると、なにかイメージのようなものが残るのだった。

臭かったが、私は好きになった。言葉に詰まると、そのあたりにある紙片に絵を描いたりする。デッサンであるが精緻ではなく、はじめから嚙み砕かれている、と思った。

政治の季節の中にいる学生であった私は、論破のための議論をする傾向があり、何度も彼を追いつめ、多分、傷つけた。小僧に言われたことでも、気にする人だったと思う。

言葉に窮した時の眼が、いつも哀しげだった。絵画論をやり、社会論をやり、人間論をやり、恋愛論をやった。好きなら、なぜあの女とやってしまわないのだ、とまで私は言い、彼は哀しげな表情で、小さく頭を振っていた。

議論にならなかったのは、ヘンリー・ミラーの話をした時だ。なにを話しても、意見が合ってしまうのである。そのころはまだ行ったことがなかったパリの、放浪者の話などをすると、彼は自分の体験としてそれを語り、私を羨ましがらせた。新潮社から全集が出ていて、彼も私もそのすべてを読んでいた。

なんだ、あんた、臭《くせ》えなあ、と言ったやつがいて、私はそいつを店から蹴り出した。そんなことしちゃ駄目だよ、と彼は哀しそうに言った。そのころ、臭いも私にとっては絵のうちになっていたのだ。

何枚か、絵を観た。老舗の画廊の世話になっていて、そこの社長の部屋で、絵を描いたりしていた。指さきが絵の具だらけで、社長はそれを眺めながら、大相撲の中継などに眼をやっていた。村上肥出夫の創作の秘密は、絵の具だらけの指さきにあるのではないか、と石川達三が書いていた。気力を与えられる絵だ、という意味のことを、川端康成が書いた。

デパートで大規模な個展をやり、放浪の天才画家としてマスコミに頻繁に登場し、いわばブレイクしたかたちになった。

変ったところと、変らなかったところがある。臭いのは、変らなかった。眼が澄んで哀しげなのも、変らなかった。時々、大きなことを言った。そこに俗ななかった。一夜明けると天下のバイロン、という状態だったのだ。

金が欲しい、もっと有名になりたい、というような俗性を、私は非難しようとは思わなかった。それも、人間なのである。俗性と純粋性が混在したまま、彼は寵児となった。しかし、描く絵は変らなかった。

もてはやされる部分だけを、画風の中で拡げていく、という器用さはなかった。惚れたウェイトレスは、画廊の職員となり、ほとんど婚約者という感じだったが、最後の一歩が押し切れず、別れることになった。

ほかにもいろいろあり、彼は岐阜の山中にアトリエを建てて籠った。東京での個展など、ちょっと難しいという情況になったようだ。私はといえば、没原稿を量産する日々の中にあり、折々の通信以外、直接会うことは滅多になくなっていた。

若いころの、友人のことを書いている。画家の話を書いていたから、思い出したというわけではない。実はいくつかのところで、村上肥出夫については、書いてきた。もっと評価されるべき画家だ、と思っているからだ。

時折、新聞に取りあげられることがあるし、絵の好きな人で、熱心なファンもいる。

だから君、ちょっとだけこの画家の名を、頭に留めておいてくれよ。私の叔父が絵画史に銘記されるべきかどうかは、甥である私には言えないが、村上肥出夫は、異端の称号がついたとしても、銘記されるべきだ、と私は思っているのである。

いまでは、毎年画廊で個展が行われるようになっている。一緒に、行ってみるか、君。

朽ち果てずに絵はそこにある

パリでは、どういう場所が好きか、と訊かれてもいささか困る。

そんな話題になった時は、ラテン区《カルチェ・ラタン》と答えたりするが、六〇年代の五月革命が頭にあるからである。フランス全土が麻痺するような、労働者、学生の蜂起であった。

さまざまな側面があり、日本の学生運動にも影響を与え、神田カルチェ・ラタン闘争なるものもあり、私は現場にいた。神田の学生街であったことだから、かなりの学生はいたのだが、神田、もっと細かく言えば、駿河台限定だったようなところがある。

ラテン区には、二、三度行ったが、特に好きになることはなかった。パリでは、ビクトル・ユーゴ通りの小さなホテルが、かつては定宿だった。

歩いて一時間ほどで、クリシーである。私は何度かクリシー広場まで行き、頽廃と無闇なエネルギーが入り混じった雰囲気を求めた。それはやはり、映画の中にしかないものだった。『クリシーの静かな日々』である。七〇年に作られた、あれである。ビデオも手に入らない。どうしても、観たいのである。ツタヤさん、なんとかしてくれ。

クリシーからは、一度、手紙が来た。ヘンリー・ミラー好きの、村上肥出夫からである。ほかの街からも来たが、クリシーだけは、印象に残っている。

手紙は、筆ペンで書き殴ってあり、ほとんど読めない。ただ、ホテル名と部屋番号と金額だけは、呆れるほどはっきり大きく書かれていた。金を送ってくれないか、という手紙なのだ。

短い時期、寵児であった村上肥出夫は、やがて中央画壇から追われたか背をむけたかして岐阜の山中に籠ったが、それでも何度かパリへ出かけたのだ。

行ける金を持っていれば、行ってしまう人である。帰る金はなんとかなる、と思ってしまう。私は本を出版して十年が経ち、多少の財布の余裕はあった。送っても、届いたという返事はなかった。

私の家の書庫に、同じエッセイ集が二冊ある。『パリの舗道で』という、村上が書いたものである。

一冊は、出版当時、私が自分で買った。もう一冊は、岐阜で二十年ほど前に貰ったのだと思うが、挿入された線描だけの絵に、彩色されたものである。パリの話というより、パリから母親に宛てた手紙の形式で、若いころの東京の生活が書かれている。

豊かな才能は多分にしてそうなのだが、視野が狭い。そして、自己肯定的である。橋の下で乞食のような生活をしていても、それが美しいことなのだ。寵児であった村上には、そうだったのだろう。

中央に背をむけてからは、それは痛いことにしかすぎず、線描に彩色させたのだろうと思う。中央に背をむけても、もう一度東京で華々しくやりたいという、俗な野心と、悲しいほどの純粋な絵の魂が感じられ、生の彩色は絵の具の手触りも私は悲しく感じる。

何度か、東京に出てきた時に会った。

はじめは無言である。スケッチブックに、私の顔を筆ペンで描いて渡し、黙ってうつむいていたりする。

なにをして欲しいのかと訊くと、ようやく口を開き、レンタカーを貸してくれない、と訴える。なぜか彼は、国際免許証だけを持って、借りに行っているのである。朝の港を見るために、車が必要なのだという。まともに運転ができるのかどうかも、わからない。

酒を飲まない彼に、私はウイスキーを呷りながらつき合い、明け方、芝浦の埠頭へタクシーで行った。彼はスケッチをするでもなく、海に尻をむけて前屈の姿勢になり、股の間から港を眺めていた。潮風に当たって酔いを醒している私は、いないが如くである。まともな光景ではなかっただろう。

深夜に呼び出されて行くと、舗道に停めてあるバイクに跨がり、ぶんぶんと声を出していた。それが族バイクにしか見えなかったので、私は慌てて村上をひきずり降ろし、まだ看板に灯がある店に収容した。しかし、持主が見たら殴り倒すかもしれない、というのは私の感覚で、村上にはなんでもないことだったのだろう。

私は、パリの娼婦に、裸の絵を描かせてくれとは、決して言えない。描かなければならないなら、かなりの金を渡す。無料であのパリのしたたかな娼婦が服を脱ぎ、ポーズをとった。そこには、なにかがあったはずだ。それがなにかを、私は最後まで見定めることはできなかった。私の凡庸なところで、村上の非凡さを理解できなかったのだろう、といまも思っている。

岐阜の山中のアトリエが、燃えた。なぜ燃えたのかは、わからない。そばに立っていた村上の身なりは、ほとんど女装に近かったという。惚れたウェイトレスに、洒落たコートをパリで買ってきて、同じものを嬉々として着ていた、数十年前の村上を思い出した。

彼女に対する思いが、いまだに残っているのだと、私はその話を伝えられた時に思った。

村上肥出夫は、そのまま精神病院に収容された。精神病院から手紙が来て、花が欲しいと言われた時、私はアレンジの花を届けた。光が欲しいと言われた時は、なにも届けられなかった。そして、音信はなくなった。

会いに行こうと思えば、会える。しかしそれは、奇異なものを見たいという、私の救い難い俗な欲望にすぎず、絵の魂は精神病院にはない。

村上は、私に何点かの絵をくれた。その中の一点は、フォーヴィスムとも違う、見事な色彩の世界である。

私は、村上の絵を、一点も買わなかった。買うべきものではない。私にとっては、そうだったのだ。私は、その色彩の世界に入りながら、酒を飲み、勝手に好きなことをやってろよ、と呟く。

絵は、所有してはならないのだ。本は何万冊もあるが、絵はそれ一点のみで、手もとにあれば、一時的に預かっている、と思い定めるしかないのだと思う。

若いころ、影響し合った、ある画家の話を君にした。彼はまだ、病院で生きている。それは、肉体が生きているということで、絵の魂は、いま思うと、アトリエが焼失した時に死んだのである。だから、彼は死んでいる。

絵は残っているのだよ。素晴しいものもあれば、駄作もある。天才だったのかどうか、酔うたびに考える。君は、私のことを考えるなよ。

純粋だと消えるしかないのか

長く生きているといろいろある、という述懐が似合うほどの年齢に、私はほんとうになっているのだろうか。

この間、変死した知り合いの数をかぞえていたら、三十人を超えた。そんなこと、わざわざかぞえることはないだろうと、やりながら思うのだが、自分が変死していないということで、なにかを確認しようとしたのであろうか。変死しても、おかしくない人生だったからな。いまだと、それがどういう死に方であろうと、人はただ大きく頷くだけであろう。殺されても頷かれてしまいそうだから、私は死なない。

自殺だけでも、うんざりするほど遭遇したよ。しかし、ふっと頭から飛んでいたりする。ひとりで酒を飲みながら、自殺した知り合いの名を挙げていて、これで全部だと確信してから、新たに四名思い出したのである。

これは、脳の老化とか、私の本性の浅ましさとか言えるのだろうが、生の日常ではないのかとも思える。

この間、甲府へ行くために、信州方面行の特急列車に乗った。行く時は昼間でなにも感じなかったが、翌日の帰りは夜で、車窓の外はほとんど暗かった。酔っていたが眠らず、私は闇に惹かれたように見つめていた。すると列車はふっと明るい場所に入り、そこは塩《えん》山《ざん》という駅であった。

不意に、記憶が呼び起こされた。塩山にある墓にお参りに行ってくれ、と私は電話で言われたのである。塩山で思い当たることはなにもなく、少し言い合いになった。するとその友人は、君はまだ彼女の墓へ行ってもいないのか、と叫ぶように責めたのである。

面とむかって言われたら、摑み合いであっただろう。深夜の電話では、なにか切迫した呼吸がはっきり伝わってきて、彼女とは誰なのかと、私は自分を抑えながら訊いた。そして、しばし黙りこんだ。彼女は、実在していないのである。

学生のころ、同人誌のようなものを作っていた。そこに、短い小説を書いた。人の気配のないはずの湖のほとりでキャンプしていると、遠くで男が駆け回っている。湖になにか浮いているのを認め、主人公は飛びこむ。泳ぎ着くと、それは全裸の女性の死体であった。死体を男のそばに引き揚げても、男は知らないと言い続ける。しかし夜中に、その死体にすがって泣いている。

そのころ、私は杉山吉良という写真家の、『讃歌』と題された写真展を観、写真集も買った。ヌード写真集だが、劣情もなにもなく、ただ悲しく美しい裸体が、私の胸を打った。そのモデルになった女性が、直後に入水自殺をしたという報道が流れ、私はそんな小説を思いついたのである。写真集はいまもどこかにあるはずだが、書庫では見つけられなかった。うむ、君に観せてやりたいのだが。

話している時、その女性のことが頭に浮かびはしたが、やはり彼が言う女性は実在していない。私の小説の発想にひっかかっただけで、人に語ってはいないのだ。その時、私はすでに溢れるような一瞬の狂気を感じてもいた。明日会おうと言った私に、彼は待っていると言って電話を切った。

翌日、自宅を確認するのに手間どり、午ごろ部屋を訪ねた私は、彼の自殺死体を発見した。

ガスによる自殺であった。頭からビニール袋を被《かぶ》っていて、ガス管は袋の中に引きこまれていた。落ち着いていたのかどうか、わからない。救急隊員は相手にしてくれず、次にやってきた刑事は、こりゃノイローゼだと決めつけ、お座なりな事情聴取をしただけである。

家族にはこちらで連絡したが、来るのは明日になるので、おまえこの蒲団をちょっと横にずらして、ここに泊っていけ、と刑事は言った。ホトケをひとりにできないからな。三畳間で、トイレも洗面所も共同であった。私はひと晩、刑事が言うところのホトケのそばにうずくまっていた。

なぜこんなことを書いたかというと、あの電話が救援依頼のシグナルで、それに私は気づかなかったのかもしれない、と気になっていたからだ。いや、思い出してしまうことが、最近起きたからだ。

やはり電話であった。今度は、携帯である。五分でいいです、五分でいいから、会ってください、と彼は言い、私は怒鳴り飛ばした。その前も、会いたいという電話が数度あり、私はただ説教をした。ちょっとしつこいところのある男で、私の読者でもあった。

数日後のスポーツ紙で、大きな写真とともに彼の急逝が伝えられていた。自殺の可能性が強いという記事だった。最後の電話は、私に対する救援依頼のシグナルではなかったのか。運動のあとの息遣いのような喋り方は、五十年近く前の深夜に聞いたものと、そっくりであった。

児玉広志という。かつてはグランプリも獲得した、一流の競輪選手で、なお現役であり続けようとしていた。私は、切迫した口調に不快感しか感じなかった自分を、しばらくの間、持て余していた。私は鈍いのだろうか。私が五分間でも会っていれば、彼は死の方へ転倒することはなかったのではないのか。

転倒の多い選手だったな。満身創痍で、折れた腕の写真などを送ってくるので、私はやはりよく怒鳴っていた。

共通の友人がいた。私のところに電話をすると叱れるのでと言いながら、その友人には相当に長い電話をくり返していたようだ。いろいろ事情はあったが、死ぬほどのものとは、私には思えなかった。なにより、現役であり続けようとしていたのだ。

児玉、私がかぞえなければならない自殺者が、ひとり増えたぞ。おまえのことは、忘れない。いま、私にはそれだけしか言えないよ。

重苦しい話に、つき合わせてしまったな。このところ私は、重苦しいものの中に、自分を追いこもうとするところがある。長い小説を終わらせるエネルギーを獲得しなければならない、と感じ続けているからか。

もう一度、捜しに行ったが、『讃歌』という写真集は、見つからなかった。あれは、生命の讃歌がテーマの写真だったよ。

そのうち見つけて、君に観せてやろう。

いつか天国で宴をやろうよ

博才というものが、まるでない。

博奕にそれほど興味を持ったこともない。なにかを賭けるということを、やらないわけではないが、そのために熱くなるということもないようだ。

勝敗には、恬淡としている。しかし、車を運転していて、抜いていく車がいると、どうしても我慢できず、抜き返した。競るということに関しては、自分を抑えられないところもあるのだ。金を賭けるのが、あまり面白くないと思うのかもしれない。

退職してなお、関連会社で私の担当を続けている山田という男は、金にまつわる賭けを様々にやっていて、自分には明らかに才能がある、と言っていたことがある。株で結構儲けているし、休暇はほとんど世界じゅうのカジノ巡りに費し、これまでの数十年間の収支の計算もきちんとしていて、先日プラス七万円ぐらいになってしまった、と言っていた。カジノ旅行に行く前は、いそいそとしていて、憎らしいほどである。

顔面十六分割とかいう訓練をやっていた。眼の前にいる相手の顔を十六に分けて、表情の動きを観察するものらしい。ポーカーをやるためだったのか。ただその観察をすると、相手を凝視することになり、変なやつと思われる。

負けたら、引っ張らずにすぐ退くというせこさは、天才的なのかもしれない。私など、入れこんだら死ぬまで退けない。ある部分で天才的だと思える人間は、少なからずいるのかもしれないな。

なるほど、こういうのが天才か、と思えるような人間を描いた映画、『スティーブ・ジョブズ』を観たことがある。ものを作る行為として、非常に興味深いものがあったが、こういう天才を、私は好きになれそうもなかった。彼は創造者であるが、その創造の行為はひとりではできない。ひとりでやるしかない、小説を書くという行為は、ひとりなるがゆえに私に合っているのかもしれない、と思った。

実在の人物を描いた映画は数えきれないほどあるが、私はこの時、五十年前に観た『大いなる野望』を思い出した。ハワード・ヒューズという、アメリカの高名な実業家を描いたものである。渋谷のパンテオンでやっていた。私は場内が暗くなるまで本を読んでいて、終って明るくなると、周囲がアメリカ人ばかりなのにびっくりした。いまも昔も、アメリカ人は伝説の英雄のような存在が、好きなのだろう。

実業家として大成功を収める主人公の、幼いころからの関わりのある人間として、アラン・ラッドが生涯最後の出演をしている。ネバダ・スミスという役名で、それはそのままのタイトルで、スティーブ・マックイーン主演で西部劇になっている。

うむ、これは憶えていて、すらすらと出てきたな。『ネバダ・スミス』には、ブライアン・キースも出ていて、これは好きな俳優であった。斜陽期の西部劇のいいところも悪いところもある、と私は思っているが、古い映画はあまり大声では語れない。忘れていることが、多すぎるのである。

話を戻す。博奕であるが、私はルーレットをやり、百ドルを千二百ドルほどにしたことがある。熱くはならなかった。勝っているのではなく、勝たされている、という気がしたのだ。

それが、初カジノであり、それからも行きはしたが、ちょっと負けてはやめている。七十回ほど、連続ではずれているビンゴゲームがあり、それは熱くなる。ビンゴというのは、どこか競争に似ているのだ。

競馬も競輪も、経験はないに等しい。その私が、ある時、競輪をやることになった。競輪の雑誌に連載対談を持っていた白川道氏に、たってと依頼されたからであった。私は無心にその勝負に臨もうと思ったが、対談のギャラが現金で競輪場で渡される、という罠が存在していた。これは遣ってしまうのだろうな、と私は覚悟した。

競輪で何億も遣った俺がついているから、安心して車券を買ってくれ、と白川さんは言ったが、私は曖昧に頷いただけである。何億も注ぎこんだ人の言うことを聞いていたら、負けるだろうと思ったのである。白川さんは大金持には見えなかったのだ。

競輪場は、はじめてであった。白川さんは選手がウォームアップをしている場所などを見せてくれ、それから貴賓室のようなところで車券を買うことになった。

なるほど、これが博奕か、と私は思った。実はそれまでも、児玉広志に観戦に来てくれと誘われたりしていたが、博奕はやらんと私は言っていた。人生そのものが、博奕のようなものだからな、と言うと、走るぼくにとっては博奕ではなく勝負なのです、とまっとうなことを言った。しかし、それ以上は誘わなかった。一緒に酒を飲んで、私のおだを聞くことの方が、彼は好きだったようだ。

さて、車券を買った。面倒なことはごめんなので、一着、二着、三着を当てる、三連単というものを選んだ。その時点で白川さんは諦め顔であったが、実はお勧めのものではなく、首を傾げて解説したものだけを選んで買ったのである。そういう買い方をしなさいと言ったのは、天才山田であった。

二つ目のレースの時、それが当たったのである。おや、当たったと呟いて、部屋の外の払い戻し機に車券を入れると、的中、と刻印されて出てきて、いつまでも札を数える音が続き、分厚い束が出現した。それが一度だけなら、ビギナーズ・ラックというやつだ。五レースやったうちの、二レースで三連単が来て、白川さんは口を開けて私を見ていた。ほとんどあり得ないような確率だったのだろう。

なにか数えるのも面倒なほどの札束になったが、金だから遣うのには困らないだろう、と私は思った。しかしあまり遣わず、後日、かなり有意義なことに注ぎこんだような気がする。

そんなふうだから、とんでもない幸運に恵まれただけで、私には博才などないのだ。的中させた喜びもそれほどなく、競輪にのめりこむこともなかった。

私を誘った白川道氏は、最近、急逝された。突然いなくなってしまったという感じで、いまだ現実感はない。

君は、博奕でどれほどの金を遣ったかね。私の収支は、大きくプラスだぞ。

君も私も男であり続けようぜ

思わず声をあげてしまうようなものを、見つけた。書庫を探索している時である。『讃歌』という写真集は見つからず、がっかりしている時に、それを手にした。懐かしかったなあ。そして、ちょっと恥ずかしかった。

勿体ぶって私は書いているが、君、驚くな、私の写真集を、手にしたのである。『黒き肌への旅』、という。主に西アフリカで撮った写真であり、写っているのは黒人だけである。写真集ばかりが並んでいる棚で、高名な写真家の間に挟まれ、なんだかうなだれた感じで、それはあった。

写真集を出版することになった、経緯はある。夢枕獏と写真の話をしていて、展覧会をやろうか、ということになった。その時は、こぢんまりとやるつもりだったが、話がかぎりなく大きくなり、あのころ有楽町にあったフジフォトサロンの、しかもプロがやるスペースで、一週間やってしまったのだ。

いま思い返すと、やってしまったということになる。夢枕はともかく、私はドがつく素人なのである。それでも、概ね好評であった。意見を言ったのは、編集者連中であったが。

それを聞きつけた椎名誠や亡くなった立松和平が、俺たちも入れろ、とやってきた。企画してくれるところがあり、四人展で全国行脚をし、これはほんとうに好評であったらしい。

ところが、私に大問題が発生した。三人は、会場で写真集も売っていた。私は、自分の小説を売っていた。恰好が悪いことかぎりない。写真集を出したい、と私は大騒ぎをした。私だけないのだぞ、ちくしょう。結果、この『黒き肌への旅』が出たのだが、もう四半世紀も前の話になる。

自信がなかったのか、やたらにキャプションが入っているし、真中に長い文章も書いている。そして写真は、やはり拙すぎる。拙いところが、逆に個性になっているような写真ばかりである。

おや、というものもいくつかあり、これはレンズの勝利である。望遠系のズームをつけて簡便に撮っていたが、コートジボワールのアビジャンのスラムで、強奪された。

残った望遠レンズは、レフレックスの五百ミリだけであった。これは大抵、三脚か、少なくとも一脚を立てて撮るよな。それを私は手持ちで撮り、ブレていなかったのだ。ブレていなかったというところだけは自慢できるが、対象が鮮やかに浮かびあがり、あとはぼんやりしているというのは、長いレンズが勝手に出してくれた効果である。

あのころ、デジタルなどなく、私はリバーサルのフィルムで、丁寧に撮っていた。安全だと思える国には、カメラ本体が二台、レンズ数本で出かけて行った。一番長いのが、五百レフレックスである。そんなもので撮るから、怪しまれて、捕まってしまうのだな。

安全だとは私が思っているだけで、実は地球上どこにも完璧に安全な場所はない。私の旅の歴史の中で、五台のカメラを、強奪されるか盗まれるかした。強奪は、諦めざるを得ないというところがあるが、盗まれるのは不注意である。

そして、ほんとうに体力が必要な旅には、カメラは持っていかなかった。しかし、なぜだろうな、カメラがなかったところの方が、情景など鮮やかに頭に残っているのだよ。いまは、広角から望遠までのズームレンズが一本で、デジタルでとりあえず連写してしまう。便利なのか、便利は堕落なのか。

それにしても、私にとって書庫とはなんなのであろうか。自宅の書庫だけではないぞ。床が抜けそうなので、貸し倉庫のようなものも借りている。しかし、滅多にそこを探し回ることはない。そして、五十年も前に買った写真集を探そうとすると、見つからないのだ。

いくら探しても見つからないとこぼしていると、それは探すより買った方が早いと思います、と出版社の編集長が言った。締切直前に、書庫を這い回っている私を、見かねたのであろう。見つかるものかと思ったが、二日後に、写真集『讃歌』が送られてきたのだ。

うむ、メルシィー。

杉山吉良という写真家には、『裸族ガビオン』という光文社から出された写真の入ったノンフィクションがあり、私は高校生のころにそれを読んでいた。自宅の書架にあり、士官図書という判が押してあったので、もともとは親父の船に備えてあったものだろう。

昭和三十年代に、そんなものを出した写真家なのだ。その記憶に惹かれて、『讃歌』の写真展を観に行ったのかもしれない。アマゾンの裸族と、ヌード写真がどこで結びつくのか、私はそんなことも見定めたかったのだと思う。

写真展を観て、アマゾンの裸族は吹っ飛んだ。アダムに会う前の、イブ。それがテーマで、十九歳の処女のモデルには、四、五年の撮影期間中、一切の恋愛を禁止し、酒などもやらせなかったらしい。十九歳でバージンかよ、といまなら疑いたくなるが、昭和四十年代には珍らしくなかった。そしてバージンではなく、処女だったのである。

二十代の前半の終りに、撮影から解放された処女は、急かされたように恋をし、妻子ある男と結婚の約束をした。写真展が話題になり、ある意味、時の人になった彼女は、いまで言う不倫を、マスコミにあげつらわれることになった。編集長が送ってくれた写真集には、そのあたりの関連の記事も添えられていて、追いつめられる過程がよく見える。入水自殺というのは、小さいが新聞記事にもなり、私はそれで短篇を一本書いた。

きれいな、悲しいほど純粋な写真集である。杉山吉良という写真家は、自らの表現意欲に忠実すぎて、彼女の人生を顧みることをしなかった。

責めようとは、思わない。それが、表現者なのである。写真家にとって素材のひとつだった彼女も、自らの肉体で、ひとりの小説家の心を揺り動かしている。表現の素晴しさと残酷さが、この写真集にはあった。

君に、言っておこう。男は、女を騙してはならない。女は男を騙すことが多いという気がするが、男はやってはならないのだ。

わかるな。理屈などない。君と私の、男同士の、二人だけの会話さ。

不器用だけの人生もまた

なぜゴルフをやらないのか、とよく訊かれる。

友人たちは、大抵はやっているな。ゴルフの話題になると、私は疎外される。それでも、やろうという気は起こさなかった。亡くなった渡辺淳一さんには、かなり強く、ほとんど命令のように言われたものだ。

強く勧められると、私はきちんと理由を説明する。性格からいって、のめりこむのは間違いない。空を見て晴れていたら、バッグを担いで飛び出してしまう。

一年間、ゴルフ日和だと思う日があると、小さな瓶に米をひと粒入れるようにした。一年で、それは百粒を超える。それがゴルフで潰れた日数だと考えると、いかにも惜しい。その日数を遣って、辺境のどこかに行きたい。まだ体力があるうちは、そうしたい。

みんな、それで納得してくれた。渡辺さんは、私の肩をばんばんと叩いて言った。ケン坊、二十代で銀座のクラブで遊ぶと、金を貰えるかもしれん。三十代はただだ。四十代になるとそこそこ金がかかり、五十代では相当かかる。六十代では際限なくかかるからな。ゴルフは、いくつでやっても値段は同じだから、六十になってからやればいいんだよ。

多分、クラブの飲み代以外の金のかかりのことだったのだろうが、うむ、なんとなくすごい説得力があった。

二十歳のころ、私はほんのちょっとだがゴルフをやっていた。機動隊にむかって私が振り回している棒を見て、そっちも面白いだろうが、こっちの棒も面白いぞ、と言って親父がゴルフクラブをくれたのである。

でかい鳥籠のようなところで、何度か親父のレッスンを受けた。親父とはしばしば険悪になるので、そういうところで関係を修復しようと思ったのである。

親父は研究熱心で、教え魔であった。しかし教えているように打っているとはどうしても思えず、躰のやわらかい私は、すぐに流麗なスイングを身につけた。何度かコースに引っ張り出され、私は熱中し、そしてあっという間に、親父よりいいスコアを出すようになった。親父は舌打ちをし、私にゴルフと言わなくなった。

その年の夏、私は海浜にあるゴルフコースの、キャディのアルバイトを見つけてきた。いつもツーバッグスを担いで駈け回っていた。道具小屋のようなところに、泊りこみである。

日の出のころ、よく叩き起こされた。コンペの前にワンラウンド回ろうという客がいて、私は自分のバッグも担いでついていく。プロ志望の青年だ、と私は思われていたのである。小技が駄目だな、おまえ。ゴルフは、小技だぞ。遥か彼方に飛んだ私のドライバーを、客は決して褒めない。

ロストボールを、よく探させられた。そこは探さなくていい、という場所があり、夕方、クローズしてから、ほかのキャディのおばちゃんたちといくと、ぼろぼろ出てきて、翌日袋に詰めて腰にぶらさげ、ボールが足りなくなった客に売るのである。いかん、これはおばちゃんたちの役得で、営業妨害になりかねんな。

とにかく面白いアルバイトだったが、秋になると、大学の運動にかかりきりになり、ひと夏の淡い思い出である。それ以後、周囲に勧められるまで、私はゴルフがやれるような経済状態になかった。

君は、アルバイトの思い出、なにかあるか。私は、数えきれないほど、アルバイトをやってきたぞ。大学を卒業しても、まともに就職できなかった私は、やった仕事の全部が、アルバイトであった。

当時は時給などではなく日給で、しかも事務の仕事だと八百円ぐらいであった。『新潮』に二本ほど小説が掲載されていて、その原稿料が一枚八百円であったから、小説を書くのはずいぶんと効率がいいなどと考えたが、何年も載らなかったら効率もくそもないのである。

しかし、八百円などという原稿料があったのだな。いまは信じられないが、八百円の時給でもあるのかどうかわからないほど安いのが、現代の感覚であろう。それにしては、原稿料は上がったのだろうか。

とにかく私は、日給のいいアルバイトを捜して、働く時間をできるだけ短くすることに努めた。余った時間は、掲載されるあてもない小説を書くことに充てたのである。

　必然的に、肉体労働か汚れ仕事ということになる。港湾労働の仕事など、ずいぶんとやった。いまのようにコンテナではなかったから、岸壁か、ダルマ船で貨物船のそばへ行く。デリックと呼ばれる船のクレーンから、貨物用の網が降ろされてくる。それに五、六人でつかまると、持ちあげられ、ぐるりと回って船倉《ハッチ》の底に降ろされる。何事も、乱暴な時代であった。

　ゴミ収集車の仕事など、役所の管轄なので楽なものだった。トラックの後ろにぶらさがり、ゴミ置場へ行く。当時はポリバケツの中にゴミが入っていて、縁の高いトラックの荷台に中身だけ放りこむのである。水気の多いゴミを被ってしまうこともあったが、そこは役所で、終業前に風呂に入れるのだった。

　街路樹の殺虫剤散布もよくやったな。私が選ぶのは公園などではなく、高級住宅街であった。石油缶に十個の殺虫剤の溶液が運ばれてくると、空き缶をひとつ用意していて、薄めてもうひと缶作る。

　うちの庭にも撒いてくれない、という声が必ずかかるのである。困ったなという表情をしながら、それでも丁寧に撒いてやると、チップが貰え、それは日当を上回ったりするのであった。

　私は、要領のいいやつだった。しかしどこか、ペテン師臭いところもあった。いずれどこかでひどい目に遭うかもしれない、と思いながら、なんとかうまく擦り抜けた。

　作家になってから、亡くなった立松和平と二人で飲んでいて、俺たちはずいぶんと際どいところを通り過ぎてきたという話になり、それは本音なのだった。作家になっていなかったら、刑務所かホームレスだよ、と手相を見る人に言われたことがある。ほんとうのことを言われている、と思ったものな。

　要領が悪く、不器用に続けたのは、小説を書くという行為だけだった。人生では、ひとつだけ不器用に続けることがあればいい、と君に伝えておこうか。

またな。

強い男伝説の村に生まれて

訃報が届いた。

　はじめて歴史小説を書く時、私は準備に数年かけたが、その時にお世話になった郷土史家の先生が亡くなられた。

　その作品については、網野善彦氏をはじめとする、名だたる学究の方々にも相当の教えを請うたが、地方でこつこつとその土地の歴史を掘りさげておられる方々とも、ずいぶん親しくなったのである。しかもその人は、私の故郷である唐津の歴史を研究しておられ、私は海という観点から、いろいろと教えて貰った。温厚な人柄で、しかも熱く、歴史好きの青年たちにも敬愛されている気配であった。

　私は、松浦水軍を調べていたのである。だからといって、故郷を題材にして、歴史小説をぶちかまそうとしていたわけではない。疑問点を、わかるところまでは調べあげようとしていたら、故郷に行き着くということになった。強い因縁を、私は感じたぞ。

　細かいことをここで書き連ねても仕方がないが、歴史小説に挑戦するのは必然である、と私に思わせるほどの出来事であった。

　あのころ、私は十字路の真中に立っていたのだ。ほとんどハードボイルドというジャンル分けをされた現代小説で、そこそこ売れているのに、なにをとち狂って歴史小説なのだ、と言う編集者が多かった。おまけに、あまり馴染みのない南北朝時代を、書きたいと思ってしまったのだ。

　ハードボイルドなら、戦国時代か幕末だろう、とも言われた。応援してくれる編集者も少なくなかったのだが、私は孤立無援、という心境になった。これを失敗すれば、作家生命は終る、と思いつめていたところもある。

　十字路というのは、自分がそう思わなければ、十字路でもなんでもない。

　つまり、自分で見るものだ。作り出す、と言ってもいい。私はあの時、自分で十字路を作り、真中に立ってみたのだと、いまはなんとなくわかる。

結果は、私は南北朝を舞台にした歴史小説を数本書き、時代を拡げて、江戸期にも、幕末にも行くことができた。なんと、中国史の中にまで飛びこんでしまい、数十冊を書いた。まだ作家として終ったわけではないので、その試みが成功したかどうかは、わからない。言えるのは、私が泳ぐ海が、確実に広くなった、ということだけである。

おいおい、と私は時々、自分に語りかける。そんなに世界を拡げてしまって、大丈夫なのかよ。しゃらくせえ、と同じ私が返答する。世界が拡がりすぎて失敗すれば、ただ私が滅びるだけでいいのだ。たったひとり。人類を滅亡させるわけではないのだ。

自分の人生を、私は思う通りに遣いたい。そして、君、よく聞けよ、遣えるのだぞ。肚さえ括ってしまえば、自分ひとりの人生など、思う通りに遣える。

小説家の人生が破綻したところで、ただ個人の人生の成否に帰結していくだけだ。誰に迷惑をかけることもない。

肚を括るのと真剣さは、同じところにあるのか違うのか。なんとも言えない。ただ、肚は括るためにあるのだぞ。私は肚を括り、真剣に歴史小説の準備をした。

小説の世界を構成する上で、郷土史家の話はきわめて大事であった。細部は、細部を掘り下げている人に教えて貰うしかない。小説は、細部の積み重ねという一面も持っている。富岡行昌という、唐津の郷土史家に、教えられたことは多かった、とその訃報に接した時に、私は思った。

しかしそういうこととは別に、実に印象的な言葉が、いまも私の胸に残っている。富岡氏は、当時、私が唐津出身のハードボイルド作家だということは御存知だったが、それ以上、私の出自を細かく語る前に、歴史の話に飛びこんでしまっていた。二人で、九州北部の沿岸を回ったりもした。

その時、ここは代々強い男が出る村でしてね、と私が生まれた村について、言われた。なにしろ、海に飛びこんで、鯨に一番銛をつけてくるのが、この村の男たちの仕事だったのです。

それを聞いただけで、私は高揚した。闘争的、筋力的に強いという意味だったが、私は拡大解釈して、人生になにか強いものを持っている、というふうに捉えた。孤立無援という思いに襲われていた私は、なにかよすがが欲しかったのかもしれない。

考えた通りのことをやった私は、十字路を真っ直ぐに進んだのだ、と思っている。曲がるより、よかった。曲がればたやすい目標を見つけられただろうが、いまのように世界を拡げることはできなかったと思う。

十六年間かけた、長い長い小説を脱稿したのは、富岡氏の訃報のひと月後ぐらいだったか。二万五千五百枚、という長尺ものであった。それを書き、出版できたのは、第一巻から読み続けてきてくれた読者のおかげである。

二十歳だった青年は、三十六歳になった。中学生だった少年は、立派な社会人になっている。そういう人たちがいなければ、いくら私が書き続けても、出版などできるわけがなかったのだ。

富岡氏と、松浦水軍ゆかりの地を回りながら、強い男が出る村の話を聞いてから、どれほどの歳月が経ったろうか。富岡氏も、長い長い私の小説の、熱心な読者であった。時として、感想めいたものも、人伝てに聞えてきた。脱稿も上梓も、間に合わなかったな。

私はいま、あてどない時の流れの中にいる。書き終えたという達成感より、大事なものが私の手から放れた、という思いの方が強いという気がする。

迷ったら、つらく苦しい方を選べ、などと若い人たちに私が言っているのを、君は知っているよな。ところがいまの私には、つらい道も楽な道も、見えてこない。脱稿するまでは死ねないと思い、実際に生きて脱稿してみると、なにもないところに出てしまった。そこには十字路はおろか、道さえもないのである。はぐれ雲というやつだな。

どこへ行こうか。それも決められない。しかし、ゴールテープを切った気分でもない。私の旅はまだ続くのだろうが、その前に、君と飲み歩いたりしてみるかな。

さあこれから蒔き直しだぞ

ふり返ることを、私はほとんどしない。

過去にどんな作品を書いたか、憶えてはいるものの、細部は少しずつ忘れていく。読者に、あそこがどうで、などと質問され、しばらく思い出せないことも、しばしばなのである。

自分の作品を読み返してどうなるのだ、という思いは、常に持ってきた。こう書けばよかったのに、などという悔悟が、それこそ無数に発生するに違いない。そしてそれは、書き直すことなどできないのだ。だから、読み返さない。その時間があるなら、別の本を読む。次作のことを、考える。そうやって、三十五年ほどはやってきた。

活字にできない原稿を書いていたころは、執拗に読み返し、ほとんど暗記するほどになり、語句どころか、語尾のひと文字にもこだわった。百枚を十回書き直すと一千枚になり、そしてなにを書いているのか、わからなくなってしまい、諦めるのである。

およそ、不毛だったという気がする。そこに費やすエネルギーを別の方面に遣えば、相当な金を稼ぐことができたのではないだろうか。そのエネルギーの浪費が青春である、と私は思っているが、最初の本を上梓したころ、私は青春といえる年齢ではなくなっていた。

無駄な言葉を書き、愉《たの》しみながらそれを削るなどということは、時間の浪費だと思った。書きはじめると、私は無意識に言葉を選びに選ぶようになった。最初の二、三冊は、思い切りがつかないところがあったが、それ以後は、嗅覚に似たもので、欲しい言葉を捜し当てている、という確信に近いものがあった。

どれだけ書こうと、私の原稿には修正はほとんどなかった。字の書き損じを直したあとが所々見えるだけで、枠外の書きこみなど皆無に近い。しかも字が下手で幼くなり、いわゆる金釘流に近くなった。それが一番速く書けたし、編集者や印刷所の人が判読に苦しむということもなくなるのだ。

枚数についても、厳密になった。小説誌から短篇を依頼されることがあり、はじめの十年は、五十枚目の最後の枡にまず丸を打ってから書きはじめる、という心積りで、実際、四十九枚にも五十一枚にもならず、残すのは多くて二、三行だった。

それがなんの訓練になったかというと、やはり言葉を選びに選んだとしか言えないのだよ。それ以後も、長篇を書いていて文体が緩んだと感じると、私は短篇を書いた。

私がやったことが、小説を書く上での、正しい修練の方法だったかどうかは、わからない。駄目だと思う文章は、書く前に肌で感じる。そう思ってきた。こんなふうに書くと、自慢しているようにも受けとられかねないな。そうやってきたというだけで、それをちょっと君に語ってみたかっただけだよ。

私は、作家としてはいやなやつかもしれない。現代小説だったが、今度頂く書き下しの原稿は五百枚を超えていただけませんか、と編集者に言われ、いいよ、と答えた私は、五百一枚を渡した。編集者は、唖然としていたな。六百枚と言わなかった君が悪いのだ、と私は嘯《うそぶ》いた。

自慢できることが、ないわけではない。十六年間書き続け、このほど脱稿した大長篇は、二万五千五百枚であり、私は原稿用紙を二万五千五百枚しか遣わなかった。全五十一巻で、一巻がきっちり五百枚である。私は五十枚綴りの余白の少ない原稿用紙に、万年筆でその手書きだが、その月の書きはじめには、新しい原稿用紙を三冊、ないし四冊用意していた。書庫に原稿用紙は積まれているのだが、それだけをデスクに置いて、万年筆のキャップをはずすのである。

連載は、月に百五十枚か二百枚の分量でやってきた。完璧な美しさではないか、と自慢しようと思ったのだが、こう書いているうちに、私が持っている習性なのではないか、という気もしてきた。ほかのことは、きわめてだらしがないのに、書いた原稿は、ぴたりと四隅を揃えて前に積みあげていく。やっぱり、習性か。

書いたものは、その時の自分の実力である。そう思える書き方をしてきたつもりなので、読み返さない後悔はない。しかし私は、五十一巻の大長篇を、読み返してみようか、といま思っている。

それで、なにかを確認したいというのではない。十六年かけた作品を読み返すことで、自分がどういう作家なのか、見えてくるかもしれない、という気がするのだ。そんなものが見えたとして、おまえは変れるのか、という自問も当然湧いてくる。

変るのは、難しいな。とても難しいと思う。しかし、私は変りたいのである。作家としての話だが、自分がこうだと思っている自分以外の存在に、なってみたい。いや、それほどの変革ではなくても、いままで自分が気づかなかったものに、気づきたい。

そのために、五十一巻を読み返すところからはじめるのである。しかし、読みはじめて、あまりのつまらなさに、十巻ぐらいで放り出したら、どうすればいいのだろう。うむ、その不安に襲われると、読み返すのがこわくなるな。

男というのは、十年同じ場所でじっと耐えていれば、なんとかなる、と言ったのは六十一歳で死んだ親父だった。没原稿を馬鹿のように十年書き続けたら、一応作家になれたので、親父はいいことを言ったのかもしれない。しかし作家になったら、私は同じ場所にじっとしてはいなかった。

じっとしていなければならない、時期というものがある。動き続けなければならない時期も、またある。それが人生であろう。私はもう、あと少ししか書いていられないだろうから、これまでとは別の書き方ができる作家になってみたいのである。

君はどう思う。同じ場所で、同じ顔でいるべきか。それはそれで難しいが、私は十年やったのでたくさんである。

おい、変ってみないか。私は、やるぞ。違う場所で、違う顔になる。そういう作家になる、ということだがな。

君は、こんな場所に自分はいるべきではない、と思ったことはないか。あるのなら、変ろう。

そこで疲弊する方が、動かなくて疲弊するよりずっといい、といまの私は思っているのである。

知らない土地に迷いこむまで歩こう

夕焼けが、鮮やかなのだった。

夏の間は、なんとなく色が薄く、秋になるにしたがって、濃くなり、冬には赤い絹を引き裂いたような、鮮やかな夕焼け雲が見えることがある。

私の日々は、レモンとの散歩が一日の真中に入る。躰を動かしたり、資料を片づけたり、映画の情報を集めたりして、夕方の散歩に出る。極端なほどの速足は、変らない。ただ、長い長い物語を脱稿してから、私は音楽を聴かずに歩いている。次にどうするか、ということは脱稿の翌日から考えていて、音楽に集中できないのである。

執筆中は、かなり苛酷な情況に、しばしば陥った。最終締切の五分前に原稿を送ることも一再ではなかった。そこを過ぎれば、書けなかった分は落とす、ということになる。十六年間、一度も落とさなかった。しかし、私の体内時計は、ある時から狂ってきたのである。

著者校を最後まで取れるというところに合わせているはずが、一日遅れて初校了となり、それはここ一年ほぼ毎月で、十枚程度、著者校を積み残すのである。新聞連載を、同時にやっていた。週刊誌の連載もあった。それに数カ月前に引き受けた解説原稿などの締切がやってくる。

私は、百五十、百五十、二百枚というペースで執筆していて、間にどんなものが入ろうと、体内時計のセッティングは間違えないはずだった。

十枚が初校了に回ると、愕然としていたが、なんとなく最後の方はそれに馴れてしまっていた。二十枚以上初校了という時が何度かあり、情ない自分の姿を暗《あん》澹《たん》として眺めたりしていたな。それでも、十六年間、たとえ一部初校了とはいえ、一枚も落とさず活字にしてきたのだ。

幸い、鼻風邪程度しか病に襲われることはなく、ギックリ腰の時は、仰むけで画板に鉛筆というスタイルで乗り切った。

多分、大した才能などはない。ひとつ崩すと、どこまでも崩れてしまう、というところもある。なにがなんでも活字にできたのは、死語かもしれないが、根性のようなものである。

作家として、四十年近く生き残ってこられたのも、ま、ドのつく根性であるな。

そして、わけもわからず、根性だけで書き、終るとぶっ倒れて眠る。それでおかしなものができているかというと、逆なのである。むしろ緊密に仕あがっていることが多く、時には、うまいなあ、誰が書いたんだ、と思うことさえあるのだ。人間の脳ってやつは、ほんとうに不思議だよ。

長いものを脱稿したら、私はどこかを放浪しようと考えていた。新聞連載も同時期に終了し、時間がたっぷりあるのだ。この四十年間、そんなことはなかった。

一年ばかり、中米のどこかで暮らす。あるいは南米、チリかアルゼンチンの片田舎。私は一度行って滞在し、生きている間に再訪したいという場所が三つあるが、その三つとも、行ける情況ではなくなっている。人はなぜ、争ってばかりなのだ。

もう歳だから、ポルトガルかスペインの田舎に行こうか。そこでのんびりと、こり固まった脳ミソをほぐすのである。しかし、ほぐれるのではなく、溶けちまうかもしれない。

仕事に追われている間、私は放浪を夢見ていたが、現実にどこというはっきりした目的があったわけではない。放浪のための放浪をしてみたかった。

だって、そうだろう。はっきりと目的があれば、放浪ではなくなるかもしれないではないか。しかし、ふらりとあてもなく出かける気力はない。

以前、世界地図を壁に張って、ダーツの矢を投げ、突き立ったところに行く、という旅行をしたことがある。それはそれで面白かったが、いまやれば、気に入るところに突き立つまで、何度でもやりそうな気がする。つまり、意味はないのだ。

いや、若さがないのかな。どんな馬鹿げたことでも、面白いと感じてしまう。そんなところがなくなり、億《おっ》劫《くう》さに襲われたりしてしまうのだ。この億劫というやつ、なかなか厄介だ。心に生える黴《かび》のようなものか。昔は、黴が生える暇などなく、常に心をなにかに晒していたな。私は、億劫さを、どこかで撥ねのけるべきなのだろう。旅だけではない。なんでもいいのだ。

書くことは、生きることだ、となにかに書いたことがある。生きることは、書くことでもある。長いものを終えたいま、私は寿命が尽きた小動物のようなものなのか。あがってしまった、バッテリーか。

しかし、どこかにまだ書きたいという思いはあり、ほんのわずかな日数だが、書かない日が続くと、なにかもりもりという感じで、その思いが強くなってくる。書くべきものは、いくらでもあるのだ。

以前、絶対に書きたいものを、厳選に厳選を重ねて挙げてみたが、さまざまな計算ののち、私は百二十三歳まで生きなければ、それを書き終らないことがわかった。

くそっ、死ねないではないか。死ねないのもまたいやだから、私は当面眼に触れた、というものを書き続けてきた。これからも、そうやっていくしかないのかな。

それにしても、君ともずいぶん一緒に歩いたな。少しは大きくなったか。私など、背丈は縮むばかりだが。大人になったら、それきり成長しないやつがいる。人間は、大抵は大人になってからの方が長く生きるから、成長しない歳月はずいぶんと長いのだ。

成長などという言葉を遣うと、心はいつも半ズボン、と言われている私はどうなるのだと思うが、要するに、日々、違うものを見ているか、ということだ。同じものを見たとしても、違った見方ができるのか。そんなふうにやっていくと、人生は多分、愉しいぞ。

散歩に行ってくる。書斎の前に、レモンがじっと座っているはずだ。声もあげず、しかしドアを開けると、必ずいる時間だ。散歩のコースは、あまり変えない。

私はまだ歩き疲れていないので、こっちの散歩も、もうしばらく続けるぞ。

疲れていないなら、君もついてこいよ。

（第Ⅰ巻・了）

［特典小説］

ブルースがあたしを抱いた

第一章　床屋

言い争う声で、眼が醒めた。

ひとりは、間違いなくここの女主人だ。昨夜私がチェック・インした時も、玄関脇の椅子から、肥った躰を起こそうともしなかった。多分、足が悪いのだ。動けない分だけ、声が大きくなったのかもしれない。しかもここは彼女の城で、大きな声を出していい権利は、彼女だけのものというわけなのだろう。言い争いの相手の声は、ほとんど聞えないほどに小さい。

スプリングが馬鹿になって、尻だけが沈みこんでしまうベッドから、私はのろのろと這い出した。部屋に入った時に鼻についた匂いは、もう感じなくなってしまっている。

洗面台で、顔に水を叩きつけた。ようやく八時を回ったところだ。十時間近く眠ったことになる。

背骨をのばした。胡桃の殻でも割れるような音がした。ようやく頭がはっきりしてくる。シャツを着てジーンズを穿き、カウボーイブーツに足を突っこんだ。

私の部屋は二階の十二号室で、廊下の奥から二番目の部屋だった。ドアはノブを回しただけでは開かず、一度蹴っ飛ばさなければならない。

言い争いは、玄関だった。暗い廊下は板張りで、擦り減ったところもあり、踏むたびに恨みがましい泣声のような軋めきをあげるのだった。

私は、椅子の背に摑まりながらも立ちあがり、声量のすべてをビア樽のような躰からしぼり出している、女主人の後ろに立った。彼女がどかないかぎり、私はそこを通り抜けることができないのだ。

中年の、痩せた黒人女が追い出されようとしているところだった。

「朝めしは、どこで食えるのかな？」

女主人は、後ろの私にはじめて気づいたように振りかえり、その拍子に椅子の背を摑んだ手を放してよろけそうになった。

「気軽に触らないで、あんた」

支えた私を振り払い、椅子の背に手を戻した女主人の言葉に、かすかな媚びに似た響きが感じられた。多分、六十をいくつか越えた女だろう。のどのあたりの黒い肌に、肥っていながらたるみがあった。

「朝めしさ」

「朝ごはんをホテルで食べたいって言うんなら、ホリデイ・インにでも泊って頂戴な」

「どこが近いか、訊いてるんだよ」

「ジャックの店だけど、こんな時間にはまだ開いてないわ」

「わかった。いいよ。街をぶらぶら歩いてみるから」

私は、泣き出しそうな表情で立ったままの痩せた女のそばを通り抜け、右にむかって歩いた。理由はない。その瞬間、なんとなく右が好きだった。

どこまで歩いても、まともな朝めしにはありつけそうもなかった。私はガソリンスタンドで、グレープフルーツジュースとビスケットを買った。

「エイブラハム・マクレガーの家を知ってるかね?」

釣りを受け取りながら、レジの白人女に訊いた。女は首を振った。

私は袋を抱えて通りに出、陽が当たっている消火栓のそばを選んで腰を降ろした。ビスケットを二枚口に押しこみ、ジュースで流しこむ。通りかかった老人が、鍔の垂れた帽子を持ちあげて挨拶した。

「エイブラハム・マクレガーの家を知らないか?」

「エイブなら、友だちさ」

老人の、皺だらけの黒い手がのびてきて、ビスケットを一枚つまみとった。

「街道を二マイルほど南に行くと、右に折れる道がある。そこを行くと家が三軒並んでいて、真中の家がそうさ」

「もう一枚、ビスケットをどうだね」

「晴れた日にビスケットってのは、いいな」

わけのわからないことを老人は言って、もう一枚とった。

「エイブになんの用なんだ?」

「届け物があるのさ。エイブは街に住んでいるものとばかり、俺は思っていたよ」

「街さ」

「二マイルもあるのに?」

「エイブは街の人間だ。みんな知ってる。だからエイブの家があるところは街さ」

老人は三枚目のビスケットを掠めると、酔ったような足どりで歩いていった。

朝だというのに、ビスケットを全部平らげてしまうまで、それから私の前を誰も通らなかった。私は腰をあげた。十月になってから、なぜか暑い日が続いている。ニューオリンズでもそうだった。

大して広い街ではなかった。十五分も歩くと、街はずれに出てしまう。私は一度ホテルへ戻り、小さな包みをシャツの胸ポケットに入れた。玄関の言い争いはもう収っていて、中年女の姿はなかった。

「どこから来たの、兄さん?」

フロントから、女主人が声をかけてきた。フロントと言っても、リカーショップのレジのように小さな窓口で、おまけに格子まであるのだった。『リバーサイド・ホテル』という名前だが、そばの流れは小さく、おまけに大きな木に覆われて陽があまり当たらないので、建物全体が湿った感じだった。

「ニューオリンズだよ」

「それで、どこへ行くの?」

「また、ニューオリンズへ戻るさ」

「さっきの女はね、宿代を三日も溜めたんだ。あたしは、三日は我慢するよ。三日目に払わなかったら、出ていって貰う。三日分の宿代をくれてやるようなものなのに、なんで人でなし呼ばわりをされなきゃいけないのかね」

「俺は前金で払うよ、ママ。いつだってね。だから追い出したりはしないでくれ」

「とんでもない。愚痴をこぼしてみただけさ。あんたなら、聞いてくれると思ったんでね」

このホテルの名前は、メリサから聞いていた。河のほとりにホテルがあって、そこにはやさしいおばさんがいて、子供のころはよくかわいがって貰った。話す時、メリサは懐しそうな表情をしていた。

だから私は、朝一番にメリサのことを女主人に訊こうと思っていたのだ。ところがあの言い争いだった。

私はホテルを出て、通りのむかい側に駐めた七八年型のマスタングに乗りこんだ。この老いぼれ馬はポーカーでせしめたもので、いまにもくたばりそうに喘ぎながら走ったが、ある時プラグを全部交換してやると、見違えるように元気になったのだった。

街のメインストリートを走り抜けた。いまごろになって、ようやく舗道には人の姿がいくつか見えた。

南部の田舎町は、大抵こんなものだ。

突っ走ってきたコンボイをやりすごしてから、私は街道に出た。左右とも、サイドウインドーは降ろしてある。老いぼれ馬の欠点は、ちょっと間の抜けた娼婦のように、エアコンの吹出口から温風しか出さないということだった。それは、我慢しようと思えばできることだった。我慢できない、我慢してはならないこともある。

街道の両側はコットンフィールドで、綿の実が弾けて、冬の朝の野原のように一面が白かった。その白さは、どこまでも続いている。ところどころにある木立の群落の緑の鮮やかさが、まるで作り物のように見えてしまうのだった。

南へほぼ二マイル走った時、右へ折れる細い道が見えた。私は中ぶかしを入れながら、四速から二速に落とし、ハンドルを右に切った。中ぶかしを入れて回転を合わせながらシフトダウンをしてやると、老いぼれ馬の御機嫌はいいのだ。舗装のない道だった。ミラーを見ると、霧の中を走り抜けてきたような気分になるほど、派手な土煙だった。

木立の群落に遮られて街道からは見えないところに、三軒の家が並んでいた。どれも粗末な家で、家と家の間にはガラクタの類いが積みあげてある。

真中の家。ポーチに布の破れた椅子が二つ出してあって、そのひとつに老人が腰を降ろしていた。

「エイブラハム・マクレガーさん?」

そうだと言うように、老人は少し長い瞬きをした。髪が白い。私はポーチの階段を四段ほどあがった。それで、老人と同じ眼の高さになった。

「メリサが戻ってきてるでしょう?」

「あんたは?」

エイブラハム・マクレガーの声は、黒人特有の低音《バス》で、心にしみるような響きを持っていた。顔の深い皺は、まったく動かない。

「ハルユキ・トウヤマといいます。みんなハリーって呼ぶけど。ニューオリンズから来ました」

「中国人?」

「いや、日本人。ニューオリンズに住んで、四年になりますが」

「メリサはいない」

短く、エイブラハムは言った。私は、エイブラハムの足もとから、白い頭までを視線でなぞった。踵の減った大きな茶色の靴。つなぎのジーンズ。チェックのシャツ。立てば、身長は百九十ぐらいはありそうだった。

「いないって言ってくれって、メリサが頼んだんですか？」

「あの娘《こ》は、俺になにも頼みゃしないさ。小さいころから、なにも頼んだことはない」

「戻ってはきてますよね」

「いつだったかな、メリサに会ったのは」

煙草をくわえ、ジッポで火をつけた。この爺さんを喋らせるのには、どうすればいいのか。眠っているような顔をしながら、薄く眼を開けて私の反応を窺っているという感じはある。

「きのうまでに、今週やらなくちゃならないことを全部片付けて、とにかくニューオリンズから突っ走ってきたんですよ。メリサが俺を待ってるだろうと思ってね」

「ニューオリンズが、そんな遠いところかね？」

「二日も眠ってなかった。着いたのはきのうの夜でしてね。大変だったんです」

「そりゃ、あんたの勝手だね」

ニューオリンズがそれほど遠いという感覚は、確かに私にもない。ただ、メリサは五年も家に帰っていないと、よく言っていたのだ。

「孫ってのの、かわいいもんですか？」

泣き落としは駄目だろうと思い、私は話題をかえた。

「俺は何人孫を持ってたかな。忘れたよ」

「メリサは、お祖父《じい》さんの話をよくしましたよ。大きくて、やさしい人だったって。親父さんは嫌いだと言ってたけど」

「なんのことかね？」

メリサの親父は、ほかに女を作って家族を捨ててしまっていた。メリサを育てたのは、この爺さんなのだ。母親については、一度も訊いたことがない。メリサが十四の時まで、祖母が生きていたという。

「男だって悲しいんだ。そう言ったんだそうですね。メリサが初恋の男の子と別れた時。メリサがやさしい娘になれたのは、そんなお祖父さんに育てられたからだ、と俺は思いましたよ」

「それは、死んじまった俺のことだな。俺は死んじまったんだよ。いまいるのは、別の俺さ」

意味がよくわからなかった。メリサについて喋る気がない、という意味だけは伝わってくる。

「掛けていいですか?」

エイブラハムの隣りの椅子を、私は指さした。エイブラハムは、かすかに首を横に振った。

「空いている椅子なんてない。こっちにゃ、死んじまった俺が坐ってるのさ」

椅子が二つ並べてある。なぜ二つなのか、考えようとは思わなかった。ポーチの床に直接腰を降ろしただけだ。

「ここは、風の通りがいいや。それに、コットンフィールドがよく見渡せる。いまが、一番いい季節ですね」

「毎年、夏の終りから雪が降りはじめ、秋にはなくなってしまう。冬の前のこの冬が、好きだったことが俺にもあるよ」

私は、新しい煙草に火をつけた。

ひとり暮しのメリサの祖父さんは、ここでひっそりと死ぬのだろうか。冬ではない冬の中で、冷たくない雪に包まれる。悪くはない人生だ、という気もした。私はまだ若く、死は遠くのものとしてしか見えないから、自分がどんなふうに死ぬだろうと想像することは、滅多になかった。エイブラハムには、コットンフィールドの中を歩いて近づいてくる死が、毎日見えているのかもしれない。

「煙草をくれんかな、ええと」

「ハリー」

私は煙草を出し、手をのばしてジッポで火をつけてやった。

「日本で暮さず、ニューオリンズで暮しているのか、ハリー?」

「なんとなくね」

「故郷《くに》が恋しくはならんのかね?」

「いいだろうなって気はします。遠くにいるからそう思うんだと、自分に言い聞かせるようにしてますよ」

「故郷《くに》というのは、大事にするもんさ。故郷《くに》はいつでもなにかをくれる。金にはならんし、腹の足しにもならんもんだが」

日本に戻らない。そう決めているわけではなかった。戻りたいという気持が、強いものになってこないだけだ。

「メリサにとっては、ここだけが故郷《くに》でしょう?」

「生まれたのは、ここだよ」

メリサが、私の、いや私たちの部屋を出ていったのは、ちょうど二週間前だった。なんの気配もなかった。眼醒めると、ベッドの中にいたのは私ひとりだったのだ。

三日後、コンボイの運転手をしているポーカー仲間のブライアンが、メンフィスまでメリサを乗せていった、という話をしていた。ブライアンの口調には、当然私も知っているだろうという響きがあった。その時の話題は、州警察のパトカーに追われたという話で、ルイジアナとミシシッピの州境で振り切ったとブライアンは言い張ったのだ。その証言をしてくれる人間として、メリサの名前が出てきたのだった。

私は待っていたが、メリサは戻ってこなかったし、連絡さえもしてこなかった。

メンフィスと聞いて、私の頭に浮かぶのは、この街しかなかった。メンフィスから、一時間ぐらいのものだ。

街道から、車が一台入ってきた。エイブラハムの表情は、ほとんど動かない。

車はメリサが運転しているものではなく、隣りの家のものでもなかった。運転していた白人が窓から顔を出すと、この道は行き止まりなのか、と訊いてきた。

「そうだよ」

私が答えると、ちょっと肩を竦め、そのままバックしていった。道がほんとうに行き止まりなのかどうか、私は知らなかった。

「東部の連中が、かりそめの冬を見物にやってくるのさ。このあたりが、冬の真中だと思うんだろう。街道から、ほんのちょっとしかそれてないのに」

「冬だけかすめ取ろうってのは、ずるいよな。まあ、観光ってのはそんなもんでしょうが」

「冬が欲しけりゃ、いくらでもくれてやるさ」

エイブラハムは、フィルターの根もとまで煙草を喫うと、指で鮮やかに弾き飛ばした。それだけが、やけに若い仕草だった。

「メリサのことですがね」

「もうよしな、ハリー」

「そうですね」

この家には多分いない。そんな気がした。メリサは、賑やかなのが好きだった。音楽をかけても、ここでは綿の雪が音を吸いとってしまいそうだ。

「メリサが、お祖父さんの話をいつも懐しそうにしていたのは、ほんとですよ」

メリサと知り合ったのは、去年のクリスマス・イブだった。メリサは、ジーンズを作っている小さな工場で働いていて、ジェイムズという私の友人の恋人と一緒に、パーティにやってきたのだった。ちょっとはにかんでいる容子で、私が話しかけても、短い答えしか返ってこなかった。

パーティが愉しかったのは十時過ぎまでで、それからは散々な状態になった。ジェイムズがもうひとりの友人と喧嘩をはじめ、それを止めようとした恋人を殴ってしまったのだ。愁嘆場と殴り合いが同時に進行し、その間も酔った私はメリサに話しかけ続け、やがてほかに集まっていた連中までどちらかに加担して喧嘩に加わると、いつの間にか私も引きこまれてしまっていたのだった。

女の子たちはみんな帰ってしまい、気がついた時、なぜか私とジェイムズが殴り合いをやっていた。ジェイムズも、なぜ私と殴り合っているのかわからなくなったらしく、フル・ラウンドを闘い終えたボクサーのように、お互いに抱き合って背中を叩き、頭から酒を浴びせ合った。

次に会った時、メリサは私の顔を見て吹き出した。私の顔の痣は、ほかの連中よりずっと目立って、グロッキーにされた漫画の主人公のようだったのだ。

「もう一本、煙草をくれ、ええと」

「ハリー」

同じ恰好で煙草を渡し、同じ恰好で火をつけてやった。

「もう行きますよ、俺は」

「死ぬ前の俺がいれば、もっと愉しく話せたろうにな」

「つまらなかった、なんてことはありませんよ。俺が勝手に訪ねてきたんだし」

「床屋へ行きな、ハリー。クラクスデイルの床屋だ」

「そんなに、髪がのびてるかな」

私は腰をあげた。

最初に会った時のように、エイブラハムは長い瞬きだけで私に挨拶したように見えた。

第二章　エイトボール

一度、ホテルに戻った。

玄関の椅子に腰かけた女主人が、手招きをして私を呼んだ。

「ちょうどいいとこへ来たわ。表の自動販売機で、ファンタを一本買ってきてくれないかしら」

クォーターを二枚渡された。ずっと握りしめていたのか、なま温かくなったクォーターだった。

「ありがとう」

女主人は、すぐにプルトップを引いた。のどの渇きと、表まで出て戻ってくることの億劫さを、秤にかけていたところだったのだろう。

「ところでママ、メリサって娘を知らないか、メリサ・マクレガー?」

「聞かないね。お待ちよ、エイブラハムの孫娘じゃないかしら」

「そうだよ」

「だったら、いないね。そうだ、会いたけりゃ会えるよ。あの娘、ニューオリンズに行ったはずだわ。エイブラハムに、住所を訊くといい」

「あの娘の友だちでも、知らないかな?」

「なにさ、あんたは?」

「メリサ・マクレガーに伝言を頼まれた。実は、もうニューオリンズにいないんだ。ここへ戻ったって噂だったんだがね」

「おや、そうかい」

「お祖父さんに伝言するより、友だちにでも伝えた方が、確実なんじゃないかと思ったのさ」

「誰だい、その伝言の主は?」

「メリサと、一緒に暮したことがある男だよ。なにがなんでもってわけじゃないが、できることなら伝えてやりたい」

「あんたは、この街になにをしに来たの?」

「別になにも。仕事でメンフィスへ行った。ついでに、雪景色でも見物しようと思っただけだよ。コットンフィールドが、いまちょうど雪を被ったみたいに見えるだろう」

女主人が、老眼鏡をずらして私を見つめ、大きく頷くと、ファンタの缶を口に当ててのどを鳴らした。

「あたしは、もう何年も雪を見てないよ。コットンフィールドを見るたびに、肌は黒くても心は真白なんだって、自分に言い聞かせた時もあったけどね」

「俺は、きれいだと思う。ただ単純にね」

「それでいいの。誰だってそう思ってる。ところでメリサの友だちだけど、ウィリアムって子とか、エイシアって子とか、そんな名前だけだね、思い出せるのは。友だちかどうかは、わからない。ただ同じ年頃の子だったんじゃないかしら」

「ありがとう、ママ」

「ウィリアムなら、この時間だってビリヤードでもやってるだろうさ。勝負を持ちかけられたって、乗っちゃ駄目よ。仕事もせずに、あのあたりでフラフラして、いつもカモを捜してるんだから」

「大丈夫だ、ママ。やさしいね。今朝の剣幕が嘘みたいだ」

「言ったろう、三日は我慢するって。だからって、甘く見て三日溜めるんじゃないよ。よそ者は前金と決まってるんだから」

背中で女主人の声を聞きながら、暗い廊下を歩き、部屋のドアを開けた。外から開ける時も、やはり一度蹴飛ばさなければならない。

まだ、ベッドメイクも済んでいなかった。私はブーツを履いたままベッドに横たわり、天井を見あげた。ペンキの色が褪せて灰色っぽくなり、ところどころしみがあった。もともとがどんな色だったのか、よくわからない。

かすかな疲れがあった。躰の疲れではない。もっと別の、自分が受けた仕打ちに対する疲れだ、と思えた。どんなかたちにしろ自分の中で折合いをつけないかぎり、その疲れが癒されることはないだろう。

煙草に火をつけ、煙を吹きあげた。

メリサがなぜ出ていったのかは、やはりどう考えてもわからなかった。五月のはじめから一緒に暮しはじめたのだから、五カ月以上になる。メリサはそのままジーンズ工場の縫子の仕事を続けていたが、経済的には楽になり、愉しみも増えたはずだ。

二週間なんの音沙汰もないということは、私にしてみればさよならと同じだった。

ノック。十七、八ぐらいの女の子がドアを開けた。ベッドメイキングの時間だから、外へ出てくれという。このホテルに、ドント・ディスターブという札はないらしい。

「きみは、蹴っ飛ばさずにこのドアを開けられたな」

出際に、私は女の子に言った。

「ノブを回した時、外側からだったら手前に引いて持ちあげればいいの」

「なるほど。内側からじゃ、押して持ちあげればいいんだな」

廊下が音をたてた。

玄関のところには、相変らず女主人が腰を降ろしていた。私は丸く盛りあがった肩の肉をポンと叩くと、そのまま外に出て老いぼれ馬に乗りこんだ。

ゲットーの中をしばらく走り回る。どこにもあるショットガン・ハウスが、ひっそりと肩を寄せ合っていた。人の姿はまばらで、子供たちの遊ぶ声が聞えてくる。

はじめてショットガン・ハウスを見た時は、アメリカにもこんな家があるのか、という驚きに襲われた。大して高くもない床。ドアを入るとすぐ部屋で、多くて三室、少なければ一室だけ。ほとんど板だけで造った、小屋のような家だ。そこに、家族何人もで住んでいる。南部のゲットーでは、それが標準的な住宅だと、やがてわかった。街には白人の居住区もあって、そこは芝生の前庭に窓の大きな二階建の家というふうに、イメージ通りのアメリカの姿がある。

メリサが住んでいたのは、ニューオリンズのゲットーの、五階建のアパートだった。狭い部屋に、ベッドとテーブルがあっただけだ。それでも、エイブラハムが住んでいる、あの小屋のような家とどちらがいいのかはわからない。

黒人は群れて住みたがる。南部では特にそうで、白人の家との格差を見れば、奴隷制度がまだ生きているように錯覚することとさえある。それでも、連中は自由なのだ。どこで野垂死にしてもいいという覚悟さえ持てば、どこへ行くのも自由だ。

ゲットーをひと回りすると、若い連中がどのあたりに集まっているか、ほぼ見当はついた。

私は『ターナーズ・ラウンジ』という看板の前で車を停め、店に入った。

最初に耳についたのは、ビリヤードの玉がぶつかり合う音だった。私はカウンターに肘をつき、口髭を蓄えた白人の男にビールを注文した。一本が一ドル二十五セントで、コップは出てこない。

客は、若い連中が六人と、老人が三人だった。老人のひとりは白人である。倉庫に、ただカウンターと照明をつけただけというような店で、音楽はなかった。若い連中が集まってくる土曜の夜などには、すさまじい音響でやるのかもしれない。ライブの案内の、手書きのポスターが貼ってある。

「ウィリアムってのは?」

私は、白人の口髭に訊ねた。大して背は高くなく、醜く肥っていて、眼に精気がなかった。いやいや生きている、という感じだ。

「やつが、なんかやったのかね?」

「なんで?」

「店をぶっ毀されても、困ると思ってね」

毀れそうなものなど、店の中にはなかった。そう言ってやる前に、男はビリヤード台の方を顎でしゃくった。

「キューを構えてるのが、ウィリアムさ」

私は頷き、ビールを呷った。ウィリアムのキューが突き出され、盤面の玉が冴えた音で弾き合った。ポケットに落ちる音。ウィリアムの表情は動かない。

「ウィリアムにビールを。それに俺にもう一本だ。釣りはいらんよ」

三ドル、カウンターに置いた。ビールを届けられたウィリアムが、私にチラリと眼をやった。メリサと同じ年頃なら、二十四になっているはずだが、まだ少年のように見えた。ウィリアムが、センターポケットの玉をはずした。わざとのように、私には見えた。

「俺に、なんでビールを?」

キューを持ったまま私のそばに来て、ウィリアムが言う。

「さっきの玉がよかったから。いまのは、いただけないがね。それに、ちょっと訊きたいことがあるのさ」

「なにを?」

「メリサって女、知ってるか?」

「ああ、メリサか」

「どこにいるか、教えてくれよ」

「教えないでもねえが」

ウィリアムが、ビール瓶を口に持っていき、頭を反らせた。

「俺とひと勝負しろよ。俺に勝ったら、教えてやる。負けたら十ドル払え。それでも、教えてはやるよ」

「ケチな勝負はするなよ。勝負に乗るってことで教えろよ。そして、負けた方が十ドル払う。勝負ってのは、いつだって五分五分でやるもんだろうが」

「わかった。それでいいぜ」

ウィリアムが、にやりと笑った。白い歯がこぼれ、しかしその瞬間に幼さが消え、二十四、五歳の男の顔になった。

「あとになって、違うメリサだったなんて言うんじゃあるまいな」

「ひとりしかいねえよ。この間、ニューオリンズから戻ってきたメリサだろう」

「エイトボールでいいな?」

私たちの会話が聞えていたのか、ビリヤード台のまわりにいた連中が、さっと身を引いた。私は、数本のキューをとって羅紗の上で転がし、曲がりの少ないものを選んだ。キューのバランスには、馴れるしかない。全部合わせても、十本に足りないのだ。

私はコインを投げた。それを片手で摑んだウィリアムが、もう一方の手の甲に置く。表。私の勝ちだ。

三角形に並べられた十五個の玉を、突き崩した。ひとつ、二つと落としていく。三つ目に、クッションに当てた玉のひねりが、思ったほどきかなかった。ウィリアムの番。さすがにさっきとは違うキュー捌きで、四つ続けざまに落とした。その間、私はグリーンの羅紗の上の、ウィリアムの黒い手を見つめていた。

私の番になった。玉の位置を全部検討し、狙う順番を決めた。背後で、誰かが帽子を出して金を集めている。老人たちも、それに加わっていた。どこから現われたのか、見物人は十四、五人に増え、勝負を賭けの対象にしているようだった。

気持を、盤面に集中させた。集中力は、長く持続するものではない。ここで勝負を決してしまうことだ。私の玉の残りは五つ。まず二つ落とした。三つ目は、ワンクッションで突くしかなかった。構えた。キューが、自然に動いた。クッションから撥ね返ってきた手玉が、サイドポケットの前の玉を押した。落ちる音。拍手。あとの二つは、たやすく落とすことができた。これで八番の黒いボールを落とす権利を、私が持ったことになる。

「右のサイドだ、ウィリアム」

構えてから、私は言った。すぐに、キューを突き出した。拍手。

「教えてくれ、ウィリアム。それから、十ドルも忘れずにな」

キューを置き、私は言った。見物人たちは、賭け金の配当をはじめていた。

「もうひと勝負してからだ」

「約束が違うな。次の勝負にも俺が勝てば、おまえはまだ続けようと言うだろう。俺が負けるまでやろうとする。だから、これで終りだ」

やりすぎたかもしれない、と私は後悔しはじめていた。メリサをほんとうに知っているとわかって、本気になったのだ。ウィリアムに対してでなく、メリサに対して本気になった。

「もうひと勝負しなけりゃ、俺は教えねえぞ」

「卑怯じゃないか、それは」

「メリサなら、クラクスデイルだぜ」

見物人のひとりが言った。声の方に顔をむけ、私はありがとうと言った。ウィリアムは唇を噛みしめている。

「おまえには、勝てるチャンスがあったじゃないか、ウィリアム。それでも負けたんだ。さあ、十ドル払えよ」

実際のところ、十ドルなど欲しいわけではなかった。十ドルを払おうとしないウィリアムに、黙って部屋から出ていったメリサの姿が重なり合っている。それが、私を頑にしていた。

「ねえよ」

ウィリアムは、下をむいたまま呟いた。

「ないのに、勝負したってのか。それも、おまえから持ちかけた勝負だ」

「だから」

私が負けたら十ドル払い、ウィリアムが負けたら、メリサのことを教える。十ドルがなかったから、そういう勝負の持ちかけ方を最初にしてきたのか。

「だから、もうひと勝負やろうぜ。それで俺が勝ってチャラだ」

「汚ない野郎だ」

ウィリアムに背をむけ、私はカウンターへ行った。ビールを頼む。見物人が増えていた理由がわかった。昼食時で、ホットドッグをくわえている男が二、三人いた。

私はビールだけ飲んで、昼食は別にとることにした。まともなものが食いたい、という気持がある。『ターナーズ・ラウンジ』を出ると、私は歩いて大きな通りの方へむかった。バーベキューという看板が出ていたのを、思い出したからだ。

いい匂いがしていた。

バーベキューといっても、外で肉を焼いているというだけのことだった。大きな鉄の台に小石が置かれ、肉はその上に載っている。台の下では、薪が燃え盛っていた。

リブとバーベキューソースとマスタードを買った。火のそばは熱いので、少し離れた日陰に腰を降ろし、リブにむしゃぶりつく。指も口のまわりも、脂でベトベトになった。リブは充分に四百グラムはあり、食い終えた時は、それで腹が満ちていた。指の脂はジーンズに擦りつける。

車に戻ると、二人が近づいてきた。ひとりはウィリアムだ。もう、ビリヤードの勝負をしたがっているわけでないことは、ちょっと強張った顔を見ただけでわかった。

「俺が汚ねえって言ったな」

ウィリアムは、ピンク色の爪の指さきで、金色のネックチェーンをいじっていた。

「汚ないものを、汚ないと言っただけさ」

「悪かったよ」

もうひとりは、でかい。二メートル近くありそうだった。

「ほんとに、金がなかったんだ」

「そしてこいつは、てめえが負けるなんてことを考えてもみなかったのさ」

でかい方が言った。私は頷き、車のドアに手をかけた。

「はじめの勝負に、俺が乗ればよかったんだ。金がないと言ってくれりゃ、そうしたよ」

車に乗りこみ、エンジンをかけた。

「クラクスデイルじゃ、ウィドを訪ねてみなよ。床屋のウィドっていえば、わかるはずだ。メリサのこと、なにか知ってると思う」

「そうか。ありがとう」

ウィリアムは、まだネックチェーンをいじっている。

その手がのびてくれば握手をしてもいいと思ったが、チェーンに絡みとられたように同じ仕草をくり返しているだけだ。

「じゃな、ウィリアム」

ちょっと片手をあげて、私は車を出した。

ウィリアムが、でかい男に肩を抱かれるようにして、『ターナーズ・ラウンジ』へ入っていくのが、ミラーの中に見えた。

第三章　ジョージアの月

コットンフィールドの中の道。

老いぼれ馬は、歳に似合わない走り方をしていた。これでクーラーがきけば、老いぼれという呼び名は返上してもいい。

そんなことを考えながら走った。頭の中から、メリサのことをできるだけ追い払おうとしている。会って言葉を交わせばわかることを、考えるのは無駄なことだった。大して時間はかからなかった。距離にして、せいぜい十マイルちょっとというところだ。

タトワイラーよりも大きく、人の数も多かった。

「床屋のウィドって、知ってますか?」

警官を見つけて、私は訊いた。エイブラハムが、別れ際に床屋に行けと言っていたことを、私はその時はじめて思い出した。

「ブルースを聴くのかね。それとも頭を刈るのか?」

「ウィドに用事があるだけですよ」

「そうか。あの日本人の友だちかと思ってね。それなら、夕方まで待てと言おうと思った」

警官は、暇のようだ。ゆっくりと、丁寧に道筋を教えてくれた。それからまた、日本人の話をはじめる。そんなやつのことは、どうでもよかった。

ようやく警官を振り切り、教えられた通りに走っていったが、途中で曲がる角を間違えたらしく、河のそばに出てしまった。そこでまた、ウィドのことを訊いた。すぐに教えてくれる。誰もが知っているということは、床屋ではなくもっと別なことをやっている男かもしれない。ただの床屋を、警官も、偶然つかまえた人間も知っているとは、ちょっと考えられなかった。田舎の町だが、走り回れば結構な広さはありそうだ。

ようやく、ウィドの店を見つけた。

店の前に駐められたトラックの助手席には、眼鏡をかけ、葉巻をくわえた猿が乗っていた。勿論縫いぐるみだ。

「ウィドさん？」

ドアを押して入ると、サミー・デイビスJrが、黒ぶちの眼鏡をかけて待っていた。本物よりはいくらか背が高く、そして若いかもしれない。


「髭を当たって貰えるかな？」

メリサのことを、すぐに言い出すのを私は避けた。

「いいとも」

笑うと、サミー・デイビスJrはいなくなった。

毎日のように日本人がきて、髭を当たってくれと言うけど。

私が椅子に腰を降ろすと、ウィドは革砥に剃刀を当てながら、いきなりそう唄いだした。陽気な男で、しかもいまは上機嫌なのかもしれない。

やつらはみんなガキで、大した髭を持っちゃいない。きのう女を泣かせた、俺の髭は、鉄みたいな代物で、だから鉄が怕い女は、見ただけで逃げていくのさ、俺の鉄の棒を拝む前に。

鉄の棒が、ほんとうは悲しみで一杯になっていることを、知っているのは、あの女だけだけど、決して俺に、割らせようとはしない。

俺は鉄の棒に、酒をぶっかけて喚いてやるのさ、消えちまえって。

女は戻ってきはしない。

ほんとうはいつも鉄の棒を欲しがっていて、それでも俺の虜になるのが怕くて、遠くから俺を眺めているだけなんだ。

唄いながら、ウィドは私の顔にブラシで石鹼を塗りたくった。熱いタオルで蒸すなどということはやらない。いきなり、剃刀が当てられ、固い音が聞えてきた。髭を当たっている間、さすがにウィドの口は閉じていた。

鼻の下。唇の下。ウィドの剃刀は素速く動いていく。かすかな痛み。それが、心の痛みを消していくような気がする。

仕あげに荒っぽくタオルで拭うと、ウィドはおかしな匂いのする化粧水を、私の顔に叩きつけた。それから椅子が起こされる。

鏡の中の私が、さほど男前になったとは思えなかった。

「いくらだい？」

「一ドル五十。サービス料金でね。この時間に来た客は、幸運を摑むってわけだ」

剃り方の荒っぽさを思うと、それほど安い料金でもなかった。

「日本人が、よく来るのかい？」

「四日続けて。ひとりの日本人だがね。俺はそいつを待ってたとこさ」

「めずらしいな、こんな南部で」

「あんたも、ブルースをやりたい口かね？」

二ドル払ったが、ウィドは釣りを寄越しそうもなかった。

床屋の奥はガランとした物置のような感じで、一番奥の突き当たりに、小さなバーカウンターがあった。

「訊きたいことがあるんだがね、ウィド」

ウィドは、五十を少し過ぎたくらいだろうか。黒人の年齢は、非常に摑みにくいことがある。私は煙草に火をつけた。

「メリサって娘、知ってるかい？」

「ああ、メリサね」

「どこへ行けば、会える？」

「さあな。夜、ここで待ってみるんだな。必ず来るって保証はできないがね」

「奥のバーかね？」

「どこでもいいさ。奥はむこう側に続いていて」

ウィドは、手を大きく回すようにして、隣りを指さした。隣りもまた倉庫のような感じで、床屋の方からは暗くてよく見えなかった。

「とにかく、バーでは酒を売ってる。当たり前のことだがね。なにも飲まないというのは、ルール違反なんだ」

「わかったよ、ウィド。バーは何時からやってるんだ」

「いつでも。ただし、いまは誰もいない。五時を回ったら、カウンターの中に誰かいるはずだよ」

床屋の椅子はひとつしかなく、そんなに繁盛しているとは思えなかった。床屋ではないが、こんな恰好の店を見たことがある。シカゴだった。時計屋で、奥のドアを入ると博奕場になっているのだ。警官か、おかしな客が現われた場合は、時計のオルゴールが鳴るしくみになっていた。サウスサイド・ゲットーの入口のところで、めずらしく黒人が経営していた店だから、よく憶えている。ゲットーの中であろうと、商店などの経営者は大抵白人なのだ。

「俺はハリーってんだ」

「よろしくな、ハリー。毎日髭を当たるのが、紳士ってもんだよ」

通りに出た。頬だけがひんやりとしていた。

私は老いぼれ馬に乗りこむと、あてもなく街の中を走り回った。ほかの南部の街と、変っているところはどこにもなかった。

スタンドで老いぼれ馬の腹を満たしてやると、ミシシッピ河の方へむかった。二十分も走らないうちに、道は行き止まりになり、湿地帯が拡がっていた。河までは、まだ相当距離がありそうだ。

老いぼれ馬を日陰で休ませ、私は草の上に寝転んだ。湿地帯を渡ってくる風は、街中の風より涼やかだった。

メリサが、故郷《くに》へ帰っているというのは、ほぼ間違いないことだった。タトワイラーもクラクスデイルも、同じようなものだ。

メリサと会った時になんと言えばいいのか、しばらく考えた。やはり、こんなところで寝転んだりすると、考えてしまうのだ。

せっかくの故郷に、俺を誘ってくれないのはひどいじゃないか。それとも、やあ、とだけ言うか。

時計を見た。まだ三時半をちょっと回ったところだ。寝転んでから、五分も経っていない。時間というやつは、いつも気紛れだった。こちらの気持を見透したように、歩く速度を変える。

三十分もすると私は耐えられなくなり、湿地沿いに、南にむかって車を走らせた。どこかで道に迷い、クラクスデイルへの道を焦って捜す。そんなふうになればいいと思ったが、道はきわめて単純で、どの道でも左へ曲がれば61号線へ突き当たってしまうのだ。61号線を走れば、いやでもクラクスデイルへ戻っていく。

大した時間潰しもできず、私は街に戻ってきた。葉巻の猿野郎のトラックの後ろに車をつけ、シートを倒し加減にして、舗道を歩く人間たちに眼をやった。もしメリサが通りかかりでもすれば、私はシートを起こさず、声だけかける。驚いたメリサに言ってやればいい。ウィドの店に、髭を当たりに来ただけさ。

陽が傾き、すぐにでも暗くなりそうな感じになった。

五時五分前だが、私はウィドの店に入っていった。ウィドは椅子に腰かけていて、読みかけの雑誌からちょっと眼をあげて、奥へ入っていく私を見ただけだった。

カウンターに腰を降ろし、誰かがやってくるのを待った。隣りとは壁の一部をぶち抜いた恰好で繋がっていて、肥った男がひとりトランペットの稽古をしていた。歩き回りながらやっているらしく、時々姿が見える。

「日本の人?」

声をかけられた。白髪がかなり多い、中年の男が立っていた。

「いいかな、そこのスツール?」

「俺の尻《けつ》の下のスツールだけが、俺のもんですよ」

「こっちに住んでる人か。日本人旅行者が、使ったりはしない言い回しだね」

日本語の会話。男は中江と名乗り、私は遠山と姓を言った。それきり、会話は途切れた。どこから、何をしに来たのかなど、中江は訊こうともしなかった。

白人の中年男がやってきて中江と握手をし、カウンターの中に入った。私はビールを頼んだ。やはり一ドル二十五セントだ。

「友だちか、ナカエの?」

「いや。さっき会ったばかりだよ」

私はビールの瓶をくわえ、頭を後ろに反らせた。

「今夜、メリサは来るかな?」

「メリサね。きのうは来ていなかった。今夜あたり、来るかもしれないな」

男がバーの経営者なのか、ウィドに使われているバーテンのようなものなのか、よくはわからなかった。毎夜、カウンターに立ってはいるらしい。

中江は、隣りでトランペットの稽古をしている男の方を見ていた。同じところが、何度も何度もくり返されている。

十五分ほどで、私はビールを飲み終え、もう一本註文した。カウンターに、黒人の女がひとり入ってきて、中江と握手をした。白人の男は、私にビールを出すとカウンターを出ていった。

「メリサを知ってるかい?」

女とは年齢が違いすぎると思いながらも、私は訊いた。

「あのかわいいモテモテちゃんね」

「今夜、ここへ来るかな?」

「その気になればね。来て顔を見て、あらメリサ、って言うわけよ。それまでは、誰もなんとも言えないわ」

「どこに住んでるんだい?」

「あたし? 違うわよね。メリサがどこに住んでるのか、なぜあたしが知ってなくちゃいけないの?」

「そうだよな」

二人の客が入ってきて、ジュークボックスを鳴らしはじめる。音楽が流れると、ようやくバーらしい雰囲気になってきた。トランペットの男は、ジュークボックスの音にうんざりしたのか、稽古をやめてどこかへ消えた。

「メリサって女の子なら、俺は見たことがあるよ。先週の土曜のライブの時も、一番前にいて、途中で踊りはじめた」

「そんなこと、するタイプじゃないけどね」

「メリサって、みんなに呼ばれていたがな」

賑やかなのが好きだった。それは賑やかな中に身を置くのが好きということで、目立つようなことはあまりしない。

「まあ、俺はなんとなく、眼の保養をしてたってだけのことだが」

「ここは、酒場なのかな。床屋なのかな」

「床屋であり、酒場さ」

「まだ、なにも註文してないですね、中江さん」

「ウィドを待ってる。いま、客の髭を当たってるのさ。一日の最初の一杯は、ウィドとやることにしててね」

中江はウィドと友だちなのだろうと、私は単純に考えた。

六時近くに、ようやくウィドはやってきて、ビール瓶で乾杯していた。私はすでに六本目のビールで、この店にはビール以外の飲みものはないのかと、ぼんやりと考えていた。

「やあ、ハリー」

言ったウィドに、私は片手をあげた。

「酔ってるのか?」

「ビールじゃね」

「エイシア、ハリーはおまえのおっぱいを飲みたがってるぞ」

エイシアと呼ばれた女は頷き、しゃがみこんでバーボンの瓶を取り出した。

「ハリーには、もっと荒っぽいやつがいい。見ろよ。心の中で、ライオンが哮えてるって顔をしてるじゃないか」

エイシアが次に出した瓶を見て、ウィドは頷き、中江の方へ向き直った。

エイシアは、小さなグラスに一杯、透明な液体を注いだ。鼻をつくが、どこか懐しいような匂いでもあった。


ひと口で、私はグラスを呷った。のどから胸のあたりが灼け、私は熱い息を吐き出した。瓶のラベルを読んでみる。『ジョージア・ムーン』。コーンウイスキーだ。しかも、まったく寝かしたりはしていない、荒っぽいやつだろう。

「もう一杯だ、エイシア」

グラス一杯が二ドル。早く酔ってしまいたい人間が飲む酒に違いなかった。二杯目を飲み干すと、いがらっぽい味も匂いも、あまり気にならなくなった。私は十ドル札を一枚出し、五つのグラスに『ジョージア・ムーン』を注がせた。五つ横に並べて、カウンターに顎をつき、グラスの酒の量が全部同じか調べた。

「二番目のが少ないぜ、エイシア」

エイシアが、二番目のグラスに酒を注ぎ足す。するとそれが一番多くなってしまったので、ほかのグラスにも注ぎ足した。

「四番目のグラスに全部揃えてくれよ。なんとなく、同じ量じゃないと気になるもんだぜ」

エイシアは腰を落とし、慎重に注いだが、三番目だけが多くなった。私はそれを指さした。エイシアが肩を竦める。ウィドの高笑いが聞えた。

「おまえは天才だ、ハリー。そのうち、グラスはなみなみとなっちまうぜ」

「これだって、注ぎすぎなくらいなのに、ウィド」

「頭を使え、エイシア。真中のグラスだけサービスよ。そう言うんだ」

エイシアはまた肩を竦め、『ジョージア・ムーン』の瓶に栓をした。

右の端のグラスから、私は飲んでいった。

真中のグラスにさしかかったころ、ジュークボックスの音が熄んだ。

ハーモニカの音が聞えてきた。吹いているのは中江らしい。掌に隠れてしまうような、小さなハーモニカだ。ウィドの上体が、リズムに合わせて揺れはじめた。

俺の運が悪かったころ、俺は魂の開かせ方を知らなかった。

胡桃みたいに、あいつをカチッと割って、ついでに魂までぶっこわし、それが幸せだと俺は思ってたのさ。

運は、俺を見捨てなかった。

魂だけは、割っちゃいけない、と風が俺の耳で囁いた。

割らないでも、魂は開くものだ、愛があれば。

それから俺は、愛ってことについて考えて、魂を割ったりしなくなったから、俺だけじゃなく、あいつまで幸せになった。

あいつは開くよ、魂も胡桃も。

俺たちの愛がベッドに溢れると、世界はバラ色になって、泥んこの人生さえ、いつか幸せに変っている。

ウィドの唄。私の顔に石鹼を塗りたくりながらやっていたのと、よく似ている。こんな唄をうたうのが、この男の癖なのか。その間も、中江は控え目にハーモニカを吹き続けていた。

ウィドの唄がなんとなく心に響きはじめて、私は四杯目の『ジョージア・ムーン』に口をつけた。

唄というより言葉が、耳に流れこんでくるようになった。

誰かがウィドを呼ぶ声で、唄が中断した。

私はほっとした。涙が出るかもしれない、という気持に襲われていたのだ。四杯目を空け、五杯目に口をつけた。

「ウィドはやさしいな。君のために唄ってくれたみたいだった」

「髭を当たっている時も、やってくれましたよ。剃刀を使いながらでもやるんじゃないかと思って、ハラハラしたな」

「彼は、ブルースミュージシャンなんだ。人に知られた人なんだよ」

「じゃ、なんだって床屋をやってるんです?」

「床屋が、彼の人生の仕事だからさ。彼は、自分でそう思ってるんだ」

ニューオリンズの、小さなバーのライブに、ブルースがかかっていることが、時々あった。観光客はそんなものは聴きに行かず、大抵はジャズスポットを選ぶ。それに、私がニューオリンズで聴いたブルースは、もうちょっと別のものだったような気がする。

「ブルースは、嫌いかい?」

「よくわからないです。俺の知ってるブルースとは、ちょっと違うみたいだし」

「デルタブルースってやつさ。この街から、ブルースメンが、いろんなとこへ散っていった。野垂死をしたやつも多いが、成功したやつもいる。そうやって、ブルースが拡がっていった。もともとは、ウィドがやるみたいにして、唄われてたもんだよ」

「中江さんは、ハーモニカが趣味ですか?」

「ブルースハープってやつでね」

中江はちょっと苦笑して、掌の中の小さなハーモニカを私に見せた。同じようなやつを、四、五本持っているようだ。

「ウィドのギターもハープも、そりゃ大変なもんだ。俺は弟子志願なんだがね。ウィドは俺が切り出すと、笑って唄い出す。なにかが足りないんだろうと思ってる。肌が黒くないという以外にもね」

「あんなもん、俺にもできそうな気がするけどな」

そりゃないぜ、メリサ。

男にゃ見栄ってものがあるから、おまえがちゃんと言えば、俺は笑って別れてやる。

黙って消えちまうなんて、そりゃないぜ、メリサ。

そんな歌詞が浮かんだ。結局のところメリサへの恨み言だと気づいて、私は苦笑した。

「この酒、いけますよ、中江さん。心が棒っきれみたいになります」

「棒っきれか。なんとなく、ブルースっぽいね」

中江が笑った。私はまた十ドル札を出し、エイシアに『ジョージア・ムーン』を注がせた。

第四章　街の灯

肩を叩かれた。

カウンターにうつ伏していた私は、顔だけあげた。十ドル札で五杯の酒。それをあれから三度くり返したところまで憶えている。

「余計なことかもしれないが、君が言ってたメリサって、あの娘《こ》のことじゃないのか」

中江だった。私はゆっくりと首を回し、入口の方に眼をやった。

客がずいぶん増えている。薄暗い店の中では、肌の黒い連中の顔は見分けにくかった。

メリサ。床屋の脇を通り抜けて入ってくる姿。私にはよくわかった。

私はスツールから降りようとして一度落ちかかり、カウンターにつかまってようやく床に立った。

メリサが、私に気づいた。私はゆっくりと歩み寄った。メリサも、二、三歩私に近づいてくる。すぐそばまで近づいた時、メリサの両手がゆっくりとあがり、私の首に巻きついていた。自然にキスをした。

「どうしたっていうの、ハリー。信じられない。びっくりしたわ」

「俺は、男だよ、メリサ。納得のいかないことを、黙って我慢するタイプでもない」

「あたしのことを、追いかけてきたの?」

「追いかけるって気持はない。話すことを、きちんと話したかった。君の話も、ちゃんと聞かなくちゃならない、と思った」

メリサの腕が、私の首から離れていった。二、三歩後退したメリサが、後ろに立っていた男を振り返った。私と同じ背恰好の男で、じっと私を見つめている。

「帰ってよ、ジェイソン」

「なんだって、俺が帰らなくちゃならねえんだ。その酔っ払いと、俺が話をつけてやる」

「駄目よ。この人を放っとくわけいかないわ」

「おまえが俺の女だってことを、どうやらこいつにわからせてやった方がよさそうだ」

ジェイソンと呼ばれた男が、メリサを押しのけるようにして出てきた。

「どいてろ。俺はメリサに話がしたいんだ」

「クレーンでも持ってきて、俺を吊すんだな。てめえが俺をどかすなんて、できるわけねえだろう。メリサに振られて泣いてるおまえによ」

私は前に出た。やめて、とメリサが叫ぶのが聞えた。耳の脇を、拳が掠めていった。私はよろけながら後退し、テーブルに尻をぶっつけた。派手な音をたてて、テーブルがひっくり返った。

ジェイソンが、ボクシングの恰好をしていた。眼だけが白く輝いている。私は、ちょっと腰を落とした。ジェイソンの左が、ツ、ツッと出てきた。私はちょっと横へ動いた。壁際で、両手を握りしめて立っているメリサの姿が、私の視界をよぎった。帰ってろ。ニューオリンズのあの部屋へ、帰ってろ。言おうとした。ジェイソンの左が、私の顎を突きあげてきた。それから右。横に跳ぶ。私の中で、不意になにかが切れた。ジェイソンの右。頭を下げて、私は踏みこんだ。躰がぶつかる寸前に、私は右肘をあげて腰を回転させた。一瞬、ジェイソンの動きが止まった。膝を折ろうとする。左足で、脇腹を蹴りつけた。横にふっ飛んだジェイソンが、テーブルにしがみつくようにして立ちあがった。突っこんでくる。私も突っこんだ。

なにをどうしたのか、わからなかった。気づくと、口のまわりを血だらけにしたジェイソンが、右手にナイフを構えていた。ジェイソンの呼吸は荒い。肩が上下している。ジェイソンの後ろに、ウィドが影のように寄り添って立った。そう思った時、ジェイソンの躰は崩れ折れていた。私の躰も、誰かが引き摺っていた。

「ホテルだ、メリサ。おまえが話してくれた、あのホテルにいる」

引き摺られながら、私は叫んでいた。床屋の脇。表の通り。いろいろなものが途切れ、繋がった。私は、私の老いぼれ馬の中にいた。走っている。しかし私の手は、シートの脇に垂れていた。

「無茶をやるね。ひどい無茶だ」

「あんたが、あそこから俺を引き摺り出したんですか？」

「ほかの二、三人とね。そして車に乗せた」

車は、真暗な道を走っていた。中江の顔も、はっきりは見てとれない。

「放っとけば、君があの男を殴り殺したか、あの男が君を刺し殺したかだ」

「そんなに？」

「殴り合いじゃ、君の方が絶対的に優勢だったよ。みんな面白がって見てた。ジェイソンってのは、その方面じゃ評判の悪い男でね。この間も、十七の男の子をぶん殴ってね。泣きじゃくってやめてくれと頼んでるのに、三日も起きあがれないぐらい、殴り続けた」

そんな男はいる。自分の中でなにかが切れてしまうと、もう自制ができないのだ。ジェイソンがどういうタイプの男なのか、むかい合った時は考えもしなかった。

「男の子の両親が、ジェイソンを警察に訴えようとしたよ。だが、やめた。男の子が、ジェイソンのライターを盗もうとしたのが、事のはじまりだったんだ」

どこを走っているのか、相変らずわからなかった。対向車は一台もやってこない。道の両側は雑木林のように見えた。

「ホテルは、遠山さん？」

「クラクスデイルじゃありません。中江さんをクラクスデイルに送って、自分で帰りますよ」

「いいんだ。無理はしない方がいい」

「タトワイラーですよ。リバーサイド・ホテル」

「なるほど」

私は煙草に火をつけた。煙草の箱は潰れていたが、喫うのに支障はないようだ。ジッポの火が、一瞬車内を照らし出した。

「いいホテルだ」

「冗談でしょう。床はギシギシいうし、シャワーは共同だし、湿っぽいし」

「でも、いいホテルさ。ベシー・スミスが、そこで死んだ」

「知り合いですか?」

「まさか。有名な、ブルースシンガーだよ。ビリー・ホリデイよりも素晴しかった、という人もいる。晩年、ひとりきりであのホテルにいて、最期を看取ったのが、あそこの女主人なんだそうだ」

「ビリー・ホリデイも、ブルースシンガーなんですか?」

「ただシンガーとして較べた時の話さ」

私は、肉の盛りあがった、女主人の肩を思い出していた。

「ティナ・ターナーも、帰ってきた時は、あのホテルに泊るそうだ」

背中のあたりに、かすかな痛みがあった。ほかに痛いのは、拳だけだ。

メリサはジェイソンとどういう関係なのだろう、と私は考えていた。不良に魅かれるような歳でもないはずだ。酔いは、醒めはじめていた。なんだって、一番酔っ払ってる時に、メリサに会う破目になってしまったのか。来るか来ないかわからないメリサを、バーでじっと待っている時間が耐えられなかった。だから酒を飲んだ。それでも、正体をなくすほどではなかった。

「メリサは、恋人かね、君の?」

私は、短くなった煙草を、窓の外に投げ捨てた。

「悪かったのかな、こんなことを訊いて?」

「別に。二週間前まで、ニューオリンズで彼女と一緒に暮してました。消えちまったんですよ、いきなり。なにかあったってわけでもないのに」

「メリサは、ずっと君を見つめてたよ。ジェイソンじゃなく、君をね」

「でも、いなくなったんです。俺になにも言わずにね」

遠くに、街の明りが見えた。

タトワイラーだろう。ヘッドライトに照らし出された道路標識は、49号線であることを示していた。

「ジェイソンって、なにをやってるやつですか」

「ブルースアーティストさ。ギターには非凡なものを持ってる、と俺は思うね。そしてあの男は、ギターが弾けるってことだけで、社会に繋がってるんだ。ギターが弾けなければ、誰も相手にはしないだろう」

「あいつの指を、全部叩き折ってやればよかったな」

「よせよ、そんな考えは。少なくとも、君はあの店では男らしかったのに」

「男か」

「なんとなく、俺は自分に欠けているものを、ひとつ見つけたような気分だよ。君が言ったことを聞いていてさ。納得できないことを、納得してしまう男にはなりたくない。だからここまで追ってきた。そんなことを、メリサに言ってた。つまりは、男であろうと意地を張ったわけだ。ジェイソンとやり合ったのも、それにこだわったからだと、俺は思ったね」

「やらなきゃ、やられたからですよ」

「君が黙ってあの店を出ていけば、ジェイソンだって、殴りかかったりはしなかった」

「ブルースメンってのは、みんなあんなに荒っぽいんですか?」

「ウィドを見てみろよ。陽気で、やさしくて、そのくせ唄の中にはなにかやりきれないものを持ってる。それが表に出るか出ないかなんだろうと思うよ」

さらに、街の灯が近づいてきた。私は首をちょっと動かした。

「ロバート・ジョンスンって歌手がいた。のたうちまわり、喚き、叫び、酒に溺れ、女に狂い、二十六歳で死んだ。女に、殺されたんだそうだ」

「芸術家ってやつですね」

「ひと言で片付けるなよ。なにかあるのさ、血と呼んでもいいようなものがね。ブルースは、黒人の心に直接響く。奏者と、あるいは歌手と、聴く人の心が、共振していると言ってもいい」

「漠然と、わかるような気もしますけどね」

「そう。ほんとにはわからない。黒人でないとわからない。俺は、そんな気がしてきてるよ」

「中江さん、なんでブルースハープってやつに凝っちまったんですか?」

「凝っちまったか」

中江は苦笑したようだった。私は、すぐそばに近づいた、街の灯に眼をやっていた。

「俺も、ミュージシャンでね」

「ブルースハープのプロ?」

「まさか。俺は、パーカッションをやってる。作曲もしている。それなりに、日本じゃそこそこの仕事があるよ。ところが、ある日気づいちまった。ただ音を出してるだけだってね。音が生きちゃいないって。若いころは、確かにあったものが、なくなってるんだ」

「いくつですか、中江さん」

「四十八。このまま、そこそこのミュージシャンで朽ち果てたくはない、と思ったね。そう思うと、なにがなんでも、という気持になって、衝動的にクラクスデイルへやってきたんだ」

「そして、ウィドの弟子になろうとしてる。そんなにすごい人なのかな、ウィドは」

「二十四年前、俺はひとりで南部を旅行してた。ヒッピーみたいなもんで、流れ旅ってやつかな。クラクスデイルで、すごいブルースを聴いたよ。ウィドの店さ。やってるのは、近所の爺さんだった。それが、若い女に惚れたなんて唄だったんだ。惚れたが、女はそっぽをむいちまったんで、仕方なくギターを抱えてこの店に来たってね。きのう起きたことを、そのまま唄ってる。それが、なぜか俺の心をふるわせた」

「中江さんがミュージシャンになったの、いつごろなんですか」

「三十のころから、食えるようになった。だけど、二十代のころの方が、はるかにいい仕事をしてたね。技術的なものでなく、音楽の心みたいな言い方をすれば、もう絶対にそうだった」

「それを、取り戻そうってわけですか?」

「かけらでもね。青春のかけらってやつを、拾い集めに南部まで来たんだ。気障な言い方に聞えるか?」

「いいですよ。嫌いじゃない。多分、馬鹿なことなんでしょうけどね。俺が、いなくなったメリサを追いかけてここまで来たのも、考えてみりゃ馬鹿なことです」

「後悔してるのか？」

「してません。来なかったら、ひどく後悔することになったでしょう。俺はメリサを好きで、好きだということは、そのためになにかしなくちゃいけないことだと思いました。それが、自分のためなんだってね。だから、振られた男みたいに、頭に血が昇ってるわけでもないんです。やるだけのことは、やってみる。なんていうか、その力みたいなものは、失いたくないいんだろうと思いますよ」

「いくつだね、遠山さん？」

「二十九。あとひと月ちょっとで、三十になります」

「消えかけている青春の火を、もう一度燃えあがらせたいってわけだ。こんな言い方も、気障か」

リバーサイド・ホテル。

「泊っていくしかありませんね、中江さんも。俺の毛布を貸しますよ」

「そうしよう。なんとなく、このホテルは敬遠してたんだが」

玄関の扉は、鍵がかかっていなかった。

床を軋ませないようにして廊下を歩き、自分の部屋のドアの前に立った。ノブを回し、持ちあげてちょっと手前に引いた。蹴っ飛ばさなくても、ドアは開いた。

「なんだか、ほっとしたな。久しぶりに日本語で喋ったからかな」

「その感情だ、ブルースも。連中は、時々無性にブルースの中に帰りたくなる。そこでも、感情は波打つよ。おかしな言い方だがね。ブルースの中で、連中は安心して、怒ったり悲しんだりできるんだ」

「連中って？」

「黒い肌の、粋なやつらさ」

「とても、粋にゃ見えないな。でも、肌は黒くても、心はバラ色をしてるんじゃないか、と思える時がありますよね」

「それをね、俺は粋って言ってる」

私は、ベッドの毛布とシーツを引き剝がした。ホテルはしんとしていて、人の動く気配などどこにもない。午前三時を回っていた。

「床に寝ましょう。ここのベッド、尻が沈みこんじまうんですよ。十時間眠ったら、躰がバリバリいってました」

　私は毛布を中江に渡した。シーツを躰に巻きつけ、服も靴も脱がずに床に横たわった。

　眠りは、すぐに訪れてはこなかった。

第五章　遠きデルタ

　窓から、光が射しこんでいる。

　かなり陽は高いようだ。中江は、毛布の中で躰を丸めていた。

　不意に、メリサの黒い肌が頭に浮かんできた。抱きしめていると、すべすべとした肌がかすかに湿りを帯びてくる。触れているところが、吸いつくような感じになってくるのだ。そしてメリサは、かすかに喘ぎはじめる。それは高まり、気紛れな風のように鎮ったかと思うと、また高まってくるのだった。私はいつも、メリサの喘ぎの中で、充ち足りた時を貪り、それからまた眠りの中に入っていく。

　そういう夜を、五カ月過してきた。

　淋しがっているのは、心なのか躰なのか。ふと起きたその思いが、執拗に私を捉えてくる。私は躰を起こし、眠っている中江を眼醒めさせないようにして、廊下に出た。

メイドの女の子に一ドル渡し、夕方からしか使ってはならないことになっている、共同シャワーを使った。温《ぬる》い湯しか出てこない。頭から足のさきまで、きれいに洗った。

メイドは、一枚しかタオルを貸してくれなかった。何度も搾りながら、私はそれで全身の水気をとった。肩と腿のところに、大きな痣がある。頬骨のところも、いくらか腫れているようだ。

痛みが、快いものに感じられていた。

私は新しい下着をつけ、靴下も新しいものに替えた。部屋に戻ると、中江はすでに起き出していた。ポケット瓶を、私に抛って寄越す。

『ジョージア・ムーン』だった。

「朝、ひと口やると、胃の中まですっきりするぜ」

「しかし、この酒」

「俺も、コーンウイスキーってやつが好みでね。ウィドが、君にこれを勧めているのを見て、笑ったよ」

私は瓶の蓋を取り、直接口をつけてのどに流しこんだ。

「すごいな、こいつは。俺はきのう、こいつを一本がとこ飲んじまったのかな」

「酔ってたが、潰れちゃいなかったよ。そして、荒っぽいやつを相手に、派手な立ち回りをやったんだ」

「憶えてますよ、言われなくても」

「その酒が、エネルギーを吹きこんだって感じだったね。ジェイソンが殴られてるのを見て、喜んでるやつが何人もいたぜ」

「怕いのは酒だ。これ、ニューオリンズにも売ってますかね?」

「帰るのかね?」

「本気で、絵を描こうかと思って。なんだか、そんな気になりました」

「絵描きさんかい。それにしちゃ、やけに喧嘩が強いね」

「勘弁してくださいよ、もう。それに、俺が絵描きになるのは、これからです」

二十代の前半、私は憑かれたように絵を描いていた。もっといい絵が描きたい。アメリカへ来た動機も、そんなものだった。食うためにはじめたグラフィックデザインが、いつか私に絵を忘れさせた。いや、そうではなくて、自分が失っていくものがなんなのか、気づかずに過してきたということだろう。

なにを失ったのか、キャンバスの上で捜してみるしかなかった。

「もうひと口、いいですか?」

「ああ。だけど、もうひと口だけにしておけよ。こいつは匂うから」

最初のひと口ほど、のども胃も灼けなかった。

「遠山さん。あのマスタングを、俺に貸してくれないかね?」

「送りますよ、クラクスデイルまで。きのうは俺が送られたんだし」

「いや、貸してくれ。車はウィドの店の前に置いておく。キーもウィドさ。君には、お客さんだ。いま、おばさんと話してるよ」

「客が」

誰だか、すぐに思い浮かんだ。

私は中江にキーを抛り、ドアを蹴飛ばして開けて廊下へ出た。

玄関の椅子ではなく、フロントの窓口がある部屋に、女主人はいた。そして、メリサ。

メリサは、ジーンズに白いブラウスを着て、椅子に腰かけた女主人の膝に顔を伏せていた。私が入っていくと、女主人はメリサの背中を軽く叩いた。

涙で濡れたメリサの顔が、私の方をむいた。

「ひどい男だよ、メリサにこんな思いをさせちまって。でも、悪い男じゃないね。その証拠に、メリサはひとりでここまでやってきたんだから」

「ありがとうよ、ママ」

「礼なら、メリサに言うんだね。女の思いを、男は礼を言って受け取るもんだよ」

メリサが立ちあがった。靴も爪も耳飾りも、白だった。濡れたメリサの頰を、私は指さきで拭った。抱き合い、束の間、唇を合わせた。

「ブルースハープの真似事をしてる日本人を、勝手に泊めたのはあんただね。追加料金を、あいつから貰わなくっちゃ」

「俺が払うよ、ママ」

「いいのさ。追加料金は、ブルースハープで払って貰うから」

壁にとりつけた手擦りに摑まって、女主人は廊下の方へ出ていった。

「さよならを言いにきたんだろう、メリサ」

かすかに、メリサが頷いた。

「外へ行こうか」

メリサの肩を抱いて、廊下に出た。女主人の姿はなかった。私の老いぼれ馬の後ろに、同じように老いぼれたビュイックが駐められている。

「ジェイソンの車かい？」

「あたしのよ。というより、お祖父《じい》ちゃんの車。あたしが帰ってきて、お祖父ちゃんはとても怒ったわ。それでも、この車を使ってろって」

「今日も暑いな。どこかへ走ろう」

助手席に乗りこんだ。メリサがエンジンをかける。

「あいつは、どうしてる？」

「ふさぎの虫《ウィズ・ブルース》。あんたにのされたのが、ひどくこたえたのよ、ハリー」

「のすって気じゃなかった」

「憶えてる。はじめて会った時も、あんたは殴り合いをしてたわ」

「クリスマス・イブにな。今年のクリスマスは、大人しくしてるよ」

タトワイラーを出、途中から右に曲がると、クリーブランドに入った。メリサはそこでも車を停めず、そのまま61号線を南に走った。

「どこへ行く気だ、メリサ」

このまま南へ走れば、ニューオリンズだという気持が、一瞬私の脳裡をよぎった。しかしニューオリンズへ行くには、もっと広いフリーウェイがある。

私は黙ったまま、窓の外の綿の雪を眺めていた。やりきれないほどどこまでも、コットンフィールドは続いている。

「なんだかわからないけど、怕くなったの。充ち足りて、幸せなはずなのに、幸せなのが怕いって感じだった。どうしようもない気持になったわ。それで、ブライアンのコンボイに乗せて貰って、メンフィスまで来たの」

「ブライアンが、そう言ってた。だから、故郷《くに》へ帰ったんだろうと思ってたよ」

「ごめんなさい、うまく言えなくて。あたしはただの縫子で、頭もよくないし、日本人のあんたより、喋るのが下手」

それからまた、お互いにしばらくなにも喋らなかった。メリサは、百キロ近いスピードで走り続けている。一刻も早く、どこかへ行きたいという感じだった。

「俺が、信じられなかったのか、メリサ?」

メリサがさよならをしたいなら、こんなことは言うべきではないと思いながら、耐えきれず私は口に出していた。

「おまえが信じられなくなるようなことを、俺はなにかしたか?」

「なにも」

メリサが、手の甲で涙を拭った。

「あたしは、いつもあんたを信じてたし、愛されてるとも思えた」

「俺が、日本人だからか?」

「そんな。一度も、考えたことなかった」

「怕いって、なにが怕いんだ?」

「ごめんなさい、ハリー。うまく説明できない」

言い募ろうとする自分を、私は抑えた。メリサは私より苦しんでいるかもしれない。そうとも思えたからだ。

何本か、煙草を喫った。

コットンフィールドがようやく途切れはじめ、道の両側には木が多くなった。

「ブルースが聴きたくなったの。なぜだかわからないけど、たまらなくブルースが聴きたかった。それも、ニューオリンズなんかのバーで聴かせるのじゃなくて」

「デルタブルース」

「そう、デルタよ。家へ帰って、お祖父ちゃんとむかい合いながら、久しぶりに食事をしたわ。あたしのオムレツを、お祖父ちゃんは黙って残さず食べたけど、あたしはただ悲しいだけだった。ニューオリンズにいるあんたのことが気になったし、工場は馘になっちゃうだろうし。それでも、我慢してたの。二日、三日って我慢したわ」

「なぜ、自分で自分を傷つけるようなことをするんだ、メリサ」

「わかんない。そうしなきゃいけないような気になっただけ。毎日、お祖父ちゃんに卵を焼いてあげて、それからポーチの椅子に腰を降ろして、コットンフィールドを眺めて」

メリサの卵料理の味を、私は思い出した。その味の中に、かすかに苦さのようなものが入り混じってくるのを、私は感じた。

「ジェイソンには、抱かれたのか」

「抱かれた時も、あんたのことを考えてた。あんたのことで、頭を一杯にしてた」

「わからんな」

「あんなやつに抱かれたんじゃない。ブルースが、あたしを抱いたの」

「ブルースか。デルタブルース」

「悲しくても、落ち着いていられる」

「そんなものか」

「いくら説明しても、あんたはわかってくれないと思うけど」

「いいんだ。説明できないことだから、おまえが黙っていなくなった、ということは理解できたみたいな気がする」

メリサは、まだ涙を拭い続けていた。

私は、窓の外に眼をやった。木立。コットンフィールドは、いつの間にか見えなくなっていた。

右へ行くとグリーンビルという標示が見えてきた。そこも、メリサは通りすぎた。

湿地が多くなっている。ところどころ、水が溜り、木立の根の方を隠していた。それが次第に大きくなり、やがて湖の中に木立があるようにしか見えなくなった。

「デルタか」

「このデルタの水の中に、いろんな思いを投げこんできたって。恨みとか、悲しさとか、喜びまでも」

「お祖父さんが、そう言ったのか?」

「あたしも、そう思う。子供のころから、知らないうちにそうしてたって。あたしは、頭が悪いから、こんなふうにしか言えない」

「わかったよ。もうよそう、メリサ」

「変だと思う?」

「わからないが、おまえが俺にひどい仕打ちをしたとは、もう思っていない」

「よかった」

「もう、車を停めろよ、メリサ。ずいぶん遠くまで来ちまった」

私は、メリサの腕に軽く手を置いた。メリサがスロットルを放した。

「ほんとに、遠くまで走ってきちゃった。あたし、なんだか夢中だったから」

「下手をすると、ビックスバーグまで行っちまうところだったぜ」

「そうね。このあたりが、デルタの一番深いところ。別に、デルタに来ようとして走ってたわけじゃないんだけど」

「おまえが、デルタの女ってことさ。停めろよ。運転は俺が代る」

車を降り、しばらく湖のようなデルタの拡がりを眺めていた。白いマニキュアのメリサの手が、私の腕を握っている。

光がデルタの水に照り返されていた。水の中の木立の緑が、鮮やかな色に見えた。

私は煙草を一本喫い、それからメリサの肩を抱いて車に戻った。

「ブルースを聴く時、あたしのことを思い出してくれる？」

「ごめんだね。女々しい男になりたくない。ブルースは、ただブルースさ」

言ってみただけだった。

「あんたが、追いかけてくるなんて、夢にも思わなかった」

「日本の男ってのは、そうなんだよ」

「どんなふうに、そうなの」

「納得のできないことを、そのまま終らせてしまう。それは、男らしくないことだと思う。そして、男であり続けるには、どうすればいいのかと考える。俺は、ここまで来たことを、未練な振舞いだとは思っていない。どんなかたちにせよ、自分を納得させるべきだと考えたんだ。だから、恥じてはいないよ」

「恥じることとなんてないわ。でも、男であろうとするって、大変ね」

「そうしないと、なにもかもが毀れていく。俺は、そう思ってるよ」

「こんなさよならって、あるかしら」

「ここに、あるじゃないか」

「そうね。ほんとに、ここにある」

車に乗った。

なにもかもを、すべて納得したというわけではなかった。ただ、納得したとメリサに思わせ、自分にも言い聞かせることだ。それがいまは一番男らしいことだ、と私には思えた。

帰り道は、私もメリサもほとんど口を利かなかった。十七の時にコットンフィールドの中の家を出て、ニューオリンズでひとり暮しをし、二十四の時にまた帰ってきた。メリサのその旅の中で、私という人間はなんだったのだろう、と考えていただけだ。

クラクスデイルに入り、ウィドの店の前で車を停めた。私の老いぼれ馬は、猿野郎のトラックの後ろにうずくまっていた。

「お祖父《じい》さんを大事にしろよ、メリサ」

「ありがとう」

「リバーサイド・ホテルのこと、おまえに聞いておいてよかった。あそこは、おまえの言った通り、いいホテルだよ」

「あそこのおばさん、お祖父ちゃんの恋人だったことがあるの。それを言われるのがいやで、あたしに会っても、時々知らない顔をするわ」

メリサが、白い歯を見せて淋しく笑った。

それほど、離れたところではない。二人とも老いて、男は一日じゅうコットンフィールドを眺めて過し、女はホテルの玄関で通りを行く人を見ている。そんな男女というものも、あるものなのだろう。

「元気でな、メリサ」

「あんたも、あんたの男を大事にね」

束の間見つめ合い、どちらからともなく抱擁し、軽く頬にキスをし合うと離れた。

私は老いぼれ馬に乗りこんだ。メリサの車が走り去っていく。キーをウィドが持っていることを思い出し、私は車を降りた。

「よう、ハリー。髭を当たるのは、紳士のみだしなみってもんだ。この時間じゃサービス料金で、一ドル五十」

「効いたな、ウィド。したたかに効いたぜ」

「ジェイソンのパンチか?」

「あんなもの。あんたのコーンウイスキーさ。ほんとに効いたよ」

「それはな、ジョージアの月だからだ。ロマンチックなものは、時々ひどく効いちまうことがある」

私は椅子に腰かけ、躰から力を抜いた。

夜になると、俺の女はふくろうになって、愛の行方を見失うまいとする。

愛に行方なんかあるものか。

愛してる俺がいるだけで、どうしておまえは満足しようとしない。

愛の行方なんか、俺の知ったことかよ。

男も女も、ただ愛してりゃいいのに、行方を見失うまいとして、いつだって痛い目を見ちまうのさ。

俺は俺の太い釘を、おまえはおまえの胡桃を、持ってるだけで充分じゃないか。

夜にふくろうはやめてくれ、胡桃は胡桃で釘は釘。

夜のふくろうなんて、昼間に締め殺してやればいい。

胡桃は胡桃で、釘は釘で、ひと時の夢を見てれば幸せじゃないか。

胡桃は胡桃で、釘は釘。

革砥に剃刀を当てながら、ウィドが唄い続けた。こみあげそうになる涙を、私は呑みこんだ。ウィドが、私の顔に石鹼を塗りたくりはじめる。

「いいね、ウィド。とても効くよ」

「なにが？」

「ブルースさ。『ジョージア・ムーン』よりも、ずっと効く」

「俺には、鋏と剃刀とギターとブルースハープがある。こんなに恵まれた人生って、あると思うかね、ハリー」

「でも、あんたの唄はいつも泣いてるね」

「そう思うか、ハリー？」

「ああ」

「じゃ、大人になったんだ」

「いつか、ブルースハープも聴きたいな」

「土曜日のライブで、時々やるよ」

「縁があったら、聴けると思う。ナカエのブルースハープは、駄目なのかい。あんたの弟子にして貰えないと、こぼしてたよ」

「ナカエはうまい。うますぎるぐらいだ。俺たちは、みんなでブルースをやって、愉しんだり、お互いを慰めたりするよ。それは俺たちが黒人だからできることで、ナカエにはできはしない。あいつのブルースハープは、ひとりきりでやるものなんだ。それがいつわかるのか、俺は待ってるんだよ」

「ひとりきりで、か」

「そう。あいつのブルースハープは、その時はじめて本物になるね」

俺のダチは、性悪女に惚れちまった。

女の脇にゃヒモがいて、ダチがどうするかじっと見てやがる。

性悪女は、俺のダチを狂わせるだけだ。

唄はうたうな、音は出すな。

男はいつだって、一本の釘であればいい。

「すごいな、ハリー。おまえもブルースをやるじゃないか」

「そのうち、忘れるだろうけどね」

自分が唄えたことが、信じられないような気持だった。

ウィドが、剃刀を使いはじめる。

胸のポケットの小さな包みに、私は気づいた。

十月十八日。メリサの二十五回目の誕生日だ。まだ十日もさきのことだった。

私は、ひと月も前にこのプレゼントを買い、デスクの抽出しに大事に収っておいたのだ。金のブレスレットだった。黒い肌には、金色がよく似合う。

今年の十月十八日は、ブレスレットを見たいとも思わないだろう。来年の十月十八日は、思い出して見てみる。そして再来年の十月十八日は、それがなんの日だったかさえ、忘れてしまっている。

「おまえが気に入ったぜ、ハリー」

「俺も、あんたが好きだよ、ウィド。あんたは、涙をどうやって隠せばいいか知ってる」

「泣いたってしょうがねえ。だから泣かねえ。代りに、ブルースがあるのさ。俺にゃ、ブルースがあればいいよ」

私は眼を閉じた。

ウィドの指が、私の頬に触れてくる。きのうより丁寧に、ウィドは私の髭を剃っているようだった。

初出

第一部・第二部は『週刊新潮』二〇一四年一月二・九日号―二〇一六年二月一一日号。「ブルースがあたしを抱いた」は『魂《ブルース》の十字路』(長濱治との共著、勁文社、一九九〇年)。

本書収録にあたって加筆・修正をし、その際に『十字路が見える』(新潮社、二〇一五年)、『いまそこにいる君は』(同、二〇一六年)、『荒野に立てば』(同、二〇一七年)を適宜参照した。

北方謙三
1947年，佐賀県唐津市生まれ．中央大学法学部卒業．81年『弔鐘はるかなり』で単行本デビュー．83年『眠りなき夜』で第4回吉川英治文学新人賞，85年『渇きの街』で第38回日本推理作家協会賞長編部門，91年『破軍の星』で第4回柴田錬三郎賞を受賞．2004年『楊家将』で第38回吉川英治文学賞，05年『水滸伝』(全19巻)で第9回司馬遼太郎賞，07年『独り群せず』で第1回舟橋聖一文学賞，10年に第13回日本ミステリー文学大賞，11年『楊令伝』(全15巻)で第65回毎日出版文化賞特別賞を受賞．13年に紫綬褒章を受章．16年「大水滸伝」シリーズ(全51巻)で第64回菊池寛賞を受賞．20年旭日小綬章を受章．「ブラディ・ドール」シリーズ(全18巻)，『三国志』(全13巻)，『史記　武帝紀』(全7巻)ほか，著書多数．現在『小説すばる』誌上で「チンギス紀」を連載中．

完全版 十字路が見える Ⅰ
東風に誘われ

2023年1月19日　第1刷発行
2023年2月24日　第2刷発行

著　者　北方謙三《きたかたけんぞう》

発行者　坂本政謙

発行所　株式会社 岩波書店
〒101-8002 東京都千代田区一ツ橋 2-5-5
電話案内 03-5210-4000
https://www.iwanami.co.jp/

印刷・三陽社　カバー・半七印刷　製本・牧製本

ISBN 978-4-00-026657-4　　Printed in Japan